KB166711

우리가 간직한 비밀

THE SECRETS WE KEPT

Copyright ⓒ 2019 by Lara Prescott
All rights reserved.
Korean-language edition copyrights ⓒ 2020 by HYEONAMSA PUBLISHING Co., Ltd.
Published by agreement with Folio Literary Management, LLC and Danny Hong Agency.

이 책의 한국어판 저작권은 대니홍 에이전시를 통한 저작권사와의 독점 계약으로
(주)현암사에 있습니다. 저작권법에 의해 한국 내에서 보호를 받는 저작물이므로
무단 전재와 복제를 금합니다.

THE
SECRETS
WE
KEPT

우리가 간직한 비밀

라라 프레스콧 장편소설 | 오숙은 옮김

Ꮆ 현암사

우리가 간직한 비밀

초판 1쇄 발행 2020년 8월 5일

지은이 | 라라 프레스콧
옮긴이 | 오숙은
펴낸이 | 조미현

책임편집 | 김호주
디자인 | 소요 이경란

펴낸곳 | (주)현암사
등록 | 1951년 12월 24일.제10-126호
주소 | 04029 서울시 마포구 동교로12안길 35
전화 | 02-365-5051
팩스 | 02-313-2729
전자우편 | editor@hyeonamsa.com
홈페이지 | www.hyeonamsa.com

ISBN 978-89-323-2075-5   (03840)

이 도서의 국립중앙도서관 출판예정도서목록(CIP)은 서지정보유통지원시스템
홈페이지(http://seoji.nl.go.kr)와 국가자료공동목록시스템(http://www.nl.go.kr/
kolisnet)에서 이용하실 수 있습니다. (CIP제어번호 CIP2020029862)
책값은 뒤표지에 있습니다. 잘못된 책은 바꾸어 드립니다.

맷에게

비밀을 아는 사람과 함께 있고 싶다,
그게 아니면 혼자 있고 싶다.

-라이너 마리아 릴케

타자수들

우리는 분당 100단어를 타이핑했고 음절 하나도 놓치는 법이 없었다. 우리의 똑같은 책상에는 저마다 민트색 커버의 로열 콰이어트 딜럭스 타자기 한 대, 웨스턴 일렉트릭의 검은색 다이얼 전화기 한 대, 그리고 노란색 속기 용지 한 무더기가 놓여 있었다. 우리의 손가락은 자판 위를 날아다녔다. 딱딱거리는 타이핑 소리는 끊이지 않았다. 전화를 받을 때나 담배 한 모금 피울 때가 아니면 손가락이 쉴 새가 없었다. 더러 한 박자도 놓치지 않고서 그 두 가지를 모두 하는 여자들도 있었다.

남자들은 10시쯤 도착했다. 그들은 우리를 한 명씩 각자의 사무실로 데려갔다. 우리가 사무실 한구석에 놓인 작은 의자에 앉아 있는 동안 그들은 커다란 마호가니 책상에 앉아 있거나 카펫 위를 오락가락하면서 천장에 대고 말해. 그러면 우리는 귀를 쫑긋 세웠다. 그리고 기록했다. 우리는 그들의 말에 귀를 기울이는 한 명의 청중이었고 그들의 메모나 보고서, 논평, 점심 주문을 받아 적었다. 가끔은 그들이 우리가 있다는 사실을 깜빡 잊어버려 우리가 더 많은 사실을 알게 되는 일도 있었다. 누가 누구를 밀어내려 하는지, 누가 권력 게임을 하고 있는지, 누가 바람을 피우는지, 누가 입사하고 누가 퇴사하는지 등등을.

때로 그들은 우리를 이름이 아닌 금발, 빨강 머리, 큰 가슴 등 머리 색이나 체형으로 언급하곤 했다. 우리에게도 탐욕가, 커피 냄새, 이빨 등 그들을 부르는 비밀 별명이 있었다.

그들은 우리를 여자애들이라고 부르곤 했지만, 우리는 여자애들이 아니었다.

우리가 정보국에 들어간 건 래드클리프, 바사, 스미스 등*의 대학을 나왔기 때문이었다. 우리는 저마다 집안에서 처음 대학을 나온 딸들이었다. 일부는 중국어를 할 줄 알았다. 비행 자격증을 가진 이들도 있었다. 콜트 1873 권총을 존 웨인보다 더 잘 다루는 이들도 있었다. 그러나 우리 모두 면접에서 받은 질문은 이거였다. "타자 칠 줄 아시죠?"

흔히들 타자기는 여자를 위해 만들어졌다고 했다. 글자쇠가 노래하는 것처럼 치려면 여자의 손길이 필요하다는 둥, 우리의 가느다란 손가락이 그 장비에 맞는다는 둥, 남자는 자동차와 폭탄, 로켓을 조

---

*   미국의 명문 여자 대학교. 현재 바사 대학교는 남녀공학이 되었고, 래드클리프는 하버드 대학교와 통합되었다.

종할 수 있지만 타자기는 우리 여자들만을 위한 기계라는 둥.

그래, 우리가 그 모든 것을 알지는 못한다. 하지만 우리가 타이핑할 때 손가락은 우리 두뇌의 연장이었고, 그들의 입에서 나오는 말, 그들이 우리더러 기억하지 말라고 했던 말과 종이에 잉크를 찍는 글자쇠 사이에는 조금의 시간차도 없었다고 말하고 싶다. 그리고 그 일을 그렇게 생각하면, 그 모든 역학을 그렇게 생각하면, 거의 시적이다. 거의 그렇다.

하지만 우리가 꿈꾸었던 게 긴장성 두통과 손목 저림, 안 좋은 자세였던가? 고등학교 시절에 남학생들보다 두 배로 열심히 공부하면서 품었던 꿈이 이런 거였던가? 대학 입학 허가서가 든 두툼한 마닐라지 봉투를 열면서 생각했던 것이 이런 서기 일이었던가? 학사모와 졸업가운을 입고, 미식축구장에 놓인 하얀 나무 의자에 앉아, 많은 일을 할 자격이 있다고 보장하는 두루마리 졸업장을 받을 때, 우리가 가게 되리라 생각했던 곳이 어디였던가?

우리 대부분은 타이핑 일을 한시적이라 생각했다. 심지어 서로에게도 그런 생각을 말하지는 않았지만, 우리 대다수는 그 일이 대학을 졸업한 남자들이 직행하는 자리로 가기 위한 사다리의 첫 번째 단일 거라고 믿었다. 관리자라는 직책, 램프가 근사하게 방을 비추는 전용 사무실, 푹신한 러그, 나무 책상, 우리가 하는 말을 치는 직속 타자수를 둔 그런 자리에 오를 거라고. 평생 들어온 부정적인 이야기들에도 불구하고, 우리는 그것을 끝이 아닌 시작이라 여겼다.

정보국에 있는 나머지 여자들은 이제 들어온 신입이 아닌 경력직이었다. 정보국 전신인 전략사무국 OSS에서 남은 이들이었는데, 전쟁 중에 그들은 전설이었지만 지금은 유물이 되어 타이핑 부서나 기록부, 또는 아무 할 일 없는 어느 구석의 책상으로 좌천된 신세였다

그 가운데 베티가 있었다. 그녀는 전쟁 중에 비밀 작전을 수행하며 기삿거리를 퍼뜨리거나 비행기에서 선전 전단을 살포함으로써 적군의 사기를 꺾었다. 언젠가는 한 남자에게 다이너마이트를 전달했고, 그 남자가 버마의 어딘가에서 다리를 건너는 자원수송 열차를 폭파했다는 말도 있었다. 무엇이 진실이고 무엇이 아닌지 알 수는 없었다. 전략사무국의 옛 기록들은 대체로 사라져버렸기 때문이다. 하지만 확실한 건 베티가 우리 나머지 여자들과 나란히 책상에 앉아 있었고, 전쟁 중에 그녀의 동료였던 아이비리그 출신 남자들은 그녀의 상사가 되었다는 사실이었다.

비슷한 책상에 앉아 있던 버지니아도 있었다. 그녀는 계절에 상관없이 노란색 두꺼운 카디건을 어깨에 두르고 앉아 있었고, 둥글게 올린 머리에는 몽당연필을 꽂고 있었다. 그녀의 책상 아래는 보풀 가득한 파란색 슬리퍼 한 짝이 놓여 있었다. 나머지 한 짝은 필요가 없었는데, 그녀는 어릴 때 사냥을 따라 나갔다가 사고를 당해 왼다리를 절단했기 때문이다. 그녀는 자신의 의족을 커스버트라는 이름으로 부르며, 술에 만취했을 때는 의족을 벗어 옆 사람에게 맡기곤 했다. 버지니아는 전략사무국 시절 이야기는 거의 하지 않았으므로, 그녀의 스파이 시절 이야기를 전해 듣지 못한 사람이 그녀를 보면 정부 기관에 다니며 나이 먹어가는 그저 그런 여자로 생각하기 마련이었다. 하지만 우리는 그 이야기를 들어서 알고 있었다. 우유 짜는 여자로 변장하고 암소 떼와 함께 프랑스 레지스탕스 전사 두

명을 국경으로 데려갔다는 이야기. 게슈타포가 가장 위험한 연합군 스파이로 그녀를 꼽으면서 스파이들을 커스버트와 기타 등등으로 불렀다는 이야기. 가끔 우리는 홀에서 버지니아를 스치거나 그녀와 같은 엘리베이터를 타거나, E가와 21번가가 만나는 모퉁이에서 16번 버스를 기다리는 그녀의 모습을 보곤 했다. 우리는 그녀를 멈춰 세우고 나치와 싸우던 시절의 이야기를 묻고 싶었다. 그녀가 책상에 앉아 지금도 그 시절을 생각하면서 다음 전쟁이 일어나기를 기다리고 있는지, 아니면 누군가 그녀에게 집에 가라고 말해주기를 기다리고 있는지를.

그들은 몇 년 동안 전략사무국 출신 여자들을 내치려 애쓰고 있었다. 새로운 냉전 시대에 그런 여자들은 아무 쓸모가 없었다. 한때 방아쇠를 당겼던 그 손가락들도 어느덧 타자기에 더 적합해져 있었고, 그렇게 보였다.

하지만 우리가 뭐라고 불평을 하겠는가? 타자수는 좋은 일자리였고, 그런 일자리를 가진 우리는 행운아였다. 그리고 확실히 우리 일이 대부분의 다른 정부 일보다는 더 큰 설렘이 있었다. 농업부? 내무부? 상상이나 하겠는가?

소비에트 러시아Soviet Russia 분과, 약칭 SR 분과는 집에서 떨어진 우리의 집이 되었다. 그리고 정보국이 '보이스 클럽'으로 알려져 있던 것처럼, 우리도 우리만의 집단을 만들었다. 우리는 우리를 타이핑 '풀pool', 즉 한 부서로 여기기 시작했고, 그 때문에 더 강해졌다.

더욱이 통근도 나쁘지 않았다. 날이 궂으면 버스나 전차를 탔고 날이 좋으면 걸어 다녔다. 우리 대부분은 시내와 접한 이웃 동네인 조지타운, 듀폰, 클리블랜드 파크, 캐시드럴 하이츠 등지에 살았다. 보통은 엘리베이터가 없는 건물의, 사실상 한 사람이 누우면 머리와 발가락이 벽에 닿는 아주 작은 원룸에 혼자 살았다. 아니면 매사추세츠가에 남아 있는 마지막 하숙집들, 2층 침대가 줄지어 있고 10시 반 통금이 있는 하숙집에 살았다. 룸메이트가 있는 경우도 있었다. 애그니스니 페그니 하는 이름을 가진, 역시나 정부 기관에 다니는 여자들이었는데, 그런 룸메이트들은 항상 분홍색 스펀지 헤어롤을 싱크대에 두거나 버터나이프 뒷면에 땅콩버터를 묻혀놓거나, 쓰고 난 생리대를 제대로 싸지도 않고 싱크대 옆 작은 휴지통에 넣곤 했다.

그 당시 우리 중에는 린다 머피만 유부녀였는데, 갓 결혼한 신혼이었다. 결혼한 여자들은 오래 머무는 법이 없었다. 더러 임신할 때까지 붙어 있는 여자들도 있었지만, 보통은 약혼반지를 끼자마자 떠날 궁리를 하곤 했다. 우리는 휴게실에서 세이프웨이 슈퍼마켓에서 사 온 시트 케이크를 먹으며 그들을 떠나보내곤 했다. 남자들은 케이크 한 조각 먹으러 들어와서는 그들이 떠나게 되어 굉장히 슬프다고 말했다. 하지만 남자들의 눈빛을 보면, 그 자리에 들어올, 어쨌거나 더 새롭고 더 젊은 여자 생각을 하고 있다는 걸 알 수 있었다. 우리는 계속 연락하자고 약속했지만, 결혼하고 아기가 생기면 그들은 워싱턴 D. C.에서도 가장 먼 구석에 둥지를 틀곤 했다. 버세즈다나 페어팩스, 또는 알렉산드리아처럼 택시를 타거나 버스를 갈아타야 갈 수 있는 곳이었다. 잘하면 아기의 첫돌 때 그런 곳까지 가기도 했지만, 그 뒤에도 찾아가는 일은 거의 없었다.

우리 대부분은 독신이었고, 경력을 우선으로 생각했다. 그건 정치적 발언이 아니라 우리의 선택임을 부모님께 거듭해서 말해야 했다. 확실히 부모님들은 우리 대학을 졸업할 때는 자랑스러워했지만, 아기를 낳는 대신 일만 하며 한 해 한 해 나이 먹어가는 딸을 보면서, 남편이라는 울타리도 없이 늪지에 세워진 도시에 혼자 살겠다는 약간은 이상한 우리의 결정에 혼란스러워했다.

아닌 게 아니라 여름이면 워싱턴은 젖은 담요처럼 습했고, 호랑이 줄무늬를 가진 모기들은 사나웠다. 전날 밤에 미리 말아둔 머리는 아침에 집 밖으로 한 발짝 나가자마자 납작 가라앉곤 했다. 그리고 전차와 버스는 사우나 같으면서도 썩은 스펀지 냄새가 났다. 찬물 샤워할 때를 제외하면, 땀에 젖고 흐트러진 듯한 기분을 단 한 순간도 떨쳐버릴 수 없었다.

겨울이라고 크게 나을 것도 없었다. 우리는 얼어붙은 포토맥강에서 불어오는 바람을 피하려고 꽁꽁 싸맨 채 버스 정류장에서부터 머리를 숙이고 달려갔다.

그러나 가을이면 도시가 활기를 띠었다. 코네티컷 대로에 늘어선 나무들은 오렌지색과 붉은색으로 떨어지는 불꽃 같았다. 기온은 아주 쾌적해서 블라우스 겨드랑이가 젖을 걱정은 하지 않아도 되었다. 핫도그 노점상들은 군밤을 작은 종이봉지에 넣어 팔았다. 집까지 저녁 산책 겸 걸어가면서 먹기에 딱 좋은 양이었다.

해마다 봄은 벚꽃과 함께 버스 가득 관광객을 실어 왔다. 관광객들은 기념비적 명소들을 걸으며 수많은 푯말은 아랑곳하지 않고 분홍색 흰색의 꽃을 꺾어 귀에 꽂거나 정장 주머니에 꽂곤 했다.

워싱턴의 가을과 봄은 한가롭게 거니는 계절이었고, 그때가 되면

우리는 가던 길을 멈추고 벤치에 앉거나 링컨 기념관 앞 리플렉팅 연
못을 돌아갔다. 물론 정보국이 있는 E가 복합단지 안에서는 형광등
이 사방에 가혹한 빛을 쏘면서 번지르르한 우리 이마와 코의 땀구멍
을 과장하고 확대했다. 그러나 퇴근길에 소매를 걷어 올린 맨팔에 시
원한 공기가 와 닿을 때나, 중심 상가를 통해 집까지 일부러 한참을
걸어갈 때, 늪지에 건설된 이 도시는 엽서의 한 장면처럼 다가왔다.

그러나 우리는 화끈거리던 손가락과 쑤시던 손목, 끝없는 메모와
보고서, 받아쓰기 또한 기억하고 있다. 얼마나 타자를 많이 쳤는지
몇몇은 꿈속에서도 타이핑을 했다. 세월이 흐른 뒤에도, 우리와 침
대를 같이 쓰는 남자들은 우리가 잠결에 가끔 손가락을 움찔거린다
고 말한다. 금요일 오후가 되면 우리는 5분마다 시계를 보곤 했다.
종이에 베인 상처들, 까실거리던 화장지, 월요일 아침이면 머피 오
일 비누 냄새가 나던 로비의 경질목 바닥, 그 바닥에 왁스를 칠하면
며칠 동안은 곧잘 미끄러지곤 하던 우리의 높은 힐도 우리는 기억하
고 있다.

SR 분과의 한쪽 끝에는 창문이 한 줄로 나 있었다. 창이 너무 높
이 있어서 밖을 내다볼 수는 없었지만, 어쨌거나 보이는 풍경은 길
건너의, 우리의 회색 건물과 완전히 똑같이 생긴 회색 국무부 건물
뿐이었다. 우리는 그곳의 타자수들을 상상하곤 했다. 그들은 어떻
게 생겼을까? 그들은 어떻게 살고 있을까? 그들도 창밖으로 우리의
회색 건물을 내다보면서 우리를 궁금해할까?

그 시절엔 하루하루가 너무 길고 특별하게 느껴졌다. 그러나 돌이
켜 보면 모든 나날이 뒤섞여 있다. 언젠가 크리스마스 파티에서 월

터 앤더슨이 셔츠 앞판 전체에 레드 와인을 흘리고 접수대에서 기절했는데 그의 옷깃에 '소생시키지 말 것'이라는 쪽지가 핀으로 붙어 있었던 게 1951년인지 1955년인지 헷갈린다. 그리고 홀리 팰컨이 해고된 이유가 2층 회의실에서 어느 방문 장교에게 그녀의 누드 사진을 찍게 했기 때문인지, 아니면 그 사진들 덕택에 승진했다가 얼마 후 다른 이유로 해고되었는지도 잘 기억나지 않는다.

그러나 우리가 똑똑히 기억하는 것들이 있다.

당신이 만약 본부를 찾아왔다가 깔끔한 녹색 트위드 정장을 입고서 한 남자를 따라 사무실로 들어가는 여자를 본다면, 또는 접수대에서 빨간 힐을 신고 같은 색의 앙고라 스웨터를 입은 여자를 본다면, 당신은 그 여자가 타자수거나 비서라고 생각할 것이다. 당신의 생각은 맞을 것이다. 하지만 한편으로는 틀렸을 것이다. '비서'. 비서란 비밀스러운 사무를 맡은 사람이다. secretary라는 영어 단어는 라틴어 secretus(비밀), secretum(은둔)에서 나왔다. 우리는 누구나 타이핑을 했지만, 몇몇은 그 이상의 일을 했다. 그리고 우리는 매일 타자기 커버를 씌우고 나면 그날 하루 한 일에 관해서는 한마디도 하지 않았다. 몇몇 남자들과는 달리, 우리는 우리의 비밀을 지킬 수 있었다.

동

1949년–1950년

1

뮤즈

검은 정장을 입은 남자들이 들어왔고 내 딸이 차를 내왔다. 남자
들은 초대받은 손님처럼 정중하게 차를 받았다. 그러나 그들이 내
책상 서랍 내용물을 바닥에 비우고, 서가의 책들을 한 아름씩 **빼내**
고, 매트리스를 뒤집고, 옷장을 뒤지기 시작하자, 이라는 삐익 소리
를 내던 주전자를 스토브에서 내려놓고 찻잔과 접시를 치워서 찬장
에 집어넣었다.

커다란 궤짝을 든 남자가 나머지 남자들에게 쓸 만한 것들을 상
자에 넣으라고 명령하자, 막내 미챠는 고슴도치를 키우는 발코니
로 나갔다. 마치 남자들이 그 녀석까지 궤짝에 넣어버릴 거라고 생
각하는 듯 스웨터로 고슴도치를 감싸 안았다. 한 남자, 나중에 나
를 검은 차에 밀어 넣으며 내 엉덩이를 쓸었던 남자가 미챠의 머리
를 쓰다듬으며 착하다고 말했다. 미챠, 상냥한 그 아이가 거친 몸

짓으로 남자의 손을 뿌리치고는 제 누나와 같이 쓰는 방으로 들어
가 버렸다.

　남자들이 도착했을 때 목욕 중이던 엄마는 가운만 겨우 걸치고
나왔다. 아직 머리카락이 젖은 채 얼굴은 발갛게 상기되어 있었다.
"내가 이렇게 될 거라고 했지. 그들이 올 거라고 했잖아." 남자들은
보리스가 내게 보냈던 편지들, 내 공책, 음식 목록, 신문 스크랩, 잡
지, 책을 샅샅이 뒤졌다. "그가 우리한테 고통만 안겨줄 거라고 내
가 말했잖아, 올가."

　내가 뭐라고 대꾸할 틈도 없이, 한 남자가 내 팔을 붙잡았다. 체포
하는 사람이라기보다는 연인 같았다. 그러고는 내 목에 뜨거운 숨을
몰아쉬며 가야 할 시간이라고 했다. 몸이 굳어버렸다. 아이들이 울
부짖는 소리를 듣고 나서야 정신이 돌아왔다. 우리 뒤에서 문이 닫
혔지만, 아이들의 울음소리는 더욱 크게 들렸다.

　차는 두 번 좌회전해서 가더니 다시 우회전했다. 그런 다음 다시
우회전했다. 검은 정장의 남자들이 나를 어디로 데려가는지 창밖을
보지 않아도 알 수 있었다. 토기가 느껴져 내 옆에서 양파와 양배추
튀김 냄새를 풍기는 남자에게 말했다. 그가 창문을 열어주었다. 작
은 호의였다. 하지만 메스꺼움은 계속되었고, 크고 노란 벽돌 건물
이 보였을 때는 입을 틀어막아야 했다.

　어릴 때 루뱐카*를 지나갈 때는 숨을 참고 머릿속을 비워야 한다

---

* 　소련의 비밀경찰인 KGB(국가보안위원회) 본부의 별칭. 류뱐카 광장에 있어서 그렇
　　게 불렸으며, 지금 이 건물은 러시아 FSB(연방보안국) 본부로 쓰이고 있다.

고 배웠다. 국가보안부는 사람들이 반(反)소비에트 사상을 품고 있는지 꿰뚫어볼 수 있다고들 했다. 어린 시절 나는 반소비에트 사상이 뭔지도 몰랐다.

차는 로터리를 돌아 루뱐카의 내부 중정으로 들어갔다. 속에서 신물이 올라왔지만, 얼른 삼켜버렸다. 옆에 앉은 남자들이 가능한 한 멀찍이 물러났다.

차가 멈추었다. "모스크바에서 제일 높은 건물이 뭘까요?" 양파와 양배추 튀김 냄새를 풍기는 남자가 차 문을 열며 물었다. 또 한 번 구역질이 올라왔고, 나는 몸을 숙여 아침에 먹은 달걀프라이를 자갈 바닥에 게워냈다. 토사물이 남자의 탁한 검정 구두를 아슬아슬하게 비껴갔다. "물론 루뱐카죠. 그곳 지하실에서는 시베리아까지 한눈에 내다보인다고 하거든요."

두 번째 남자가 웃더니 피우던 담배를 바닥에 던져 구둣발로 비벼 껐다.

나는 두 번 침을 뱉고는 손등으로 입을 닦았다.

크고 노란 벽돌 건물 안으로 들어간 후 검은 정장의 남자들은 나를 두 여자 간수에게 인계했는데, 자기들이 나를 감방으로 데려가지 않는다는 걸 고마워해야 한다는 표정을 짓고 나서야 나를 넘겨주었다. 몸집이 크고 희미하게 콧수염이 난 여자 간수는 구석의 파란 플라스틱 의자에 앉아 있었고, 그보다 작은 여자 간수는 어린아이를 어르고 달래서 변기에 앉히는 사람처럼 아주 부드러운 목소리로 옷을 벗으라고 했다. 재킷과 원피스, 구두를 벗고 살색 속옷 차림으로

서자, 키 작은 여자 간수가 내 손목시계와 반지를 뺐다. 그녀는 콘크리트 벽이 울리도록 철커덩 소리를 내며 금속 상자에 그 물건들을 넣더니 브래지어도 벗으라는 몸짓을 해 보였다. 나는 두 팔로 가슴을 감싸며 멈칫거렸다.

"벗어야 합니다." 파란 의자에 앉은 여자가 말했다. 그게 그 여자의 첫 마디였다. "안 그러면 처형당할 수 있어요." 나는 후크를 끌러 브래지어를 벗었다. 차가운 공기가 가슴에 닿았다. 내 몸을 훑는 그들의 시선이 느껴졌다. 여자들은 이런 상황에서도 서로를 평가한다.

"임신했어요?" 몸집 큰 여자가 물었다.

"네." 임신 사실을 소리 내어 인정한 건 그게 처음이었다.

보리스와 마지막으로 사랑을 나눈 건 그가 세 번째로 헤어지자고 한 뒤 일주일이 지난 때였다. "끝났어." 그는 나에게 그렇게 말했었다. "끝내야 해." 나는 그의 가족을 파괴하고 있었던 거다. 나는 그에게 고통의 원인이었다. 그 말을 할 때 우리는 아르바트 근처의 어느 골목을 걷고 있었다. 나는 한 빵집의 문간에 쓰러졌다. 그가 나를 일으키려 했지만, 나는 내버려두라고 소리 질렀다. 사람들이 걸음을 멈추고 쳐다보았다.

다음 주에, 그는 우리 현관문에 서 있었다. 그의 누이가 런던에서 사서 보내준 화려한 일본식 실내복 가운을 선물로 들고 있었다. "나를 위해 입어봐 줘." 그가 간청했다. 나는 환복용 칸막이 뒤로 들어가 그 옷을 걸쳤다. 옷감은 버석버석하고 몸에 달라붙었고 배 부분이 불룩했다. 너무 컸다. 아마 그는 누이한테 아내에게 줄 선물이라고 말했을 것이다. 옷이 마음에 들지 않는다고 그에게 말했다. 그가 웃었다. "그럼 벗어." 그가 말했다. 나는 그 옷을 벗었다.

한 달 후, 피부가 따끔거리기 시작했다. 마치 추운 데 있다가 뜨거운 욕조에 몸을 담글 때와 같았다. 전에 이라와 미챠를 가졌을 때도 그런 따끔거림이 있었기 때문에 그의 아이를 가졌다는 걸 알았다.

"그렇다면 의사가 곧 올 거예요." 키 작은 간수가 말했다.

그들은 내 몸을 뒤져 모든 걸 가져가고는 헐렁한 회색 작업복 하나와 두 사이즈는 큰 슬리퍼를 내주더니 매트 하나와 양동이 하나가 전부인 시멘트 상자 같은 방으로 나를 안내했다.

그들은 사흘 동안 나를 그 시멘트 상자에 가둬놓고, 하루에 두 번 죽과 쉰 우유를 주었다. 의사가 나를 검사했지만, 이미 아는 사실을 확인해주었을 뿐이다. 내 안에서 자라는 아기 덕에 나는 그 상자 방에 갇혔던 여자들에게 일어났다는 일을 모면할 수 있었다.

사흘이 지난 후 나는 커다란 방으로 옮겨졌다. 역시 시멘트로 된 그 방에는 열네 명의 여자들이 수감되어 있었다. 바닥에 고정된 금속 프레임의 침대가 나에게 주어졌다. 간수들이 문을 닫고 나가자마자 나는 침대에 누웠다.

"지금 자면 안 돼요." 옆 침대에 앉아 있던 젊은 여자가 말했다. 그녀는 팔이 앙상했고 팔꿈치에는 부스럼이 있었다. "그들이 와서 깨울 거예요." 그녀는 머리 위에서 노려보는 형광등을 가리켰다. "낮에 자는 건 허락되지 않아요."

"밤에 한 시간이라도 잔다면 다행이지." 두 번째 여자가 말했다. 첫 번째 여자와 닮은 구석이 있었지만, 어머니뻘이라 할 만큼 나이가 많았다. 그 둘이 서로 관계가 있는지 궁금했다. 아니면 여기 들어온 후 그 밝은 불빛 아래 똑같은 옷을 입고 지내다 보니 모두가 닮아 버린 건지도 몰랐다. "그들이 '잠깐 이야기하자'며 한 명을 데려가면 바로 그때가 잘 시간이죠."

젊은 여자가 나이 든 여자를 바라보았다.

"그럼 잠 안 자고 뭐하고 지내요?" 내가 물었다.

"기다리는 거죠."

"체스도 하고요."

"체스요?"

"네." 저쪽 탁자에 앉아 있던 세 번째 여자가 말했다. 그녀가 골무로 만든 나이트 모양의 말을 들어 보였다. "체스 할 줄 알아요?" 나는 할 줄 몰랐지만, 기다림의 한 달 동안 체스를 배우게 되었다.

간수들이 정말로 왔다. 그들은 밤마다, 한 번에 여자 한 명을 끌고 갔다가 몇 시간 후에 눈이 충혈되고 말이 없어진 그 여자를 7번 방으로 데려왔다. 나는 매일 밤 끌려갈 각오를 하면서 마음을 다잡았지만, 그래도 막상 그들이 나를 부르러 오자 놀랐다.

드러난 내 어깨를 두드리는 나무 경찰봉의 느낌에 잠을 깼다. "이름 머리글자!" 간수가 내 머리 위에서 내려다보며 소리쳤다. 밤에 오는 남자들은 하나같이 우리를 데려가기 전에 이름 머리글자를 물었다. 나는 중얼중얼 대답했다. 간수는 옷을 입으라고 했고, 내가 옷을 입는 사이에도 고개를 돌리지 않았다.

우리는 캄캄한 복도를 걸어가 여러 층을 내려갔다. 소문이 사실인가 싶었다. 루뱐카는 지하 20층이나 되고 크렘린과는 몇 개의 터널로 연결되어 있으며, 터널 하나는 전쟁 중 스탈린을 위해 온갖 사치품까지 구비해놓은 벙커로 통한다는 소문이 있었다.

또 하나의 홀의 끝, 271이라고 표시된 문 앞에 도착했다. 간수가 문을 살짝 열고 안을 엿보더니 웃으면서 활짝 문을 열어젖혔다. 그곳은 감방이 아니라 통조림 고기가 탑을 이루고 차 상자와 호밀가루 포대가 가지런히 쌓여 있는 창고였다. 간수는 툴툴거리며 창고 저편 또 다른 문을 가리켰다. 아무런 번호도 없는 문이었다. 나는 문을 열었다. 안에 들어서자 빛에 적응하느라 애를 먹었다. 호텔 로비에 있어도 손색이 없을 화려한 가구들이 놓인 사무실이었다. 한쪽 벽은 가죽 장정의 책들이 빼곡한 붙박이 서가가 놓여 있었다. 다른 쪽 벽에는 세 명의 간수가 줄지어 서 있었다. 방 중앙의 커다란 책상에는 군복 차림의 한 남자가 앉아 있었다. 책상 위에는 책과 편지들이 쌓여 있었다. **내** 책들, **내** 편지들이었다.

"앉으세요, 올가 프세볼로도브나." 그 남자가 말했다. 책상 앞에서 평생을 보냈거나 중노동을 한 사람처럼 어깨가 둥글게 굽어 있었다. 찻잔을 감싸 쥔 손이 완벽하게 손질된 것으로 보아 전자 같았다. 남자 앞에 놓인 작은 의자에 앉았다.

"계속 기다리게 해서 미안합니다." 그가 말했다.

나는 몇 주 동안 준비해온 말을 시작했다. "전 잘못한 게 아무것도 없어요. 저를 풀어주셔야 해요. 제겐 가족이 있어요. 도무지—"

그가 한 손가락을 들어 올렸다. "잘못한 게 아무것도 없다? 그건 우리가 판단할 겁니다……. 조만간 말이죠." 그는 한숨을 내쉬더니 두껍고 누런 엄지손톱 끝으로 이를 쑤셨다. "시간이 좀 걸릴 겁니다."

나는 그들이 곧 나를 풀어줄 거라고, 모든 것이 해결될 거라고, 그래서 새해 전야는 따뜻한 난로 옆에서 보리스와 함께 근사한 그루지야 와인 한 잔을 건배하며 보내게 될 거라 생각했었다.

"그래서 당신은 무슨 짓을 했나요?" 그가 서류들을 들추다가 영장처럼 보이는 종이 한 장을 빼냈다. "테러리즘적 성격의 반소비에트 견해 표명." 무슨 꿀 케이크 레시피에 들어간 재료 목록을 읽듯 그가 읽었다.

누군가는 공포란 차갑게 흐르는 거라 생각할 것이다. 몸을 마비시켜, 다가올 피해에 대비하는 기제라고 말이다. 그러나 나에게 공포란 한쪽 끝에서 다른 쪽 끝까지 달리는 불처럼 타오르는 뜨거움이었다. "제발요. 우리 가족한테 연락하게 해주세요."

"내 소개부터 하죠." 그가 미소를 짓고는 삐익 가죽 스치는 소리를 내며 의자에 뒤로 기댔다. "나는 당신을 맡은 보잘것없는 신문관입니다. 차 한 잔 드시겠어요?"

"네."

그는 자리에서 움직이지도 않고 차를 건넸다. "아나톨리 세르게예비치 세묘노프라고 합니다."

"아나톨리 세르게예비치—"

"그냥 편하게 아나톨리라고 하세요. 앞으로 서로를 잘 알아가게 될 테니까요, 올가."

"올가 프세볼로도브나라고 불러주세요."

"좋습니다."

"그리고 저한테는 단도직입적으로 말씀해주시면 좋겠어요, 아나톨리 세르게예비치."

"그리고 저한테는 솔직하게 말해주시고요, 올가 프세볼로도브나." 그는 옷 주머니에서 때 묻은 손수건을 꺼내 코를 풀었다. "그자가 쓰고 있는 소설에 관해 말해주시죠. 이런저런 말이 들리더군요."

"이를테면요?"

"말해보세요. 이 『닥터 지바고』가 무엇에 관한 소설입니까?"

"저는 몰라요."

"모른다고요?"

"아직 집필 중인걸요."

"만약 종이와 펜을 주고 잠시 당신 혼자 있게 시간을 준다면, 그러면 그 책에 관해 아는 것이든 모르는 것이든 전부 다 쓸 수 있겠죠. 좋은 생각이죠?"

나는 대답하지 않았다.

그가 일어서더니 나에게 백지 몇 장을 건넸다. 그리고 주머니에서 금장 펜 하나를 꺼냈다. "자, 내 펜을 쓰세요."

그는 펜과 종이와 함께 세 명의 간수를 남기고 방을 나갔다.

아나톨리 세르게예비치 세묘노프 귀하,

이것을 편지라고 할 수 있을까요? 제대로 된 진술은 어떻게 하는 건지요?

진술할 내용이 있기는 하지만, 귀하께서 듣고 싶어 할 말은 아닙니다. 그리고 그런 진술은 대체 어디서부터 시작해야 하는지요? 맨 처음부터?

나는 펜을 내려놓았다.

처음 보리스를 본 건 낭송회에서였다. 그는 소박한 연단 뒤에 서 있었다. 환한 조명을 받은 은빛 머리카락이 반짝였고, 높은 이마에서는 광채가 났다. 시를 낭송하는 동안 그의 눈은 커졌고, 어린아이 같고 풍부한 표정은 청중들 위로 파도처럼 퍼지며 발코니에 있는 내 자리까지 물결쳤다. 두 손은 오케스트라를 지휘하듯 빠르게 움직였다. 어떤 면에서는 오히려 그가 지휘당했다. 청중들은 때로 그가 채 낭송을 끝내기도 전에 그의 시구를 외쳤다. 한번은 보리스가 잠시 멈추고 불빛 속을 쳐다보았는데, 장담하건대 그는 발코니에서 지켜보는 나를 보았을 것이다. 내 시선이 하얀 빛을 뚫고 그의 시선과 마주쳤던 게 틀림없다. 그가 시 낭송을 마치자 나는 일어섰다. 박수치는 것도 잊어버린 채 두 손을 꼭 모으고서. 사람들이 무대로 달려가 그를 에워쌌지만, 나는 그 자리에 계속 서 있었다. 내가 앉아 있던 줄이, 이어서 발코니가, 이어서 강당 전체가 비어가는 동안에도.

나는 펜을 다시 들었다.

아니면 어떻게 시작할지부터 말해야 할까요?

시 낭송회가 끝나고 채 일주일이 지나기 전, 보리스는 두껍고 붉은 카펫이 깔린《노비 미르》잡지사 로비에 서서, 이 문예지의 새 편집장 콘스탄틴 미하일로비치 시모노프와 이야기를 나누고 있었다. 시모노프는 전쟁 전에 입던 정장이 옷장을 가득 채울 만큼 많았고, 파이프 담배를 피울 때면 서로 쟁강 부딪치는 루비 도장 반지 두 개를 손가락에 끼고 다녔다. 작가들이 그 사무실을 방문하는 건 드문 일이 아니었다. 사실 손님에게 잡지사를 구경시켜주고, 차를 내오고, 점심식사에 데려가는 등의 평범한 접대는 종종 내가 하던 일이었다. 하지만 보리스 레오니도비치 파스테르나크는 러시아에서 가장 유명한 생존 시인이었고, 그래서 콘스탄틴 편집장이 주인 역할을 맡아 기다랗게 늘어선 책상 사이로 보리스를 안내하며 카피라이터, 디자이너, 번역가, 그 밖의 중요한 직원들을 소개했다. 가까이서 보니 보리스는 무대에 있을 때보다 훨씬 더 매력적이었다. 나이는 쉰여섯이었지만 마흔이라고 해도 믿을 것 같았다. 인사말을 나누는 사이 그의 눈은 이 사람 저 사람을 부지런히 오갔고, 환한 미소를 짓느라 높은 광대뼈가 더욱 도드라졌다.

그들이 내 책상으로 다가올 때 나는 번역 작업하던 시 원고를 붙잡고 아무렇게나 표시하기 시작했다. 책상 밑으로는 스타킹 신은 발을 꼼지락거리며 힐 속으로 집어넣었다.

"선생님의 열렬한 추종자 한 명을 소개해드리죠." 콘스탄틴이 보리스에게 말했다. "올가 프세볼로도브나 이빈스카야입니다."

나는 손을 내밀었다.

보리스는 내 손목을 돌리더니 손등에 키스했다. "만나서 반갑습니다."

"어릴 때부터 선생님 시를 좋아했어요." 그가 멀어져 가는 동안 나는 바보처럼 말했다.

그가 치아 사이의 벌어진 틈이 드러나도록 미소를 지었다. "사실 지금은 소설 작업을 하고 있어요."

"어떤 소설인가요?" 그렇게 물으면서, 작가에게 아직 끝내지도 않은 프로젝트를 설명하라고 조르는 나 자신을 책망했다.

"옛날 모스크바에 관한 거죠. 당신은 너무 젊어서 기억하지 못할 모스크바."

"정말 흥미롭군요." 콘스탄틴이 말했다. "얘기가 나왔으니 말인데, 그건 제 사무실에서 말씀 나누시죠."

"그럼 다시 뵙기를, 올가 프세볼로도브나. 지금도 제 추종자가 있다니 기분 좋은데요." 보리스가 말했다.

거기서부터 시작된 거였다.

처음 그를 만나기로 했던 날, 나는 늦었고 그는 일찍 와 있었다. 그는 개의치 않는다고 했다. 그는 한 시간 전에 푸시킨스카야 광장에 도착했는데, 비둘기 한 마리가 푸시킨 동상 꼭대기에 먼저 와 있던 비둘기 옆에 내려와서, 숨 쉬는 깃털 모자처럼 앉아 있는 모습을 지켜보는 것이 좋았다고 했다. 내가 벤치 위 그 옆에 앉자, 그가 내 손을 잡더니 나를 만나고 나서부터 오직 내 생각밖에 나지 않더라고 했다. 내가 다가와서 자기 옆에 나란히 앉을 때의 느낌은 어떨지, 내 손을 잡는 기분이 어떨지 생각을 멈출 수 없더라고 했다.

그 후로 그는 아침마다 내 아파트 앞에서 기다리곤 했다. 출근 전, 우리는 넓은 대로를 걷고 수많은 광장과 공원을 지나고, 목적지도 없이 모스크바 강의 모든 다리를 건넜다가 돌아오곤 했다. 그 여름 라임 나무들은 꽃을 활짝 피우고 있었고, 도시 전체에서는 꿀처럼 달콤하고 살짝 썩은 냄새가 났다.

나는 그에게 모든 것을 말해주었다. 우리 아파트에서 목을 매단 채 나에게 발견되었던 첫 남편에 관해서, 내 품에서 숨을 거둔 두 번째 남편에 관해서, 그리고 그들 이전에 사귀었던 남자들과 그들 이후에 사귀었던 남자들에 관해서. 수치스러웠던 일들, 굴욕적이었던 일들에 관해서도 말했다. 남모르는 기쁨에 관해서도 말했다. 기차에서 첫 번째로 내리는 사람이 될 때의 기쁨, 얼굴에 바르는 크림과 향수의 라벨이 앞쪽을 보도록 정리하는 기쁨, 아침으로 먹는 새콤한 체리파이의 맛이 주는 기쁨. 처음 몇 달 동안 나는 끝없이 이야기했고 보리스는 귀 기울여 들어주었다.

여름이 끝날 무렵, 우리는 애칭으로 부르기 시작해 나는 그를 보랴로, 그는 나를 올랴로 불렀다. 그리고 사람들은 벌써 우리에 관해 떠들기 시작했다. 엄마가 가장 말이 많았다. "이건 그냥 용납할 수 없는 일이야." 엄마가 얼마나 여러 번 말렸는지 셀 수조차 없었다. "그 사람은 유부남이야, 올가."

그러나 아나톨리 세르게예비치는 이런 진술을 듣고 싶어 하지 않을 터였다. 그가 어떤 진술을 바라는지는 알고 있었다. 나는 그의 말을 똑똑히 기억했다. "파스테르나크의 운명은 당신이 얼마나 진실을 말하느냐에 달려 있을 겁니다." 나는 펜을 들고 다시 쓰기 시작했다.

아나톨리 세르게예비치 세묘노프 귀하,
『닥터 지바고』는 한 의사에 관한 이야기입니다.
그것은 두 세계대전 사이 몇 년 동안의 이야기입니다.
그것은 유리와 라라의 이야기입니다.
그것은 옛 모스크바에 관한 이야기입니다.

그것은 옛 러시아에 관한 이야기입니다.

그것은 사랑 이야기입니다.

그것은 우리의 이야기입니다.

『닥터 지바고』는 반소비에트 소설이 아닙니다.

한 시간 후 돌아온 세묘노프에게 나는 편지를 건넸다. 그는 편지
를 앞뒤로 뒤집으며 훑어보았다. "내일 밤 다시 쓰기로 하죠." 그는
종이를 동그랗게 구겨 떨어뜨리고는 간수들에게 나를 데려가라고
손짓했다.

· · ·

매일 밤 간수 한 명이 나를 데리러 왔고, 세묘노프와 나는 약간의
잡담을 나누곤 했다. 매일 밤 나의 보잘것없는 신문관은 똑같은 질
문을 했다. 그것은 무엇에 관한 소설입니까? 그는 왜 그 소설을 쓰
는 거죠? 당신은 왜 그를 보호하는 겁니까?

나는 그가 듣고 싶어 하는 대답, 그 소설이 혁명에 비판적이라는
말은 하지 않았다. 보리스는 사회주의 리얼리즘을 거부해왔고, 정
부의 지침과는 상관없이, 마음 가는 대로 살고 사랑하는 인물들의
이야기를 쓰는 걸 좋아한다는 말은 하지 않았다.

우리가 만나기 전부터 보랴가 이미 그 소설을 쓰고 있었다는 것도
말하지 않았다. 라라가 이미 그의 머릿속에 있었고, 그리고 소설 앞
부분에서 그 여주인공은 그의 아내 지나이다를 닮아 있었다고 말하

지 않았다. 시간이 지나면서 라라는 결국 내가 되었다고 말하지 않았다. 아니 어쩌면 내가 그녀가 되었다는 말은 하지 않았다.

보랴가 나를 자신의 뮤즈라고 불렀고, 우리가 함께 지낸 첫해에 지난 3년을 합친 것보다 더 많이 썼다고 얘기했다는 말도 하지 않았다. 내가 처음 그에게 끌렸던 건 모두가 아는 그의 이름 때문이었지만, 그럼에도 그와 사랑에 빠졌다는 말도 하지 않았다. 나에게 그는 무대 위의 유명한 시인, 신문에 난 사진, 스포트라이트를 받는 인물 이상이라는 것도. 그의 결점을 보고 내가 얼마나 기뻐했는지도. 벌어진 앞니, 20년이나 되었어도 바꾸지 않는 머리빗, 생각에 잠길 때면 펜으로 뺨을 긁어 얼굴에 검은 잉크 줄을 남기는 버릇, 위대한 작품을 쓰기 위해 어떤 대가를 치르든 스스로를 몰아대는 방식도 말하지 않았다.

그리고 실제로 그는 자신을 몰아댔다. 낮에는 맹렬한 속도로 글을 쓰면서, 책상 밑 고리버들 바구니를 글이 빼곡한 종이로 가득 채웠다. 그리고 밤이면 나에게 그 글을 읽어주었다.

때로 그는 모스크바 곳곳의 아파트들에서 열리는 작은 모임에서 낭송하기도 했다. 보랴는 가운데 놓인 작은 탁자 앞에 앉고 친구들은 그 주변에 의자를 반원형으로 놓고 앉았다. 나는 보랴 옆에 앉아서, 안주인 역할, 그의 곁을 지키는 여자, 거의 아내 같은 역할을 한다는 사실에 자부심을 느끼곤 했다. 그는 특유의 들뜬 어조로 단어들을 쏟아내듯 시를 낭송하며, 앞에 앉은 사람들의 머리 바로 위를 응시하곤 했다.

나는 모스크바에서 열리는 그런 작은 낭송회에는 참석했지만, 기차로 얼마 안 되는 거리인 페레델키노에서 열리는 낭송회에는 참석하지 않았다. 작가 집단촌에 있는 그의 다차(별장)는 그 아내의 영역이었다. 커다란 내민창이 있는 그 적갈색 목조 주택은 비탈진 언덕 꼭대기에 있었다. 집 뒤쪽에는 자작나무와 전나무가 늘어서 있었고, 옆으로는 큰 텃밭으로 통하는 흙길이 있었다. 처음으로 나를 그 텃밭에 데려가던 날, 보랴는 최근 몇 년간 어떤 채소가 풍작이었고 흉작이었는지, 왜 그랬는지를 찬찬히 설명했다.

일반인이 사는 보통의 집보다 큰 그 다차는 정부가 제공한 것이었다. 사실 페레델키노 작가촌 전체가 국가가 선정한 작가들의 왕성한 활동을 돕기 위해 스탈린이 하사한 선물이었다. "영혼의 생산이 탱크 생산보다 중요하다"는 게 스탈린의 말이었다.

보랴의 말로는, 그것은 작가들을 감시하는 좋은 방법이기도 했다. 작가 콘스탄틴 알렉산드로비치 페딘이 옆집에 살았다. 코르네이 아비노비치 추콥스키도 근처에 살면서 어린이 책을 쓰고 있었다. 이삭 엠마누일로비치 바벨이 살다가 체포되어 나간 후, 다시 돌아오지 못한 집은 언덕 아래 있었다.

그리고 나는 세묘노프에게, 보랴가 자신이 쓰는 소설이 자신에게 죽음을 안겨줄 수 있다고 고백했으며, 대숙청 기간에 스탈린이 그의 수많은 친구에게 한 것처럼 그를 끝장내 버릴까 봐 몹시 두려워했다는 말도 꺼내지 않았다.

내가 한 모호한 대답들은 결코 나의 신문관을 만족시키지 못했다. 그는 계속 새 종이와 자신의 펜을 주고 다시 쓰라고 했다.

세묘노프는 자백 하나를 끌어내려고 갖은 시도를 했다. 때로는 차를 내오고, 시에 관한 내 생각을 물어보고, 자신이 보랴 초기 작품의 팬이라고 하면서 친절하게 굴었다. 그리고 일주일에 한 번 의사를 보게 해주었고 간수들에게 지시해 나에게 모직 담요를 하나 더 내주었다.

때로 세묘노프는 나를 석방하는 조건으로 보랴가 자수하려 했다고 말하면서 나를 구슬렸다. 한번은 금속 카트가 복도를 굴러가다 쾅 소리를 내며 벽에 부딪쳤는데, 그는 보리스가 들어오려고 루뱐카 벽을 두드리고 있다고 농담했다.

또 어느 행사에서 보리스가 목격되었는데, 아내를 품에 안고 좋아 보이더라고도 했다. 그러면서 "홀가분해 보였다"는 말을 썼다. 가끔 그의 품 안의 여자가 아내가 아니라 젊은 여자가 되기도 했다. "프랑스 여자일 거예요." 나는 애써 미소를 짓고는 그가 행복하고 건강하다니 다행이라고 대답하곤 했다.

세묘노프는 나한테 손가락 하나 대지 않았고, 심지어 협박하지도 않았다. 하지만 폭력은 늘 그 자리에 있었고, 그 상냥한 품행은 늘 계산된 것이었다. 나는 그런 남자들을 평생 보아왔고 그들이 어떤 짓을 할 수 있는지 잘 알고 있었다.

· · ·

밤이면 감방 동료들과 나는 곰팡내 나는 천 쪼가리로 눈을 가렸다. 꺼질 줄 모르는 빛을 차단하기 위한 부질없는 시도였다. 간수들은 들락날락했고 잠은 오락가락했다.

아예 잠이 오지 않는 밤이면 나는 마음을 안정시키려 한동안 심호흡을 하고는 내 안에서 커가는 아이에게 집중하려고 애썼다. 배에 손을 얹고서 뭐라도 느껴보려고 했다. 한번은 작은 무언가가 느껴지는 것 같았다. 거품이 터지는 것처럼 작은 무언가. 나는 할 수 있는 한 오래 그 느낌에 매달렸다.

배가 불러오면서 다른 여자들보다 한 시간은 더 누워 있는 것이 허락되었다. 그리고 죽 한 그릇이 더 나왔고 가끔은 찐 양배추가 나오기도 했다. 감방 동료들도 음식을 나눠주었다.

결국 그들은 나에게 더 큰 작업복을 주었다. 동료들은 아기가 차는 걸 느껴보고 싶다며 배를 만져도 되냐고 물었다. 아기의 발길질은 7번 방 바깥 자유의 삶을 약속하는 것 같았다. **우리의 꼬마 수용자,** 동료들은 그렇게 속삭였다.

. . .

그날 밤의 시작은 여느 밤과 다름없었다. 경찰봉이 쿡쿡 찌르는 느낌에 잠을 깬 나는 취조실로 안내되었다. 세묘노프 맞은편에 앉자 새 종이가 주어졌다.

그때 문을 두드리는 소리가 났다. 머리카락이 하얗다 못해 푸르스름하게 보이는 남자가 들어오더니 세묘노프에게 만남이 준비되었다고 말했다. 그 남자가 나를 돌아보았다. "계속 한 사람을 요구하더니, 드디어 뜻대로 됐군요."

"제가요? 누구 말이에요?" 내가 되물었다.

"파스테르나크." 세묘노프가 대답했다. 다른 사람이 있어서인지 그의 목소리가 평소보다 크고 거칠었다. "그가 당신을 기다리고 있습니다."

믿을 수가 없었다. 하지만 그들이 밴의 뒤쪽, 창문 없는 자리에 나를 태우자 믿기로 했다. 아니, 작은 희망을 억누를 수 없었달까. 심지어 그런 상황에서도 그를 만날 생각을 하니 우리 아기의 첫 태동을 느꼈을 때 이후로 가장 기뻤다.

차는 또 다른 정부 건물에 도착했고 우리는 여러 개의 복도를 지나 여러 개의 층계를 내려갔다. 지하의 어느 어두운 방에 도착할 때쯤 나는 기진맥진하고 땀범벅이 되어서, 내 흉한 꼴을 보랴에게 보이게 되었다는 생각이 드는 걸 어쩔 수 없었다.

나는 휑한 방에 들어서며 한 바퀴 둘러보았다. 의자도 없고 탁자도 없었다. 천장에 전구 하나만 매달려 있었다. 바닥은 중앙의 녹슨 배수구를 향해 살짝 경사져 있었다.

"그이는 어디 있어요?" 내가 얼마나 어리석었는지 곧바로 깨달으며 물었다.

대답 대신, 나를 데려온 남자가 갑자기 금속 문 안쪽으로 나를 밀쳐 넣고는 문을 잠갔다. 냄새가 밀려왔다. 도저히 착각할 수 없는 들척지근한 냄새. 범포를 뒤집어쓴 기다란 형체들이 누워 있는 탁자들. 순간 무릎에 힘이 풀리면서 차갑고 젖은 바닥에 쓰러지고 말았다. 보리스가 저 천 밑에 있을까? 그래서 이들이 나를 여기 데려온 걸까?

몇 분 아니 몇 시간이 지났을까, 문이 다시 열렸고, 두 개의 팔이 나를 부축해 세웠다. 나는 질질 끌려 계단을 올라갔고, 끝이 없는 것 같은 복도를 다시금 지나갔다.

우리는 어느 홀 끝에 있는 화물용 엘리베이터를 탔다. 간수가 철창문을 닫고 레버를 당겼다. 모터가 돌아가며 엘리베이터가 크게 흔들렸지만 움직이지 않았다. 간수가 다시 레버를 당겨 철창문을 열어 젖혔다. "자꾸 잊어버리네요." 그가 능글맞게 웃으며 나를 엘리베이터 밖으로 밀었다. "사용하지 않은 지 한참 됐거든요."

그가 왼쪽 첫 번째 문으로 향하더니 문을 열었다. 세묘노프가 있었다. "우리가 기다리고 있었습니다." 그가 말했다.

"**우리**라니, 누구요?"

그가 벽을 두 번 두드렸다. 문이 다시 열렸고, 한 노인이 발을 끌며 들어왔다. 그 사람이 세르게이 니콜라예비치 니키포로프, 또는 그의 그림자라는 걸 깨닫기까지는 시간이 걸렸다. 그는 이라를 가르쳤던 영어 교사였다. 평소에 깔끔히 깎고 다녔던 수염이 비죽비죽 자라 있었고 바지는 야윈 몸에서 금방이라도 흘러내릴 것 같았으며 구두끈은 사라지고 없었다. 그에게서 소변 냄새가 났다.

"세르게이." 내가 입을 열었다. 그러나 세르게이는 나를 바라보려 하지 않았다.

"그럼 시작할까요?" 세묘노프가 말했다. "좋습니다." 그는 대답을 기다리지 않고 말했다. "다시 말씀해보시지요. 세르게이 니콜라예비치 니키포로프, 어제 우리한테 말한 증거가 확실한 거죠? 파스테르나크와 이빈스카야가 반소비에트 대화를 나누는 자리에 있었다면서요."

나도 모르게 비명이 나왔지만, 문 옆에 서 있던 간수에게 따귀를 맞고 곧 조용해졌다. 타일 벽에 부딪혔지만 아무 느낌이 없었다.

"네." 세르게이가 대답했다. 여전히 고개를 숙이고 있었다.

"그리고 이빈스카야가 파스테르나크와 함께 외국으로 도주할 계획이라고 당신한테 알렸다고요?"

"네." 세르게이가 말했다.

"사실이 아니에요!" 나는 소리쳤다. 간수가 나에게 달려들었다.

"그리고 이빈스카야의 집에서 반소비에트 라디오 방송을 들었고요?"

"그건 아니고…… 사실은, 그게 아니라…… 제 생각엔—"

"그럼 우리한테 거짓말한 겁니까?"

"아닙니다." 노인은 떨리는 손으로 얼굴을 감싸며, 끙끙거리는 듯한 기이한 소리를 냈다.

나는 눈길을 돌리라고 나 자신을 다그쳤지만, 그럴 수 없었다.

세르게이 니콜라예비치 니키포로프의 자백을 들은 후 그들은 나를 다시 7번 방으로 데려왔다. 통증이 언제 시작되었는지는 모르겠다. 몇 시간 동안 감각이 없었으니까. 그러나 어느 시점에서인가 동료들이 내 침낭에 피가 흥건하다고 간수에게 알렸다.

나는 루뱐카 병원으로 옮겨졌고, 이미 아는 사실을 의사로부터 듣는 동안, 내가 생각할 수 있었던 건 내 옷에서 아직도 그 시체보관소 같은 냄새, 죽음의 냄새가 난다는 것뿐이었다.

・・・

　"목격자의 진술로 우리는 피고의 행동을 밝혀낼 수 있었다. 피고는 계속해서 우리 체제와 소비에트 연방을 깎아내렸다. 피고는 〈보이스 오브 아메리카〉 방송을 청취했다. 피고는 애국적인 소비에트 작가들을 중상했고 반체제적 견해를 가진 작가 파스테르나크의 작품을 드높이 찬양했다."

　나는 판사의 판결문에 귀를 기울였다. 그가 사용한 단어, 그가 말한 숫자를 들었다. 그러나 그 두 가지를 함께 묶어 생각하게 된 건 다시 감방으로 끌려온 후의 일이었다. 누군가 물었고, 나는 대답했다. "5년요." 그제야 그 의미를 이해할 수 있었다. 나는 포트마 재교육 수용소 5년 형을 받았다. 5년, 모스크바에서 600킬로미터 떨어진 곳에서. 내 딸과 아들은 훌쩍 자라 10대가 되어 있겠지. 엄마는 거의 일흔이 되셨을 테고. 그때까지 살아 계실까? 보리스의 마음도 변해 있겠지. 아마도 새로운 뮤즈, 새로운 라라를 찾았을 거야. 어쩌면 벌써 찾았을지도 몰라.

　선고를 받은 다음 날, 그들은 나에게 좀이 쓴 겨울 코트 하나를 주고는 범포를 씌운 트럭 짐칸, 이미 다른 여자들이 가득 있는 곳에 나를 태웠다. 우리는 트여 있는 트럭 뒤쪽으로 점점 멀어지는 모스크바를 지켜보았다.

　어디에선가 어린 학생들이 두 명씩 줄을 지어 트럭 뒤쪽을 지나갔다. 교사는 아이들에게 한눈팔지 말고 똑바로 앞을 보라고 소리쳤지만, 한 소년이 고개를 돌렸고 우리와 눈이 마주쳤다. 잠깐 사이에 나는 그 아이가 내 아들, 나의 미챠라고, 또는 내가 영영 만나지 못할 그 아기라고 상상했다.

트럭이 멈추고 간수들이 우리에게 빨리 내려서 기차로 이동하라고 소리쳤다. 우리를 굴라크*로 데려갈 기차였다. 보랴가 쓰는 소설 앞부분이 떠올랐다. 유리 지바고가 우랄산맥의 안전한 곳에서 지내기 위해 갓 꾸린 가족과 함께 기차를 타는 장면이었다.

간수들은 창문 하나 없는 객차의 긴 의자에 우리를 앉혔고, 기차가 출발하자 나는 눈을 감았다.

잔잔한 물에 돌멩이를 던졌을 때 그려지는 파문처럼, 모스크바는 원을 그리며 퍼져 있다. 도시는 붉은 중심에서 확장되면서 수많은 대로와 기념비, 아파트 건물이 된다. 건물들은 앞의 것보다 더 작고 더 좁아진다. 그러다가 숲이 나오고, 이어서 시골이 나오고, 그다음은 눈, 그다음도 다시 눈이다.

---

* 소련의 강제 노동 수용소.

서

1956년 가을

지원자

워싱턴 D.C.의 여느 때와 다름없는 습한 날씨, 포토맥강 위로 답답한 공기가 내려앉은 날이었다. 9월에도 여전히 젖은 천을 덮고 숨쉬는 느낌이었다. 엄마와 같이 사는 지하 아파트를 나오자마자, 회색 치마를 입고 나온 걸 후회했다. 한 걸음 디딜 때마다 **모직이잖아, 모직, 모직** 하는 생각밖에 나지 않았다. 8번 버스에 올라 뒤쪽에 자리를 잡을 때쯤엔 하얀 블라우스가 땀으로 젖어오는 걸 느낄수 있었다. 엎친 데 덮친 격으로 엉덩이에도 한쪽씩 두 개의 커다란땀 얼룩이 생긴 것처럼 느껴졌다. 집주인이 집세를 올릴 낌새였기때문에 이번에는 꼭 취직해야 했다. 왜 리넨 치마를 입고 오지 않았을까?

버스를 갈아타고 치마에 쓸리는 엉덩이로 다시 세 블록을 걸어간뒤 포기 바텀 지구에 도착했다. E가를 내려가다가 피플스 드러그스

49

토어 쇼윈도에서 조심스레 뒷모습을 확인했다. 하지만 햇빛이 강렬한 데다 안경을 끼고 있지 않았기 때문에 아무것도 보이지 않았다.

처음 검안사를 찾았을 때가 스무 살이었다. 그때쯤엔 흐릿한 윤곽을 보며 사는 데 너무 익숙했기 때문에, 마침내 실제 그대로의 세상을 보았을 때는 모든 사물이 지나치게 생생했다. 나무에 달린 나뭇잎 하나하나, 내 코의 땀구멍 하나하나까지 다 보였다. 옷가지마다 붙어 있는 우리 위층에 사는 흰 고양이 미스카의 털 한 올까지 다 볼 수 있었다. 그 모든 것이 두통을 일으켰다. 나는 사물이 또렷한 부분들로 나눠지지 않은 흐릿한 전체로 보는 편이 차라리 좋았고, 그래서 웬만해선 안경을 쓰지 않았다. 아니 어쩌면 내가 그냥 고집스러웠기 때문이리라. 나에게는 세계의 모습에 관한 관념이 있었고, 그래서 그에 반대되는 것은 뭐든지 불편하게 느껴졌다.

벤치에 앉은 한 남자 앞을 지나가는데 그의 시선이 나를 따라오는 것이 느껴졌다. 구부정한 어깨로 바닥만 보면서 걷는 내 걸음걸이를 보고 있는 걸까? 자세를 교정하려고 머리에 책을 얹고 몇 시간씩 방 안을 오락가락하며 연습도 해봤지만, 그 모든 훈련으로도 걸음걸이는 고쳐지지 않았다. 남자의 시선을 느낄 때마다 그 남자가 나의 어색한 걸음을 보고 있는 것이리라 여겼다. 나머지 가능성, 그가 나를 매력적이라 여길 가능성은 아예 생각하지도 못했다. 언제나 나의 걸음걸이, 집에서 만들어 입은 옷 때문일 거라고, 또는 누군가를 빤히 보는 버릇이 있어서 내가 상대방을 너무 오래 바라봤기 때문일 거라고만 생각했다. 내가 예뻐서라는 생각은 한 적이 없었다. 절대, 단한 번도 없었다.

급히 걸음을 재촉해 어느 작은 식당으로 얼른 몸을 피하고는 곧바로 화장실로 향했다.

다행히 엉덩이에 땀 얼룩은 없었다. 나머지 부분들은 또 다른 문제였다. 앞머리는 이마에 달라붙어 있었고, 엄마가 중매업체 카탈로그에 실린 신부나 바를 것 같다고 핀잔을 주었던 마스카라는 번져 있었으며, 올워스 마트 여점원이 나의 '문제 지역'이라고 했던 곳에 꼼꼼히 바른 파우더는 비스퀵 비스킷처럼 두꺼웠다. 얼굴에 물을 끼얹어 수건으로 닦아내려는 순간 누군가 문을 두드렸다.

"잠시만요."

노크는 계속되었다.

"사람 있어요!"

문 저쪽에 있는 사람이 손잡이를 흔들었다.

나는 거칠게 문을 열고는 물이 뚝뚝 떨어지는 얼굴을 내밀었다. "금방 나가요." 옆구리에 신문을 끼운 그 남자에게 말하고는 문을 쾅 닫았다. 그러고는 치마를 올린 뒤, 종이 타월을 접어 속옷과 거들 사이에 끼워 넣고 시계를 보았다. 면접까지 25분 남아 있었다.

시드니, 굳이 말하자면 내 전 남자친구가 어느 날 밤 바이우 식당에서 피자에 맥주를 마시던 자리에서, 일자리가 났다고 처음 말해주었다. 그는 정보에 밝다는 것을 자랑으로 여기는 워싱턴 남자였고, 내가 2년 전에 대학을 졸업한 이후로 계속 정부 기관에 일자리를 구하려 애써왔다는 걸 알고 있었다. 하지만 말단 자리는 구하기 힘들어져서 보통은 내부인을 아는 지인이 있어야 가능했다. 시드니는 내가 아는 내부인이었다. 그는 국무부에서 일하고 있는데, 친구의 친구로부터 타자수 자리가 났다는 소식을 들었다. 나에게 승산은 없었다. 타이핑과 속기 실력은 그저 그랬고, 직업 경험이라고 해봐야 은퇴를 앞둔 어느 소송 변호사, 몸에 맞지도 않는 정장을 입고 다니는 그 남자 대신 전화를 받는 일이 전부였다. 하지만 시드니는 내가 쉽게 합격할 거라고, 정보국에 아는 사람에게 좋게 말해두었으니 걱정 없다고 했다. 그가 좋게 말해줄 정보국 사람을 실제로 알고나 있는지 의심스러웠지만, 어쨌거나 그에게 고맙다고 해주었다. 시드니가 키스를 하려 몸을 기울였을 때, 나는 손을 뻗으며 다시 한번 고맙다고 말했다.

화장실을 나오자 다행스럽게도 신문을 든 아까 그 남자는 보이지 않았다. 나는 코카콜라 큰 잔을 주문했고, 카운터 뒤의 키 작은 그리스 남자가 나에게 윙크를 날렸다. "아침부터 힘들었나 봐요?" 그가 물었다. 나는 고개를 끄덕이며 벌컥벌컥 잔을 들이켰다. "고마워요." 나는 카운터 위로 5센트 동전을 밀었다. 그가 한 손가락으로 동전을 도로 밀어냈다. "내가 살게요." 그가 말하고는 다시 윙크했다.

검은색 철로 된 정문에 도착한 건 예정보다 15분 이른 시각이었다. 그 정문 너머 네이비 힐에 회색과 붉은색 커다란 건물들이 들어선 복합단지가 있었다. 5분이면 괜찮았겠지만, 15분 일찍이라니, 그건 그 블록을 세 번 돌며 시간을 보낸 후에 들어가야 했다는 뜻이었다. 그때쯤 나는 다시 온몸이 땀투성이였다. 육중한 문을 밀면서, 상쾌한 에어컨 바람이 맞아주리라 기대했지만 오히려 더 뜨거운 공기가 훅 끼쳤다.

보안 검색 줄에서 기다린 뒤 내 차례가 되자 신분증을 내고 사전 승인 방문객 명단과 대조해야 했다. 하지만 신분증을 내기 위해 걸어갈 때, 둥근 쇠테 안경을 쓴 백발의 남자가 지나가면서 부딪치는 바람에 나는 가방을 떨어뜨렸다. 빈약한 한 페이지짜리 내 이력서가 바닥에 떨어졌다. 경쾌하게 보안 검색대를 통과했던 남자가 돌아보더니 다시 돌아왔다. 그가 이력서를 집어 든 뒤, 약간 미화했어도 여전히 보잘것없는 경력과 자격이 적힌, 이제는 더러워져 버린 이력서를 건네며 말했다. "여기요, 아가씨." 그러고는 내가 대답하기도 전에 자리를 떴다.

엘리베이터에서 나는 손가락 끝에 침을 묻혀 이력서의 얼룩을 문질렀다. 그러나 더 더러워지기만 했고, 나는 여분의 이력서를 가져오지 않은 자신을 원망했다. 도서관에서 빌린 『정정당당하게 일자리 구하는 법!』이라는 책을 참고해 쓴 이력서였다. 그 책의 지시대로 이력서 형식을 구상했고, 심지어 더 비싸고 무거운 미백색 용지를 사용했다. 더러워진 이력서는 그 책에서 '아마추어의 모습'이라 부를 만한 것이었다.

설상가상으로, 이력서를 집어 드는 도중에 아까 화장실에서 끼워 넣었던 종이 타월이 밀려 올라갔는지, 타월이 등에 닿는 게 느껴졌다. 그건 생각하지 말자고 자신을 타일렀지만, 그럴수록 자꾸만 더 신경이 쓰였다.

"어디 가세요?" 옆에 있던 여자가 버튼 위에서 손가락을 머뭇거리며 물었다.

"아, 3층요. 아니 4층요."

"면접 보러 오셨어요?"

나는 더러운 이력서를 들어 보였다.

"타자수?"

"어떻게 아셨어요?"

"제가 눈치가 좀 빠른 편이죠." 여자가 손을 내밀었다. 양미간이 넓었고, 번쩍이는 빨간 립스틱을 바른 통통한 입술은 두 개의 스웨디시 피시 젤리 같았다. "로니 레널즈예요. 정보국이 정보국이 되기 전부터 있었죠." 그녀는 그 사실이 자랑스러우면서도 지겨운 것 같았다. 그녀와 악수하는데, 약손가락에 반지가 있던 자리의 흰 피부가 눈에 띄었다. 엘리베이터가 3층에서 땡 소리를 냈다.

"조언 한마디 부탁드려요." 그녀가 나갈 때 내가 말했다.

"빨리 타이핑해야죠. 질문은 하지 마세요. 그리고 허튼소리는 신경 쓰지 말고요." 두 남자가 엘리베이터에 탔고, 그 뒤로 그녀가 외치는 소리가 들렸다. "그리고 아까 부딪힌 사람은 덜레스예요."

덜레스가 누구인지 묻기도 전에 엘리베이터 문이 닫혔다.

4층의 접수 담당자는 인사 대신 벽을 따라 한 줄로 놓인 플라스틱 의자를 가리켰다. 벌써 두 명의 여자가 앉아 있었다. 의자에 앉으니 종이 타월의 위치가 바뀐 게 느껴졌다. 시간이 있을 때 더 일찍 오지 않은 내가 원망스러웠다.

오른쪽에 앉은 나이 든 여자는 20년은 된 것 같은 무거운 녹색 카디건과 갈색의 긴 코듀로이 치마를 입고 있었다. 그녀의 옷차림은 속기사, 아니 내가 상상하던 속기 타자수라기보다는 학교 교사 같았고, 나는 다른 사람을 판단하고 있는 나 자신을 나무랐다. 그녀는 무릎 위의 이력서를 집게손가락과 엄지손가락으로 꼭 집고 있었다. 그녀도 나만큼 긴장했을까? 아이들이 커서 독립하고 나가자 다시 일을 시작하려는 걸까? 이미 새로 경력을 쌓기 시작해서 야간 비즈니스 수업까지 듣고 있는데 또 새로운 일에 도전하려는 건가? 그녀가 나를 보더니 소곤거렸다. "행운을 빌어요." 나는 웃음을 짓고는 나 자신에게 잡생각은 집어치우라고 말했다.

나는 벽에 걸린 시계를 보는 척 왼쪽에 앉은 가무잡잡한 피부의 여자를 살펴보았다. 방금 비서학교를 졸업한 듯 보였다. 나이는 스무 살쯤 됐겠지만, 열여섯 살도 많다고 할 만큼 어려 보였다. 나보다 예뻤고, 광택 있는 분홍색 코트를 입고 손톱에는 발레 슈즈 색의 매니큐어가 칠해져 있었다. 그리고 많은 시간과 실핀을 들여 완성한 듯한 머리 스타일을 하고 있었다. 그녀의 옷은 새것처럼 보였다. 하얀 칼라가 달린 긴소매 원피스에 하운즈투스 무늬 하이힐. 백화점 쇼윈도에서 보았다면 나도 살 형편이 되었으면 하고 바랄 그런 원피스였다. 집에 가서 엄마가 따라 만들도록 종이에 그릴 그런 옷이 아니었다. 나의 골칫거리 모직 치마는 1년 전 가핑클 백화점 쇼윈도의 마네킹이 걸치고 있었던 멋진 회색 치마를 본뜬 것이었다.

나는 걸핏하면 내 옷들이 가게에서 산 기성복이 아니라고, 또는 유행하는 옷이 아니라고 불평했지만, 그 소송 변호사가 완전히 은퇴하면서 나를 내보낸 후로 엄마의 재봉 일은 우리 지하 아파트 방세를 감당할 유일한 소득원이었다. 엄마는 길거리에서 발견한 낡은 탁구대를 부엌 옆 식당 방에 놓고 작업대로 썼다. 우리는 망가진 네트를 떼어냈고 엄마는 그 커다란 녹색 탁구대에 당신의 자랑이자 기쁨을 올려놓았다. 바로 아빠가 선물한 페달 달린 베스타 재봉틀이었는데, 엄마가 모스크바에서부터 가져온 물건이었다. 모스크바에 있을 때 엄마는 볼셰비치카 의류 공장에서 일했는데, 맞춤 드레스와 웨딩 드레스를 만드는 암거래 부업을 늘 했다고 했다. 엄마는 생김새로 보나 기질로 보나 여자 불도그였다. 엄마는 러시아를 휩쓸었던 두 번째 이민의 물결 끝물에 조국을 떠나 미국으로 건너왔다. 국경이 폐쇄되기 직전이었으니, 만약 부모님이 몇 달만 더 지체했다면 나는 자유의 땅이 아닌 철의 장막 뒤에서 자랐을 것이다.

네 가구가 함께 쓰던 집단 아파트의 작은 방에서 짐을 꾸리면서, 나를 임신한 지 3개월이던 엄마는 출산 예정일에 늦지 않게 아메리카 해안에 닿기를 바랐다. 사실 엄마의 임신은 부모님이 떠나기로 결심하게 된 동기였다. 엄마의 배가 불러오자 아빠는 필요한 서류를 준비하고 임시 거처를 알아봐 두었다. 메릴랜드주 파이크스빌이라는 곳에서 삶을 꾸린 둘째 사촌네 집이었다. 그 지명이 엄마에게 얼마나 이국적으로 들렸는지, 엄마는 기도문처럼 혼자 소곤거리곤 했었다. "메릴랜드. 메릴랜드."

당시 아빠는 군수 공장에서 일했지만, 그 전에는 붉은 교수 대학원에 다니며 철학을 공부했다. 3년째 되던 해, 아빠는 '지정된 커리큘럼 이외의 사상'을 표현했다는 이유로 퇴학당했다. 아빠의 계획은 볼티모어나 워싱턴의 여러 대학교 중 한 곳에서 일자리를 구하고 1-2년 정도 사촌 집에 살면서 돈을 모은 뒤 집을 사고, 차를 사고,

아이를 한 명 더 낳고 등등 모든 것을 한다는 거였다. 부모님은 그들에게 생길 아기를 꿈꾸었다. 아기가 살 일생을 그려보았다. 깨끗한 미국의 병원에서 태어나고, 러시아어와 영어 두 가지 언어를 배우고, 최고의 학교에 다니고, 커다란 미국 차를 널따란 미국 도로에서 운전하는 법을 배우고, 어쩌면 야구까지 하게 될 터였다. 그 꿈속에서 두 사람은 스탠드에 앉아 땅콩을 먹으며 응원하게 되리라. 그리고 미래의 집에서, 엄마에겐 드레스를 지을 엄마만의 방이 있을 것이며, 잘하면 나름의 사업도 시작하게 되리라.

두 사람은 부모 형제와 그들이 알던 모든 사람과 모든 것에 작별 인사를 했다. 일단 한번 떠나면 다시는 돌아올 수 없다는 것, 아메리칸 드림을 좇은 죄로 영원히 시민권을 박탈당하리라는 것을 알고 있었다.

나는 존스홉킨스 병원에서 태어났고, 내가 배운 첫 단어는 '네'를 뜻하는 러시아어 '다da', 이어서 영어 '노no'였다. 나는 훌륭한 공립학교에 다녔고 심지어 소프트볼을 했고, 운전을 배워 사촌의 차 크로슬리를 몰았다. 하지만 아빠는 그런 모습을 보지 못했다. 내가 왜 아빠를 만나지 못했는지, 엄마는 세월이 흘러서야 그 이유를 말해주었고, 그 말을 할 때 무언가를 고백하는 사람처럼 급하게 단번에 말을 쏟아냈다. 엄마의 말에 따르면, 두 사람을 대서양 너머로 실어갈 증기선에 타려 줄을 서 있을 때 제복을 입은 두 남자가 다가오더니 아빠에게 서류를 보여달라고 했다. 이미 제복 입은 다른 남자들과의 그 절차를 통과한 뒤였기 때문에, 아빠가 재킷에서 서류를 꺼낼 때도 엄마는 눈앞의 위험을 눈치채지 못했다. 남자들은 여행 서류를 보지도 않고서 아빠의 양쪽에서 팔을 붙잡으며 상관이 사적으로 보잔다고 말했다. 엄마는 아빠를 붙잡았지만, 남자들이 아빠를 잡아끌었다. 엄마는 비명을 질렀고 아빠는 엄마에게 배를 타라고 침착하게 말했다. 곧 따라오겠다고 했다. 엄마가 반발하자 아빠가 다시 말했다. "어서 승선해요."

배가 떠날 때를 알리며 고동을 울렸지만, 엄마는 아빠가 마지막 순간에 트랩을 달려올까 보려고 난간 쪽으로 가지 않았다. 남편을 다시 보지 못한다는 걸 엄마는 알고 있었다. 대신에 엄마는 3등칸 엄마 자리의 간이침대에 주저앉았다. 옆의 침대는 그 여행 내내 비어 있었다. 배 속에 있던 나의 꾸준한 발길질만이 엄마의 유일한 길동무였다.

세월이 흘러, 모스크바의 고모에게서 아빠가 굴라크에서 돌아가셨다는 전보를 받고 엄마는 꼬박 일주일을 몸져누웠다. 그때 나는 겨우 여덟 살이었지만, 요리하고 청소하고 혼자 등하교를 했고, 찢어진 소매를 수선하고 바짓단을 줄이고 수선이 끝난 옷들을 배달하면서 엄마가 하던 소소한 재봉일을 마무리했다.

미국에서 엄마의 첫 직장은 루 세탁수선소였다. 엄마는 종일 남자 셔츠를 펴고 다림질을 하다가 밤이면 독한 화학약품으로 얼룩지고 갈라진 손으로 퇴근했다. 바늘을 잡고 바짓단을 접거나 재킷 단추를 달 기회조차 어쩌다 한번 생길 뿐이었다. 아빠의 사망 소식을 듣고 일주일이 지난 날, 엄마는 일어나서 완벽하게 화장하고는 루 세탁소를 그만두고 일을 시작했다. 한 땀 한 땀 바느질을 하고, 하나하나 비즈를 달고, 하나하나 깃털을 붙이며, 엄마는 모든 슬픔을 담아

드레스를 지었다. 두 달 동안 거의 두문불출하여 마침내 일을 끝냈을 때, 지금껏 만든 어떤 옷보다 아름다운 드레스들로 트렁크 두 개가 채워졌다. 엄마는 성 십자가 러시아 정교회 사제에게 부탁해 교회에서 열리는 연례 가을 축제 때 작은 매대를 세웠다. 엄마의 드레스는 몇 시간 만에 다 팔려나갔다. 심지어 견본품인 웨딩드레스까지 팔렸는데, 한 여자가 열한 살 된 딸이 나중에 시집갈 때 입히겠다고 사 갔다. 일이 끝나고 보니 돈이 제법 모여, 우리는 북적이는 사촌네 메릴랜드 집을 나와 워싱턴 D. C.에서 처음이자 마지막 월셋집을 얻게 되었고, 엄마는 드레스 사업을 시작할 수 있었다. 비록 혼자 힘으로 이뤄내야 했지만, 엄마에게도 엄마의 아메리칸 드림이 있었다.

엄마는 우리 지하 아파트에 '당신을 위한 USA 드레스와 그 이상의 것들'이라는 가게를 열었고, 엄마의 손재주가 좋다는 입소문이 퍼졌다. 러시아계 미국인 1세대와 2세대가 엄마를 찾아와 결혼식이나 장례식, 또는 특별한 행사를 위해 엄마가 잘하는 정교한 작업을 맡겼다. 엄마는 드레스 몸통에 이 대륙의 누구보다 많은 스팽글을 박을 수 있다고 자랑했다. 얼마 안 가서 엄마는 워싱턴에서 두 번째로 솜씨 좋은 러시아인 재봉사로 알려졌다. 최고의 재봉사는 비앙카라는 여자였는데, 엄마와 약간의 경쟁 관계에 있었다. "그 여자는 마름질을 하죠." 엄마는 들어줄 사람이 있으면 그렇게 말했다. "바느질은 엉성하고요. 바람이 불면 치맛단이 풀어져요. 그 여자는 미국에 너무 오래 살았어요."

엄마는 드레스 사업으로 생계를 이었고, 심지어 내가 트리니티 대학에 부분 장학금만 받고 입학하자 학비까지 대주었다. 하지만 집주인이 방세를 올리려는 이상, 나의 취직은 매우 중요해졌다. 대기실에 앉아 경쟁자들을 살피는 사이 그런 생각이 가슴에 밀려왔고, 나는 그걸 억누르려고 손으로 가슴판을 눌렀다.

이때쯤 등허리까지 올라온 종이 타월을 마지막으로 손보려고 접수 담당자에게 화장실이 어디냐고 물으려는 순간, 한 남자가 들어왔다. 그는 파리를 죽이는 것처럼 손뼉을 쳤다. 그제야 나는 그를 알아보았다. 옆구리에 신문을 끼고서 식당 화장실에서 기다리던 그 남자였다. 가슴이 철렁 가라앉는 것 같았다.

"여기예요?" 그 남자가 물었다.

우리 모두 그가 누구한테 묻는 건지 몰라 서로를 쳐다보았다.

접수 담당자가 쳐다보았다. "그렇습니다."

나는 외투걸이 뒤로 숨고 싶었다.

우리는 그 남자를 따라 홀을 건너 여러 책상이 줄지어 놓인 방으로 들어갔다. 책상마다 타자기 한 대와 종이 무더기가 놓여 있었다. 나는 지나치게 간절해 보이고 싶지 않아서 둘째 줄에 앉았다. 다른 여자들도 마찬가지로 지나치게 간절해 보이긴 싫었는지, 결국 둘째 줄이 맨 앞줄이 되었다.

그 남자는 얼굴, 아니 코 때문에 한때 하키나 권투를 했던 사람처럼 보였다. 내가 자리에 앉을 때 흘깃 나를 보긴 했지만, 다행히도 아까 식당에서 본 여자라는 걸 아직 모르는 것 같았다. 그는 재킷을 벗고 하늘색 소매를 걷어 올렸다.

"월터 앤더슨입니다." 그가 입을 열었다. "앤더슨." 그는 성을 반복했다. 나는 그가 돌아서서 칠판을 내리고 자기 이름을 필기체로 쓰지 않을까 생각했다. 하지만 그는 서류 가방을 열더니 스톱워치를 꺼냈다. "여러분이 이 첫 번째 테스트를 통과하면 그때 여러분 이름을 익히도록 하죠. 타자를 빨리 칠 수 없는 사람은 지금 나가시는 게 좋습니다."

그는 우리 한 명 한 명과 차례로 눈을 마주쳤는데, 나는 엄마가 늘 가르쳤던 대로 그의 눈을 똑바로 쳐다보았다. "사람들은 네가 눈을 쳐다보지 않으면 너를 존중하지 않을 거야, 이리나." 엄마는 그렇게 말하곤 했다. "특히나 남자들은."

몇몇 여자들이 자리에서 움직였지만, 일어나는 사람은 없었다.

"좋습니다. 시작하죠." 앤더슨이 말했다.

"저기요." 무거운 카디건을 입은 나이 많은 여자가 말했다. 한 손을 든 그녀를 보자 내가 창피해서 얼굴이 달아올랐다.

"나는 학교 선생님이 아닙니다." 앤더슨이 말했다.

그녀가 손을 내렸다. "알겠습니다."

앤더슨이 천장을 쳐다보고 숨을 내쉬었다. "질문이 있었나요?"

"무얼 타이핑하게 되나요?"

그는 앞쪽에 있는 큰 책상에 앉더니 서류 가방에서 노란 책을 꺼냈다. 소설이었다. 『도곡리 다리』*였다. "문학을 좋아하시는 분?"

모두가 손을 들었다.

"잘됐네요. 제임스 미치너를 좋아하시는 분은요?"

---

* 원제는 『The Bridges at Toko-ri』(1953). 한국 전쟁을 소재로 한 제임스 A. 미치너의 소설.

"저는 영화로 봤어요." 내가 불쑥 말했다. "그레이스 켈리가 멋있었어요."

"잘됐군요." 앤더슨이 말했다. 그는 책의 첫 페이지를 폈다. "시작할까요?" 그가 스톱워치를 들었다.

나중에 붐비는 엘리베이터 안에서 나는 땀이 흥건한 등에 달라붙은 블라우스를 살짝 잡아 뺐다. 블라우스 속에 손을 넣어 찾아보았다. 아무것도 없었다. 사라져버렸다. 종이 타월이 엘리베이터 안에서 떨어졌나? 아니면, 제발 아니었기를 바라지만, 테스트가 끝나고 일어설 때 떨어졌나? 바로 그 순간 월터 앤더슨이 그 역겨운 것을 보지는 않았을까? 왔던 길을 다시 되짚어가면서 그것이 어디서 빠졌는지 알아볼까도 했지만, 상관없다고 생각했다. 어쨌든 취직은 글렀으니까.

오늘 시험을 본 사람들 가운데 내가 두 번째로 느렸다. 월터 앤더슨이 표를 만들었고, 이어서 큰 소리로 등수를 말했기 때문이다.

"뭐, 전 끝난 것 같네요." 엘리베이터를 타고 내려올 때 베키라는 갈색 피부의 젊고 예쁜 여자가 말했다. 그녀의 타자 속도가 가장 느렸다.

"다른 기회가 있을 거예요." 카디건을 입은 나이 많은 여자가 말했다. 그녀는 내색하지 않으려 애쓰고 있었지만, 그 목소리에서 기쁜 기색이 느껴졌다. 그녀의 성적이 단연 최고였다.

"어쨌거나 그 남자, 완전 변태 같더라고요." 베키가 말을 이었다. "우리를 쳐다보던 그 눈길 보셨어요? 무슨 스테이크 요리 보듯 했잖아요." 그녀가 나를 보았다. "특히 그쪽한테는."

"네, 그랬죠." 내가 말했다. 나는 앤더슨이 나를 보고 있다는 걸 눈치챘지만, 그것도 면접의 일종이라고 생각했다. 하지만 그건 나와 남자들 사이에 늘 있는 일이었다. 어떤 남자가 나를 매력적이라 여겨도, 그 사실을 맨 늦게 알게 되는 사람은 항상 나였다. 남자는 내가 그 사실을 믿도록 직접 나에게 말해야 했고, 설사 그렇더라도 나는 절반만 믿었다. 나는 내가 오히려 평범하다고 생각했다. 거리에서 지나치게 되는 그런 여자, 또는 버스 옆자리에 앉을 때 한 번 더 쳐다볼 일이 없을 그런 여자. 엄마는 내가 찬찬히 뜯어봐야 진가가 보이는 그런 여자라고 늘 말했다. 그리고 솔직히 말하면, 나는 배경이 되는 편이 더 좋았다. 삶이란 눈에 띄지 않는 게 더 편하다. 다른 여자들을 따라다니는 휘파람, 가방으로 가슴을 가리게 만드는 희롱의 말들, 가는 곳마다 따라오는 시선은 없는 편이 낫다.

그렇더라도 약간 실망스러운 건 있었다. 열여섯 살 때 나는 젊은 시절의 엄마와 같은 그런 미녀는 되지 않으리라는 걸 깨달았다. 엄마는 몸 전체가 곡선이었던 반면, 나는 전체가 각져 있었다. 내가 어렸을 때, 엄마는 낮 동안은 볼품없는 실내복을 입고 작업했다. 하지만 가끔 밤이면 직접 만든 작품을 입고서, 부잣집 여자들을 위해 만든 드레스들을 선보이곤 했다. 엄마가 빙그르르 돌면 풍성한 치맛단이 우리 부엌 안을 날았고, 나는 그 드레스가 그처럼 아름답게 보일 일은 두 번 다시 없을 거라고 말하곤 했다.

내 나이 때의 엄마가 올리브색 작업복과 같은 색의 모자로 된 공장 작업복을 입고 찍은 사진을 본 적이 있었다. 모녀가 안 닮아도 그렇게 안 닮을 수 없었다. 나는 아빠를 훨씬 많이 닮았다. 아빠가 돌아가신 후 엄마는 서랍장 맨 아래 칸에 군복을 입은 아빠 사진 한 장을 간직했다. 가끔 엄마가 외출하면, 나는 그 사진을 꺼내 가만히 바라보면서 만약 내가 아빠의 얼굴을 잊어버린다면, 내 마음속에는 영영 메워질 수 없는 빈자리가 생길 거라고 혼잣말을 하곤 했다.

정보국 정문 밖에서 지원자들은 서로 손을 흔들며 헤어졌다. 우리 중 가장 성적이 좋았던 나이 많은 여인이 소리쳤다. "행운을 빌어요!"

"나야말로 행운이 있어야 할 거예요." 테스트 때 내 옆에 앉았던 여자가 담뱃불을 붙이며 말했다.

비록 행운을 믿지는 않았지만, 나도 행운이 필요했다.

• • •

2주가 지났다. 나는 식탁에서 차를 마시며 구인광고를 뒤적이고 있었다. 엄마는 탁구대에서 집주인 딸의 킨세아녜라*를 위한 드레스를 만들고 있었다. 집주인의 환심을 사면 방세를 안 올리지 않을까 하는 바람에서였다. 엄마는 그날 《워싱턴 포스트》에서 읽은 기사, 키 다리 위에서 한 여자가 딸을 낳았다는 이야기를 두 번째로 하고 있었다. "제시간에 병원까지 갈 수가 없어서 차를 세우고 바로 거기서 애를 낳았대! 믿어져?" 엄마가 옆방에서 소리쳤다. 내가 대답하

---

*   Quinceañera. 라틴아메리카 문화에서 소녀의 15세 생일에 치르는 성인식.

지 않자 엄마는 그 이야기를 다시, 2데시벨은 더 크게 했다.

"아까 들었어요!"

"그 얘기가 믿어져?"

"안 믿겨요."

"뭐라고?"

"믿기지 않는다고요!"

산책을 하든 어디를 가든 집을 빠져나갈 필요가 있었다. 엄마가 나에게 이런저런 심부름을 시키기는 했지만, 그것 말고는 할 일이 별로 없었다. 열두 군데 구인광고에 응해보았지만, 딱 한 곳에서 다음 주에 면접 보러 오라고 연락 왔을 뿐이었다. 코트를 걸치는데 전화기가 울렸다. 거실로 달려갔을 때는 엄마가 벌써 수화기를 집어든 후였다. "뭐라고 하셨어요?" 엄마는 전화 통화할 때의 아주 큰 목소리로 물었다.

"누구야?" 내가 물었다.

"아이린? 그런 사람 안 살아요. 왜 이 번호로 전화하셨대?"

내가 수화기를 가로챘다. "여보세요?" 엄마는 어깨를 으쓱해 보이더니 탁구대로 돌아갔다.

"이리나 드로즈―도―바 양?" 여자 목소리가 물었다.

"네, 저예요. 아까는 죄송했어요. 저희 엄마가―"

"월터 앤더슨 씨 연결해드릴 테니 잠시만요."

"네?"

클래식 음악이 흘러나왔고, 위장 근육이 조여왔다. 잠시 후 음악이 그치고 앤더슨 씨 목소리가 들렸다. "다시 와주셨으면 합니다."

"제가 끝에서 두 번째 아니었나요?" 이렇게 되묻고는 이를 갈았다. 굳이 그렇게까지 내가 별 볼 일 없다는 걸 일깨워줄 필요가 있었나?

"맞습니다."

"그리고 빈자리는 하나뿐이라고 아는데요?" 지금 나는 기를 쓰고 나를 방해하고 있는 건가?

"우리가 본 것이 마음에 들어서요."

"그럼 취직된 건가요?"

"아직은 아닙니다, 성미 급한 아가씨." 그가 말했다. "아니, 타자 속도가 느리니 더 어울리는 별명을 지어줘야 할 것 같군요. 2시에 올 수 있죠?"

"오늘요?" 나는 엄마와 함께 프렌드십 하이츠에 있는 원단 가게에 가서 킨세아녜라 드레스에 붙일 실버 스팽글을 고르기로 되어 있었다. 엄마는 그 원단 가게 주인이 러시아인에 대한 편견이 있다며 혼자 거기 가는 걸 싫어했다. "그 여자는 내가 가면 두 배로 바가지 씌워, 아니, 세 배 바가지야!" 지난번에 혼자 다녀온 엄마는 그렇게 투덜거렸다. "마치 내가 자기네 가게에 폭탄이라도 떨어뜨릴 것처럼 그런 눈초리로 나를 보더라고. 갈 때마다 그래!"

"네, 오늘." 그가 말했다.

"2시요?"

"2시."

"2시?" 엄마가 문간에 나타났다. "2시에 프렌드십 하이츠에 가야 해."

나는 엄마에게 저리 가라는 손짓을 했다. "알겠습니다." 그렇게 말했지만, 침묵밖에 들리지 않았다. 앤더슨은 벌써 전화를 끊은 것이다. 옷 챙겨 입고 시내까지 가려면 한 시간밖에 안 남았다.

"그래서?" 엄마가 물었다.

"또 한 번 면접을 보래요. 오늘."

"타자 시험은 이미 봤잖아. 너한테 뭘 또 원한다니? 체조를 시킬 거야? 빵을 굽게 할 거야? 뭘 더 알아야겠대?"

"나도 몰라요."

엄마는 내가 입고 있는 꽃무늬 실내복을 위아래로 훑어보았다. "그게 뭐든 간에, 그런 꼴로 나가면 안 되지."

이번에는 리넨을 입었다.

역시나 일찍 도착했지만, 도착하자마자 월터 앤더슨의 사무실로 안내되었다. 그가 내게 처음 한 질문은 예상 밖의 것이었다. 그는 내가 지난 5년 동안 어떻게 살았는지, 나의 가장 큰 약점은 뭐라고 생각하는지, 또는 왜 그 일을 원하는지 묻지 않았다. 그리고 내가 공산주의자인지, 내가 태어난 곳에 조금이라도 충성심을 느끼는지 묻지 않았다. "아버지 얘기를 해봐요." 내가 앉자마자 그가 말했다. 그는 내 이름이 씌어 있는 두꺼운 서류철을 펼쳤다. "미하일 아브라모비치 드로즈도프." 가슴이 메어왔다. 몇 년 동안 듣지 못했던 이름이었다. 리넨 옷을 입었음에도 목덜미에 땀방울이 맺히는 게 느껴졌다.

"전 아빠를 알지 못해요."

"잠깐만." 그가 말하더니 책상에서 뒤로 몸을 뺐다. 그는 맨 아래 서랍에서 녹음기를 꺼냈다. "이걸 켜는 걸 늘 깜빡해서 말입니다.

괜찮죠?" 그는 대답을 기다리지도 않고 버튼을 눌렀다. "여기 보면 여행 서류를 불법적으로 입수한 죄로 강제노동형을 선고받았다고 되어 있군요."

결국 그거였다. 그것이 그들이 선착장에서 아빠를 데려간 이유였다. 하지만 그들이 왜 엄마는 내버려 두었을까? 그런 의문이 떠오르자마자 앤더슨에게 물었다.

"벌을 준 거죠." 그가 대답했다.

나는 그의 책상 위에 올림픽 오륜기처럼 겹쳐진 커피 자국을 바라보았다. 팔과 다리를 따라 후끈 열기가 퍼지면서 불안한 느낌이 들었다. "저는 여덟 살이 되어서야 알았어요." 나는 겨우 말을 꺼냈다. 8년 동안 엄마와 나는 아무것도 몰랐다. 어렸을 때 나는 아빠와 만나는 순간을 상상하곤 했었다. 아빠는 어떤 모습일지, 어떻게 나를 안아 올릴지, 상상했던 대로 담배 냄새나 애프터셰이브 같은 어떤 냄새를 풍길지 궁금했다.

나는 공감을 구하며 앤더슨을 바라보았지만, 그는 거대한 붉은 괴물이 가진 능력 정도는 알고 있어야 한다는 듯 약간 짜증 난 표정이었다. "실례지만, 그 일과 타이핑하는 일이 무슨 관계가 있나요?"

"그건 댁이 여기서 하는 일과 전부 관계가 있지요. 혹시 지금 그만두고 싶다면, 이 자리가 너무 불편하다면, 그래도 좋습니다."

"아니, 저는……." 나는 전부 내 잘못이라고, 아빠가 죽은 건 나 때문이라고, 내가 엄마 배 속에 있지 않았다면 두 분이 그렇게 큰 위험을 무릅쓰지 않았을 거라고 소리치고 싶었다. 하지만 마음을 가라앉혔다.

"부친이 어떻게 돌아가셨는지 알고 있어요?" 앤더슨이 물었다.

"베를라크 주석광산에서 심장마비로 돌아가셨다고 들었어요."

"그 말을 믿어요?"

"아니요. 믿지 않아요." 그 대답이 늘 마음 깊은 곳에 있었지만, 단 한 번도, 심지어 엄마에게도 말한 적이 없었다.

"부친은 강제노동 수용소에 가지도 않았습니다. 모스크바에서 돌아가셨어요." 그는 잠시 뜸을 들이다가 말했다. "신문을 받다가요."

나는 엄마가 무엇을 알고 있는지, 무엇을 모르고 있는지 궁금했다. 엄마는 고모가 보낸 전보 속 아버지의 죽음에 관한 내용을 믿었을까? 아니면 그보다 잘 알고 있었을까? 나를 위해 그 세월 동안 믿는 척했던 걸까?

"그걸 알게 되니 기분이 어때요?" 앤더슨이 물었다.

그건 미처 준비하지 못했던 질문이었다. 나는 계속 둥근 커피 자국을 바라보았다. "혼란스럽네요."

"그리고?"

"화가 나요."

"화가 난다?"

"네."

"저기요." 그는 내 이름이 쓰인 서류철을 닫았다. "우린 당신한테서 무언가를 봤어요."

"그게 무슨 말씀이세요?"

"우린 숨겨진 재능을 알아보는 재주가 있거든."

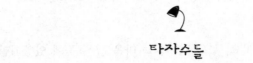

3

타자수들

워싱턴에 가을이 왔다. 아침에 일어날 때도 날이 어두웠고 사무실을 나설 때도 어두웠다. 기온은 20도나 떨어져, 우리는 출퇴근할 때면 건물 사이로 채찍질하듯 불어오는 바람을 피하려고 고개를 숙인채, 젖은 나뭇잎에 미끄러지거나 매끄러운 보도에 구두 뒷굽이 삐끗하지 않게 조심조심 걸어다녔다. 따뜻한 침대를 빠져나와 만원 전차에서 어느 남자의 겨드랑이 밑에 끼어 있다가, 외풍이 들어오는 사무실의 가혹한 형광등 불빛 아래 하루를 보낼 생각에 아파서 결근하겠다고 전화하고 싶어지는 그런 아침이면, 우리는 출근 전에 도넛을 곁들여 커피 한 잔 하려고 랠프네 카페에 모이곤 했다. 우리에겐 그20분이, 그 당 충전이 필요했다. 그보다 좋은 커피 한 잔은 말할 것도 없었다. 정보국에서 내린 커피도 비록 갈색이고 뜨거웠지만, 그것을 담은 스티로폼 컵 맛이 더 강했다.

랠프는 사실 마코스라는 이름에 자그마한 체구를 가진 그리스 노인이었다. 그의 말로는, 그가 미국에 온 이유는 매일 새벽 4시에 일어나서 빵을 구워 우리처럼 예쁜 미국 아가씨들을 살찌우기 위해서라고 했다. 그는 우리를 '예쁜이'나 '멋쟁이'라고 불렀지만, 백내장 때문에 우리를 제대로 볼 수도 없었다. 마코스에게는 어시나라는 이름의, 머리가 하얗게 센 아내가 있었는데, 그녀는 가슴이 너무 커서 금전등록기를 열 때마다 한 걸음 뒤로 물러나야 했다. 어시나가 항상 카운터 바로 뒤에 있는데도 마코스는 뻔뻔스럽게 지분거렸다. 그래도 어시나는 개의치 않는 것 같았다. 그녀는 눈을 굴리며 그 노인을 향해 웃곤 했다. 우리도 덩달아 웃으며, 그가 설탕 도넛 하나를 덤으로 넣은 봉지를 우리에게 건네며 뿌연 눈으로 윙크하기를 내심 기대하곤 했다.

랠프 카페에 처음 도착하는 사람이 누가 됐든, 가게 뒤쪽에 우리가 앉을 칸막이 자리를 잡곤 했다. 뒤쪽 칸막이 자리를 차지하는 것이 중요했는데, 그래야 누가 들어오는지 계속 문을 지켜볼 수 있었기 때문이다. 랠프네는 본부에서 가장 가까운 커피숍은 아니었지만, 어쩌다 가끔 비서관들이 들르는 곳이었고, 우리가 아침에 만나서 하는 얘기들은 대체로 남들 귀에 들어가면 좋지 않을 그런 말들이었다.

보통은 게일 카터가 처음으로 도착하곤 했다. H가의 모자 가게 위층에 있는 그녀의 원룸은 걸어서 세 블록 거리밖에 안 되었기 때문이다. 게일과 방을 같이 쓰는 여자는 의회의사당 3년차 인턴이었는데, 뉴햄프셔에 섬유 공장을 소유한 그 여자의 아버지는 딸의 생활비 전체를 대주고 있었다.

10월의 그 특별했던 월요일 아침은 여느 때와 다름없이 수다를 주고받으며 시작되었다. "생지옥이 따로 없어." 노마 켈리가 말했다. "지난주는 정말 생지옥이었다니까." 노마는 시인이 되겠다는 꿈을 품고 열여덟에 뉴욕으로 옮겨 왔다. 아일랜드계 미국인임을 증명이라도 하듯 불그스레한 금발의 노마는 맨해튼 웨스트 42번가의 딕시 버스 센터에서 버스를 내렸고, 매디슨 애비뉴의 광고쟁이들과 『뉴요커』에 기고하는 프리랜서 작가들과 어울릴 생각으로 여행 가방을 든 채 코스텔로 선술집으로 향했다. 노마는 결국 그 두 부류의 사람들 모두 그녀가 종이에 쓰고 싶은 글보다 그녀의 팬티 속에 더 관심이 있다는 걸 깨닫게 되었다. 하지만 몇몇 정보국 남자를 만난 것도 바로 코스텔로 술집에서였다. 그들은 그저 집적거리려는 술책으로 노마에게 정보국에 지원서를 내보라고 격려한 거였지만, 노마는 급료가 필요했으므로 어쨌든 지원서를 냈다. 노마는 머리 한 가닥을 귀 뒤로 넘기고는 커피에 각설탕 세 개를 넣고 저었다. "아니, 이번 주는 지옥보다 더해."

주디 헨드릭스는 버터나이프로 플레인 도넛을 정확히 4등분했다. 주디는 항상 『우먼스 데이』나 『레드북』에서 읽은 최신 유행 다이어트를 하고 있었다. "지옥보다 더한 게 뭐야?" 주디가 물었다.

"이번 주, 그거지." 노마가 커피를 한 모금 마셨다.

"난 모르겠는걸." 주디가 말했다. "지난주가 꽤 나쁘긴 했지. 내 말은 새로 나왔다는 모호크 미지테이프 녹음기에 관한 회의 말이야. 굳이 두 시간씩 오리엔테이션을 받지 않아도 **녹음** 버튼 누르는 방법

정도는 알 수 있지 않아? 그 남자가 한 번만 더 그 다이어그램 얘기를 했더라면, 내 눈알이 튀어나와 버렸을 거야." 그녀는 자기 몫의 도넛에 손도 대지 않았으면서 입술에서 보이지 않는 빵 부스러기를 닦아냈다.

노마가 가슴에 냅킨을 댔다. "하지만 남자가 처음부터 끝까지 설명해주지 않으면 우리가 대체 무슨 수로 알겠어?" 그녀는 그럴싸하게 스칼렛 오하라 흉내를 내며 물었다.

"항상 상황은 더 나빠질 수 있는 법이야." 린다가 말했다. "그런 사소한 일로 우울해지면 안 돼. 두통은 더 큰 문제를 위해 따로 남겨둬야지. 이를테면 트루먼이 대통령이었던 시절 이후로 생리대 함이 여태 채워지지 않고 있다는 사실 같은 거."

린다는 겨우 스물세 살이었지만, 결혼을 한 뒤로는 우리 미혼들이 감히 상상하지도 못할 방식으로 세상을 다 아는 것처럼 말하기 시작했다. 우리가 아직도 숫처녀나 애송이라는 것처럼. 그것이 우리 신경을 거슬렀지만, 그래도 우리는 그녀를 마치 엄마처럼 대했다. 우리가 남자 직원 중 한 명에게 핀잔을 주고 싶을 때 맨 먼저 우리를 진정시키거나 흐트러진 머리를 매만져주는 사람이 린다였다. 데이트하는 남자에게 어딘가 함께 갈 수 있다고 넌지시 알려주기 적당한 때가 언제인지, 다음 날 남자가 전화하지 않으면 어떻게 해야 하는지 말해주는 사람이 린다였다.

"나더러 전화 받는 목소리가 너무 걸걸하다니, 앤더슨이 한 번 더 그런 말을 하면 가만있지 않겠어." 게일이 말했다. 양쪽 구레나룻이 늘 짝짝이인 새끼 곰 같은 남자 월터 앤더슨은 대학 때 풋볼 선수였을 것처럼 생겼지만, 버스 정류장에서 사무실까지 걷는 것을 하루의 운동으로 여기는 사람이었다. 그는 SR 분과에서 타이핑 부서와 그 밖의 행정 업무를 관리하고 있었다. 전략사무국 시절 현장에서 일했던 앤더슨은 1947년 정보국이 생긴 직후 사무직으로 발령받았다. 앤더슨은 결코 책상에 가만히 있지 못하고 방 안을 오락가락하면서 억눌러온 좌절감을 표출할 사람이나 사물을 찾곤 했다. 그러나 누군가에게 그렇게 퍼붓고 나면 종종 후회했고, 휴게실에 도넛 상자나 싱싱한 꽃을 보내 사과했다. 그는 우리가 격의 없이 월터라는 이름으로 불러주는 걸 더 좋아했지만 그래서 우리는 굳이 예를 갖춰 앤더슨이라 불렀다.

게일은 종이 냅킨을 꼬아 물잔에 담갔다가 블라우스 소맷단에 묻은 분홍색 젤리 얼룩을 닦았다. "우리 정부 기관 여자들은 타자수로 좌천된 반면 앤더슨처럼 멋대로 자란 어린애는 우리한테 이래라저래라 지시를 하다니." 그냥 꽁해서 하는 말이 아니었다. 이건 게일을 짓누르는 커다란 불만에 가까웠다. 버클리 캘리포니아 대학교 공학부를 졸업한 게일은 국립과학재단과 국방부에 지원했지만, "석사 학위가 없다"는 이유로 거절당했다. 이는 그녀가 흑인 여성이기 때문이라는 암호였다. 게일은 똑같은 학위를 가진 백인 남학생 선배들 몇몇이 이미 거기서 일하고 있고, 나아가 승진까지 한다는 것을 확실히 알고 있었다. 저축해둔 돈이 얼마 없었던 게일은 결국 타자수 자리에 지원했고, 정부의 이 자리 저 자리를 떠돌았다. 정보국에 올 때쯤 그녀는 자신의 진정한 기량을 몰라주는 현실에 신물이 나 있었다. "게다가 앤더슨이 저번에 나한테 뭐라고 했는지 알아?" 게일이 말을 이었다. "자기네 부부가 〈냇 킹 콜 쇼〉*를 **정말 좋아한다**며, 텔레비전에 출연한 그를 보는 걸 **굉장히 자랑스러워**해야 한다는 거야. 내가 정확히 무얼 자랑스러워해야 하냐고 물었더니 그냥 혼자 얼버무리면서 자리를 뜨더라." 게일은 커피를 한 모금 마셨다. "물론 자랑스럽기는 해, 하지만 앤더슨한테 굳이 그 사실을 알릴 생각은 없었어."

"적어도 근무시간은 좋잖아." 캐시 포터가 맞장구쳤다. 머리를 4인치나 부풀려 스프레이로 고정한 우리의 영원한 낙관주의자 캐시는 친언니인 세라와 함께 정보국에 입사했지만, 세라는 3개월 차에 한 관리와 결혼해 남편을 따라 외국 지부로 떠났다. 세라가 떠나면서 캐시는 눈에 띄게 말수가 줄었는데, 그래서 그녀가 입을 열 때마다 우리는 항상 상황을 낙관적으로 보게 되곤 했다.

"그래, 난 9시부터 5시까지의 시간에 건배할래." 노마가 말하며 잔을 들었지만, 아무도 따라 하는 사람이 없었다. 노마는 잔을 도로 내려놓았다.

"그리고 혜택도 있지." 린다가 덧붙였다. "대학 졸업하고 치과에서 일할 때는 치과 보험도 들지 못했어. 그게 말이 되니? 그래서 의사가 금이 간 충전재를 몰래 교체해줬어. 몇 시간 후에 말이야, 무슨 말인지 알지. 그건 그 의사가 원해서였어. 뭐, **나를 더 잘 알고 싶어서**라나. 그래도 웃음 가스가 도움이 될 거라고 하더라."

---

*　1956년부터 1957년까지 가수 냇 킹 콜의 진행으로 미국에서 방영된 오락 프로그램으로, 미국에서 흑인이 진행한 최초의 텔레비전 프로그램 중 하나다.

"진짜 도움이 됐어?" 캐시가 물었다.

"글쎄⋯⋯." 린다는 도넛을 한 입 베어 물었다.

"글쎄라니?" 노마가 캐물었다.

린다가 도넛을 삼켰다. "그 가스가 기분을 좋게 해주는 건 맞아."

랠프 카페를 나온 후 우리는 E가 2430번지까지 천천히 걸어갔다. 길에서 안쪽으로 물러서 있는 정보국 본부는 전쟁 중 전략사무국이 있던 복합단지 안에 있었다. 우리는 검은 철제 정문을 지나 보도를 따라갔다. 정보국은 2년 뒤에 랭글리로 옮길 예정이었다. 그때까지 정보국 본부는 내셔널 몰을 굽어보는 이곳의 특징 없는 여러 건물에 분산되어 있었다. 우리는 그 건물들을 '임시 본부'라 불렀는데, 우리가 일을 시작한 이후 조만간 이사할 거라고 들었기 때문이다. 그 양철 지붕 건물들은 겨울에는 웬만해선 따뜻해지지 않았고, 에어컨은 워싱턴의 다른 것들만큼만 작동할 뿐이었다.

노마는 육중한 나무 문을 통해 로비로 들어가기 전에는 꼭 일정 장소에서 뭉그적거리며 이런 장난을 반복하곤 했다. "난 안 갈래." 그 월요일에는 문 옆의 벌거벗은 벚나무를 붙잡고 말했다. 우리는 그녀를 끌어당겨서 보안 검색 줄에 세우고, 코팅된 배지를 손에 들고 수첩을 열고 출근 확인 펀치를 찍을 준비를 했다.

• • •

우리는 그녀가 오기 전부터 이름을 알고 있었다. 인사과의 로니 레널즈가 그녀가 출근하기 전 금요일에 우리에게 말해주었다. "이리나 드로즈도바라고, 앤더슨이 월요일 아침에 그 여자를 데려와 소개해줄 겁니다."

"또 러시아인이네." 우리 모두 생각하고 있던 것을 노마가 소리 내어 말했다. 러시아인이 우리 쪽으로 넘어오는 게 드문 일은 아니었다. 사실 SR 분과에는 소련에서 온 변절자들이 너무 많아서, 우리는 식수 냉장고가 보드카로 가득 찼다고 농담할 정도였다. 덜레스 국장은 '변절자'란 단어를 싫어해서 그들을 '자원봉사자'라고 불렀다. 어쨌거나 러시아인들은 대개 남자였지 타자수는 아니었다.

"잘해줘요. 괜찮은 사람 같으니까." 로니가 말했다.

"우린 늘 잘해주는걸요."

"말이나 못 하면." 로니는 그렇게 말하고 타이핑 부서를 나갔다.

우리는 로니를 좋아하지 않았다.

그 월요일 출근해보니 이리나는 벌써 책상 앞에 앉아 있었다. 자작나무처럼 가녀리고, 중간 길이의 금발에 상류층 사교계 아가씨처럼 곧은 자세였다. 우리는 평소처럼 일을 시작해 족히 한 시간은 그녀를 본체만체했고, 그동안 그녀는 의자와 타자기의 위치를 조금씩 바꾸거나 갈색 재킷의 단추를 만지작거리고, 클립들을 이 서랍에서 저 서랍으로 옮겼다.

일부러 못되게 굴 생각은 없었다. 하지만 새로 온 이 여자는 우리 중에서 가장 오래 근무했던 태비사 젠킨스가 떠난 자리를 차지하고 있었다. 태비사는 록히드사에서 은퇴한 남편을 따라 햇살 좋은 포트로더데일의 어느 방갈로로 훌쩍 떠나버렸다. 그리고 이제 이 러시아 여자가 태비사의 책상에 대신 앉아 있었다.

우리는 평소의 인심을 평소보다 조금 더 오래 미뤄두었다. 시계가 10시를 알리자 계속 그러기가 조금 불편해졌다. 누군가는 무슨 말이라도 해야 했는데, 결국 어색한 침묵을 먼저 깬 것은 이리나였다. 그녀가 일어섰고, 모두의 눈이 그녀의 가녀린 몸을 위아래로 쳐다보았다.

"실례합니다." 딱히 누구한테라기보다 바닥에 대고 말하는 것 같았다. "화장실이 어딘가요?" 그녀는 재킷에 붙은 실오라기를 떼어냈다. "제가 첫날이어서요." 그녀가 덧붙이며 그 명백한 사실에 얼굴을 붉혔다. 말투가 특이했다. 별다른 억양은 없었지만, 마치 단어 하나하나를 생각하고 나서야 말하는 듯 약간 부자연스러웠다.

"말투가 러시아 사람 같지 않네요." 노마가 화장실을 가리키는 대신 그렇게 말했다.

"전 러시아인이 아니에요. 아니, 꼭 그런 것도 아니죠. 전 여기서 태어났고, 부모님이 러시아 분이세요."

"여기서 일하는 러시아인들은 다 그렇게 말해요." 노마의 말에 우리 모두 킥킥거렸다. "노마라고 해요." 노마가 손을 내밀었다. "저도 여기서 태어났죠."

이리나는 노마의 손을 잡고 악수했다. 우리는 긴장이 풀리는 게 느껴졌다. "모두들 만나서 반가워요." 이리나가 말했다. 그녀는 타이핑 부서를 돌아보며 우리 한 사람 한 사람과 눈을 마주쳤다.

"복도를 따라가서 오른쪽으로 돈 다음 다시 오른쪽이에요." 린다가 말했다.

"네?" 이리나가 되물었다.

"여자 화장실요."

"아, 네. 감사합니다."

우리는 그녀가 복도로 사라질 때까지 지켜보다가 떠들기 시작했다. 그녀의 러시아인다움(아니 러시아인답지 않아), 머리 색(아니 염색하지 않았어), 이상한 말투(저렴한 캐서린 햅번 같아), 약간 유행에 뒤진 옷차림(할인 코너에서 산 건가 아니면 집에서 만든 건가?) 등등.

"괜찮은 사람 같아." 주디가 결론지었다.

"괜찮은 친구 같네." 린다가 맞장구쳤다.

"어디서 저런 여자를 찾았대?"

"굴라크에서?"

"예쁘게 생긴 것 같아." 게일이 말했다.

우리는 그 말에 동의해야 했다. 이리나는 미인 대회에서 우승할 그런 유형은 아니었지만, 확실히 예뻤다. 훨씬 미묘한 아름다움이 있었다.

이리나가 우리 부서로 돌아왔는데, 로니와 어깨를 나란히 하고 걸어왔다. "여자들이 따뜻이 맞아주던가요?" 로니가 물었다.

"아, 네." 이리나는 빈정거리는 낌새 없이 대답했다.

"다행이에요. 이 부서 여자들은 만만치 않을 수 있는데."

"제가 듣기로 인사과는 사이가 안 좋기를 바란다면서요." 노마가 말했다.

로니가 눈을 부라렸다. "어쨌거나, 유감스럽게도 앤더슨 씨는 오늘 아침 출근하지 않으셨어요—"

"어디 아픈가요?" 린다가 끼어들었다. 앤더슨이 없으면 우리는 점심시간에 늦게 들어올 수 있었다.

"외출하셨어요. 그게 내가 아는 전부예요. 앤더슨 씨가 공원 벤치에서 의식을 잃었든 편도를 절제하고 있든 내가 알 바는 아니죠." 로니는 우리를 등진 채 이리나 앞에 섰다. "어쨌든 내가 할 일은 당신한테 필요한 게 전부 준비되었는지 확인하고, 그런 다음……." 그녀는 손을 들어 올려 손가락으로 인용부호를 만들었다. "**남쪽 회의에 당신을 데려갈 거예요.**"

이리나가 필요한 건 다 있다고 대답한 후 로니를 따라 나갔다. 두 사람이 나가자마자 우리는 심도 있는 추측을 위해 화장실로 모였다. "회의라고? 벌써?" 린다가 물었다.

"J. M.하고 같이 하는 걸까?" 캐시가 SR 과장 존 모리를 거론하며 물었다.

"아까 **남쪽**이라고 했어." 게일이 말했다. 남쪽이라면 링컨 기념관 근처의 무너질 듯한 목재 임시 본부를 뜻했다. "거기라면 프랭크가 있는 곳인데."

노마가 담배에 불을 붙였다. "모스크바 작전인가?" 그녀가 한 모금 빨고는 훅 내뿜었다. "물론 그건 프랭크와 같이하겠지."

프랭크 위즈너는 최고 보스인 덜레스 국장 밑의 부국장으로, 정보국 비밀 작전의 아버지였다. 영향력 있는 정치가, 언론인, 정보국 요원들의 모임인 조지타운 세트의 창립자인 프랭크는 남부 억양을 쓰는 매력적인 남자로, 저 유명한 일요일 밤 만찬 도중에 대부분의 사업을 한다고 알려져 있었다. 새로운 세계를 위한 전망이 형태를 갖춘 것도 바로 이런 파티에서, 고기찜과 애플파이가 나온 뒤 사람들이 시가를 피우고 버번위스키를 기울이며 완전히 떠들썩해진 다음의 일이었다.

이리나가 왜 프랭크 부국장과 회의를 할까? 그것도 출근 첫날에? 천재가 아니어도 그 정도는 짐작할 수 있었다. 이리나는 분당 타자 속도 때문에 고용된 게 아니었다.

타이핑 부서에서 새 식구를 환영하는 의례는 랠프 카페에서의 점심식사였다. 마음을 열게 해서 신상 정보를 알아내는 거였다. 북서부 출신인가 북동부 출신인가? 대학 출신인가 타자 학교 출신인가? 독신인가 짝이 있나? 진지한 성격인가 재미있는 성격인가? 그런 다음에는 미용실은 어디 다니는지, 주말엔 주로 무얼 하는지, 정보국에는 왜 오게 되었는지, 굽 낮은 구두나 민소매 원피스를 입으면 안 된다는 새 정책에 대해선 어떤 생각인지 등등 이런저런 질문을 했다. 그러나 점심시간이 되고 끝나가도 이리나는 돌아오지 않았고, 우리는 그녀 없이 구내식당에서 급하게 배를 채울 수밖에 없었다.

그날 오후 이리나는 수기로 작성되어 있어 타이핑해야 할 현장 보고서를 한 아름 들고 돌아왔다. 그녀의 태도는 변한 게 없었다. 다른 건 몰라도 우리는 프로였다. 그래서 회의가 어땠는지, 그녀가 가졌을 특별한 재능이 무엇인지, 그녀가 받았을지 모를 또 다른 임무는 무엇인지 하는 질문은 하지 않았다.

4시 반, 우리의 타자 속도가 느려지고 끝내지 못한 일들을 하나씩 정리하고 3분마다 시계를 쳐다보기 시작하는 바로 그 시간이었다. 그러나 이리나는 여전히 힘차게 타이핑하고 있었다. 그녀에게 숨겨진 재능이 뭐든 간에, 우리는 신참내기가 건실한 직업윤리를 가진 걸 보고 만족스러웠다. 부서 내에 약한 고리가 있다면 나머지 사람들의 일만 많아질 뿐이다. 5시 정각, 우리는 일어서서 이리나에게 같이 마틴스 바에 가자고 청했다.

"마티니 어때요? 톰 콜린스? 싱가포르 슬링? 무슨 술 해요?" 주디가 물었다.

"전 안 돼요. 밀린 게 많아서요." 이리나가 서류 더미를 가리키며 말했다.

"밀린 일을 마저 한다고? 출근 첫날에?" 밖으로 나오자 린다가 말했다.

"**자기**는 출근 첫날 프랭크 부국장이랑 회의했어?" 게일이 물었다.

"무슨, **아직**까지 부국장을 만난 적도 없어." 노마가 대답했다.

우리 마음속에서 차가운 질투의 응어리가 딸각거렸고 더 많은 것이 알고 싶어졌다. 우리는 새로 온 러시아 여자에 관한 모든 것을 알고 싶었다.

이리나는 일에 빠르게 적응했다. 몇 주가 지났지만 그녀는 한 번도 도움을 청한 적이 없었다. 그리고 다행히 우리 역시 손을 내밀어 줄 시간이 없었다. 그 11월에 헝가리에서 반소련 봉기가 실패했다는 소식이 퍼진 후 SR 분과에서는 긴장감이 세 배로 높아졌고, 우리역할도 그만큼 커졌다. 정보국의 선전 활동에 고무된 헝가리의 저항 세력은 소비에트 점령군에 반기를 들고 부다페스트의 거리를 점령

했다. 그들은 서구 우방에서 지원 세력이 오리라는 희망을 품고 있었다. 지원 세력은 오지 않았다. 혁명은 겨우 12일간 지속되었고, 결국 소비에트는 폭력적으로 봉기를 진압했다. 《타임스》지가 보도한 헝가리인 사망자 수는 끔찍했지만, 우리가 보고서에 타이핑한 숫자는 그보다도 훨씬 많았다. 그 사람들은 옳은 일을 하고 있다고, 그들의 잘 짜인 계획이 성공할 거라고 생각했다. 우리 최고의 요원들이 그 일을 같이하고 있었다. 실패가 가당키나 한가? 그러나 그 나라는 쑥대밭이 되었다. 정보국이 **실패**한 것이다. 앨런 덜레스 국장, 우리 중에서도 최고급 기밀 취급 허가를 받은 여자들이 중요한 회의를 기록하러 호출되었을 때나 겨우 얼굴을 볼 수 있는 스파이 두목은 답을 요구했고, 남자들은 답을 내기 위해 전전긍긍했다.

우리는 야근하라는 지시를 받고서 몇 시간씩 계속되는 회의에 앉아 있어야 했다. 그러다 버스와 전차가 끊긴 후에야 일이 끝나면 집까지 타고 갈 택시비가 나왔다. 추수감사절이 다가옴에 따라 우리는 휴일까지 취소될까 봐 걱정했다. 다행히도 그런 일은 없었다.

우리 중 가족이 비행기를 타고 가야 할 만큼 먼 곳에 사는 사람은 보통 추수감사절 휴일 동안은 워싱턴에 머무르며 크리스마스 때 집에 가려고 급료를 저축했다. 우리는 아파트가 가장 큰 직원이나 룸메이트가 며칠 나가 있는 동료의 집에서 포틀럭 파티를 하곤 했다. 저마다 의자 하나와 음식 하나씩을 가져왔는데, 누가 무엇을 가져올지 사전에 계획해도 언제나 모이고 보면 적어도 네 개의 호박파이와 일주일은 두고두고 먹을 칠면조가 준비되곤 했다.

기차나 버스 한 번 타고 갈 거리에 가족이 있는 사람들은 집에 갔다. 우리 부모님과 형제들은 늘 우리를 돌아온 탕아처럼 맞아주었다. 그들에게 워싱턴은 멀리 떨어진 세계 이상의 의미가 있었다. 워싱턴은 저녁 뉴스가 매일같이 만들어지는 곳이었다. 우리는 일부러 우리 업무에 관해 모호하게 말했고, 가족들은 우리가 자신들보다 훨씬 더 흥분되는 삶을 산다고 생각했다. 우리는 넬슨 록펠러, 아들라이 스티븐슨, 그리고 말도 안 되게 잘생긴 매사추세츠 상원의원 존 케네디 등의 이름을 툭툭 던지면서, 다양한 파티와 행사에서 그런 거물들을 만나게 된다고 말했지만, 사실 그런 거물들을 만난 사람을 건너 건너 알기만 해도 운이 좋은 편이었다.

고향을 찾은 사람에게 추수감사절 전날 밤은 늘 현지 술집에서의 대대적인 모임을 뜻했다. 옛 고등학교 동창들이 모여서 칵테일을 나누곤 했는데, 우리는 가장 좋은 힐을 신고 가장 부드러운 캐시미어를 입고, 머리는 반드시 미용실에서 손질하고 치아에 립스틱이 묻지 않도록 조심했다. 고등학교 때 인기를 누리며 우리를 무시했던 남학생들은 결혼반지를 낀 것도 잊어버린 채 우리에게 만나서 반갑다고, 집에 더 자주 오라고 말하곤 했다. 워싱턴에서 우리는 정부 기관에 다니는 수많은 여자 가운데 하나였지만, 고향에서 우리는 성공한 여자였다.

우리는 옛 동창들에게 "내년에 보자"라는 말로 작별인사를 한 뒤 약간 알딸딸해서 집으로 돌아가고, 부모님 중 적어도 한 분은 우리를 기다리느라 깨어 있는데도 그냥 소파에 쓰러져 자곤 했다. 다음 날이면 칠면조 요리를 하고, 칠면조 고기를 먹고, 낮잠을 자고, 그런 다음 다시 칠면조 고기를 먹고 다시 낮잠을 잤다. "집에 오니 좋아요", 우리는 고모와 삼촌과 사촌들에게 그렇게 말했다. 그러나 이틀 내로 칠면조 샌드위치를 가방에 넣고서, 우리는 워싱턴행 버스나 기차를 타곤 했다.

이번 추수감사절을 보내고 월요일에 돌아왔을 때, 우리는 이리나에 관해선 잊고 있었으므로 태비사의 낡은 책상에 앉아 있는 그녀를 보고 놀랐다. 우리가 정중하게 연휴 동안 어떻게 지냈는지 묻자, 이리나는 엄마와 자신은 사실 추수감사절을 지내지는 않지만, 스완슨 제품 칠면조 요리를 두 번 먹었는데, 놀랄 만큼 훌륭했다고 대답했다. "내가 와인 한 잔 더 하려고 가지러 간 사이 엄마가 제 콩과 으깬 감자의 절반을 드셨어요." 그녀가 말했다. 우리는 이리나가 엄마와 사는지 모르고 있었다. 뭐라고 다시 질문할 겨를도 없이, 앤더슨이 서류 작업 꾸러미를 들고 들어왔다. "크리스마스가 일찍 왔나 봅니다." 그가 말했다.

우리는 툴툴거렸다. 의회 회기가 아닐 때면 긴 휴가를 즐기는 의회의사당 타자수들이 부러웠다. 그런 행운은 우리 몫이 아니었다. 정보국은 잠드는 법이 없었다.

"밀린 일이 많습니다, 여러분. 서두릅시다, 네?"

"저번 주에 많이 처드셨나 보네요, 네?" 앤더슨이 나가자 게일이 중얼거렸다.

결국 우리는 일을 시작했고, 그 이후의 오전 시간은 느릿느릿 지나갔다. 11시쯤, 우리는 벌써 다섯 번째 담배를 피우면서 시계를 보고 있었다. 그리고 정오가 되자 의자에서 뛰쳐나오다시피 점심을 먹으러 갔다. 대부분은 남은 칠면조로 만든 샌드위치를 싸 왔고, 캐시는 보온병에 칠면조 누들 수프를 가져왔다. 그러나 그날은 우리가 사무실을 벗어나야 했던 많은 날 중 하루일 뿐이었다. 아무리 짧은 휴가라도, 휴가가 끝난 뒤 출근한 첫날은 늘 최악이었으니까.

린다가 맨 먼저 일어나서 손가락 마디를 풀었다. "구내식당에 갈까?"

"진심이야?" 노마가 물었다. "핫 숍스는 어때? 오렌지 프리즈 한 잔 마실까 하는데." 노마가 제안했다.

"밖은 너무 추워." 주디가 말했다.

"너무 **멀고**." 캐시가 말했다.

"라 니수아즈는?" 린다가 제안했다.

"모두가 남편 봉급으로 사는 호사를 누리진 않아." 게일이 말했다.

우리는 서로를 바라보았고 동시에 말했다. "랠프네?"

랠프 카페에는 워싱턴에서 가장 훌륭한 도넛뿐 아니라 아주 맛있는 감자튀김과 수제 케첩이 있었다. 게다가 남자들은 절대 거기서 점심을 먹지 않았다. 그들은 굴을 실컷 먹고 10센트짜리 마티니를 마실 수 있는 올드 에빗 그릴 식당을 선호했다. 인심 쓰고 싶을 때나 추파를 던지려 할 때, 또는 둘 다일 때 남자들은 가끔 우리를 그 식당에 초대하기도 했다. 캐시는 조개 알레르기가 있고 주디는 바다에서 건져 올린 거라면 입에 대지도 않았지만, 그들은 굴 몇 접시를 주문하고 마티니를 한 잔씩 돌리곤 했다.

우리는 이리나에게 같이 가자고 했다. 마침내 그녀가 입을 열었고, 우리는 그녀에게 계속 말을 시키고 싶었기 때문이다. 그날 아침 우리는 그녀가 휴게실 냉장고에 샌드위치를 넣는 것을 보았지만, 놀랍게도 그녀는 같이 가겠다고 했다.

우리가 나갈 때, 테디 헬름스와 헨리 레닛이 들어오고 있었다. 우리는 테디를 좋아했지만, 헨리의 경우는 달랐다. 정보국 남자들은 우리를 구석에서 조용히 타자 치며 앉아 있는 존재로만 생각했다. 하지만 우리가 메모만 받아 적는 건 아니었다. 우리는 이름도 받아 적었다. 그리고 헨리는 우리 목록의 맨 윗줄에 있었다. 우리는 테디와 헨리가 친한 이유를 도무지 이해할 수 없었다. 헨리는 외모가 아닌 자신감으로 삶의 많은 것을 얻은 남자였다, 그것도 지나치게 많이. 여자들, 예일대 졸업 후 곧바로 고위직 진출, 워싱턴의 온갖 호의적인 초청까지. 테디는 그 반대였다. 말하기 전에 생각하는 사람, 생각이 많고 약간 수수께끼 같은 구석이 있는 사람이었다.

"새로 온 여자를 아직 소개해주지 않았잖아." 우리는 그와 눈을 맞추지 않으려 피했음에도 헨리가 먼저 말을 걸었다. 테디는 헨리 옆에 주머니에 손을 찌른 채 서서 곁눈질로 이리나를 바라보았다.

"상어들이 벌써 주변을 맴돌기 시작했네." 캐시가 소곤거렸다.

"신입 환영 파티에 초대받을까 기대하고 있었나 봐요?" 노마가 헨리에 대한 경멸을 숨길 생각도 하지 않고 물었다. 지난여름 앤더슨네 집에서 바비큐 파티가 끝난 뒤 헨리와 노마가 갔다는 소문이 SR 분과에 돌았다. 사실을 말하면, 헨리가 노마를 집까지 태워주겠다고 했는데, 신호에 걸려 차가 섰을 때 노마의 치마 밑으로 손을 뻗어 그녀를 건드렸다. 노마는 한마디도 하지 않았다. 그냥 차들이 달리는 도로 한가운데서 차 문을 열고 내려버렸다. 헨리는 어리석은

짓 그만두고 돌아오라고 차창 너머로 소리쳤고 다른 운전자들은 노마에게 비키라고 빵빵거렸다. 노마는 집까지 4마일을 걸어갔고, 몇 달 동안 우리에게 그 사건에 관해 말하지 않았다.

"물론, 여기서 돌아가는 모든 걸 아는 게 내 일이니까." 헨리가 말했다.

"그런가요?" 주디가 물었다.

"이리나라고 합니다." 그녀가 손을 내밀었고 헨리가 웃었다.

"독특한 이름이군요." 헨리가 뼈가 으스러지도록 잡는 특유의 악수를 하면서 말했다. "헨리입니다, 반가워요." 그는 노마에게 고개를 돌렸다. "어때, 인사시키는 게 그렇게 힘든 일은 아니지?"

"테디입니다." 테디가 이리나에게 손을 내밀며 말했다.

"만나서 반갑습니다." 이리나가 그냥 예의상 인사한다는 건 분명했지만, 테디는 남학생처럼 어쩔 줄 몰라 하는 걸 보니, 처음부터 반한 모양이었다.

"그럼," 노마가 있지도 않은 손목시계를 두드리며 말했다. "점심 시간인데 벌써 반이나 지나서요."

밖으로 나서자 거센 바람이 몰아쳤다. 우리는 스카프를 단단히 맸고, 이리나는 술 달린 솔을 머리에 뒤집어쓰고는 목을 감았다. 그녀에게 옛 조국의 흔적이 얼마나 남아 있는지 궁금했다. 우리는 이리나에게 헨리에 관해 경고해주고 싶었고, 테디를 어떻게 생각하는지 당장 알아보고 싶었지만, 혹시라도 누가 들을까 몰라서 랠프 카페에 가서 말하기로 했다.

가로등마다 걸린 크리스마스 장식 화환이 벌써 가을의 마지막 흔적을 지워버린 후였다. 우리는 칸 백화점 앞을 지나다가 한 젊은 여자가 쇼윈도에서 겨울 동화 나라처럼 꾸민 디스플레이를 마무리하는 모습을 지켜보았다. 그녀는 앙상한 벚나무 가지에 은색 반짝이 끈을 하나하나 걸어놓더니, 뒤로 물러서서 자기 작품에 감탄했다. "정말 예뻐요. 난 크리스마스가 좋아요." 이리나가 말했다.

"러시아 사람들은 크리스마스 안 지내는 줄 알았는데? 종교 같은 건 아예 없는 거 아니었나?" 린다가 물었다.

우리는 이리나가 혹시라도 그 말에 마음이 상했나 싶어 서로를 쳐다보았다. 그녀는 얼굴을 감싼 숄을 단단히 여미더니, 짙은 러시아 억양으로 대답했다. "아니, 난 여기서 태어났는데, 아니었나?" 그녀가 미소 지었다. 우리는 깔깔 웃었고, 우리만의 미묘한 울타리에 그녀가 들어오기 시작했음을 느꼈다.

4

제비

"그 뱀 기억해?" 월터 앤더슨이 미스 크리스틴호 난간 위로 샴페인 잔을 뻗어 포토맥강에 쏟아 버리면서 물었다. 쌀쌀한 가을 공기를 맞아서라기보다는 술 때문에 붉어진 얼굴로, 앤더슨은 나를 포함한 여섯 명 앞에서 이미 귀가 닳도록 들은 이야기를 떠들고 있었다.

"누가 그 뱀을 잊을 수 있겠어요?" 내가 물었다.

"자네는 분명 못 잊겠지, 샐리." 그는 내게 과장되게 윙크했다.

나는 앤더슨을 놀리는 게 좋았고, 그는 곧바로 맞받아치는 걸 좋아했다. 우리 둘 다 전쟁 중 스리랑카의 캔디에 주둔하면서, 심리 작전부 소속으로서 대의를 향해 메시지를 끌어내곤 했다. 다시 말하면 우리는 선전 요원이었다. 당시 그는 나와 친해지려고 갖은 노력을 쏟아부었는데, 나한테 열 번째로 퇴짜를 맞은 뒤에는 큰오빠 역할을 하는 데 만족했다.

"눈에 뭐가 들어갔어요?" 내가 물었다. 대부분의 사람은 그를 불쾌하게 여겼지만, 나는 앤더슨이 해롭지 않을 정도로 촌스러울 뿐이라고 생각했다.

다들 이야기에 빠져들었다. 늘 그런 식이었다. 우리가 모일 때마다, 한 잔씩 술이 들어가면 옛이야기가 시작되곤 했다. 전쟁이 끝나고 그들 대부분이 자리를 옮기고 나자 발설해서는 안 될 새로운 이야기들이 생겼다. 그래서 그들은 옛이야기를 했다. 골백번은 우려먹었던 옛이야기를. 뱀 이야기는 앤더슨의 오랜 레퍼토리였다. 전략사무국 시절을 보낸 뒤, 앤더슨이 할리우드에서 대본을 쓰려고 했다는 소문이 있었다. 그는 영화 〈아웃 스페이스It Came from Outer Space〉 못지않은 인기를 누리는 〈클록 앤 대거Cloak and Dagger〉의 한 시리즈에서 작업했고, 제작자들과 초반에 몇 번 회의를 하기도 했지만, 영화를 찍지는 못했다고 했다. 그런 다음에는 컬럼비아 컨트리클럽에서 골프의 백스윙 기술을 완벽하게 익히며 세월을 보내기로 했지만 금방 싫증이 났고, 한두 달이 지난 후에는 덜레스 국장을 찾아가(진짜로 조지타운에 있는 그의 집 문을 두드려) 정보국에 일자리를 달라고 부탁했다. 앤더슨은 다시 현장에 보내달라고 애원했지만, 이미 50대 초반이라 행정직이 주어졌다.

옛날 패거리들이 일종의 기념일을 축하하기 위해 모인 자리였다. 11년 전, 우리는 실론에 있던 기지를 떠났다. 전쟁은 이미 끝난 후였지만 전략사무국과 미국 정보국의 미래는 불확실했다. 그때가 정보국이 설립되기 2년 전, 즉 고집 센 전 전략사무국 관리들에게 본거지가 주어지기 2년 전이었다. 옛 요원들은 뉴욕의 로펌과 중개업소에서 돈을 긁어모으는 일도 지겨워졌고, 다시 국가에 봉사하고 싶은 것 이상으로, 기밀을 취급하는 위치에서 나오는 권력을 원했다. 나를 포함한 일부 사람들은 바로 그 권력이 그 어떤 마약이나 섹스, 또는 심장박동을 빠르게 해주는 나머지 수단보다도 더 중독성이 있음을 이미 알고 있었다. 우리는 진즉 우리의 10주년을 기념하자는 계획을 세웠지만, 미루고 또 미루다가 마침내 누군가가 그냥 날짜를 정해버렸다.

"어쨌든, 맹세컨대 그 망할 뱀은 9미터나 됐거든." 앤더슨이 말을 이었다.

"29피트라고요?" 좀 더 젊은 정보국 요원 하나가 끼어들었다.

"그렇지, 헨리. 중요한 점은 그 암컷이 식인 뱀이었다는 거야. 내가 호출되어 갈 때까지 버마인 여섯이 죽임을 당했지."

"그 뱀이 암컷인지 어떻게 알아요?" 내가 물었다.

"내 말 믿으라니까, 샐리. 그런 아수라장을 만들 수 있는 건 암컷밖에 없어. 그리고 그 뱀을 제자리에 잡아두기 위해서 남자 한 명이 필요했던 거고."

"그렇다면 왜 하필 **당신**이 불려간 거예요?" 내가 물었다.

"대민 활동이지." 그가 정색하고 말했다. "그 뱀은 위협적이었어. 정말이지 무슨 공포 영화에서 튀어나온 것 같았다고. 지금도 악몽을 꿀 때면 가끔 그 뱀이 카메오로 나와. 프루디한테 물어봐." 그는 자기 아내를 가리켰다. 귓불이 늘어지도록 커다란, 노란 플라스틱 귀고리를 한 조그만 체구의 그 여자는 다른 아내들과 함께 요트의 따뜻한 객실 안에서 몸을 덥히고 있었다. 그녀가 창밖을 내다보더니 가볍게 손을 흔들었다. "어쨌거나, 그 뱀은 제가 있는 구멍에서 나오지 않으려고 했는데—"

"마치 이 이야기처럼!" 군중 뒤쪽에서 누군가 소리쳤다.

"사실 구멍보다는 동굴에 더 가까웠어." 앤더슨은 훼방꾼을 무시하고 말을 이었다. "뱀은 몇 달을 내리 틀어박혀 있었지. 잠을 자고 기다리면서. 그러던 어느 날 스르르 기어 나와서는 한 암소 옆에 똬리를 틀고 앉은 거야. 그러고는 **확!**" 그는 손뼉을 쳐 효과음을 냈다. "그 불쌍한 소를 끌고 구멍으로 내려가는데 소는 제대로 음메 하고 비명을 지르지도 못했어. 마을 사람들의 경제에 치명타를 입힌 거지. 그건 우리가 바란 일이 아니잖아?"

"그렇게 끔찍한 죽음은 아닐 거야." 프랭크 위즈너 부국장이 무리에 끼어들며 말했다. 사람들은 상관이 앞자리에서 이야기를 들을 수 있도록 양옆으로 비켜섰다. 프랭크 부국장은 우리가 서 있는 그 배, 우리가 마시고 있는 술, 우리가 먹고 있는 칵테일 새우 비용을 지불한 장본인이었다. "그 소는 뱀이 다가오고 있다는 사실도 몰랐겠지." 그는 미시시피 억양으로 말을 이었다. "풀밭 어딘가에서 되새김질을 하면서, 어쩌면 물 마시러 개울로 내려갈까 생각했겠지, 그러다가—"

"소름 끼치게 하지 마, 프랭크." 앤더슨이 말했다. "세상에."

앤더슨의 발음은 어느덧 꼬이기 시작한 후였다. 그리고 그의 발음이 꼬일 때쯤이면, 그가 꾸역꾸역 내뱉는 말들은 대개는 그를 곤경에 빠뜨렸다. 그런데 이제 상관이 끼어들었으므로, 나는 그에게 얼른 그 빌어먹을 이야기를 끝내라는 신호를 보냈다.

"난 그 전체 작전을 감독했어."

"카* 포획 작전인가?" 내 친구 베벌리가 물었다. 그녀는 웃음 반, 딸꾹질 반 섞인 소리를 냈고, 사람들은 킥킥거렸다.

"제발 얘기 좀 계속하자."

"아무도 말리는 사람 없어요." 베벌리가 말했다. 목소리가 높고 쉰 걸로 보아 주량보다 너무 많이 마신 것 같았다. 그녀는 최근 파리에 갔다가 사 온 자루 모양의 검은색 지방시 드레스를 입고 있었다. 전쟁이 끝난 후 베벌리는 석유 로비스트와 결혼했는데, 그 남편은 버번위스키와 가짜 샤넬 No. 5가 뒤섞인 냄새를 풍기며 집에 들어간 날 아내가 쌩하니 고개를 돌려버리면 어김없이 최신 유행의 옷을 사게 해주었다. 베벌리는 그 남자의 그런 호기를 혐오했고, 그래서 가능한 한 공정한 거래를 위해 뭐든지 패션쇼 런웨이에서 내려오자마자 다 사버렸다. 옛 전략사무국 시절의 남자친구와 가끔 놀아나는 건 말할 것도 없었다. 그 자루형 원피스는 전혀 그녀의 체형을 돋보이게 하지 않았지만, 나는 그녀가 일단 시도했다는 것에 점수를 주었다.

누군가 앤더슨에게 조그만 휴대용 술병을 건넸다. 그는 주욱 들이키고는 기침을 했다. "어쨌든, 나는 남자 열 명을 데리고 그 동굴, 구멍, 아니 뭐든지 간에 그리로 갔지. 연기를 피워 뱀을 나오게 한 뒤 자루에 넣자는 계획이었어."

"30피트나 되는 뱀을 넣으려면 어떤 자루가 있어야 하지?" 프랭

---

*   소설 『정글 북』에 나오는 비단뱀.

크가 물었다. 그는 웃음을 지으며 앤더슨을 부추겼다. 두 사람은 전략사무국에 같이 들어갔지만, 프랭크는 최고의 자리까지 오른 반면 앤더슨은 중간에서 더 나아가지 못했다. 프랭크는 여전히 미남이었고, 30년 전 대학 육상선수 때의 체격을 유지하고 있었다. 그는 모든 것이 가능하다고, 특히 자기가 책임진 일은 전부 가능하다고 믿는 그런 남자였다. 하지만 그날 밤 그는 뭔가 이상했다. 그가 사람들과 떨어져서, 천천히 굽이치는 포토맥강을 바라보는 모습이 두 번이나 내 눈에 띄었다. 그가 막후에서 꾸몄던 헝가리 봉기가 소비에트에 진압된 뒤 많이 약해졌다는 소문이 사실인가 하는 생각이 들었다.

앤더슨은 작은 술병에 든 술을 다시 주욱 들이켜고는 목청을 가다듬었다. "좋은 질문이야. 우리는 마대 자루 여러 개를 바느질로 꿰매 이은 다음 한가운데에 거대한 지퍼를 달았지."

프랭크가 씨익 웃었다. 물론 그는 이미 결말을 알고 있었다. "그게 버티나?"

앤더슨이 다시 술을 들이켰다. "다섯 명은 그 자루를 들고, 두 명은 뱀이 나오면 지퍼를 닫고, 두 명은 권총을 들고 대기하고, 나는 감독했지. 일이 잘못될 경우를 대비해서."

"뭐가 잘못될 수 있는데요?" 내가 물었다.

"뭐든 잘못되지 않겠어?" 프랭크가 되물었고, 사람들은 상사의 농담에 대한 반응치고는 지나치게 떠들썩하게 웃었다.

"내가 말해주지!" 앤더슨이 대답했다. 하지만 그가 다음 말을 꺼내기도 전에 미스 크리스틴호가 휘청하더니 엔진이 멈췄다. 누군가 상황을 알아보기 위해 선장에게 갔지만, 선장은 선교가 아니라 살롱에서 손님들의 아내들에게 둘러싸여 술을 마시고 있었다. 선장이 기관사와 문제를 확인하러 내려갔고, 퓨즈 하나가 나간 것을 확인한 기관사는 정박지에 연락해서 선창으로 끌고 갈 예인선을 요청해야겠다고 했다. 프랭크는 예인선을 부르기 전에 한 시간만 기다리라고 선장에게 말했고, 외닻을 내린 채 파티는 계속되었다.

우리가 배와 함께 까딱거리는 사이 앤더슨은 하던 이야기를 계속했다. 사람들이 최루 가스통으로 구멍에 연기를 피워 뱀을 나오게 했고, 뱀이 나오자 지퍼를 올려 자루에 가두었지만, 굴복을 모르는 뱀은 몇 분 만에 자루를 빠져나왔다. 그러나 걱정 마시라, 앤더슨이 권총을 들고 대기하고 있었으니. "정확히 미간에 맞았지." 그가 매듭을 지었다.

"불쌍한 것." 내가 말했다.

"엉터리야." 프랭크가 말했다.

앤더슨은 가슴에 손을 얹었다. "신께 맹세코 진실이야."

내가 이 이야기를 처음 들은 건 콜로니 레스토랑에서 스테이크 만찬을 먹을 때였는데, 앤더슨의 아내 프루디가 그 사실을 보증해주었다. 그녀는 그 뱀의 가죽이 실제로 자기네 지하실에 보관되어 있고, 낡은 냉장 박스 안에서 서서히 분해되어간다고 확인해주었다. "그 징그러운 걸 왜 집에 가져왔는지 도저히 이해가 안 간다니까요." 그녀는 말했다.

나는 앤더슨의 팔을 꼭 쥐어 양해를 구하고 자리를 빠져나와 선미에 있는 베벌리에게 갔다.

그녀가 몸을 기울여 내 담배에 불을 붙여주었다. "이게 누구야.

96

이야기는 끝났어?" 그녀가 말했다.

"드디어."

멀리 제퍼슨 기념관에 불이 밝혀져 있었고, 그 뒤로 보이는 워싱턴 D. C.는 잠들어 있었다. 주황색 밤하늘 아래 도시는 평화로워 보였고 권력 게임과 끝없는 낚시질은 밤을 맞아 쉬고 있었다.

"이렇게 모이는 것도 썩 나쁘진 않지?" 베벌리가 물었다.

"전혀 나쁘지 않아, 베벌리" 나는 실제로 좋은 시간을 보내고 있다는 게 놀라웠다. 전쟁 이후 나는 국무부에 자리를 주겠다는 약속을 받고 워싱턴으로 돌아왔다. 그리고 실제로 국무부에 취직했다. 하지만 그들은 나에게 개인 사무실과 편한 일을 주는 대신, 기록을 정리하는 지하실에 나를 처박아버렸다. 나는 겨우 여섯 달을 다니다 그만두었고, 그 뒤로는 올드 보이스 클럽과는 거리를 두었다.

나는 수많은 역할을 해왔지만, 기록 보관인은 결코 아니었다. 심지어 그런 시능도 할 수 없었다. 나는 간호사, 웨이트리스, 돈 많은 상속녀였다. 한번은 도서관 사서도 했다. 누군가의 아내, 누군가의 정부, 약혼자, 연인이었다. 러시아인도 되어봤고 프랑스인, 영국인도 되어봤다. 피츠버그 출신이었다가, 팜스프링스 출신이었다가, 위니펙 출신도 되었다. 나는 아무나 될 수 있었다. 눈이 크고 잘 웃는 얼굴이어서 속이 환히 들여다보이는 것 같고, 숨기는 비밀이라곤 없는 사람, 설사 비밀이 있다고 해도 어쨌거나 혼자 간직하지 못할 사람 같은 인상이었다. 게다가 메릴린 먼로와 제인 맨스필드처럼 약간 살집 있는 허리선을 가진 배우들이 인기를 얻으면서, 십대 때 다이어트를 시도했던 내 체형은 막강한 권력자들에게서 비밀을 캐내기에 유리하게 작용했다.

나는 고개를 빳빳이 쳐들고 국무부를 걸어 나왔고, 그 후 여직원들과 단합해 술을 마신 다음 카페 트리니다드에서 영업이 끝날 때까지 춤을 추었다. 안타깝게도 워싱턴에서는 자정이면 가게 문을 닫았다. 그리고 난 다음 날 냉찜질과 블러드 메리 한 잔으로 숙취를 달랜 나는, 문득 직업도 수입도 없고 모아둔 돈도 없는 현실을 깨닫고 망연자실해 있었다. 저축을 못 했던 이유는 내게는 축복이자 저주인 탁월한 심미안 때문이었다. 타고난 스타일 감각 덕분에 사람들이 나를 피츠버그 리틀 이탤리에 있는 미늘벽 판자 연립주택 출신이 아니라 그로스 포인트나 그리니치 같은 부촌의 유복한 집안에서 태어났다고 짐작하는 건 축복이었다. 그리고 나의 높은 안목이 종종 나의 재력을 능가한다는 건 저주였다.

은행 잔고에 빨간불이 켜지기 전에 계획을 세워야 한다는 건 알고 있었다. 몇몇 친구들은 상황이 곤란해지면 부모에게 기대는 호사를 누리기도 했지만, 나는 엄마나 아빠에게 달려가지 않았다. 그날 저녁, 나는 작은 주소록을 넘기며 워싱턴의 로비스트와 변호사들, 예비 외교관 한 명, 그리고 하원의원 한두 명과 일련의 데이트를 구상했다. 데이트는 지루하고 진을 빼놓는 일이었지만, 하루가 끝날 때쯤에는 나의 조지타운 아파트 임대료가 지불되었고, 나는 그들에게서 근사한 정찬을 얻어먹게 될 뿐 아니라, 같이 있어서 즐거운 척하면 상대방은 내 친구 베벌리의 명품 옷 못지않은 고급 옷을 입게 해주었다. 그들에게 마음이 끌리지 않았지만, 그런 척 그들을 확신시키기는 너무 쉬운 일이었다.

그런 일은 나에게 잘 맞았다. 그러나 얼마가 지나자 택시, 정찬, 호텔, 택시, 정찬, 호텔을 쳇바퀴 돌듯 도는 것도 지겨워졌다. 높은 수준의 품위를 유지하는 것도 지쳤다. 브러시로 정성스레 머리를 빗고, 족집게로 눈썹과 털을 뽑고, 염색하고, 왁싱하고, 탈색하고, 압박하고, 심지어 끝없는 쇼핑마저도 상당한 타격으로 다가오기 시작했다.

비행기 승무원이 될까도 생각했다. 우선은 팬암 항공사의 파란 제복을 입으면 아주 근사해 보일 것 같았다. 게다가 나는 여행을 무척 좋아했다. 전쟁 중 가장 좋아했던 게 여행이었다. 살던 곳을 떠나 몇 달마다 새 장소로 옮길 가능성이 좋았다. 하지만 그들은 이력서의 내 나이(솔직하게 적으면 서른둘, **정말로** 솔직하게 적으면 서른여섯)를 한번 보고는 그 자리에 지원하기엔 "과분하다"고 말할 터였다.

사실은 첩보 일이 그리웠고, 무언가를 알고 있는 위치가 그리웠다. 그래서 베벌리가 마지막으로 전화해서 그 파티에 가자고 졸랐을 때, 좋다고 대답했던 것이다.

"아는 얼굴이 많네." 베벌리가 사람들을 훑어보며 말했다. 음악은 다시 시작되었고, 사람들은 춤을 추고 진피즈 칵테일을 서로 따라주고 있었다. 갑판 저편에서 어느 가여운 아가씨의 목덜미에 숨을 불어넣고 있는 짐 로버츠가 보였다. 짐은 언젠가 상하이의 대사관 파티에서 나를 구석에 몰아넣고는 양손으로 내 허리를 껴안고, 자기한테 웃어주기 전에는 놓아주지 않겠다고 한 적이 있었다. 나는 생긋 미소를 짓고는 무릎으로 그의 사타구니를 차버렸다.

"익숙한 얼굴이 너무 많은 것 같아."

"그 말에 건배하지." 베벌리가 말했다. 베벌리는 난간 위로 기대고는 얼굴 위로 흘러내린 짙은 갈색 머리카락을 걷었다. 그녀는 뒤늦게 미모가 피는 그런 여자로, 고등학교와 대학 시절을 다 보낸 뒤 20대 초반을 지나 후반에 접어들면서 조금씩 예뻐지더니 30대가 되어서 비로소 완전하게 꽃을 피웠다. 베벌리도 짐 로버츠에게 여러 번 당했었다. "하지만 아쉬움은 있어. 우리 여자들이 다 왔으면 좋았을걸." 그녀가 말했다.

"나도 그래." 베벌리와 나는 우리 옛 대원들 중 아직도 워싱턴에 살고 있는 두 명이었다. 줄리아는 남편과 함께 프랑스에 있었고, 제인은 다른 여자의 남편과 함께 자카르타에 있었으며, 애나는 그달 그달 기분에 따라 베네치아 아니면 마드리드에서 지냈다. 우리가 처음 만난 건 호화 여객선으로 쓰이다가 미군을 전선으로 실어 나르는 정기선이 된 매러포사호에서였다. 그 배에서 유일한 여자들이었던 우리는 금속으로 된 2층 침대들이 놓인 비좁은 선실 하나와 화장실 하나, 그리고 차가운 소금물이 쿨럭거리며 나오는 욕조 하나를 같이 썼다. 막사 같은 환경과 뱃멀미에도 불구하고, 우리는 유명해질 만큼 잘 지냈다. 우리는 20대 초반이었고 세계를 떠맡을 준비가 되어 있었다. 어릴 때는 『보물섬』과 『로빈슨 크루소』를 읽으며 자랐고 고등학교에서는 H. 라이더 해거드의 『암굴의 여왕 She』을 읽은 여자들이었다. 우리는 모험 가득한 삶은 남자만을 위한 것이 아니라는 믿음으로 끈끈해졌고, 우리 몫의 모험적인 삶을 주장하기 시작했다.

무엇보다도 우리는 유머 감각이 서로 비슷했는데, 물 빠지는 성능이 미덥지 못한 변기를 같이 사용할 때는 비슷한 유머 감각이 많은 것을 버티게 해주었다. 배가 거친 바다를 지날 때는 더욱 그렇다. 줄리아는 장난치기를 좋아했는데, 한번은 우리가 캘커타로 가는 가톨릭 수녀라는 소문을 내기 시작했다. 틈만 나면 휘파람을 불어대며 유혹하던 남자들이 복도에서 우리를 마주치면 경건해졌다. 심지어 한 병사는 자기 개가 아프니 기도해달라고 부탁하기까지 했다. 나는 성호를 그었고 베벌리는 웃음을 터뜨렸다.

매러포사호가 실론에 정박할 때쯤, 우리는 떼어놓을 수 없을 만큼 친해졌고, 바퀴가 큼직한 트럭의 짐칸에 타고 밀림을 지나 캔디 하구까지 가는 동안 서로를 꼭 붙들고 있었다. 캔디는 차 농장과 언덕에서부터 흘러내리는 연녹색의 계단식 논에 에워싸여 있었고, 끔찍한 공포의 현장인 버마와는 불과 만 하나를 사이에 두고 있었지만, 전쟁이 닿지 못할 만큼 아득히 먼 곳 같았다.

우리 중 다수는 캔디 시절을 애틋하게 기억하게 되었다. 그리고 서로에게 편지를 쓸 때나 운이 좋아서 직접 만날 때면, 너무도 광활하고 너무도 깜깜해서 별들이 겹겹이 보이던 하늘 아래서 보낸 숱한 밤을 떠올리곤 했다. 우리는 초가지붕의 전략사무국 사무실을 에워싼 무성한 파파야 나무에서 녹슨 마체테 칼로 열매를 따던 일, 구내에 들어온 코끼리 한 마리를 밖으로 유인하기 위해 땅콩버터를 병째 내밀었던 일을 이야기하곤 했다. 그리고 장교 클럽의 밤샘 파티에서 청녹색 캔디 호수에 발을 담그고 있다가 아래서 뭔가 부글거리는 동물을 건드리고 화들짝 발을 뺐던 일을 회상했다. 무더운 콜롬보에서 땀 흘리며 주말을 보낼 때는 붓다의 치아 사리가 있는 불치사에 원숭이 무리가 들락날락거렸고, 우리가 마틸다라는 이름을 지어준 랑

구르 원숭이는 우리의 식량 창고에서 새끼를 낳았다.

나는 심리 작전부의 지원팀으로 일하기 시작했다. 서류를 정리하고, 타자를 치는 그런 일이었다. 그러다가 전략사무국 구내를 굽어보는 언덕 위, 루이스 마운트배튼 백작의 호화로운 사택 만찬 초대를 받아들이면서 내 경력의 궤도가 바뀌었다. 그것은 내가 참석했던 수많은 파티 중 첫 번째 파티였는데, 그때 처음으로 나는 권력을 쥔 남자들이 내가 요구하든 아니든 기꺼이 나에게 정보를 내준다는 걸 알게 되었다.

일은 그렇게 시작되었다. 그 첫 번째 파티에서, 나는 베벌리가 "만약을 위해" 챙겨온, 깊게 파인 검정 이브닝드레스에 억지로 몸을 욱여넣었고, 그날 밤이 끝날 때쯤 나와 수다를 떨던 한 브라질 무기상은 마운트배튼 백작의 부하들 가운데 첩자가 있는 것 같다는 말을 흘렸다. 이튿날 나는 앤더슨에게 그 정보를 보고했다. 전략사무국이 그 정보로 무얼 했는지 나는 모른다. 하지만 곧 만찬 초대장이 쏟아져 들어왔고, 중요한 인물을 방문할 계획이 잡혔고, 입이 싼 남자들에게 물어볼 질문이 내게 주어졌다.

나는 새 일에 익숙해졌다. 일을 아주 잘 해냈기 때문에 우리가 쓸 화장지, 스팸, 모기 퇴치제와 더불어 야회복까지 주문해서 살 만큼 급료를 받았다. 재미있는 점은, 내가 나를 스파이라고 생각한 적이 없다는 것이다. 물론 그 일에는 미소 짓고 바보 같은 농담에 웃고 그런 남자들이 말하는 모든 것에 관심 있는 척하는 이상의 기교가 필요했다. 당시엔 그걸 가리키는 이름도 없었지만, 바로 그 첫 번째 파티에서 나는 제비가 되었다. 제비란 천부적인 재능을 이용해 정보를

얻어내는 여자를 가리킨다. 그 재능은 내가 가난했기에 쌓아온 것이
었고, 20대에 다듬어져 30대에 와서 꽃을 피웠다. 남자들은 나를 이
용한다고 생각했지만, 사실은 언제나 그 반대였다. 그들이 이용당
하고 있지 않다고 생각하게 만드는 것, 그것이 내 능력이었다.

"춤출래?" 베벌리가 물었다.

나는 베벌리가 엉덩이를 흔드는 모습에 코를 찡그렸다. "이 음악
에?" 페리 코모의 노래 때문에 목소리가 높아졌다. 베벌리는 아랑곳
하지 않았다. 그녀가 내 팔을 잡고 앞뒤로 흔들어대자 결국 나는 항
복하고 말았다. 막 분위기를 내고 있을 때, 누군가 긁는 소리를 내며
축음기를 껐다. 군중 뒤쪽에서 누군가 포크로 유리잔을 두드렸고,
사람들이 같이 따라 하면서 배 전체가 폭풍 속의 샹들리에 같은 소
리를 냈다.

"아, 이런. 시작이군." 베벌리가 말했다.

남자들이 건배를 시작했다. '프랭크에게! 와일드 빌*에게! 늙은 대
기조 끄나풀들에게! 나머지 얼빠진 졸개들에게!' 이어서 우리가 캔
디에서 밤을 마무리할 때 틀던 노래들이 흘러나왔다. 〈다시 만날 거
예요〉와 〈릴리 마를렌〉. 노래가 끝나자 하버드와 프린스턴, 예일 출
신이라면 다 알 만한 클럽 노래들이 나왔다. 베벌리와 나는 모든 파
티를 마무리 짓는 그 취한 음악회를 보며 늘 낄낄 웃곤 했다. 그러나
그날 밤 우리는 팔짱을 끼고 같이 어울릴 수밖에 없었다.

---

* Wild Bill. 전략사무국 초대 국장 윌리엄 J. 도노번William J. Donovan의 별명.

예일 대학교의 〈느릅나무 아래서〉 3절이 울릴 때 우리 배를 정박지로 끌고 갈 예인선이 접근하면서 고동을 울렸다. 우리는 예인선 선장에게 밤술 한잔 같이 하자고 소리쳤다. 술 취한 사람들을 구조하기 위해 잠자다 끌려 나온 탓에 표정이 별로 좋지 않은 선장과 또 한 명의 남자는 미스 크리스틴호를 묶는 작업을 하러 갔다.

뭍으로 올라오자 남자들은 16번가의 사교 클럽에 갈지, U가의 24시간 식당에 갈지를 두고 입씨름했다. 베벌리와 나는 베벌리의 남편이 보낸 검정 세단 앞에서 작별인사를 하며, 머잖아 다시 보자고 약속했다. "정말 태워다주지 않아도 돼?" 베벌리가 물었다.

"바람 타고 가지 뭐."

"좋을 대로 해!" 출발하는 차에서 베벌리가 창문으로 키스를 날렸다.

누군가 내 어깨를 두드렸다. "같이 걸을까?" 프랭크 부국장이었다. "나도 바람 탈 수 있겠지." 담배를 피웠는지 그의 숨결에서 박하향이 났다. 술은 한 방울도 하지 않은 모양이었다. 내내 코카콜라를 홀짝거렸는지 궁금했다. "우리 같은 방향 맞지?"

프랭크는 나보다 길 하나 아래에 살았지만, 부동산의 관점에서 보자면 그의 조지타운 양식의 타운하우스는 프랑스 빵집 위층의 내 작은 아파트와는 몇 광년이나 떨어져 있었다. "맞아요." 내가 대답했다. 프랭크는 좋지 않은 의도로 여자에게 같이 걷자고 할 그런 남자는 아니었다. 프랭크가 할 말이 있다고 하면, 보통은 일 이야기를 하려는 거였다. 그는 검정 세단의 문을 열어놓고 대기 중인 운전기사에게 손짓했다. "오늘 밤은 걸어갑니다." 그가 소리쳤다. 기사는 모자를 살짝 젖혀 인사한 뒤 차 문을 닫았다.

우리는 포토맥강을 등지고, 잠든 워싱턴의 거리를 지나 시내를 통과했다. "자네가 와 줘서 기뻐. 자네도 같이 오도록 베벌리가 잘 말해주기를 바랐지."

"베벌리가 공모한 거예요?"

"베벌리가 **끼지 않는** 데가 있나?"

나는 웃었다. "아뇨, 없을걸요."

그가 다시 침묵했다. 마치 같이 걷자고 한 이유를 잊어버린 사람 같았다.

"운전사한테 집에 가라는 말씀을 좀 더 일찍 하셨더라면 밤늦도록 기다리지 않아도 됐을 텐데요."

"걷고 싶어질 줄 몰랐으니까. 마음을 정할 때까진." 그가 말했다.

"마음을 정하셨군요?"

"그 일이 그리운가?"

"항상요." 내가 대답했다.

"난 그게 부럽군. 진심이야."

"일을 그만두고 싶으세요? 전쟁이 끝나서?"

"과거의 난 **만약에**라는 가정 따위는 해본 적이 없었어. 그런데 지금은…… 잘 모르겠네. 모든 게 옛날처럼 흑백으로 명확히 나뉘지 않아."

빵집에 도착했다. 불이 켜져 있었고, 오전 조에서 일하는 제빵사는 벌써 오븐에 바게트 반죽을 넣고 있었다. 내가 여기 살기로 선택

한 이유는 국무부 일을 시작할 당시 이곳이 내 예산 범위에 들어왔을 뿐 아니라, 갓 구운 빵 냄새를 무척 좋아하기 때문이었다. 심지어 갓 구운 빵을 먹는 것보다 냄새가 더 좋았다.

"다시 일을 알아보고 있다는 소리가 들리던데."

"부국장님테는 비밀이란 걸 만들 수가 없네요."

그가 웃었다. "그렇지, 세상에 비밀은 없어."

"왜요? 뭐 들은 게 있으세요?"

그가 입술을 꼭 다문 채 미소를 지었다. "글쎄, 흥미로울 만한 게 있긴 해."

나는 귀를 쫑긋 세웠다.

"어떤 책에 관한 거야."

동

1950년-1955년

5

뮤즈
수용소의 여인

존경하는 아나톨리 세르게예비치 세묘노프에게,

당신이 오랫동안 고대하던 그런 편지는 아닙니다. 그 책에 관한 것
도 아닙니다. 당신이 내게 씌운 범죄를 증명해줄 자백도 아닙니다.
나의 결백에 대한 호소도 아닙니다. 나는 내가 기소된 혐의에 대해
결백하지만, 모든 것에 결백하지는 않습니다. 나는 한 남자가 유부남
인 줄 알면서도 제 욕심에 그를 차지했습니다. 나는 좋은 딸, 좋은 엄
마가 되지 못했습니다. 어머니는 내가 두고 간 것들을 거두어야 했습
니다. 지금은 다 끝난 일이지만, 그래도 글을 써야 할 필요성을 느낍
니다.

배급받은 각설탕 두 개를 주고 바꾼 이 연필로 쓰는 모든 단어를
믿으셔도 좋고, 꾸며낸 말로 치부하셔도 좋습니다. 상관없습니다. 나
는 당신에게 글을 쓰는 게 아니니까요. 당신은 이 편지의 맨 위에 쓰

인 이름에 지나지 않습니다. 그리고 나는 이 편지를 절대 부치지 않을 겁니다. 다 쓰는 대로 전부 태워버릴 생각입니다. 지금 나에게 당신의 이름은 그저 인사말일 뿐이지요.

당신은 우리가 밤마다 면담할 때 내가 모든 걸 말하지 않는다고, 내 '이야기'에 커다란 구멍이 여러 개 있다고 말했지요. 신문관인 당신은 기억이 얼마나 믿지 못할 것인지 잘 알고 있을 겁니다. 사람의 머리는 전체 이야기를 있는 그대로 담아두지 못하는 법이지요.

나에겐 뾰족하게 깎은 이 연필이 있습니다. 연필이 엄지손가락보다 작아서 벌써 손목이 아프네요. 하지만 이 연필이 다 닳아 먼지가 될 때까지 글을 쓰렵니다.

어디서부터 시작할까요? 지금 이 순간부터 시작해야 할까요? 저를 수용소에서 갱생한 여인으로 만들어줄 1,825일 중 86일째인 오늘 하루를 어떻게 보냈는지부터 이야기할까요? 아니면 이미 일어난 일부터 이야기할까요? 이곳까지 600킬로미터의 여정이 어땠는지 알고 싶은가요? 행선지가 없는 기차를 타보신 적이 있는지요? 다음 장소까지 실려 가기를 기다리는 동안 우리를 내내 떨게 만든 창문 없는 나무 궤짝에 들어가 본 적이 있는지요? 세상 끝에서 사는 느낌이 어떤지 알기는 하는지요? 모스크바로부터, 가족으로부터, 따뜻한 모든 것과 다정한 모든 것으로부터 아득히 멀리 떨어진 곳에서.

여정의 마지막에, 간수들이 우리를 강제로 걷게 했다는 걸 알고 싶으신가요? 날이 얼마나 추웠는지 내 옆에서 걷던 여자가 쓰러지자 그들이 그녀의 부츠를 억지로 벗기다가 그녀의 새끼발가락이 떨어져 나가버렸다는 건요? 아니면 허리까지 내려오는 긴 머리를 두 갈래로 가느다랗게 땋고는 어린 두 자녀를 욕조에 빠뜨려 죽게 했다고 주장하는 여자와 같은 열차 칸에서 지낸 이야기는 어떠세요? 누군가 그녀에게 왜 그랬냐고 물었을 때, 아직도 계속 자기에게 속삭이는 어떤 목소리가 시켜서 그랬다고 대답했다는 건요? 그녀가 비명을 지르며 잠에서 깨곤 했다는 것도 말해야 할까요?

아닙니다, 아나톨리. 걱정을 끼치는 그런 이야기는 쓰지 않으렵니다. 사실, 당신이 알아야 할 사실에 비하면 이런 시시콜콜한 일들은 지루하겠죠. 그리고 나는 당신을 지루하게 하고 싶은 마음은 없습니다. 내가 바라는 건 당신이 이 글을 계속 읽는 것이니까요.

다시 뒤로 돌아가지요.

모스크바를 떠난 뒤, 우리는 먼저 여성 간수들이 운영하는 임시 수용소에 도착했습니다. 당신과 내가 만났던 곳보다는 약간 나은 환경이었지요. 감방은 깨끗했고 시멘트 바닥이었는데, 암모니아 냄새가 났습니다. 우리 142번 방의 여자들에게는 저마다 개인 매트리스가 있었고, 간수들은 밤에 전등을 꺼주어 마침내 우리에게 잠을 허락했습니다.

하지만 오래가지 않았지요.

도착하고 며칠 후, 그들이 밤에 들이닥치더니 142번 감방을 비웠습니다. 그들은 우리를 열차에 태웠고 다음 정거장, 유일한 정거장은 포트마라고 말했습니다. 열차 안은 어둡고 썩은 나무 냄새가 났습니다. 객차 칸마다 복도 쪽으로 쇠창살이 있어서 간수들이 늘 우리를 지켜볼 수 있었지요. 구석에는 금속 양동이 두 개가 있었습니다. 하나는 화장실로 썼고 다른 하나는 우리 배설물에 끼얹을 양잿물이 가득 담겨 있었지요. 나는 위쪽 침상을 차지했는데, 거기 누우면 발을 뻗을 수 있었습니다. 그리고 머리를 살짝 기울이면 천장의 틈새로 은빛 하늘도 볼 수 있었고요. 그 작은 하늘이 아니었다면, 밤인지 낮인지, 그 열차를 탄 이래 며칠이 지났는지 알지도 못했을 것입니다.

열차가 정거장에 도착한 건 밤중이었습니다.

열차 정거장이라기보다 여물통 같은 곳이었습니다. 하지만 양이나 당나귀가 아닌 군복 차림의 남자들이 살찐 사자를 닮은 개들을 데리고 플랫폼에서 우리를 기다리고 있었지요. 간수들은 내리라고 소리쳤고, 우리는 어쩔 줄 몰라 서로를 바라보았습니다. 아무도 일어서지 않자 간수 한 명이 짧은 빨강 머리의 젊은 여자의 팔을 붙잡고 줄을 서라고 말했습니다. 우리는 말없이 시키는 대로 했지요.

앞에 있던 간수가 한 손을 들자 행진이 시작되었습니다. 플랫폼을 나오는 순간, 우리는 이제 우리를 태워 갈 열차나 트럭은 없다는 걸 깨달았지요. 저는 외투 소매를 끌어당겨 엉망으로 튼 손을 덮었습니다. 그러면 손이 따뜻했지만, 그것도 오래가지 않더군요.

우리는 아무도 밟지 않은 눈 사이로 길을 내며 기차선로를 따라갔지만, 선로는 도중에 끊겨 하얀 눈 속으로 사라졌습니다. 그렇게 얼마나 오래 걸어야 하는지 묻는 사람은 없었지만, 우리가 생각할 수 있는 건 그게 전부였습니다. 두 시간이면 될까, 아니면 이틀? 아니면 2주? 궁금증을 억누른 채 이름도 모르는 앞 사람의 발자국에 정신을 집중하려 했습니다. 앞 사람이 남긴 발자국 안에 발을 디디려 애썼습니다. 그리고 발가락과 손가락이 따끔거리는 느낌이나, 콧물이 떨어져 입술 위 인중 홈, 보랴가 나를 놀릴 때면 손끝으로 만지곤 했던 바로 그 인중 홈에서 얼어붙는 것 따위는 생각하지 않으려 애썼습니다.

마치 『닥터 지바고』의 한 장면 같았습니다. 네, 아나톨리, 당신이 그토록 읽고 싶어 하는 그 책의 한 장면 말입니다. 우리의 행렬이 마치 보랴의 머릿속에서 튀어나온 것처럼 느껴지더군요. 보름달이 눈 덮인 길을 비추면서 우리 발자국 위로 은빛 광채를 드리웠습니다. 죽을 만큼 아름다웠지요. 만약 내 몸에 조금의 감각이라도 남아 있었다면, 길과 나란히 난 숲 속으로 뛰어 들어가, 지쳐 쓰러질 때까지, 또는 누군가 나를 멈춰 세울 때까지 달리고 또 달렸을 겁니다. 거기서 죽어도 좋았을 것 같네요. 보랴의 꿈에서 불러낸 것만 같던 그곳에서였다면.

먼저 감시탑이 보이더군요. 멀리 키 큰 소나무 숲 꼭대기 위로, 저마다 칙칙한 붉은 별을 인 감시탑이 고개를 내밀고 있었습니다. 이윽고 가까이 다가가면서 철조망 울타리와 휑한 운동장, 나란히 늘어선 막사, 건물의 굴뚝마다 회색 하늘로 피워 올리는 가느다란 연기 기둥이 보였습니다. 못 먹어서 비쩍 마른 수탉 한 마리가 울타리 안을 걷고 있었는데, 부리는 갈라지고 붉은 볏이 뭉개져 있더군요.

우리는 도착했습니다.

우리 모두가 그랬다고 말할 수는 없지만, 나는 나흘간의 행진을 하는 동안 날마다, 시간마다, 분마다, 초마다 따뜻함을 꿈꾸며 보냈습니다. 그런데 막상 그들이 철조망 울타리 안으로 우리를 몰아, 마당의 양철 드럼통에서 타는 모닥불 옆에서 몸을 녹이게 허락했을 때는 그처럼 춥게 느껴진 적이 없었습니다.

운동장 저쪽에서 40명에서 50명쯤 되는 여자들이 금속 접시와 잔을 들고 저녁식사를 기다리며 줄을 서 있었습니다. 우리가 다가가자 그들은 고개를 돌려 우리의 창백한 얼굴과 헝클어진 머리, 손을 살펴보더군요. 네, 동상을 입었지만, 못이 박이지는 않은 고운 손을요. 우리는 누렇게 뜬 그들의 얼굴과, 스카프를 두르거나 아예 밀어버린 머리, 넓고 굽은 어깨를 바라보았습니다. 머잖아 그 얼굴들이 거울 속 우리의 모습이 되겠지요. 머잖아 새로운 여자들이 수용소에 도착할 때, 그 저녁식사 줄에 서 있는 건 우리가 되겠지요.

열두어 명의 여자 간수들이 나타났고, 우리를 데려온 남자들을 발길을 돌려 말없이 흰 눈 벌판 속으로 걸어갔습니다. 우리는 바닥이 시멘트로 되어 있고 화로가 놓인 기다란 건물 안으로 안내되었습니다. 거기서 간수들이 우리에게 옷을 벗으라고 하더군요. 우리가 벌거벗은 채 오들오들 떨면서 서 있는 동안, 그들은 손으로 우리의 머리, 이어서 우리의 몸을 훑고, 팔을 들어 올리고, 가슴 밑을 확인했습니다. 그러고 나자 우리더러 손가락, 발가락, 다리를 벌리게 했습니다. 우리 입안에 손가락을 쑤셔 넣기도 했습니다. 몸이 더워지기 시작했는데 나무 화로 때문이 아니었습니다. 아직 시작되지도 않은 분노에 불탔던 거지요. 아나톨리, 당신은 그런 분노를 느껴본 적이 있는지요? 정확히 집어낼 수는 없어도 몸 안 어디에선가 타오르면서, 휘발유에 던진 성냥불처럼 당신을 압도할 수 있는 그런 분노를? 나의 경우가 그런 것처럼, 그 느낌이 밤에 당신을 찾아오지는 않는지요? 당신이 지금 그 위치에 있는 것도 그 때문인지요? 대가야 어떻든지 권력만이 유일한 치료법이어서?

몸수색이 끝나자 우리는 또 다른 줄에 섰습니다. 굴라크에는 언제나 또 다른 줄이 있지요, 아나톨리. 그들은 양잿물 비누를 아주 조금씩 나눠주고는 샤워기를 틀었습니다. 물은 차가웠지만, 꽁꽁 얼어 있던 우리 피부에는 데일 것처럼 뜨겁게 느껴지더군요. 공기를 쐬어 몸을 말리게 한 뒤에는, 혹시 우리 몸에 묻어 왔을지 모를 것을 죽이는 가루가 뿌려졌습니다.

머리숱이라고는 얼굴 양쪽에 늘어진 아름다운 금발 몇 가닥이 전부인 폴란드 여자가 탁자에 앉아 찌푸린 하늘 같은 색의 작업복을 수선하고 있었습니다. 그녀는 우리를 한 명석 쳐다보더니 자기 오른쪽과 왼쪽에 쌓인 작업복들을 가리켰습니다. 큰 사이즈와 더 큰 사이즈로 구분된 작업복이었지요.

이어서 귀가 유난히 크고 코는 그보다 더 큰 한 여자가 사이즈가 맞는지 가늠해볼 생각도 하지 않고 신발을 건네주었습니다. 저는 검정 가죽구두를 받았는데, 신고 걸으려니 뒤꿈치가 자꾸 벗겨지더군요. 배급받은 설탕으로 다른 수용자와 물물교환을 하려면 한 달은 모아야 할 것 같았습니다. 새 구두와 바꾸기 위해서가 아닙니다. 새 구두는 적어도 다섯 달분의 설탕을 모아야 할 테니까요. 그게 아니라 그 구두를 내 발에 꼭 묶어줄 납작한 끈 한 줄과 바꾸기 위해서였습니다.

간수들은 줄을 세 구간으로 나누었고, 내가 서 있던 줄은 11번 막사로 들어갔습니다. 아나톨리, 나는 그로부터 3년을 거기서 지내게 되는데, 발을 끌며 다닌 덕택에 구두는 한 짝도 잃어버리지 않았지요.

11번 막사는 비어 있었고, 거기 수용된 여자들은 아직 들판에서 일하고 있었습니다. 간수가 빈 침대들을 가리켰는데, 방 뒤쪽, 장작 때는 화로와 가장 멀리 떨어진 3층 침대였습니다. 벽에서 벽으로 걸린 빨랫줄에는 빨아도 때가 지지 않은 양말과 속옷들이 널려 있었는데, 우리는 그 밑으로 허리를 굽혀 지나갔습니다. 건물에서 땀 냄새, 양파 냄새, 따뜻한 몸 냄새가 났습니다. 그 살아 있음의 냄새가 작게나마 위안이 되더군요.

나는 내게 주어진 모직 담요를 끝에서 두 번째 침대의 맨 위층에 놓았습니다. 그 침대를 고른 이유는 기차에서 보았던 자그마한 여인이 한 층 아래를 차지했기 때문이지요. 나이는 나와 비슷한 30대 중반으로 보였고, 머리가 검고 손이 섬세했는데, 친구가 될 수 있을 것 같았습니다. 그녀 이름은 아나였습니다.

아나와는 친해지지 못했습니다. 11번 막사의 다른 누구와도 친해지지 못했지요. 날마다 하루가 저물면 힘이 다 빠져버렸고, 다음 날 다시 일어나 일하려면 에너지를 아껴야 했기 때문입니다.

포트마의 첫날 밤은 고요했습니다. 이제 자라고 우리를 달래주는 바람의 아우성만 들릴 뿐, 모든 밤이 그 밤과 같았습니다. 가끔은 외로움을 못 이긴 누군가의 울음소리가 공습 사이렌처럼 캠프 전체에 울리기도 했습니다. 그 소리는 곧 잠잠해지곤 했습니다. 어떻게 잠잠해졌는지는 상상에 맡길 수밖에 없겠지요. 누구도 그 울음에 관해 말하지는 않았지만, 우리 모두 그 소리를 들었고, 우리 모두 소리 없이 함께 울었습니다.

들판에 작업을 나간 첫날, 땅은 단단히 얼어 있고, 곡괭이는 너무 무거워 허리 높이로 들어 올리기도 벅찼습니다. 30분 만에 손에 물집이 잡히더군요. 흙을 파내려고 온 힘을 다해 내리쳐도 겨우 손가락 너비의 자국만 찍힐 뿐이었습니다. 옆에 있던 여자는 운 좋게도 삽을 받아서, 삽 위에 올라타고 몸으로 내리누르면 삽날을 땅에 박을 수 있었습니다. 하지만 곡괭이 하나뿐인 나는 그날의 배급 식량을 받을 때까지 겨우 몇 세제곱미터의 흙밖에 파내지 못했지요.

수용소에서 맞은 그 첫날, 나는 아무것도 먹지 못했습니다.

수용소에서의 둘째 날 역시 먹지 못했습니다.

셋째 날 작업도 여전히 땅을 판 자국 몇 개가 고작이라, 다시 배급을 받지 못했습니다. 그런데 목욕탕 줄에 서 있던 젊은 수녀가 자신의 빵을 쪼개 내가 지나갈 때 건네더군요. 얼마나 고마웠는지, 모스크바에서 남자들에게 끌려온 이후 처음으로, 다시 기도를 해야겠다는 생각이 들었습니다.

포트마의 수녀들은 나를 사로잡았습니다. 그들은 폴란드 출신의 작은 집단이었는데 가장 단련된 범죄자들보다 더 강했습니다. 그들은 간수의 명령을 따를 수 없다고 생각되면 굽히지 않았습니다. 그들은 기상나팔이 울리는 동안 큰 소리로 기도해서 간수들의 화를 돋우었지만, 나는 그렇게 종교적인 사람이 아닌데도 그 기도에 위안을 받았습니다. 간수들은 가끔 우리가 줄을 서 있을 때 수녀 한 명의 작업복을 잡고 줄에서 끌어내서는 우리 앞에서 무릎을 꿇려 불손함에 대한 본보기를 보여주곤 했습니다. 한 수녀는 돌투성이 땅 위에 맨살이 드러난 무릎을 대고 온종일 꿇어앉아 있어야 했지요. 하지만 그녀는 굴복하지 않았고, 일어서게 해달라고 빌지도 않더군요. 내내 거룩

117

한 바보의 고요한 미소를 지으며 기도할 뿐이었습니다. 그들은 뙤약볕에 얼굴이 붉게 타도, 작업복을 타고 흘러내린 소변이 흙먼지 위로 길을 내어도 보이지 않는 묵주 알을 손으로 굴리곤 했습니다.

한두 번 간수들은 수녀 모두를 징벌동에 넣어버렸습니다. 징벌동은 그 수용소에 처음 지어졌던 막사인데, 지붕이 반쯤 꺼져서 벌레며 쥐와 함께 찬바람이 들어오는 곳이었지요.

그 수녀들이 나보다도 훨씬 가혹한 형을 선고받았음에도, 그들을 시샘하지 않기는 쉽지 않았습니다. 그들에게는 서로가 있었고, 우리가 그렇게 갈망해 마지않는 그것, 바깥 세계로부터의 소식이 전혀 필요가 없었으니까요. 그들은 서로 떨어져 있어도 우리 모두를 갉아먹는 그 어두운 외로움에 굴복하지 않았습니다. 그들에게는 그들의 신이 함께하고 있었습니다. 나의 유일한 믿음은 한 남자를 향하고 있었지요. 한낱 인간, 시인에 지나지 않는 보랴에게 말입니다. 그런데 남자들이 내 아파트에서 나를 끌고 온 후로 그와 연락할 길이 없었으니, 그가 살았는지 죽었는지도 알 수 없었습니다.

수용소에서 나흘째가 되자 부드러웠던 손에 단단한 못이 박이면서 마침내 곡괭이를 잡을 수 있었습니다. 나는 놀라운 힘으로 곡괭이를 머리 위에서 휘둘러 힘껏 땅에 박았습니다. 일과가 끝날 때까지 할당된 면적을 일궈놓은 덕에 마침내 배급을 받았지만, 겨우 몇 입밖에 먹을 수 없었지요. 몸이 정신보다 빨리 적응해버린 것입니다. 원래 세상 이치가 그런 걸까요, 아나톨리?

그 끔찍했던 처음 며칠이 지나고, 몇 주, 그리고 몇 달, 그리고 몇 년이 지나갔습니다. 세월은 달력의 날짜로 흐르는 게 아니라, 내가 판 구덩이만큼, 내 머리에서 잡은 이만큼 흘렀습니다. 갈라지고 터진 물집과 삽질이 남긴 굳은살만큼, 우리 침대 밑에서 죽은 바퀴벌레만큼, 하나씩 드러난 갈비뼈의 수만큼 세월이 흘렀습니다. 그리고 그곳에는 두 계절뿐이었습니다. 여름과 겨울, 두 계절이 번갈아 가며 서로 뒤질세라 우리를 벌했습니다.

사람의 몸이 살아남으려면 무엇이 필요한지, 우리에게 필수적인 것이 얼마나 적은지도 배웠습니다. 빵 800그램과 각설탕 두 개, 그리고 너무 묽어서 음식인지 바닷물인지 알 수 없을 수프만 있으면 살 수 있었지요.

하지만 정신이 살아남기 위해서는 훨씬 많은 것이 필요한데, 내 머릿속에서 보랴는 절대 멀리 떨어져 있지 않았습니다. 나는 그이가 나를 생각하는 걸 느낄 수 있다고 생각하곤 했지요. 목덜미에서 속삭임을 느낄 때나 팔을 타고 내려가는 찌릿함이 느껴지면 그이라고 생각했지요. 그러다가 그 느낌, 그 찌릿함이 없이 한 해가 지나고, 또 한 해가 지났습니다. 그건 그이가 죽었다는 뜻이었을까요? 그들이 나를 굴라크로 보냈다면, 그이에게는 틀림없이 그보다 더한 짓을 했을 겁니다.

아나톨리, 지금 생각하면 내가 받았던 5년 형은 축복이자 저주였습니다. 그런 소소한 선고를 받은 건 부르주아 모스크바인들뿐이었다는 사실은 우리 막사 여단장에게 여러 번 들어 알고 있었습니다. 부이나야라는 우크라이나 여자는 집단농장에서 밀가루 한 포대를 훔친 죄로 10년 형을 받았더군요. 그녀는 힘세고 독했고, 나와는 정반대였습니다. 일을 하다 보니 시간이 지나며 나도 힘이 세졌지만, 여전히 가장 느린 일꾼 중 한 명이었고, 부이나야는 걸핏하면 나를 붙잡고 독설을 퍼부었습니다.

한번은 들판에서 일을 마치고 돌아온 후, 너무 지쳐서 목욕할 힘도 없기에 곧장 침대로 갔습니다. 흙이 엉겨 붙어 딱딱해진 작업복을 벗을 기력도 없을 만큼 기진맥진해 있었지요. 눈을 감자마자 확실하게 알 수 있는 부이나야의 목소리가 들렸습니다. "3478번!" 그녀가 헛기침과 함께 까치처럼 소리치며 간수들이 하듯 내 수감 번호를 부르더군요.

나는 꼼짝도 하지 않았습니다. 그러자 그녀가 다시 내 번호를 불렀고, 아나가 내 침대 밑을 가볍게 쳤습니다. 그래도 응답하지 않자, 아나가 침대 밑을 발로 찼습니다. "대답해요. 말썽이 생기기 전에." 그녀가 소곤거렸지요.

나는 일어나 앉았습니다. "네?"

"당신네 모스크바 사람들은 다 깨끗한 줄 알았는데. 당신은 똥 냄새가 나."

11번 막사에 한바탕 웃음이 터졌고, 나는 가슴 전체와 목을 거쳐 뺨까지 창피함으로 달아오르는 걸 느꼈지요. 물론 내 몸에서 냄새가 난 건 맞지만, 막사에는 훨씬 심한 냄새를 풍기는 여자들도 있었습니다.

"난 움집에서 태어났어." 그녀가 말을 이었지요. "나 같은 사람조차 적어도 일주일에 한 번은 가랑이를 씻어야 한다고 배웠어. 당신 근처에 배신자 시인들만 꼬이는 것도 이상한 일은 아니야. 그래서 당신이 여기 있는 거 아닌가?"

내가 침대 난간에 다리를 걸치고 내려오는 사이 막사에선 왁자지 껄 웃음이 피어올랐습니다. 다리가 얼마나 후들거리던지 그들이 마 룻바닥을 흔들고 있다고 생각될 정도였지요. 모든 눈이 나를 향한 채 나의 반응을 기다리고 있다는 게 느껴졌습니다. 하지만 머뭇거리던 나는 벽을 향해 돌아섰고, 그러자 부이나야가, 이어서 나머지 여자들 까지 더 크게 웃더군요. 그녀는 쌓아두었던 더러운 속옷 몇 개를 들 고 막사 한가운데를 지나 내 침대까지 왔습니다. "자." 그녀가 속옷 들을 바닥에 팽개치며 말했습니다. "그 더러운 몸을 씻으면서 내 옷 도 좀 빨아줄래? 물론 괜찮겠지?"

아나톨리, 나는 벽에서 돌아서서 부이나야의 더러운 속옷을 그 얼 굴에 던져주었다고 말하고 싶네요. 내 자존심을 굽히지 않고 그녀의 따귀를 때리고, 그래서 싸움이 벌어지고 다음 날 보니 멍이 들어 있 었다고요. 비록 그 싸움에서 졌지만, 부이나야가 나를 존중하게 됐다 고 말입니다.

하지만 그러지 않았습니다. 나는 그 더러운 빨래를 세면기에 가져 가 배급받은 양잿물 비누로 북북 문질러 빨았고, 그러고는 장작 화로 옆 가장 좋은 자리에 조심스레 널었습니다. 그리고 옷을 벗고 그 차 갑고, 뿌연 물에서 몸을 씻었습니다. 그런 다음 잠을 잤지요. 그러고 난 다음 날도 그런 일이 벌어졌습니다.

아나톨리, 만약 루뱐카에서 했던 우리의 심야 면담에서 당신이 요 구했던 것을 지금이라도 드린다면, 조금이라도 저한테 도움이 될까 요? 지금이라도 협조한다면 형량을 줄일 수 있을까요? 모든 혐의를 낱낱이 자백한다면, 이곳을 떠날 수 있을까요? 만약 제 곡괭이의 날카로운 끝을 온 힘을 다해 내려친다면, 이 상황을 영원히 끝낼 수 있을까요?

사람들은 겨울이 더 나쁠 거라 생각할지 몰라도, 우리를 가장 지치게 하는 것은 여름이었습니다. 땅을 파거나 끌거나 당기면서 일하다 보면 회색 작업복 안으로 땀이 차올랐습니다. 우리는 바람이 통하지 않는 작업복을 '악마의 피부'라고 불렀지요. 우리 몸에는 염증과 뾰루지가 생겼고 사납게 무는 먹파리가 꼬였습니다. 햇볕을 가리기 위해, 우리는 녹슨 철사로 양봉 모자 같은 모자를 만들어 그 위에 거즈를 덮었습니다. 이미 10년 또는 그 이상 밭일로 피부가 그을린 여자들은 우리 모자와, 우리 모스크바 여자들의 소중한 도자기 같은 피부를 비웃었습니다. 그들은 나이가 30대나 40대였지만 60대 70대처럼 보였지요. 우리가 햇볕을 피하려는 노력을 포기하는 건 시간문제임을 그들은 알고 있었습니다. 결국엔 우리가 고개를 들고, 포트마에 오기 전 우리 모습의 마지막 흔적을 따가운 햇살이 앗아가도록 내버려 둘 거라고 말입니다.

우리는 한 번 나가면 열두 시간을 들판에 있었답니다, 아나톨리. 저는 머릿속으로 보랴의 시들을 외면서 그 시간을 보내곤 했지요. 시 한 행의 운율과 쉼표마다 삽을 내리치는 소리에 맞춰가면서요.

저녁이 되어 들판에서 돌아와, 그들이 손으로 우리 몸을 훑으면서 어떤 것도 막사에 가져가지 못하게 검사할 때면, 나는 머릿속으로 다시 보랴의 시구를 외며 내 몸에 벌어지는 일에 무감각해지려 애썼습니다.

내가 직접 시를 짓기도 했는데, 마치 종이에 쓰는 것처럼 시구들
이 머릿속에 떠오르곤 하더군요. 나는 그 시구들이 뇌리에 새겨질 때
까지 혼잣말로 외우고 또 외웠습니다. 하지만 그것을 옮겨 쓸 종이가
생긴 지금은 무슨 이유에선지 통 떠오르지가 않네요. 아마도 어떤 시
들은 오직 혼자만을 위한 것인가 봅니다.

어느 날 저녁 부이냐야의 더러운 빨래를 마친 후에 그들이 나를 불
렀습니다. 막 자리에 누우려는데, 새로 온 간수가 막사로 들어오더니
노래하듯 내 번호를 부르더군요. 그녀는 짖듯이 명령하는 간수들의
말투에 아직 익숙하지 않았지요. 나는 작업복을 입고 신발을 신고 그
녀를 따라 문을 나섰습니다.

그 간수가 막사들을 가로지르는 길 끝에서 왼쪽으로 돌았을 때, 나
는 어디로 가는지 깨달았습니다. '수용소 대부'의 총애를 받는 수용
자들이 관리하는 작은 오두막이었습니다. 그 오두막의 생김새가 수
용소의 나머지 건물들과 어울리지 않아, 처음 보았을 때는 내가 환각
을 보고 있나 생각할 정도였지요. 그것은 어느 할머니의 다차를 닮아
있었습니다. 연녹색에 하얀 테두리가 둘러 있었고 창문에는 아기자
기한 상자 화분이 놓여 있었습니다.

한 창문에 붉은 색조를 드리운 램프가 보였습니다. 그 너머로 책
상 앞에 앉은 대부의 모습이 보였지요. 나는 대부를 딱 한 번 본 적
있었습니다. 언젠가 포트마에 하급 관리들이 시찰을 왔을 때, 반원
으로 에워싼 관리들 한가운데 그가 서 있었지요. 멀리서도 그의 술
많고 하얀 눈썹이 뚜렷했습니다. 그 눈썹은 이마 위로 뻗쳐서, 없는

머리숱을 가리려고 내려 빗은 백발과 거의 맞닿아 있었습니다. 여느 할아버지처럼 책상 앞에 앉은 그의 모습은 친근해 보였습니다. 하지만 그가 전혀 순박한 할아버지가 아니라는 사실은 다른 여자들에게 들어서 알고 있었습니다. 대부가 하는 일은 수용자들을 신문하고 정보원을 모집하는 거였습니다. 그가 여러 명의 수용소 처를 두고 있다는 사실도 널리 알려져 있었지요. 수용소 처란 그 녹색 오두막에 불려가서 대부가 원하는 대로 몸을 맡겨야 하는 여자들인데, 만약 그에 따르지 않으면 남은 형기 동안 가장 폭력적인 범죄자들이 있는 다른 수용소로 보내지게 됩니다.

목욕 후 입을 실크 실내복과 햇볕을 가려주는 커다란 밀짚모자를 가진 여자라면 보나 마나 수용소 처였습니다. 한편 그들은 밭일에서 면제되어 주방일이나 세탁 같은 쉬운 일을 했지요. 아니면 그저 오두막의 울타리와 꽃을 돌보며 시간을 보냈습니다. 그런 다음에는 그게 뭐든 집 안에서 돌봐야 하는 일을 했지요. 수용소 처들은 하나같이 아름다웠는데, 가장 예쁜 여자는 레나라는 열여덟 살짜리였습니다. 나는 레나를 보지는 못했지만, 범고래 등처럼 매끄럽고 긴 검은 머리는 수용소 전체에 소문이 자자했지요. 대부가 레나에게 프랑스에서 밀반입한 특별한 샴푸와, 체포되기 전 그루지야의 유망한 피아니스트였던 그녀의 가느다란 손가락을 보호하라고 송아지 가죽 장갑을 주었다는 소문이 있었습니다. 그리고 한번은 그녀가 임신했는데, 낙태를 위해 뜨개바늘을 가진 노파를 불러왔다는 소문도 있었지요.

이런 건 소문이다, 소문일 뿐이다. 나는 간수가 그 오두막 문을 가리키는 동안 그렇게 혼자 중얼거렸습니다. 나는 너무 나이가 많아 대부 취향이 아니라고도 되뇌었습니다. 듣기로 대부는 아직 아이를 낳지 않은 여자나 스물둘이 안 된 여자, 뭐가 우선이든 그런 여자들을 좋아한다고 했으니까요.

나는 방 두 칸짜리 오두막에 들어가 문간에 섰습니다. 대부는 책상 앞에 앉아 글을 쓰고 있었지요. 나는 그가 무슨 말이라도 해주기를 바랐지만, 그는 손에 든 만년필로 책상 앞에 놓인 의자를 가리킬 뿐이었습니다. 10분이 흐르고 나서야 그가 펜을 놓고 나를 보더군요. 그러고는 한마디 말도 없이 책상 서랍을 열어 꾸러미 하나를 건넸습니다. "네 거야. 이건 이 사무실 밖으로 나가면 안 돼. 여기서 읽어야 해." 그러고는 종이 한 장을 내밀었습니다. "다 읽으면, 읽었다고 거기에 서명하면 돼."

"이게 뭔가요?"

"중요한 건 아니야."

꾸러미 안에는 열두 페이지짜리 편지 한 통과 작은 녹색 공책 한 권이 있었습니다. 공책을 펼쳤지만, 글자가 눈에 들어오지 않더군요. 보이는 건 그 필체, 그이의 필체, 높이 치솟은 크레인을 항상 떠올리게 하는 그의 굵은 필체뿐이었습니다. 휘리릭 공책을 넘겨 본 후 이어서 편지를 보았습니다. 이제 글자가 들어오기 시작했습니다. 보랴는 살아 있었습니다. 자유의 몸이었습니다. 그리고 나에게 시 한 편을 써서 보냈습니다.

그 시를 당신한테 들려주지는 않겠습니다. 아나톨리. 설마 내가 들려줄 거라고 생각했나요? 나는 그 시가 외워질 때까지 읽고 또 읽었고, 그런 다음에는 다시 보지 않았습니다. 어쩌면 당신은 이미 그 시를 읽었는지도 모르겠지만, 읽지 못했다고 생각하렵니다. 그의 시는 나의 것, 오직 나만의 것이니까요.

편지에서 그는 나를 빼내기 위해 힘이 닿는 한 모든 걸 하고 있으며, 나와 처지를 바꿀 수만 있다면 얼마든지 바꾸겠다고 하더군요. 그는 가슴을 짓누르는 죄책감이 날마다 더 커져간다고 했습니다. 그 무거워만 가는 죄책감에 짓눌려 갈비뼈에 금이 가고 결국 으스러져 죽게 될까 두렵다고 했습니다.

그 편지를 읽으면서, 나는 수용소의 수녀들만이 이해할 거라고 생각했던 무언가가 느껴졌습니다. 믿음이 주는 따뜻함과 든든함 말입니다.

어째서 보랴가 나에게 쓴 편지를 읽도록 허락되었을까요, 아나톨리? 어째서 대부는 그 오랜 시간이 지난 후에 그 편지를 건넸을까요? 아마 대부는 어떤 보답을 원했을 겁니다. 그게 무엇이든, 그때는 하겠다는 각오가 되어 있었습니다. 기꺼이 정보원이 되고, 기꺼이 수용소 처가 되었을 겁니다. 그의 소식을 들을 수만 있다면 무엇이든 다.

하지만 아나톨리, 대부는 나더러 그의 처가 되라고 하지도 않았고 나를 정보원으로 길들이지도 않았습니다. 나중에야 알았지만 보랴는 내가 살아 있다는 증거를 요구했고, 몇 달 후에 그들은 그날 밤 내가 그의 편지를 읽고 나서 서명한 종이를 그에게 보냈더군요.

스탈린이 병을 앓고 있어서 고삐가 느슨해졌다는 소문이 돌았습니다. 오두막에 다녀온 그날 밤 이후, 나는 가족과 보랴가 보낸 우편을 받도록 허가되었습니다. 그이는 내가 체포된 일로 심근경색을 일으켰고, 병원에서 몇 달을 지내는 동안 다시는 나를 못 보게 될까 봐 두려웠다는 편지를 보내왔습니다.

그이는 건강이 회복되고 나와 연락이 닿게 되었으니 이제 소설을 마치겠다는 집념이 새롭게 타오른다고 하더군요. 무슨 일이 있어도 그 소설을 끝내겠다며, 그 무엇도, 그의 편지를 검열할 당국이든, 좋지 않은 그의 심장이든 간에, 자신을 막지 못할 거라고 장담했지요.

아나톨리, 스탈린이 죽기 전날 밤을 기억하시는지요? 나는 그 밤에 새들이 나오는 꿈을 꾸었답니다. 그토록 바라던 하얀 비둘기, 수용소 여자들이 석방이 임박했다는 징조라고 믿는 하얀 비둘기가 아니라, 검은 까마귀 수천 마리가 휑한 콘크리트 부지에 체스판의 말처럼 줄지어 앉아 있었지요. 까마귀들은 거의 숨도 쉬지 않는 것처럼 보였는데, 내가 다가가서 손뼉을 쳐도 꼼짝하지 않았습니다. 나는 손이 얼얼해지도록 계속 손뼉을 쳤습니다. 그러다가 몸을 돌려 걸어 나오는 순간, 내 귀에는 들리지 않는 어떤 신호가 그 까마귀들을 날게 자극했습니다. 까마귀 떼가 일제히 날아올라 물결치며 구름처럼 달을 가렸지요. 그 구름이 오른쪽, 왼쪽으로 출렁였습니다. 그러더니 갑자기, 구름이 사방으로 흩어지고 새들이 제 갈 길을 가더군요.

다음 날, 날이 밝기도 전에 수용소의 스피커를 찢어놓을 듯 음악이 시작되었습니다. 모두가 동시에 일어나 앉아 어둠에 적응하며 눈을 찡그리고 있었을 겁니다. 장례 음악, 그들이 튼 건 장례 음악이었습니다. 11번 막사의 누구도 한마디도 하지 않았습니다. 누가 죽었는지 묻는 사람도 없었습니다. 이미 알고 있었으니까요.

음악이 계속되는 사이, 우리는 목욕통의 찬물을 얼굴에 끼얹고는 혹시나 불려 나갈지 몰라 작업복을 입었지요. 점호하러 오지도 않아서, 우리는 침대에 앉아 말없이 기다렸습니다. 부이나야가 문으로 나가더니 끼익 문을 열고는 고개를 내밀었습니다. "아무것도 없어." 그녀가 고개를 저었습니다.

음악이 멈추고 스피커에서 지직거리는 소리가 났습니다. 바늘이 레코드를 치는 소리가 들리더니 국가가 시작되더군요. 우리는 앉아 있어야 할지 서서 따라 불러야 할지 몰라 두리번거렸습니다. 몇몇 여자가 일어서자 나머지도 일어섰습니다. 국가가 끝나도 우리는 서 있었습니다. 잠시 침묵이 흐른 뒤 스피커가 다시 지직거렸고, 라디오 모스크바의 유리 보리소비치 레비탄의 귀에 익은 굵은 목소리가 들리더군요. "레닌 과업의 정신을 이어받은 협력자, 공산당과 소비에트 인민의 현명한 지도자이자 교사이신 그분의 심장이 멈추었습니다."

음반은 멈추었고 우리는 울어야 한다는 걸 알았습니다. 그래서 그렇게 했지요. 우리는 눈이 붓고 목이 갈라질 때까지 통곡했습니다. 그러나 그를 위한 눈물은 한 방울도 흘리지 않았습니다.

붉은 차르가 지고 얼마 후, 5년이었던 형기는 3년으로 줄었습니다. 4월 25일이면 집에 가게 됩니다. 스탈린이 죽자 우리의 새 지도자들은 1500만 명의 수용자를 석방했습니다. 석방 날짜가 적힌 편지를 받았을 때, 나는 11번 막사에 돌아와 목욕통 위에 걸린 깨진 거울 조각을 들여다보고 있었지요. 수용소에서 오랜 세월을 보낸 사람처럼 얼굴이 갈색으로 그을려 있었습니다. 눈은 여전히 수레국화의 푸른색이었지만, 그 주변에 잔주름과 다크서클이 늘어져 있었지요. 코는 햇볕에 탄 자국으로 얼룩덜룩했습니다. 손가락은 건강함이 아닌 생존을 보여주고 있었습니다. 쇄골은 불거져 나왔고, 갈비뼈는 제각각 선명했고, 허벅지는 막대기처럼 가늘었고, 금발은 칙칙하고 생기 없었고, 앞니는 수프 속의 돌멩이를 씹어서 쪼개져 버렸지요.

보랴가 어떻게 생각할까요? 언젠가 그이가 오랫동안 헤어져 있었던 누이들을 다시 보기가 두렵다고 했던 말이 떠올랐습니다. 누이들이 옥스퍼드로 이민을 떠난 후 오래 보지 못했거든요. 그는 차라리 안 보는 편이 낫겠다고, 그가 기억하는 어리고 예쁜 모습을 그대로 간직하는 게 낫겠다고 하더군요. 나에 대해서도 똑같이 느끼지 않을까요? 더는 잠자리를 같이 하지 않는 그 아내를 보듯 나를 보지 않을까요? 내가 나이보다 늙어가는 동안 아름다운 숙녀로 성장한 제 딸을 보았으니, 나와 딸을 비교하지 않을까요? 어느 엽서에서 그는 이렇게 쓴 적이 있답니다. "이라는 제 엄마와 판박이가 되었어."

아직 사면을 받지 못한 부이나야가 세수를 하려는 것처럼 내 뒤로 다가오더니 갑자기 몸을 돌려 그 임시변통으로 쓰는 거울로 저를 밀었습니다. 유리 파편들이 바닥에 떨어졌고, 나는 비틀거리며 뒷걸음질 쳤습니다. 이마에서 가느다랗게 한 줄기 피가 흘러내렸지요. 그녀는 나에게 미소를 지었고, 피가 입안으로 흘렀지만 나도 같이 미소를 지어주었습니다. 그녀는 험악한 얼굴로 자리를 뜨더군요. 그게 제가 본 그녀의 마지막 모습이었습니다. 하지만 사면을 받지 못한 수용자들이 결국 반란을 일으켰고, 그 폭동 중에 밭과 대부의 오두막과 수용소의 모든 것이 불타버렸다는 소식을 들었을 때, 나는 그 성냥불을 그은 사람이 부이나야라고 상상했습니다.

아나톨리, 나는 수용소에서 갱생한 여자가 되어 모스크바로 가는 열차에 올랐습니다. 떠나 있던 3년 동안 모스크바는 더 커져 있더군요. 크레인들이 강철 보를 올렸고요. 한때 들판이던 곳에는 공장들이 들어서 있었습니다. 2층 통나무 건물들 사이에는 아파트 단지가 솟아나 있었습니다. 수천 개의 창문이 있고, 수천 개의 발코니와 그 위를 가로지른 수천 개의 빨랫줄이 걸린 아파트 단지들. 스탈린의 바로크와 고딕식 고층 건물들은 하늘을 향해 별을 얹은 탑을 세워 도시의 풍경을 바꿔놓았고, 우리도 구름까지 올라가는 건물을 지을 수 있노라고 세계에 선언하고 있었습니다.

그때가 4월, 모스크바는 봄의 문턱에 와 있었습니다. 보랏빛 라일락과 튤립, 빨갛고 하얀 팬지가 겨울잠에서 깨어날 무렵에 때맞춰 나는 집에 가게 되었지요. 나는 보랴와 다시 모스크바의 넓은 대로를 걷는 모습을 상상해보았습니다. 눈을 감고 그 모습을 음미했고, 다시 눈을 떴을 때는 열차가 도착해 있었습니다. 나는 애타게 선로를 내다보았습니다. 그이가 나를 기다리고 있겠다고 했으니까요.

6

구름 위에 사는 남자

보리스가 잠에서 깬다. 눈을 뜨자마자 그는 선로를 밝히며 시골을 가로질러, 하얀 석벽의 어머니 도시로 달려가는 열차를 생각한다. 얇은 누비이불 밑의 발을 놀리면서, 그는 그 열차 차창에 기대어 자느라 둥글게 눌린 올가의 뺨을 그려본다. 잠든 그녀를 지켜보는 것이 얼마나 좋았던가, 심지어 그는 멀리서 들리는 공장의 소리처럼 부드럽게 코 고는 소리까지 사랑했다.

여섯 시간 후면 사랑하는 여자를 태운 열차가 역에 도착한다. 선로 옆에는 올가의 어머니와 아이들이 기차에서 내리는 그녀를 먼저 보려고 까치발을 하고 서 있을 것이다. 보리스는 다섯 시간 후 포타포프가에 있는 그 가족의 아파트에서 그들을 만나 같이 역에 나가기로 되어 있다.

그녀의 목소리를 들은 지 3년이었다. 그녀를 어루만진 지 3년이었다. 마지막은 고슬리티주다트 출판사 사무실 바깥 공원 벤치에서였다. 그날 저녁을 어떻게 지낼지 계획을 짜던 중 올가는 가죽 코트 차림의 남자가 대화를 엿듣는 것 같다고 했었다. 보리스는 그 남자를 훑어보고는 그냥 벤치에 앉아 있는 남자라고 했다. "그게 다야."

"틀림없어요?"

그는 그녀의 손을 꼭 잡았다.

"집에 가지 말고 나랑 있으면 안 돼요?" 그녀가 물었다.

"일해야 해. 대신 오늘 밤 페레델키노에서 봐. 그녀가 이틀 동안 모스크바에 와 있거든." 그는 올가 앞에서 아내 이름을 입에 올리지 않으려 조심했다. "여유롭게 늦은 저녁을 먹자. 새로 쓴 장에 대한 당신 생각도 듣고 싶어."

올가는 그러겠다고 대답하고는 사람들 앞이니만큼 소박하게 그의 뺨에 키스했다. 그는 올가가 그렇게 키스하는 게 싫었다. 자신이 그녀의 삼촌이나, 심하게는 아버지처럼 느껴졌기 때문이었다.

그 공원 벤치에서의 만남을 마지막으로 3년 동안 올가를 못 볼 줄 알았다면, 고개를 돌려 그녀의 입술에 키스했을 것이다. 일하려고 서둘러 집에 가지 않았을 것이다. 가죽 코트를 입은 남자에 관한 그녀의 말을 믿었을 것이다. 그녀의 손을 놓아주지 않았을 것이다.

그날 저녁, 보리스는 올가가 자신의 다차에 오기를 기다렸지만, 여러 시간이 지나도 오지 않자 무언가 잘못됐음을 직감했다. 곧바로 올가의 아파트로 갔더니 그녀의 어머니가 앉아 있었다. 거의 넋을 잃은 채 소파 쿠션의 크게 찢어진 부분을 만지작거리고 있었다. 그녀는 방에 들어서는 보리스를 멍하니 쳐다보았고, 그의 질문에 몇 마디씩 겨우 대답했다. "검은 정장을 입은 남자들." 그녀가 말했다. "둘…… 아니 셋…… 편지랑 책이랑 전부…… 검정 자동차에." 그 남자들이 누구인지 그들이 올가를 어디로 데려갔는지 정확한 대답을 들을 필요도 없었다.

"아이들은 어디 있어요?" 보리스가 물었다.

그녀는 터진 쿠션에서 떨어진 검고 흰 거위 깃털을 줍더니 손가락으로 비볐다.

"아이들은 여기 있어요? 무사해요?"

올가의 어머니가 대답을 못 하자 보리스는 아이들 방으로 갔다. 미챠와 이라가 닫힌 문 뒤에서 숨죽여 우는 소리를 듣자 안도감이 들면서도 가슴이 찢어질 것 같았다.

몸을 돌린 순간 어느새 올가의 어머니가 그의 뒤에 서 있어서 깜짝 놀랐다. 그가 다른 질문을 하기도 전에, 그녀가 먼저 물었다. "자네가 가서 그 아이를 데려올 거지? 올가를 풀어달라고 해줄 거지? 모든 걸 원 상태로 돌려줄 거지?" 그녀는 그의 얼굴에 대고 거위 깃털을 흔들었다. "자네가 한 모든 짓을 보상해야지. 자네가 이 위험에 올가를 몰아넣은 거야."

보리스는 당장 루뱐카로 가서 모든 수단을 동원해 딸을 구해 오겠다고 올가의 어머니에게 약속했다. 자기에겐 아무 힘이 없다고, 루뱐카의 정문을 두드리고 올가의 석방을 요구해봐야 소용없다고 말하지 않았다. 저들의 의도가 올가를 통해 그에게 상처 주려는 것인 이상, 러시아에서 가장 유명한 생존 작가라는 그의 지위로도 할 수 있는 게 없었다. 만약에 있다 하더라도, 그들은 그까지 감금해버릴 터였다.

그는 집으로 향했다. 페레델키노의 다차가 아닌 모스크바의 아파트, 그의 아내에게였다. 지나이다는 부엌 식탁에 앉아 친구들과 카드놀이를 하며 담배를 피우고 있었다. "유령을 본 사람의 표정이네." 그가 들어가자 그녀가 말했다.

"많은 유령을 보았지." 그가 말했다. 그녀는 남편의 표정을 알아보았다. 대숙청 내내 그의 얼굴에 수도 없이 나타났던 바로 그 표정이었다. 대숙청 기간에 수천 명이 투옥되었고, 투옥된 거의 모두가 수용소에서 죽어갔다. 시인, 작가, 미술가들이. 보리스의 친구들과 지나이다의 친구들이. 천문학자, 교수, 철학자들이. 10년이 지났어도 아직 그 상처는 아물지 않고 있었다. 기억은 그 깃발만큼이나 피에 젖어 붉었다. 무슨 일인지 묻지 않아도 그녀는 잘 알고 있었다.

올가를 태운 기차가 도착하기까지, 그녀는 나흘을 여행해 왔을 것이다. 포트마를 걸어서 출발한 뒤 기차를 타고, 다시 기차를 갈아타고서 모스크바에 도착할 것이다.

보리스는 침대에서 나와 깨끗한 흰색 옥스퍼드 셔츠와 갈색 모직 바지를 입고 멜빵을 채운다. 자는 아내를 깨우지 않으려 조심하면서 아래층으로 내려와 고무장화를 신고 옆문으로 다차를 나온다.

보리스가 숲길을 걸어가는 사이, 움트는 자작나무 꼭대기 위로 아침의 첫 햇살이 비친다. 나뭇가지 어디에선가 까치 한 쌍이 떠드는 소리에 걸음을 멈추고 위를 쳐다보지만, 까치가 어디 앉았는지 알수 없다. 오솔길은 녹은 눈에 크게 불어난 강물을 향해 구불구불 이어진다. 보리스는 좁은 인도교 위에서 걸음을 멈추고 숨을 깊게 들이쉰다. 다리 아래 흐르는 차가운 물 냄새가 좋다.

보리스는 해를 보고 6시쯤 되었다고 짐작한다. 평소처럼 묘지를 가로질러, 총대주교의 여름 별장을 돌아 작가들의 클럽으로 내려가는 대신, 집까지 가는 지름길을 택해 큰길로 접어든다. 올가의 가족을 만나러 모스크바로 가기 전에 적어도 한두 시간 글을 쓸 생각이다.

집이 가까워지는데 부엌에 불이 켜져 있다. 지나이다가 스토브에 불을 올려 보리스가 늘 먹는 아침을 준비하고 있다. 말린 딜을 넣은 달걀 프라이 두 개. 공기가 쌀쌀하지만, 보리스는 옷을 벗고 야외 욕조에서 몸을 씻는다. 겨울 채비를 한다고 다차에 새 욕실을 짓고 온수를 연결했지만, 보리스는 야외에서 목욕하는 것이 더 좋다. 차가운 물은 몸에 기분 좋은 충격을 준다.

보리스가 퀴퀴한 수건으로 몸을 말리는 사이, 늙은 개 토빅이 보리스의 길고 앙상한 다리를 타고 떨어지는 물방울을 핥으며 인사한다. 보리스는 토빅의 등을 토닥이고는 반쯤 눈먼 그 개에게 오늘도 아침 산책에 같이 나오지 않았다고 나무란다.

다차 안으로 들어서자 텔레비전 소리가 보리스의 귀를 습격한다. 지나이다는 텔레비전을 설치해야 한다고 고집했었다. 그 문제로 몇 달을 싸웠지만, 식사를 차려주지 않겠다는 그녀의 위협에 그는 결국 양보하고 말았다. 사치품인 텔레비전은 스탈린의 장례식을 백 번째 재방송하고 있다. 카메라가 군중 속에서 가장 비탄에 빠진 얼굴들을 비추자 보리스는 걸음을 멈추고 지켜본다. 그는 얼굴을 찌푸리더니 결국 꺼버린다.

"왜 그래?" 지나이다가 부엌에서 소리친다.

"좋은 아침." 보리스가 대답한다. 배가 고프지 않지만 어쨌든 자리에 앉는다. 아내가 접시를 내려놓고 차 한 잔을 따라준다. 그녀는 남편과 함께 식탁에 앉지 않고 싱크대로 돌아가 프라이팬을 씻으며 담배를 피운 뒤 배수구에 재를 턴다.

"창문 좀 열어줄래, 지?" 보리스가 묻는다. 그는 담배 냄새를 싫어하는데, 지나이다는 담배를 줄이겠다고 약속해놓고는 여태 줄이지 않는다. 아내가 한숨 쉬더니 담배를 비벼 끄고 설거지를 마친다. 보리스는 개수대 위쪽 창으로 쏟아지는 아침 햇살 속의 아내를 본다. 이마의 주름과 목 위로 여러 겹 늘어진 피부가 잠시 뽀얗게 보이는 탓에 아내는 20년 전 결혼 사진 속의 여인과 꼭 닮은 것 같다. 그는 아내에게 사랑스러워 보인다고 말할까 생각하다가, 올가를 만나기로 한 이상 죄책감에 찔려서 그만둔다.

복도의 시계가 7시를 알린다. 올가가 탄 기차는 네 시간 후면 도착한다. 보리스는 억지로 아침 식사를 마친다. 마지막 달걀 한 입을 삼키면서 식탁 의자를 뒤로 밀어낸다.

"글 쓰게?" 지나이다가 묻는다.

그 질문을 듣자 보리스는 아내가 이미 자신의 계획을 알고 있는 건 아닌지 의심이 들기 시작한다. "응. 늘 그랬잖아. 한 시간 정도만 쓸 거야. 모스크바에 볼일이 있어서." 그가 대답한다.

"어제도 갔다 오지 않았나?"

"이틀 전이었지, 여보." 그가 뜸을 들인다. 아내한테 거짓말하는 데 서툴다. "'리테라투르나야 모스크바'에서 편집자를 만나기로 했어. 그 사람이 몇몇 새 번역 작품에 관심이 있대서."

"같이 가면 되겠네. 쇼핑할 게 좀 있거든." 그녀가 말한다.

"다음에, 지나. 날을 잡아서 쇼핑하지. 산책도 하고 싹 트는 라임
나무 냄새도 맡고."

지나이다가 고개를 끄덕인다. 그녀는 접시를 치우고 말없이 설거
지를 한다.

보리스는 책상 앞에 앉는다. 발치에 있는 고리버들 바구니에서 어
제 썼던 원고를 꺼낸다. 그는 눈살을 찌푸리고 만년필로 문장 하나
에 줄을 긋더니, 이어서 한 단락에, 이어서 한 페이지 전체에 줄을
긋는다. 새 종이를 꺼내 그 장면을 다시 써본다.

그 책상은 원래 티치안 타비드제의 것이었다. 티치안은 보리스와
는 친한 친구이자 그루지야의 위대한 시인이었다. 1937년 대숙청의
바람이 몰아치던 어느 가을 저녁, 티치안은 집에서 끌려갔다. 그의
아내 니나는 맨발로 뛰쳐나와 검은색 차를 쫓아갔다. 그들이 반소비
에트 활동을 했다며 티치안을 반역죄로 기소했을 때, 티치안은 자신
이 좋아하는 18세기 시인 베시키의 이름을 대며 그가 유일한 공범
이라고 했다.

티치안이 검은 차에 태워져 끌려간 이후 보리스는 친구에게 무슨
일이 생겼을지 수도 없이 상상하곤 했다. 자신이 친구의 운명을 상
상하지 않으면 친구가 혼자 고통받을 거라고 믿어서다. 그는 친구가
아직 살아 있을 가능성이 있다고 혼잣말을 자주 하지만, 니나는 희
망을 접은 지 오래다. 그녀는 남편의 책상을 보리스에게 주면서 남

편이 하던 일을 계속해야 한다고 말했다. "당신이 꿈꾸던 위대한 소설을 쓰세요." 보리스는 니나의 선물을 받기는 했지만, 스스로 그럴 가치가 있다고는 생각하지 않았다.

보리스의 친구 중에서 끌려간 사람이 티치안이 처음은 아니었다. 보리스는 잠들지 못하는 밤이면 종종 한 번에 한 명씩 친구들을 떠올리면서, 그들의 운명을 생각해보곤 한다. 종말이 가까워졌음을 알고 임시 수용소에서 떨고 있는 오시프 만델스탐. 작가동맹의 계단을 올라가다 말고 잠시 가만히 서 있다가 머리에 총을 겨누는 파올로 이아시빌. 그리고 올가미를 묶어 천장 들보에 그 밧줄을 던지는 마리나 츠베타예바.

스탈린이 보리스의 시를 즐겨 읽었다는 사실은 잘 알려져 있었다. 그런 인간이 그의 글에서 동류의식을 발견했다는 건 무슨 뜻일까? 붉은 차르는 무엇에 연결되어 있었을까? 그가 쓴 글이 세계 속에 존재하게 되는 순간 더는 자신의 소유가 아님을 아는 이상, 그것이 냉엄한 진실이었다. 글이란 일단 출간되고 나면 누구든, 심지어 미친 사람도 자기 것이라 주장할 수 있었다. 그리고 자신이 스탈린의 숙청 명단에서 제외되었다는 사실, 그 미친 자가 하수인들에게 이 성스러운 바보, 구름 위에 사는 남자는 건드리지 말라고 했다는 사실은 더욱 견디기 힘들었다.

아래층 시계가 8시를 알리는 소리가 희미하게 들린다. 세 시간 후면 올가의 기차가 도착하는데, 그는 아직 한 단어도 쓰지 못했다. 어제는 그렇게 쉽게 써지던 장면이 지금은 도무지 나오지 않는다.

『닥터 지바고』를 쓰기 시작한 게 거의 10년 전 일이다. 비록 진도가 많이 나가지는 않았지만, 지금도 그는 작품이 처음 떠올랐던 날, 내면에 있는 줄도 몰랐던 어느 샘에서 그 소설이 흘러나왔던 그날로 돌아갈 수 있으면 좋겠다고 생각한다. 마치 새 연인을 발견한 기분이었다. 그 집착, 열중, 다른 어떤 생각도 할 수 없었고, 등장인물들이 꿈에까지 나타났고, 새로운 발견 하나하나, 문장 하나하나, 장면 하나하나마다 가슴이 벅차올랐다. 때로는 그것이 그를 살아 있게 해주는 유일한 동력이라는 느낌마저 들었다.

올가가 체포되기 얼마 전, 당국은 보리스의 『시선집』 2만 5천 부를 파쇄해버렸다. 잠을 이룰 수 없는 밤이면, 보리스는 종종 자신의 글이 희뿌연 곤죽으로 녹아버리는 상상을 하곤 했다.

심해지는 검열에 더해 연인까지 체포되자 보리스는 『닥터 지바고』를 끝내고 말겠다는 오기가 생겼다. 그는 글을 쓰려고 시골에 들어왔지만, 써지지 않았다. 차단 상태가 바늘로 가슴을 찌르는 듯한 불안감을 안겨주었다. 결국 바늘이 칼이 되었고, 곧이어 그는 병원 침대에 누운 자신을 발견했다. 심근경색이 왔던 것이다. 거기서 몸에 튜브를 꽂고 환자용 변기를 옆에 둔 채로, 보리스는 니나가 준 티치안의 책상을 누가 물려받게 될까 생각했다. 그 책상은 티치안의 아들 중 한 명에게 돌아갈까? 아니면 다른 작가에게? 아니면 보리스가 그 과부와 아이들을 돌보지 못하게 되면 누군가 그 책상을 도끼로 부수어 그들을 따뜻하게 해줄까? 그 장작더미에 보리스의 미완성 소설이 더해질 수도 있을 것이다.

때맞춰 회복된 덕에 보리스는 한 시대의 종말을 목격할 수 있었다. 스탈린은 죽었고 올가가 그에게 돌아온다. 상황은 예전처럼 굴

러갈 수 있을 것이다.

　보리스는 서서 쓰는 높은 책상으로 걸어간다. 자세를 바꾸면 펜이 수월하게 움직일까 하는 생각에서다. 하지만 소용이 없다. 그는 창밖을 내다본다. 햇살이 텃밭 아래쪽 절반에 비스듬히 내리쬐는 걸 보니 두 시간쯤 뒤면 올가가 탄 기차가 도착할 것이다. 제시간에 그녀의 가족을 만나려면 한 시간 내로 출발해야 한다. 그는 몇 마리 거위가 마당에 내려앉아 새로 일군 흙 속에서 벌레 잡는 모습을 지켜본다.

　보리스는 올가가 포트마 수용소에 있는 3년 동안 텃밭을 돌보지 않았다. 올가가 잡혀가고 처음 온 봄에는 지나이다가 나서서 잡초를 매었다. 보리스가 아침 산책을 나가고 나면 지나이다가 일을 시작했고, 그가 다차로 돌아올 때면 그녀는 전정가위를 들고 무성한 잡초를 자르며 텃밭의 절반 정도를 치우고 있었다. 그는 아내에게 그만두라고 소리치곤 했지만, 그녀는 못 들은 척했다. 그는 대문을 열고 텃밭으로 달려갔다. "하지 마." 그는 아내의 손에서 가위를 뺏어 들었다.

　지나이다가 무릎을 꿇고 소리쳤다. "세상이 멈춘 건 아니잖아. 그래도 살아야지. 바로 여기서!" 그녀는 땅에서 잡초 한 줌을 잡아 뜯어 그의 발에 던졌다.

　지나이다는 두 번 다시 잡초를 베려 하지 않았고, 텃밭을 지날 때 아예 그쪽으로 고개를 돌리지 않았다. 머잖아 잡초가 지나치게 무성해져 보리스조차 어디가 밭이고 어디가 덤불인지 알아보기 힘들어졌다.

그것이 보리스가 올가의 엽서를 읽게 된 날까지의 상황이었다. 그는 날짜를 보았다. 4월 25일. 바로 그날 오후, 그는 삽을 들고 막 얼음이 풀린 땅을 갈아엎으며 몇 시간을 보냈다. 다음 날에는 마당 한 구석에 나뭇잎과 잡초들을 모아 태웠고 텃밭으로 굴러들어 온 돌멩이를 주워 외바퀴 수레를 가득 채웠다. 그리고 거름 삼아 송어 몇 마리를 1미터 깊이로 묻었다. 그는 흉하게 망가진 나무 벤치를 수리했다. 3년 만에 처음으로 그 벤치에 앉아 어떤 작물을 어디에 심을지 궁리했다. 우선은 붉은 케일과 시금치. 다음에는 딜, 딸기, 커런트, 구스베리, 오이. 그다음에는 애호박, 감자, 무. 그다음엔 양파와 리크. 심을 작물을 정하고 난 뒤, 보리스는 올가가 돌아오면 어떤 일이 생길지 생각하기 시작했다.

3년 전의 보리스는 올가가 중심에 있지 않은 세계는 상상할 수도 없었다. 단 하루도 그녀를 생각하지 않는 날이 없었지만, 그리움은 시간이 가면서 옅어졌고, 그는 자신의 삶이 얼마나 단순해졌는지 깨닫기 시작했다. 아내한테 거짓말하느라 죄책감을 느낄 일이 없어지고, 사람들이 수군거릴 때나 아내가 알면서도 아무 말 하지 않을 때의 당황스러움도 더는 없었다. 올가의 기분이 수시로 바뀔 때마다 따라오는 조바심도, 그녀가 요구하는 것을 다 줄 수 없기에 느꼈던 무력함도 더는 존재하지 않았다.

그렇게 텃밭에서 하루를 보낸 뒤 보리스는 방을 오락가락하면서 올가와 함께 있어야 할 이유, 그리고 그녀를 멀리해야 할 이유를 생각했다. 올가가 없을 때는 그녀가 곁에 있을 때 느꼈던 그런 황홀감은 한 번도 경험한 적이 없었지만, 한편으로는 파괴적인 바닥을 피할 수 있었다. 예전처럼 불타는 욕망은 느끼지 못했지만, 그녀의 변덕, 그녀의 위협, 그녀의 기분에 휘둘릴 일도 없었다.

이렇게 마음을 정하지 못한 상태에서, 보리스는 「오네긴의 여행」을 읽고 종잇조각에 푸시킨의 글을 옮겨 적었다. 그는 며칠째 그 시구를 보면서, 그걸 버릴지 아니면 자기 소설에 끼워 넣을지 고민해왔다.

지금 나의 이상은 아내,
내가 바라는 건 평화,
수프 한 냄비, 그리고 고결한 나 자신.

결국 그는 그 시구를 소설에 포함시키고, 올가와의 관계를 끝내기로 결심했다. 기차역에서 올가를 만나기로 한 날보다 일주일 앞서, 보리스는 이라에게 푸시킨 광장에서 보자고 했었다. 7년 전 그가 올가에게 만나자고 청했던 그 장소였다.

보리스가 먼저 도착했다. 그는 벤치에 자리를 잡고서, 비둘기들에게 해바라기 씨를 던지는 한 노인을 지켜보았다. 그 노인은 해바라기 씨가 다 떨어지자 잘게 찢은 신문지 조각들을 던졌다. 새들이 씨와 신문 조각을 구분하지 못한 채 자기 옆에 좀 더 오래 머물기를 바라는 모양이었다. 그러나 비둘기들은 몇 번 쪼아보더니 곧 자리를 떴다.

이라가 모퉁이를 돌며 벤치에 앉아 있는 보리스를 보았다. 그녀는 손을 흔들었고 함박웃음을 지었다.

보리스가 처음 올가의 딸 이라를 만났을 때 그녀는 아직 분홍색 리본을 매고 하얀 구두를 신은 어린 소녀였다. 그는 올가의 아파트에서 이라와 미챠를 처음 만났을 때를 또렷이 기억했다. 처음에 대화는 띄엄띄엄 느리게 흘러갔지만, 그가 몇 가지 질문을 퍼붓고 나자 아이들은 마음을 열기 시작했다. "학교는 어떠니? 아는 노래 있어? 고양이 좋아하니? 도시가 좋아 시골이 좋아? 시 좋아해?"

"네, 그럼요. 저는 시를 써요." 이라가 마지막 질문에 대답했다.

"네가 쓴 시 한 편만 낭송해줄래?"

이라가 일어서서 장난감 말에 관한 시를 낭송했다. 장난감 말이 생명을 얻고 모스크바를 누비며 뛰어다니다가 결국 얼어붙은 강물의 구멍 속에 빠진다는 내용이었다. 보리스가 깜짝 놀랄 만큼 이라의 시 낭송은 열정적이고 활기가 넘쳤다.

이제 열다섯 살 숙녀가 된 이라는 엄마의 실크 스카프를 어깨에 두르고 있었다. 보리스는 이라의 미모에 감탄했지만, 옛날 《노비 미르》 건물에서 처음 올가를 보았을 때의 그 익숙한 열정이 일렁이는 것 같아 부끄러웠다.

"걸어요." 이라가 보리스의 팔을 잡으며 말했다. 이라는 보리스에게 그가 **아빠나 다름없다**고 자주 말하곤 했다. 그 찬사는 그를 기쁘게 했지만 걱정을 가득 안겨주기도 했다. "날씨가 너무 좋아요." 이라의 말투가 빨라지기 시작하면서, 돌아올 엄마를 위해 어떤 준비를 하고 있는지 말해주었다. 그들은 파티를 계획했다고 했다. 할머니와 함께 벌써 맛있는 음식을 장만하기 시작했으며, 이웃이 축하한다며 코냑 두 병을 주었다고 했다. "물론 엄마 말고도 아저씨가 주빈이

돼야죠. 아저씨가 좋아하시는 헤이즐넛 초콜릿까지 수소문하고 있는걸요."

"못 갈 수도 있을 것 같아." 보리스가 말했다.

이라는 건다 말고 그에게 돌아섰다. "무슨 말씀이세요?"

"내가 계단을 오를 수 있는지 모르겠거든." 그는 가슴에 손을 댔다. "아직도 썩 좋지 않아."

"미챠하고 제가 부축할게요. 하루에 두 번 할머니가 계단 오르내릴 때 저희가 부축하거든요."

"스케줄이 꽉 찼어. 소설 때문에. 그리고 새로 번역 작업하는 것도 있고. 요즘은 제대로 머리 빗을 시간도 없다니까." 그는 농담 삼아 백발을 두드렸지만 이라는 웃지 않았다. 얼굴이 어두워지더니 온갖 고난을 겪고서 살아 돌아오는 엄마를 보는 것보다 더 중요한 일이 어디 있냐고 따져 물었다.

"난 네 엄마를 절대 포기하지 않을 거야, 너랑 미챠도. 하지만 지금 그 문제는 끝났어."

"겨우 몇 년 만에 마음이 식어버린 거예요?"

"우린 이 새로운 현실에 적응해야 해. 엄마한테 네가 잘 말씀드려라, 우린 친구로 지낼 수 있다고, 거기까지라고 말이다. 병을 앓고 나니 내 식구와 함께 있어야 한다는 걸 깨달았어."

"아저씨가 나한테 말했잖아요. 미챠한테 말했잖아요. 우리 할머니한테도 말했잖아요. 엄마한테도 말했잖아요, 우리가 아저씨 식구라고."

"물론 우린 식구지, 하지만—"

"왜 엄마가 아니라 저한테 그런 말씀을 하시는 거예요?"

"엄마한테 이게 최선이라고 설득하려면 네 도움이 필요해서 그래. 우리 모두를 위해서."

"무엇이 엄마한테 최선인지는 엄마가 판단해야죠." 이라가 말했다.

"제발 이해해주렴—"

"난 이해한 적이 없어요." 이라가 팔짱을 풀었다. "한 번도."

"상황을 계속 이렇게 내버려두고 싶지 않아서 그래."

"그럼 저희랑 같이 기차역에서 엄마를 만나세요. 엄마랑 포옹하세요. 엄마가 그 모든 고통을 겪었잖아요, 아저씨 때문에. 그게 아저씨가 할 수 있는 최소한이에요. 그런 다음 아저씨한테 뭐가 필요한지 직접 말씀하시면 되잖아요."

보리스는 그러마고 했고, 이라와 헤어졌다. 멀어져 가는 이라를 바라보면서, 그는 이라의 뒤통수가 올가와 꼭 닮았다고 생각했다. 그는 이라를 소리쳐 부르고 싶었다. 내가 잘못했다고, 그렇게 말할 생각은 아니었다고, 물론 상황은 예전과 같이 될 거라 말하고 싶었다. 어떻게 그러지 않을 수 있겠는가?

대신 그는 다시 아까의 벤치로 걸어갔다. 노인이 앉아 있던 자리에 다른 노인이 앉아 비둘기들에게 먹이를 주고 있었다. 보리스는 주머니 가득 새 모이를 채우고 그 노인의 자리에 앉게 되기까지 자신에게 얼마나 많은 시간이 남아 있을까 생각했다.

올가는 지금쯤 잠에서 깼을 것이다. 그는 그녀가 어떤 모습일지 궁금하다. 여전히 아름다울까? 아니면 수용소 생활로 많이 변했을까? 올가는 그를 다시 만나면 어떻게 생각할까? 그는 홀쭉해졌고 머리도 빠진 데다 난생처음 자신의 실제 나이를 느끼기 시작하고 있었다. 그녀가 없는 동안 그나마 한 가지 나아진 게 있다면 앞니 틈새 성형이었다. 하지만 완벽한 새 치아가 생겼음에도 지금 거울 속에는 쪼그라든 몸에 허약한 심장을 가진 늙은 남자가 보인다.

보리스는 그런 생각을 떨쳐버리고 다시 일을 시작한다. 마침내 적절한 문장이 떠오르고 나머지 단어들이 술술 흘러나온다. 종이를 다 채우자 그 종이를 고리버들 바구니에 떨구고는 새 종이를 꺼낸다. 늦지 않으려면 이제 몇 분 내로 나가야 한다는 걸 알지만 그는 손을 멈추지 않는다.

펜을 놓고 고개를 들어보니 어느새 방은 컴컴해져 있었고, 지나이다가 닭고기를 굽는 냄새가 난다. 그는 책상 위 작은 램프의 줄을 당겨 불을 켠 뒤 계속 글을 쓴다.

마침내 저녁 식사를 하러 아래층에 내려가자 지나이다가 남편을 보고 미소 짓는다. 그녀는 담배를 끄고 식탁 가운데 있는 두 개의 양초에 불을 붙인다. 보리스가 모스크바에 가지 않은 것을 두고 그녀는 아무 말이 없고 그도 굳이 말하지 않는다. 조용히 같이 저녁을 먹으면서, 보리스는 어깨를 짓누르고 있는지도 몰랐던 어떤 긴장감이 스르르 풀리는 것을 느낀다. 남은 인생은 이렇게 보내야 하는구나, 그는 생각한다. 글을 쓰고, 생산적인 일을 하고, 아내와 따뜻한 음식을 같이 먹으면서. 그는 와인을 부탁하고, 아내는 잔에 와인을 채운다.

그는 올가 생각을 하지 말자고, 그녀가 무엇을 하고 있을까 생각하지 말자고 자신을 타이른다. 그녀는 가족과 함께 진수성찬을 먹고 있을까, 아니면 식욕이 없을까? 오늘 밤 그녀는 잠이 올까? 그녀가 플랫폼에서 기다리는 식구들을 보았을 때 어떤 표정을 지었을지 그는 생각하지 않으려 애쓴다. 그가 나오지 않았다는 것을 알았을 때 어떤 표정이었는지도.

• • •

보리스는 잠을 깬다. 아직 날이 어둡다. 그는 옷을 갈아입고, 자는 아내가 깨지 않게끔 조심스레 다차를 나와 아침 산책에 나선다. 텃밭을 지나는데, 땅에서 밝은 초록색 싹이 몇 가닥 뾰족이 나온 것이 보인다. 그는 언덕을 내려가기 시작해 개울을 지나고, 묘지를 통과해 올라가다가 마을로 접어든다. 정신을 차리고 보니 역에서 모스크바행 아침 열차를 기다리고 있다.

올가의 아파트가 있는 거리에 들어서고 나서야 비로소 올가를 만나기로 마음을 정한다. 그는 난간을 붙잡고 천천히 5층 계단을 올라간다. 계단참을 돌 때마다 1분만, 딱 1분만 그녀를 보겠다고, 공원에서 이라한테 했던 말을 하고 돌아오겠다고 다짐한다. 그녀는 나에게서 직접 그 말을 들을 자격이 있어, 그녀의 집 문간에 도착해서 그렇게 생각한다. 그는 손으로 가슴을 누르며 심장을 진정시킨다. 노크하기 전에 한 번 심호흡을 하고, 그가 미처 손을 올리기도 전에 그녀가 문을 연다. 두 사람이 만난 지 7년, 그녀의 얼굴을 본 지 3년이었다. 그사이 그녀는 두 배는 나이 든 것 같았다. 머리 스카프 아래로 반쯤 밀어 넣은 금발은 밀짚처럼 칙칙해 보인다. 몸의 곡선은 직선에 가까워졌다. 이제 입가에는 주름이 파여 있고 주름은 이마를 가로지르고 눈가에도 퍼져 있다. 피부에는 주근깨와 없던 점들이 나 있다.

그럼에도 그는 무릎을 꿇는다. 그녀는 전보다도 더 아름답다.

보리스는 어떻게 할지 더는 묻지 않는다. 몸을 일으키고 그녀에게 키스한다. 그녀는 그가 키스하게 두더니 곧 뒤로 물러선다. 올가는 아파트 안으로 물러나면서도 문은 그대로 열어둔다. 보리스가 따라 들어가며 그녀를 안으려고 팔을 뻗는다. 그녀가 손을 저어 저지한다. "다시는 그러지 말아요." 그녀가 말한다.

"다시는 그러지 말라니?" 그가 묻는다.

"계속 기다리게 할 거잖아요."

"절대, 절대 안 그럴 거야."

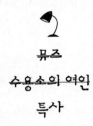

7

뮤즈
수용소의 여인
특사

얼마나 여러 번 우리의 재회를 상상했던가? 손에 모자를 들고, 선로를 바라보며 기다리는 보랴의 모습을? 얼마나 여러 번 그 첫 포옹을 그려보았던가? 혼자 침대에 누운 채 그것이 어떨지 상상하며 내 팔을 쓰다듬고 어깨를 꽉 조이면서?

잠자리를 같이한 지도 3년 반이 지난 만큼 우리는 시간을 허비하지 않았다. 그의 손길은 처음엔 충격이었다. 누가 내 몸을 어루만진 지 너무 오래되었다. 우리는 모스크바 전역에 소리를 울리며 충돌하는 두 바위처럼 하나가 되었다.

나중에, 그의 가슴에 머리를 기대고 그의 심장박동을 들어보았다. 나는 그에게 두 번의 심근경색을 겪어서인지 박동이 새로워졌다고 농담했다. "그리고 당신 치아도." 가운데가 벌어진 채 크고 누렇던 치아는 이제 빛나는 하얀 도자기가 되어 있었다.

"마음에 안 들어?" 그가 물었다. 그는 입을 다물었고, 나는 새끼 손가락을 찔러 넣어 다시 그의 입을 벌렸다. 그가 손가락을 깨무는 시늉을 했다.

그는 나를 더 꼭 붙들고는 예전처럼 쉽게 놓아주지 않으려 했다. 그는 글을 쓸 때와 잠잘 때를 제외하고는 내 아파트를 떠나고 싶어 하지 않았다. 내가 없는 동안 그는 내내 페레델키노의 다차에서 지 냈다. 몇 해 전 그 다차에 가본 적 있었는데, 지금은 확장 공사를 해 서 방 세 개를 만들고 가스난로, 수도, 갈고리 모양 다리가 달린 욕 조를 새로 들였다. 내가 막사에서 사는 동안, 그는 대부분의 러시아 인이 꿈에서나 그릴 수 있는 숲속의 호젓한 집에 살고 있었다.

포트마에서 돌아온 후로 나는 거리낌 없이, 그리고 그에 대한 죄 책감 없이 그에게 행운을 나눠달라고 요구했다. 옷이며 책, 음식, 아이들 학교 준비물, 새 침대를 살 돈을 요구했다.

그리고 다른 변화도 있었다.

그는 계약, 연설 약속, 번역 작품에 대한 보수 등 글쓰기와 관계된 모든 일을 나에게 맡겼다. 편집자가 회의를 요청하면, 참석하는 사 람은 그가 아니라 나였다. 나는 그의 에이전트이자 대변인, 그에게 연락하고 싶은 사람들이 찾아오는 당사자가 되었다. 마침내 나는 지 나이다만큼 그에게 유용한 사람이 된 것 같았다. 그러나 요리하고 청소하는 게 아니라 그의 글을 세상으로 안내하는 사람이었다. 나는 그의 특사가 되었다.

거의 매일 나는 기차를 타고 모스크바에서 페레델키노에 갔고, 묘지에서 그를 만났다. 거기서는 단둘이 『닥터 지바고』를 의논하거나 그냥 같이 앉아 있을 수 있었다. 묘지를 찾아오는 사람은 이따금 플라스틱 조화를 들고 온 과부나 홀아비, 또는 관리인뿐이었고, 관리인은 보통 창고 안에 머물며 담배를 피우고 책을 읽었다. 나는 묘지 철문에서 나를 반기는 두 마리의 커다란 개에게 주려고 가끔 작은 고기 조각을 천에 싸서 가져가곤 했다.

우리가 만나는 장소는 아직 묘가 들어서지 않은 부분의 비탈진 언덕에 있었다. 날씨가 좋으면 우리는 풀밭에 내 스카프를 펼쳐놓고 그 위에 앉았다.

"난 여기 바로 이 자리에 묻히고 싶어." 그는 여러 번 이렇게 말했다.

"섬뜩한 소리 하지 말아요."

"난 낭만적인 것 같은데."

한번은 그 언덕 위 우리 자리에 같이 앉아 있을 때, 다차를 향해 큰길을 걸어가는 지나이다를 보랴가 목격했다. 그녀는 늙은 여자처럼 보였다. 비닐 스카프를 머리에 동여매고, 양팔 가득 장 본 봉지를 들고서 느릿느릿 걷고 있었다. 그녀가 걸음을 멈추고 봉지들을 내려놓더니 담배에 불을 붙였다. 나는 더 잘 보려고 일어나 앉았다. 보랴가 가볍게 나를 밀어 눕혔다.

그해 여름, 나는 보랴와 더 가까이 있고 싶어서 이즈말코보 호수 건너편, 그의 다차에서 걸어서 30분 거리에 집을 빌렸다. 보랴가 나와 함께 살지는 않겠지만, 그곳은 우리만의 장소, 새로운 시작을 위한 장소가 될 터였다.

아이들이 방 하나를 차지했고, 나는 유리를 씌운 베란다를 내 방으로 만들었다. 엄마는 시골은 잠시 들를 때나 좋다고 하면서 주로 모스크바에서 지냈다.

　그 유리 집을 나는 얼마나 사랑했던가. 사시나무 뿌리들은 우리 집으로 올라오는 자연 계단이 되어 주었다. 그 베란다에 햇살은 얼마나 쏟아졌던가, 그리고 침대에 누워 있으면서 오솔길을 따라 걸어오는 보랴의 모습을 보는 것은 또 얼마나 좋았던가.

　그러나 보랴는 그 작은 집을 처음 보았을 때 나를 나무랐다. 내가 근처로 이사하는 주요 목적이 우리만의 시간을 더 많이 누리기 위해서인데 유리 집은 전혀 사생활을 보장해주지 않는다는 거였다. 그날 오후 나는 기차로 모스크바에 돌아와 빨간색과 파란색 광택 천을 샀다. 그러고는 빛의 방을 동굴로 바꿔줄 커튼을 만들며 그날 저녁을 보냈다.

　그해 여름은 더웠다. 들장미는 오솔길을 따라 빨강 분홍으로 탐스럽게 피었고, 하늘을 가르며 날마다 뇌우가 쳤다. 내 방의 유리 벽은 갇힌 열기를 응축시켰다. 나는 창문을 모두 열어두었지만, 별 차이가 없었다. 보랴와 나는 시트가 젖도록 땀을 흘렸고, 나는 내 침실을 온실로 만들어 망고나 바나나 같은 열대 과일을 키우면 되겠다고 농담했다. 보랴는 그게 재미있다고 생각하지 않았다. 그는 그 유리 집을 싫어했다.

　하지만 미챠는 나만큼 유리 집을 좋아했다. 미챠는 시골 생활에 금세 적응해, 정처 없이 숲 주변을 돌아다니며 하루를 보내다가 식물이며 돌멩이, 개구리 등을 주머니에 넣어 가져왔다. 미챠는 양철 양동이에 풀과 자갈을 채우고, 마요네즈 병뚜껑에 물까지 넣어서 개구리 집을 만들어주었다. 눈 밑에 진흙을 바르고 막대기와 줄로 활과 화살을 만들어 로빈 후드 흉내를 냈다.

이라는 사정이 달랐다. 내가 없는 사이, 이라는 그런 놀이를 하기엔 훌쩍 자라버려서 동생과 놀려고 하지 않았다. 이라는 친구들은 모스크바에 있는데 자기는 종일 작은 오두막에 처박혀 있다고 투덜거렸다. "여기는 아이스크림을 살 데도 없어요." 이라가 말했다. 보랴가 텃밭에서 따다 준 민트로 내가 플롱비르 아이스크림을 만들어주었더니 이라는 그냥 뱉어버렸다. "흙 맛이 나요." 이라가 그릇을 밀며 말했다. "엄마 후원자한테나 주세요."

내가 보랴 아저씨한테 무슨 말버릇이냐고 나무랐더니, 이라는 일어서서 나가버렸다. 그날 저녁 이라가 들어오지 않아서 기차역으로 나가보니 벤치에 앉아 있었다. 빗자루로 바닥을 쓸고 있는 역장 말고는 역에 사람이 없었다.

"집에 가고 싶었는데, 돈이 한 푼도 없었어요."

"여기가 집이야. 나랑 미챠가 있는 곳."

"보리스 아저씨도."

"그래. 보리스 아저씨도."

"지금이야 그렇죠."

내가 무슨 말을 꺼낼 겨를도 없이, 이라가 일어서서 오두막 쪽으로 갔다. 나는 플랫폼을 깨끗이 쓸고 있는 역장을 지켜보며 벤치에 혼자 앉아 있었다.

여름이 끝나가고 아이들이 학교 때문에 모스크바로 돌아가야 할 때가 되자 보랴는 나도 떠날까 봐 걱정했다. "나는 다시 혼자가 되겠네." 그가 눈물을 글썽이며 중얼거렸다. 나는 그게 재미있었고, 그가 눈물을 흘리게 만들고 싶었다. 그리고 실제로 그가 눈물을 흘리자 나는 갑자기 힘의 중심이 이동했음을 느꼈다. 그 기분이 좋았다. 그래서 설사 아이들을 주말에만 보게 될지언정 남아 있기로 이미 결정했다는 사실을 일부러 몇 주 동안 말하지 않았다. 내가 떠나지 않으리라는 걸 나는 늘 알고 있었다. 그냥 그가 애원하는 모습을 보고 싶었다.

이라는 떠나기 이틀 전에 벌써 짐을 다 꾸렸지만, 미챠는 기차가 떠나기 두 시간 전까지 짐 싸는 일을 미루었다. 내가 옷가지를 개어 여행 가방에 넣는 족족 미챠는 도로 꺼내버렸다. "미챠, 제발." 내가 말했다.

"**엄마** 가방은 어디 있어?" 미챠가 물었다.

"모스크바 집으로 가야 한다는 거 잘 알면서."

"하지만 전에 엄마가 **여기가** 집이라고 했잖아요."

"여기엔 학교가 없어. 친구들 다시 만나고 싶지 않니? 할머니도?"

"**엄마** 가방은 어디 있어요?" 미챠가 눈물이 그렁그렁해서 다시 물었다.

나는 미챠의 이마에 키스해주고, 그 여름에 죽지 않은 유일한 개구리 에릭을 잘 보살피겠다고 약속만 한다면 모스크바에 데려가도 된다고 약속하며 미챠를 달랬다.

아이들은 떠났고, 나는 유리 집에 늦가을까지 남아 있었다. 그 집은 겨울에 단열이 되지 않았고, 그래서 보랴는 결국 자기 뜻을 밀고 나갔다. 나는 또 다른 작은 집, 이번엔 보랴의 다차와 더 가까운 집으로 이사했다. 우리는 그 집을 '작은 집'으로, 그의 다차를 '큰 집'으로 불렀다.

작은 집에 가구를 장만하고, 커튼을 달고, 두껍고 붉은 러그를 까는 일은 굉장히 즐거웠다. 내 책 대부분은 압수당해 루뱐카의 어느 축축한 창고 안에서 썩고 있었으므로, 보랴는 책을 새로 장만하고 심지어 서가까지 직접 만들어 서재를 꾸며주었다.

모든 공사가 끝나자 나는 행복하게 보랴에게 집 구경을 시켜주었다. **우리** 침대, **우리** 식탁, **우리** 서가임을 분명히 강조하면서. "봄이 오면 바로 저 자리에 우리 정원을 만들어요." 나는 마당이 내다보이는 창문 밖을 가리켰다.

보랴와 내가 지내는 모든 공간이 우리 것이 되었다. 모스크바에서의 지난 삶, 아이들, 엄마, 내가 다해야 할 책임을 머릿속에서 지워버리기가 쉽지 않았다고 말한다면, 거짓말일 것이다. 언젠가 우연히, 미챠가 외할머니를 **엄마**라고 부르는 소리를 들었을 때, 배신감 대신에 안도감 같은 게 느껴졌다.

그해 겨울은 어둠 속에서 보냈던 시절과는 너무나 달랐다. 친구들이 찾아왔고, 『닥터 지바고』 낭독회가 다시 시작되었다. 매주 일요일이면 미챠와 이라, 그리고 우리 친구들이 모스크바에서 기차를 타고 왔다. 우리가 같이 식사를 하고 나면 보리스가 낭독을 했고, 나는 다시 그의 옆자리를 차지한 안주인이 되었다.

소설은 거의 마무리되고 있었다. 우리가 처음 사랑에 빠졌을 때 그랬던 것처럼, 보랴는 맹렬한 속도로 작업했다. 그는 오전에 페레 델키노에서 글을 쓰다가 작은 집으로 왔다. 그러면 나는 오후에 편집을 돕고 타자를 다시 치는 식이었다.

『닥터 지바고』는 늘 옆에 있었고, 책이 완결될 즈음에는 더욱 그랬다. 그에게 날씨에 관해 묻거나 저녁 식사는 즐거웠는지, 여름 애호박이 덩굴에서 시든 이유가 진딧물 때문이라고 생각하는지 물으면, 그는 대화를 다시 그 책으로 돌려놓을 방법을 찾아내곤 했다. 심지어 그는 유리와 라라의 꿈을 꾸기도 했다. "그들이 살아 있는 사람처럼 내게는 너무도 선명해. 마치 그들이 실제로 존재했었고 그 유령들이 나한테 말하고 있는 것 같아."

하지만 유리와 라라가 늘 그의 머릿속에 있었듯, 내 머릿속엔 늘 '큰 집'이 있었다. 그는 거기서 글을 썼다. 거기서 식사를 했다. 거기서 잠을 잤다. 그녀가 그를 위해 요리하고 그의 양말을 꿰매주었다. 그녀는 거기서 텔레비전을 보았다. 그가 집을 비운 밤이면 그녀가 거기서 이웃들과 카드놀이를 했다. 그가 두통이 있거나 배탈이 났을 때, 심장 때문에 조바심을 낼 때도 그녀가 돌봐주었다.

그녀는 청소할 때만 그의 서재에는 들어갈 뿐 그의 작업에 개입하는 일이 없었다. 그녀는 그의 집필을 위한 완벽한 조건을 만들어주었다. 비록 그는 나한테 말한 적 없지만, 바로 그것이 그가 거기 머무는 이유라고 나는 믿고 있다. 당시 나는 그를 그 집에 붙잡아두는 건 그 소설을 완성하려는 강박이라고 나 자신을 타일렀다.

두 사람이 같이 자는지 궁금했다. 그럴 거라 생각하지는 않았지만, 그래도 그 생각은 하얀 식탁보 위의 잉크 자국이었다. 그들이 서로 뒤엉킨 모습은 어떨까? 길고 호리호리한 그의 몸통이 주름 잡힌 그녀의 배를 누르겠지. 그의 억센 손이 그녀의 가슴을 들어 한때 그것이 솟아 있던 자리로 올려주겠지. 실제로 그러기를 바라는 마음이 없지는 않았다. 이상하게도 그것은 거꾸로, 내가 나이 들어도 여전히 그가 날 원할 거라고 안심시켜주었다. 언젠가 두 사람이 여전히 같이 자는지 물었을 때 보랴는 그건 아주 오래전의 일이라고 확언했다. "얼마나 오래됐는데요? 내가 없는 동안 그녀랑 잤어요?" 내가 물었다.

"물론 아니지. 우린 더는 그런 사이가 아니야."

"그럼 누구랑 같이 잔 적은 없어요? 혹시 있었더라도 이해해줄게요." 나는 마음에 없는 말을 덧붙였다. 그는 전혀 걱정할 거 없다고, 그의 인생에서 내 자리는 영원히 굳어졌다고 말했다. 내가 없는 동안 오직 라라하고만 사귀었다고 말이다.

그래도 나는 집요했고, 그래도 밀어붙였다. "아무하고도?"

. . .

"그가 죽었어." 보랴가 수화기 저쪽에서 말했다.

나는 수화기를 꽉 붙들었다. "누가 죽었는데요?"

그는 위경련이 이는 것처럼 신음하더니 마침내 말했다. "유리."

눈물이 흘러내렸다. "그가 죽었어요?"

"다 끝났어. 소설이 완성됐어."

나는 원고를 편집하고 새로 타이핑하고 가죽 표지로 장정하도록 준비했다. 모스크바에 가서 인쇄업자에게서 세 부를 받아 상자에 넣어 돌아오는 기차를 탔는데, 보랴가 쓴 글의 무게가 무릎으로 느껴졌다.

그는 작은 집에서 기다리고 있었다. 그의 역작을 담은 상자를 건네자, 그는 잠시 두 손으로 그 상자를 들고 있다가 바닥에 내려놓고 나를 잡고 빙글빙글 방 안을 돌았다. 우리는 음악도 없이 춤을 추었다. 빙글빙글 돌다가 타원형 거울 속 내 모습이 보였는데, 나 역시 행복해 보였다. 하지만 출산 후의 어머니 같은 표정, 말할 수 없이 기쁘면서도 지치고, 행복하면서도 약간 화난 듯하고, 평화로우면서도 동시에 겁에 질린 표정이었다.

"아마도 이 책은 **출간될** 거야." 보랴가 말했다.

문득 『닥터 지바고』에 관해 물으며 커다란 책상에 앉아 있던 아나톨리 세르게예비치 세묘노프가 생각났다. 보랴가 쓴 글에 대한 정부의 집착이 생각났다. 그러나 아무 말도 하지 않았다.

나는 모든 문예지, 모든 편집자, 모든 출판사 등 『닥터 지바고』를 펴낼 만한 사람이면 누구든 가리지 않고 약속을 잡았다. 나 혼자 나가서 보랴를 대신해 말했다. 보랴는 작품을 설명하거나 옹호하거나, 심지어 홍보하라는 압박이 들어오면 자신은 그럴 수 없다고 생각했다. "마치 내가 썼던 글이 종이에 쓰이고 나서 인쇄되어 나오기까지 중간 어디에선가 사라져버린 느낌이야." 그는 나한테 말했다.

그래서 내가 그를 대변했다.

편집자들은 나를 만나주었지만, 출간을 약속하는 사람은 없었다. 몇몇은 소설 끝에 나오는 시들은 출간을 생각해볼 수도 있다고 했지만, 책 전체를 출간하겠느냐는 내 질문에 곧바로 대답하는 사람은 아무도 없었다.

숱한 밤을 보랴는 모스크바에 가서 사람들을 만난 일이 어떻게 되었는지 소식을 듣기 위해 기차역 플랫폼까지 마중 나와 있었다. 나는 모든 것을 긍정적으로 포장하려 애쓰면서 《노비 미르》가 일부 시 출간에 관심을 보였을 때보다 더 들떠서 말했지만, 보랴는 무슨 뜻인지 잘 알고 있었다. 그는 마치 내가 그에게 매달린 것처럼 보일 만큼 세게 내 팔짱을 끼고서 말없이 작은 집까지 바래다주었다.

한번은 역시나 소득 없이 돌아오던 길이었는데, 보랴가 도중에 멈추더니 이제 『닥터 지바고』가 출판될 거라는 믿음을 접었다고 선언했다. "내 말 새겨들어. 그들은 무슨 일이 있어도 이 소설을 출판하지 않을 거야."

"인내심을 가져야죠. 아직은 몰라요."

"그들은 절대 출판을 허락하지 않을 거야." 그가 눈썹을 긁적거렸다. "절대로."

그의 말이 옳을 수도 있겠다는 생각이 들기 시작했다. 또 다른 출판사와 또 한 번 만난 뒤였다. 보랴는 나와 함께 피아노 연주회에 갈 생각으로 모스크바로 나를 찾아왔다. 우리는 일찍 도착해서 어느 밤나무 밑 벤치에 앉았다.

지하철에서 본 듯한 한 남자가 연못 저쪽 끝에 서서 오리들을 지켜보고 있었다. 젊은 남자였는데, 날이 더운데도 불구하고 기다란 갈색 코트를 입고 있었다.

"누가 우리를 지켜보는 것 같아요." 나는 보랴에게 말했다.

"맞아." 그가 무미건조하게 말했다.

"맞다고요?"

"당신도 알 줄 알았는데." 연못가에 서 있던 남자는 우리가 자기를 쳐다보는 걸 눈치챘는지 오솔길을 내려가 시야에서 사라졌다. "그만 갈까? 늦으면 안 되잖아." 보랴가 말했다.

보랴는 그런 감시가 신경 쓰이지는 않는다고 주장했다. 심지어 램프 안이나 천장에 대고 말하면서 도청하고 있을 사람에게 농담을 하기도 했다.

"여보세요? 여보세요? 오늘은 기분이 어때요?" 그는 있지도 않은 상대에게 물었다.

"좋습니다, 물어봐 주시니 고맙군요." 그러고는 혼자 대답했다.

"우리가 댁을 지루하게 만들고 있죠?" 그는 조명 기구에 대고 물었다. "어쩌면 오늘은 저녁 식사로 무얼 먹을까 하는 거 말고 더 재미있는 이야기를 해야겠네요."

"적당히 하시죠?" 나는 그의 농담이 재미있지 않았다. "나는 전에도 그들을 마주친 적이 있어요. 다시 그럴 생각은 없다고요."

그가 내 손을 잡고 손에 입을 맞추었다. "이 모든 걸 웃어넘겨야 해. 그게 우리가 할 수 있는 전부야."

서

1957년 2월 - 가을

8

지원자
배달원

택시가 왼쪽으로 돌며 코네티컷 대로로 접어들 때, 어렸을 적 멀미할 때 엄마가 가르쳐준 대로 두 손가락으로 손목을 눌렀다. 듀펀트 서클에 다다랐을 때는 그 느낌이 강해졌다. 내려서 걸어갈까도 생각했지만, 그건 계획에 없는 일이다. 계획과 다른 행동을 할 수는 없었다. 미행당하는 게 아닌 이상에는.

내게 떨어진 지시는 7시 45분에 플로리다가와 T가가 만나는 모퉁이에서 손을 들어 택시를 잡아 메이플라워 호텔로 가라는 거였다. 거기서 호텔까지는 잠깐 걸으면 되는 거리였지만, 그들 말로는 내가 택시에서 내리는 게 **그림**이 더 좋다고 했다.

남들 눈에 띌 만한 차림은 하지 말라고 했다. 야한 보석, 지나치게 짙은 화장, 화려한 모자, 화려한 신발, 화려한 어떤 것도 안 되었다. 나는 우리 지하 아파트를 채우고 있는 그 스팽글 장식 원피스들, 우리 집에 들른 여자들이 입어보고 엄마에게서 사 가는 그 모든 원피스를 생각했다. 그러나 화려하다고 할 수 있는 내 옷은 한 점도 없었다. 내가 받은 지시는 옷을 잘 갖춰 입되 지나치게 잘 입지는 말 것, 좋아 보이지만 지나치게 좋아 보이지 말라는 거였다. 나는 메이플라워 호텔 바인 타운 앤드 컨트리 라운지를 자주 찾는 단골 여자처럼 보여야 했다. 문제는 내가 타운 앤드 컨트리 라운지는 고사하고 메이플라워 호텔이라는 이름도 들어보지 못한 그런 여자라는 점이었다.

그날 밤만큼은 나는 이리나가 아니었다. 나는 낸시였다.

택시가 원형 교차로 한가운데 완전히 멈춘 틈을 타 콤팩트 거울로 머리를 확인하면서도, 내 모습이 적절한지 여전히 자신이 없었다. 나는 좀약 냄새를 가리기 위해 장 나테 향수를 뿌린 엄마의 낡은 모피를 걸치고 있었다. 안에는 지난 5년 동안 결혼식에 참석할 때마다 입었던 연보라색 바탕에 하얀 물방울무늬 원피스를 입고 있었다. 머리는 프렌치 트위스트 스타일로 말아 올려 엄마에게서 빌린 은빗으로 고정했다. 올워스 마트에서 산 새로운 색조의 주황빛 도는 빨강 립스틱을 덧바르면서, 거울 속 모습에 눈살을 찌푸렸다. 그래도 무언가 빠진 것 같았다. 택시가 호텔에 정차하고 도어맨이 문을 열어주었을 때, 아래를 내려다보고서야 나는 그 찜찜함이 신발 때문이라는 걸 깨달았다. 왼쪽 굽이 닳은 칙칙한 검정 펌프스. 심지어 닦을 생각도 못 하고 그냥 신고 왔던 것이다. 수요일 밤에 타운 앤드 컨트리 라운지에 술 마시러 가는 여자라면 칙칙한 무언가를 걸친 모습을 보이고 싶지 않을 터였다. 메이플라워 호텔의 웅장한 로비는 밸런타인데이를 하루 앞두고 빨간 장미와 흰 장미로 장식되어 있었지만, 나는 구두 생각을 떨쳐버릴 수 없었다. 그래도 나에게는 근사한 가방이 주어져 있었다. 봉투가 들어갈 만큼 충분히 크고, 더블 플랩에 금 체인이 달린 검은색 퀼팅 가죽 샤넬 백이었다.

나는 자신감을 가지라고, 부유한 배경을 가진 사람이 되라고, 내가 위장한 사람, 낸시가 되라고 나 자신을 타일렀다. 샤넬 백을 부적처럼 쥐고서, 나는 술 달린 모자를 쓴 벨보이들과 체크인을 하는 신혼부부들, 근무시간 후에도 회의를 하며 여기저기 모여 있는 남자들, 그들 중 누군가가 자신을 위층으로 데려가기를 기다리는 매력적인 가무잡잡한 피부의 여자와, 거울 같은 복도에 줄지어 있는 커다란 야자나무 화분을 지나갔다. 로비를 통과한 나는 바텐터의 이름까지 잘 아는 단골인 것처럼 타운 앤드 컨트리 라운지로 들어갔다.

바텐더의 이름은 이미 알고 있었다. 이름은 그레고리, 그가 거기 있었다. 나이에 비해 이른 백발, 흰 셔츠에 검정 나비넥타이, 그가 바 뒤에서 깁슨 칵테일을 따르고 있었다.

라운지는 분주했지만, 그들이 말했던 대로 바의 끝에서 두 번째에 있는 높은 등받이 의자는 비어 있었다.

"무엇으로 하시겠습니까?" 그레고리가 물었다. 그 이름표는 내가 이미 아는 이름을 확인해주었다.

"진 마티니요." 내가 대답했다. "올리브 세 개 넣고, 그 작고 빨간 칼 하나 꽂아서." **그 작고 빨간 칼 하나라고?** 나는 각본대로 말하지 않은 나를 속으로 나무랐다.

내 앞에 흰 장미 한 송이가 꽂힌 가느다란 유리 화병이 있었다. 나는 장미를 들고 손에서 시계방향으로 돌리고, 향기를 맡고는 도로 꽂아 넣었다. 그건 지시대로 했다. 그런 다음 샤넬 백의 체인을 의자 등받이 왼쪽에 걸었다. 그리고 기다렸다.

내 왼쪽의 남자는 내가 자리에 앉을 때 별로 이쪽을 쳐다보지 않았다. 그는 《워싱턴 포스트》의 스포츠면을 읽고 있었는데, 바에 있는 여느 남자와 비슷해 보였다. 뉴욕이나 시카고에서 하룻밤 출장 온 변호사나 사업가, 또는 어디서든 워싱턴에 온 그런 부류의 남자들. 그 남자를 묘사하라면 '별 특징 없음'이 적절할 것 같았는데, 그 남자도 나를 그렇게 묘사할까 궁금했다. 부디 그러기를.

그레고리가 호텔의 금박 문장이 새겨진 흰색 냅킨 위에 내 잔을 내려놓았고, 나는 한 모금 마셨다. "마티니 정말 끝내주게 만드셨네요." 내가 말했다. 나는 마티니를 싫어했다.

어떤 낌새도 없을 거라고 들었다. 내 옆에 앉은 남자가 아무도 모르게 내 가방에 봉투를 집어넣을 거라고, 내가 눈치채지 못하더라도 그는 일을 끝낼 거라고 했다. 그 남자는 신문을 접고 마지막 남은 스카치위스키를 털어 넣더니 1달러를 내려놓고 자리를 떴다.

나는 15분을 더 기다린 후 잔을 비우고는 그레고리에게 계산하겠다고 말했다.

샤넬 백에 손을 뻗으면서, 나는 뭔가 다른 느낌이 날 거라고 기대하고 있었다. 하지만 아니었다. 내가 무얼 잘못했나 걱정되었다. 어쩌면 스포츠면을 읽고 있던 그 남자는 그냥 스포츠면을 읽고 있던 사람일 수 있었다. 나는 가방을 열어 확인하고 싶은 충동을 억누르고 타운 앤드 컨트리를 나와 야자나무 화분과, 매력적이고 가무잡잡한 피부의 여인과 엘리베이터를 기다리는 남자와, 체크인을 하는 은퇴한 부부와, 술 달린 모자를 쓴 벨보이들을 지났다.

코네티컷 대로를 걸으면서, 나는 침착해지려고, 아드레날린에 압도되어 갑자기 뛰지 않으려고 최선을 다했다. P가에서 걸음을 멈추며 손목시계를 들여다보았다. 샤넬 백과 함께 받은 레이디 엘긴 시계였다. 몇 초 만에 15번 버스가 연석 앞에 정차했다. 나는 뒤에서 두 번째 자리, 무릎 위에 초록색 우산을 놓은 남자 앞에 앉았다. 버스가 태프트 다리 입구에 놓인 두 마리 돌사자를 지날 때, 뒤에 앉은 남자가 내 어깨를 톡톡 치더니 시간을 물었다. 나는 9시 15분이라고 대답했다. 사실 9시 15분도 아니었는데. 그가 고맙다고 했고, 나는 샤넬 가방을 내려놓고 발꿈치로 가방을 뒤로 밀었다.

나는 우들리 공원에서 내려 동물원 쪽으로 걸어갔다. 빨간 신호에서 기다리던 중, 막 눈송이가 떨어지기에 두 손을 뻗어 장갑 낀 손으로 받았다. 눈송이가 녹아 아주 작은 웅덩이가 생겼다. 문득 궁금해졌다. 불륜이란 게 이런 느낌일까, 비밀을 가진다는 게? 짜릿함이 몸을 타고 흘렀다. 테디 헬름스가 이런 일에 중독될 수도 있다고 말했던 이유를 알 것 같았다. 나는 벌써 중독되어 있었다.

• • •

나는 타자수 자리에 지원했지만, 그들은 나에게 다른 일을 맡겼다. 그들이 나에게서 내가 보지 못했던 무언가를 본 것일까? 아니면 그저 내 과거와 아버지의 죽음을 살펴보고서, 나에게 요구하면 무엇이든 할 거라고 생각했을 수도 있다. 나중에 듣기로는, 그런 깊은 분노가 정보국에 대해서 애국심으로는 도저히 불가능한, 그런 유형의 충성을 보장한다고 했다.

그들이 나에게서 무엇을 보았든, 정보국에서 처음 몇 달 동안은 그들이 부적합한 사람을 뽑았다는 느낌을 떨칠 수 없었다.

메이플라워 호텔 테스트가 그것을 바꿔놓았다. 난생처음으로 나는 그저 하나의 직업이 아닌, 더 큰 목적을 가진 사람이 된 기분이었다. 그날 밤 내 안의 무언가에 빗장이 풀렸다. 나에게 있는지도 몰랐던 숨은 힘이 풀려나왔다. 나는 배달원 일에 아주 적격이었다.

낮에는 받아쓰고, 메모를 옮겨 적고, 회의 중에 조용히 자리를 지키고, 타자를 치고 치고 또 쳤다. 그러면서도 내가 치는 정보가 하나도 머리에 남지 않도록 했다. "정보는 우리 손끝을 통해 글자쇠로, 종이로 빠져나가고, 그런 다음에 내 머리에서 영원히 사라진다고 상상하는 거예요." 노마는 나의 첫 출근 날이자 하루뿐인 수습 기간에 그렇게 지시했다. "말은 한쪽 귀로 들어가서 반대쪽 귀로 나간다, 알았죠?" 그리고 타자수 누구나 똑같은 말을 했다. **네가 치는 걸 머릿속에 두지 마라, 네가 치고 있는 것에 관해 생각하지 않으면 타자 속도가 더 빨라질 것이다, 그것은 기밀 정보이므로, 설사 기억한다고 해도 그러지 않은 척해야 낫다.**

'빠른 손가락이 비밀을 지킨다'는 타이핑 부서의 비공식 모토였다. 그러나 직원들 가운데 그 신조를 지키는 사람이 있는지는 확신할 수 없었다. 출근을 시작하고 처음 몇 주 동안 부서 여자들과 친해지던 동안에도, 그들이 모두에 관해서 모든 것을 알고 있다는 건 분명했다.

그들은 나에 관해서도 모든 걸 알고 있을까? 내가 다른 일까지 하고 있다는 걸 알까? 급료 외에 50달러를 추가로 받는다는 건? 그들의 타자기 소리보다 한 박자 늦게 울리는 내 타자기 소리를 이상하게 생각하지는 않았을까? 내가 그들보다 커피 두 잔은 더 마시고 다크서클이 생겼다는 걸 눈치채지는 않았을까?

엄마는 눈치챈 게 분명했다. 엄마는 카모마일 차를 한 주전자나 우려낸 뒤 내 눈꺼풀에 놓으라고 작은 얼음 조각으로 얼려주었다. 엄마는 내가 새 남자를 사귀고 있다고 생각했고, 동네에서 엄마 이름에 먹칠하지 말고 집에 데려와 소개해달라고 했다.

하지만 타이핑 부서 여자들은 어떻게 생각할까?

바로 이것 때문에 그들이 나를 대열에 온전히 받아들이지 않았던 걸까? 물론 그들은 항상 예의 바르고 친절했고, 아침에는 '안녕'이라는 인사말을, 금요일에 헤어질 때는 '주말 잘 보내'라는 인사말을 꼬박꼬박 해주었다. 하지만 그들이 아주 우호적이었다고 볼 수는 없다. 나는 무리에 끼고 싶었지만, 무리에 끼고 싶어 하는 것처럼 **보이고** 싶지는 않았다. 이런 시나리오가 고등학교나 대학교에서나 벌어지는 일이라고 생각할 사람도 있겠지만, 우정의 정치학이란 나이를 막론하고 까다로운 법이다.

타이핑 부서 여자들이 나에게 점심을 같이하자고 몇 번 말을 건네왔지만, 그것은 내가 첫 급료를 받기 전, 겨우 버스비 정도밖에 없을 때였다. 여윳돈이 생겼을 때쯤엔 점심 초대는 이미 지난 일이었다.

그들이 보이는 그런 서먹함이 내가 그들의 친구 태비사의 자리를 차지했기 때문이라고 믿고 싶었지만, 자꾸만 무언가 다른 이유가 있다고, 평생 나를 괴롭히던 그 무언가 때문이라는 생각을 어쩔 수 없었다. 영원한 외부인의 느낌, 혼자가 가장 편하다는 느낌이었다. 어릴 때도 나는 혼자 노는 게 더 좋았다. 나는 우리 부엌의 작은 창고를 요새 삼아 놀았다. 갈색 종이봉투를 오려내 아이스크림 막대에 붙여 만든 인형으로 정교한 연극을 꾸미기도 했다. 혼자 놀 때가 가장 행복했다. 어린 사촌들이 같이 놀라치면 결국 나는 그들이 내 인형 하나를 망가뜨렸다고 나무라거나, 내가 바라는 역할을 정확히 못해낸다고 꾸짖는 것으로 끝났다. 사촌들은 화가 나서 가버렸고 나는 괜찮다고 스스로 말하곤 했다. 같이 놀고 싶어 하지 않는 사람은 나라고 스스로를 설득하는 편이 더 쉬웠다.

어울리지 못하는 느낌과는 상관없이, 나는 본업에 빠르게 적응했다. 그리고 비록 다른 여자들보다 타자 속도가 느렸지만, 꾸준했고 정확했다.

정규 근무가 끝난 후의 일에서는 학습곡선이 더욱 가팔랐다.

첫날, 어떤 훈련을 받게 되느냐고 물었을 때, 리플렉팅 연못을 굽어보는 간판 없는 임시 사무실 주소가 적힌 쪽지 하나를 받았다. 매일 퇴근 펀치를 찍은 후에 테디 헬름스를 만나게 될 사무실이었다.

처음 만났을 때 테디가 스파이 역할을 하는 영화배우와 굉장히 많이 닮았다는 인상을 받았다. 그는 나보다 몇 살 많았는데, 큰 키에 갈색 머리였고, 손가락은 길고 섬세했으며, 남자답게 잘생긴 얼굴이었다. 타이핑 부서의 몇몇 여자는 테디에게 흠뻑 빠져 있었지만, 나는 정말이지 그를 그런 눈으로 보지 않았다. 하지만 내가 더 어렸다면 마음에 그려볼 법한 남자처럼 생기긴 했다. 연인이나 남자친구로서가 아니라 내가 늘 바랐던 오빠 같은 사람 말이다. 사람들과 어떻게 어울려야 하는지, 어떻게 하면 덜 어색하게 보일지 가르쳐줄 사람, 복도에서 치마를 들추는 고등학교 남학생들로부터 나를 보호해줄 그런 사람. 엄마의 살림 형편을 도와주고 급료를 지출할 때마다 고려해야 하는 우리의 재정적 부담을 덜어줄 그런 사람.

처음에 테디는 조용했다. 자기가 훈련시키는 여자는 내가 처음이라고 했다. 전략사무국 시절에는 여자들이 다리 폭파 임무를 맡았었지만, 불과 몇 년 뒤의 정보국은 여자들이 무얼 할 수 있는지 계속 간을 보며 탐색만 하고 있었다.

테디는 달랐다. "개인적인 생각으로는 여자가 배달원 역할에 아주 적합하다고 봐요. 버스에 탄 저 예쁜 아가씨가 기밀을 전달하고 있다고는 아무도 의심하지 않거든요."

1957년의 그 처음 몇 주 동안 테디와 나는 서로를 알아갔다. 그는 처음부터 편안하게 느껴지는 유의 사람이었다. 한 시간 만에 평생 알고 지낸 사람보다 더 많은 이야기를 하게 되는 사람이었다.

테디는 조지타운에 있는 그의 문학 교수 중 한 명에게 선발되어 정보국에 들어왔다. 정치학과 슬라브 언어를 전공했고, 어떤 모스크바인도 깜빡 속을 만큼 숙련된 억양으로 유창하게 러시아어를 했다. 나를 훈련시키는 동안, 테디는 러시아어를 연습할 기회가 생겼다며 수시로 영어와 러시아어를 바꿔 쓰곤 했다. 집에서 엄마하고만 쓰는 언어로 그와 말할 수 있다니 좋았다. 그는 끊임없이 질문하곤 했다. 엄마의 드레스 사업에 관해, 파이크스빌에서의 내 어린 시절에 관해,

내 트리니티칼리지 시절과 나의 수줍음에 관해. 이때껏 나에게 그런 질문을 한 사람은 없었으므로, 처음에 나는 그 대담함 앞에서 멈칫거렸다. 하지만 어느새 나의 개인사를 술술 풀어놓고 있었다.

어쩌면 그렇게 편안함을 느낀 이유는 그가 기꺼이 자기 이야기를 해주었기 때문일 것이다. 나는 그에게 몇 년 전 죽은 형이 있다는 것을 알았다. 형 줄리언은 전쟁에서 영웅이 되어 돌아왔지만, 어느 날 밤 술에 취해 몰던 자동차가 나무를 들이받았다. 테디는 형이 남긴 명성을 따라잡을 자신이 없었고, 부모님은 벽난로 선반 위에 줄리언의 사진과 함께 나라에서 준 국기를 접어놓음으로써 영웅이었던 장남만을 기억하며 과거에 살기로 했다. 테디는 처음에는 형의 자취를 따르기 위해 군에 입대하거나, 아니면 가문의 성이 들어간 이름의 법률회사에서 일하는 아버지를 따라 법률가가 되려는 생각도 했지만, 결국 문학에 더 마음이 끌렸다. 그리고 그 결과 대학교 스승이 그를 다른 길로 이끌었다.

테디는 책상 서랍에 보관하던 병에서 위스키를 따르고는 점점 시적이 되어서는, 민주주의를 전파하는 데 예술과 문학이 어떤 역할을 하는지, 위대한 예술이 진정한 자유에서만 나올 수 있다는 걸 보여주는 책이 얼마나 중요한지, 그리고 그 메시지를 전파하기 위해 어떻게 정보국에 들어오게 되었는지 말하곤 했다. 미국인들이 자유를 소중히 여기는 만큼 러시아인들은 문학을 소중히 여긴다고도 했다. "워싱턴에는 링컨과 제퍼슨의 동상이 있는 반면 모스크바는 푸시킨과 고골에게 경의를 표하죠." 테디는 소비에트 사람들이 다음 세대의 톨스토이나 도스토옙스키를 배출할 그들의 능력을 그 정부가 방해하고 있음을 알기 바랐다. 예술은 자유국에서만 번성할 수 있다는 것, 이제 서방이 문학의 제왕이 되었다는 것을 소비에트 사람들이 이해하기를 바랐다. 이 메시지는 붉은 괴물의 갈빗대 사이에 칼을 찔러 칼날을 비트는 것과 비슷했다.

테디는 낮에 SR 분과를 지날 때는 여느 타자수를 대하듯 나를 대했다. 오전에는 가볍게 목례를 하고, 저녁에는 어쩌다 작별인사로 손을 흔들었다. 하지만 근무 시간 후에는 정보국 내부 메시지를 받고 배달하는 일을 훈련시키면서 모든 관심을 나에게 쏟았다.

그는 탁자 밑, 벤치 밑, 의자 밑, 등받이 없는 바 의자 밑, 버스 좌석, 변기 등에 봉투를 숨기는 훈련을 시켰다. 우선은 평범한 흰색 편지봉투부터 시작했다. 그런 다음에는 소책자와 황색 서류철에 이어서 책, 그리고 꾸러미로 옮아갔다. 그는 우리가 하는 일을 마술 트릭에 비유하며, 정보국이 월터 어빙 스콧과 다이 버넌 같은 날랜 손재주의 대가들을 연구하고 그들의 마술 기술을 채택했다고 일러주었다. 그는 꾸러미가 내 다리를 타고 미끄러져 소리 없이 바닥에 떨어지게 하는 방법을 보여주었다. "이게 다 트릭이에요."

그는 누군가 나를 미행하고 있는지 알아내는 방법을 가르쳐주었다. 의심스러운 사람, 지켜보는 사람, 특히 LOP를 조심하라고 했다. "리틀 올드 피플Little Old People, 작은 노인들은 시간이 많거든요." 그가 설명했다. "그들은 몇 시간씩 공원에 앉아 있으면서 수상하다고 생각되는 사람이 있으면 모자 하나만 떨어뜨려도 경찰을 부르죠."

어쩌다 내가 실수라도 하면, 그는 연습하면 된다고 격려해주었다. 그리고 실제로 나는 연습했다. 매일 밤 엄마가 잠이 들면, 방문을 잠가놓고 크기가 서로 다른 봉투들을 책갈피에, 내 가방에, 엄마 가방에, 여행 가방에, 그리고 내 옷장 속 모든 옷의 주머니에 끼워 넣는 연습을 했다. 내가 빈 립스틱 통 속의 작은 두루마리 종이를 그의 재킷 주머니로 옮길 수 있다는 걸 보여주자, 테디는 진짜 테스트를 할 준비가 되었다고 말했다.

"정말요?"

"알아낼 방법은 하나뿐이죠."

그것이 메이플라워 투입이었다. 진짜 임무가 아니라 내가 준비되었는지 알아보기 위한 테스트였다. 테디는 비록 모습을 드러내지는 않겠지만, 나를 지켜보고 있겠다고 했다. 그의 말대로였다. 그날 밤 메이플라워 호텔에서 테디는 그림자도 보이지 않았다. 하지만 다음 날 출근하고 보니 내 타자기에 흰 장미 한 송이가 기대 있었고, 그 줄기에는 마치 가시처럼, 작고 빨간 플라스틱 칼이 꽂혀 있었다.

"은밀한 숭배자라도 생겼나?" 노마가 물었다.

"그냥 친구야." 내가 말했다.

"**친구**라고? 비밀의 밸런타인 연인이 아니고?"

"밸런타인?"

"오늘이 밸런타인데이잖아."

"아." 까맣게 잊고 있었다. 다행히 노마는 다른 질문을 채 하지 못하고 회의에 불려갔다. 그러나 그날 오후 장미의 수수께끼가 다시 입길에 올랐다. "테디 헬름스와 사귄다면서." 린다가 책상 사이마다 놓인 칸막이 위로 고개를 내밀며 말했다. 위를 쳐다보니 타이핑 부서 여자들 모두가 대답을 기다리며 거기 서 있었다.

"뭐? 아냐. 그런 사이 아냐." 나는 화들짝 놀랐고, 내 비밀이 탄로났을까 걱정되었다.

"게일이 로니 레널즈한테 들었는데, 오늘 아침 테디가 흰 장미를 두고 가는 걸 봤대."

"요점은, 테디가 굳이 그걸 숨기지 않았다는 거지." 게일이 말했다.

"언제부터 둘이 사귀기 시작한 거야?"

어쩔 줄을 몰랐던 나는 여자들에게 양해를 구하고, 내가 돌아올 때쯤엔 그들이 장미 사건은 모두 잊어버리길 바라는 마음으로 자리를 떴다. 그들은 잊지 않았고, 퇴근 시간이 될 때까지 내가 대답할 수 없는 질문들을 계속 퍼부어댔다.

"우리랑 같이 마틴스 바에 가지 않을래?" 노마가 물었다. "굴 하나 가격에 두 개 나오고, 바텐더가 주디에게 호감을 갖고 있어서 음료도 두 배나 주거든. 그리고 자기가 여전히 싱글이라고 말하는 걸 보니, 아마 밸런타인데이 계획은 없는 것 같은데, 안 그래?"

"안 돼. 계획이 있어, 데이트는 아니고. 전혀 그런 게 아니야." 나는 거절했다.

"오, 그렇구나." 노마가 말했다.

타이핑 부서에서 내 처지를 곤란하게 만든 테디에게 화가 치밀었다. 뭐하러 그런 짓을 했담? 뭘 얻는다고? 그를 보자마자 따져야겠다고 결심했지만, 그가 위스키 한 잔으로 나를 반기면서 메이플라워 호텔 임무 성공에 건배하자고 했을 때는 용기가 사라져버렸다.

"수고했어요." 그가 쨍그랑 잔을 부딪치면서 말했다. "개선해야 할 몇 가지가 있지만, 그래도 아주 잘했어요. 앤더슨이 흡족해해요. 우린 당신이 곧 현장에 투입될 준비가 될 거라고 보고 있어요. 정보원에 접근하는 진짜 임무 말예요."

"알았어요." 나는 자세한 건 묻지 말아야 한다는 걸 알고 있기 때문에, 달리 할 말이 없어서 그렇게 대답했다. "그리고 고마워요." 테디는 그 인사말이 그의 칭찬에 대한 것인지 아니면 흰 장미에 대한 것인지 잘 판단이 서지 않는 것 같았다. 우리 사이에 어색한 침묵이 흘렀다.

"그런데 아무 말도 하지 않네요." 테디가 침묵을 깼다.

"무슨 말요?" 나는 멍하니 물었다.

"장미요."

"타이핑 부서가 완전히 떠들썩했죠."

"당신은 마음에 안 들었고?"

"저는…… 저는 사람들의 관심을 받는 걸 정말 안 좋아해요."

테디가 웃었다. "바로 그 재능 때문에 채용되기는 했죠. 정말이에요. 그 일은 미안하게 됐어요. 여기 사람들은 우체부한테 들러붙는 개처럼 소문에 들러붙거든요."

"개라고요?"

"내 말은, 미안합니다. 그런 비유가 괜찮을 거라 생각했어요."

"괜찮았어요…… 다만…… 우리가 서로 알고 지낸다는 사실을 사람들이 아는 게 나을까요?"

그는 턱을 긁적이더니 앞으로 몸을 기울였다. "어쩌면 그게 위장이 될 수도 있겠죠. 사람들이 우리가 사귀는 줄 안다면 우리가 같이 있는 걸 봐도 특별히 이상하다고 의심하지 않을 겁니다. 절대 진지한 게 아니라면, 나쁠 건 없잖아요? 기분 나빠 할 진짜 남자친구가 있지만 않다면요."

"남자친구는 없어요, 하지만—"

"잘됐네요." 그가 말을 잘랐다. "지금부터 시작할까요? 마틴스 바에 가서 한잔하죠. 축하할 일이 있으면 다들 거기 가지 않나요?"

"전 몰라요."

테디가 이제 비어버린 잔을 들었다. "가는 길에 잠깐 들르죠."

"그건 직장에서 눈살 찌푸리게 할 그런 행동 아닌가요?"

"쉽게 말했다면 미안합니다. 하지만 우리가 사귀는 사이가 아니라면 정보국 사람 절반은 발 뻗고 자지 못할 거예요. 게다가 진짜 사귀는 것도 아니잖아요?"

마틴스 바 문턱을 넘어갈 때 테디는 내 손을 잡았다. 바는 K가의 로비스트들로 북적거렸다. 테디 말에 따르면 그런 남자들은 남들보다 좋은 정장, 아직 새것이라 왁스칠 한 바닥에서 삑삑 소리를 내는 구두를 보면 알아볼 수 있다고 했다. 그들은 그 바에서 널찍하고 좋은 자리를 차지한 반면 후줄근한 차림의 정부 직원들은 테이블에 모여 있었다. 법률 회사 인턴들은 뷔페에서 서로 섞여 쟁반에 굴을 담고 있었다. 그리고 바 왼쪽 칸막이 방에는 타이핑 부서 직원들이 여태 앉아 있었다.

"저기 앉는 건 어때요?" 나는 그 방 맞은편의 2인용 자리를 가리켰다.

"우선 바에서 마실 걸 가져가죠."

"웨이트리스가 있을 텐데요."

"이편이 더 빨라요." 사람들을 비집고 들어간 후 테디는 바텐더에게 위스키 두 잔 달라는 신호를 보냈다. 그는 계산을 하고 자기 잔을 집었다. "새 친구들을 위해." 그가 말했다. 막 잔을 부딪친 순간, 누가 내 어깨를 두드렸다.

"이리나." 노마였다. "결국 마틴스에 왔네. 저쪽으로 가서 우리랑 합석해." 그녀가 테디를 쳐다보았다. "테디, 당신도요."

"그건 너무 급작스러운데요." 테디가 말했다. "리브 고슈에 저녁 예약을 해놓았거든요. 그냥 가볍게 한잔하러 들른 겁니다."

"리브 고슈? 밸런타인데이인데 용케 예약에 성공했네요?"

"친구가 힘 좀 써줬죠."

"어쨌든 우리랑 마시다 가면 어때요? 우리 테이블에 자리가 넉넉하거든요."

우리가 그쪽 테이블을 바라보자 여자들이 얼른 고개를 돌렸다. "알았어. 그러지, 뭐." 내가 말했다.

"내가 누굴 끌고 왔는지 보라고." 노마가 우리를 그 방으로 안내하며 말했다. 여자들이 얼른 움직여 공간을 만들어주었다. 나는 자리에 앉았지만, 테디는 그냥 서 있었다. "숙녀분들, 잠시만 실례." 우리가 지켜보는 사이 그는 주크박스로 가서 잔돈을 넣기 시작했다.

주디가 팔꿈치로 나를 찔렀다. "두 사람이 아무 사이도 아니라고, 어?"

노마가 주디에게 내가 뭐랬어 하는 표정을 지었다. "아침에는 책상 위에 흰 장미, 저녁에는 리브 고슈라고?"

"리브 고슈?" 캐시가 되물었다. "끝내준다."

주크박스가 레코드를 트는 순간 테디가 돌아왔다. 그는 재킷을 벗어서는 주디에게 건넸고, 주디는 억지 미소를 지었다. 그녀가 질투하는 걸까? 나를? "춤출래요?" 그가 물었다.

"아무도 춤 안 추는걸요." 내가 대답했다.

"곧 출 거예요." 테디가 대답하며 손을 내밀었다. "어서요! 리틀 리처드가 나오잖아요!"

"리틀 누구요?" 그는 대답 대신 내 손을 잡고 댄스 플로어로 이끌었다. 테이블이 놓이지 않은 쪽모이 세공의 정방형 마룻바닥이었다. 나는 춤을 잘 추지 못했다. 팔다리가 항상 따로 놀았지만, 그래도 춤추는 걸 좋아했다. 그런데 세상에, 테디는 춤을 잘 췄다. 타이핑 부서 여자들의 눈이 우리에게 쏠려 있었을 뿐 아니라 그곳의 모든 사람이 우리를 지켜보는 것 같았다. 테디는 마치 프레드 아스테어*라도 되는 듯 나를 빙그르르 돌렸고 나는 무슨 배역을 연기하는 기분이었다. 그리고 꽤 연기를 잘하고 있었다. 나는 메이플라워 투입 임무에서처럼 그 느낌에 열중했다. 테디가 나를 끌어당겼다. "다들 믿고 있네요." 그가 속삭였다.

한 곡 더 추고 한 잔 더 마신 다음 우리는 바를 나왔다. 보도에 나오자 나는 작별인사를 했다. 테디가 말을 막았다. "저녁 먹고 가지

---

* 미국의 뮤지컬 영화 배우.

않을래요?"

"그냥 하신 말씀인 줄 알았는데요."

"내가 진짜로 리브 고슈에 예약해두었다면요?"

나는 엄마가 먹다 남은 보르시치를 데워서 낼 저녁 식사를 떠올리다가, 그날 내가 입은 강낭콩 수프 색깔 원피스를 내려다보았다. "그런 곳에 갈 만한 복장이 아니라서요."

"아름다워 보여요." 그가 말하고는 손을 뻗었다. "갑시다."

9

타자수들

또 한 번 랠프 카페에서 보내는 금요일 아침. 또 하나의 도넛, 또 한 잔의 커피. 카페를 나올 때쯤 쌀쌀한 가을 아침 공기는 온화해져 있었다. 우리는 모자와 스카프를 벗고 재킷 앞섶을 열고 E가로 들어섰다.

보통 SR 분과의 아침은 책상에 자리 잡는 사람들, 휴게실에서 커피잔을 든 사람들, 또는 9시 15분 정각에 시작되는 수많은 아침 보고를 위해 서두르는 사람들로 분주했다. 접수계의 전화는 벌써 울리기 시작하고, 대기실 의자들은 이미 다 차 있곤 했다. 하지만 10월 초의 그 하루는 그렇지 않았다. 그날 접수계는 비어 있었고, 휴게실도 비어 있었으며, 타이핑 부서 주위의 모든 책상도 마찬가지였다.

"무슨 일이에요?" 게일이 엘리베이터를 향해 뛰다시피 걸어가는 테디 헬름스에게 물었다. 그가 멈칫하다가 오래된 베이지색 카펫의

볼록 나온 부분에 발이 걸려 비틀거렸다.

"위층에서 회의가 있어요." 테디가 대답했다. 위층은 덜레스 국장의 사무실을 말하는 암호였는데, 사실은 아래층에 있었다. 테디는 급히 자리를 떴고, 우리는 우리 책상으로 갔다. 이리나는 타자기 앞에 앉아 있었다.

"테디가 뭐래?" 게일이 물었다.

"우리가 졌대요." 이리나가 말했다.

"지다니, 뭘?" 노마가 물었다.

"그건 모르겠어."

"대체 무얼 말하는 거지?" 캐시가 물었다.

"나로선 그 과학을 설명하지 못하겠어."

"과학이라니? 무슨 과학?"

"그들이 무언가를 우주에 쏘았대." 이리나가 말했다.

"그들?"

"**그들**, 그들 말이야." 이리나가 소곤거렸다. "생각해봐……" 그녀가 말끝을 흐리며 석면 타일 천장을 가리켰다. "그게 저 위에 있어. 지금."

그것은 비치볼만 한 크기에 평균적인 미국 남자 무게 정도였지만, 핵탄두만큼의 파급력이 있었다. 스푸트니크호 발사 소식은 러시아 국영 통신사 TASS가 최초의 위성이 현재 지구에서 900킬로미터 상공의 우주에 도달해 98분에 한 번씩 지구를 돌고 있다고 발표하기도 전에 SR 분과에 퍼졌다.

남자들이 모두 자리를 비웠음에도, 우리는 어떤 일도 할 수 없었다. 우리는 손가락 마디를 꺾으면서 텅 빈 사무실을 둘러보았다. 캐시가 칸막이 위로 고개를 내밀었다. "그런데 스푸트니크가 대체 무슨 말이야?"

"무슨 감자 이름 같아." 주디가 말했다.

"길동무, 동반자란 뜻이야. 꽤 시적인 이름이지." 이리나가 대답했다.

"아니. 끔찍한 이름이야." 노마가 말했다.

게일이 눈을 감은 채 일어서더니, 손가락을 허공에 그리며 뭔가 계산했다. 그녀가 눈을 떴다. "14."

"어?" 우리가 물었다.

"그 속도로 공전한다면, 그게 하루에 열네 번 우리 위를 지나가는 거야."

우리 모두 위를 쳐다보았다.

점심 식사 후 우리는 주인이 자리를 비운 앤더슨의 사무실 라디오 주변에 모였다. 누구도 확실한 정보가 없었지만, 아나운서는 피닉스, 탬파, 피츠버그, 두 군데의 포틀랜드 등 전국에서 어쩌면 목격담일 수 있는 보고들이 미친 듯 쏟아지고 있다고 전했다.

"하지만 육안으로는 보이지 않을 거야. 낮에는 보기가 더 불가능하고." 게일이 말했다.

알카셀처 소화제가 달그락거리는 소리를 내면서 앤더슨이 들어왔다. "소화제나 한 알 먹을까 봐. 여기 있으니 다들 열심히 일하는 것처럼 보이는군." 그가 말했다.

"퐁당, 푸시시." 노마가 낮은 목소리로 발포 소화제 녹는 소리를 흉내 냈다.

캐시가 라디오 볼륨을 낮추고 말했다. "무슨 일이 벌어지고 있는지 알고 싶어서 모인 거예요."

"우리가 다 아는 건 아니야." 앤더슨이 말했다.

"무슨 일인지 아세요?" 노마가 물었다.

"뭐라도 알고 계세요?" 게일도 물었다.

앤더슨은 힘이 넘치는 고등학교 농구 감독처럼 손뼉을 쳤다. "자아, 가서 일할 시간이야."

"그게 우리 머리 위를 날고 있는데 어떻게 일해요?"

앤더슨은 라디오를 끄고는 비둘기 물리치듯 쉬이 소리를 내며 우리를 물렸다. 우리가 방을 나올 때, 그는 이리나에게 잠시만 남아 달라고 했다. 그의 요구가 특별한 건 아니었다. 이리나는 타이핑 부서에서 그저 그런 평범한 타자수는 아니었기 때문이다. 이리나가 들어온 이후 우리는 그녀가 정보국에서 특별 임무, **과외** 활동을 하고 있다고 의심하고 있었다. 그러나 그 임무가 무엇인지는 알지 못했다. 앤더슨이 이리나와 이야기하려던 것이 그런 근무 후 활동에 관한 것인지, 아니면 스푸트니크호와 관련 있는 일인지 전혀 알 수 없었다. 하지만 그 의문은 우리의 뇌리를 떠나지 않았다.

주말을 거치면서 쏟아진 보도들은 과장된 것(러시아의 승리!)부터 어리석은 것(종말인가?), 실질적인 것(스푸트니크호는 언제 떨어지나?), 정치적인 것(아이젠하워 대통령은 어떻게 할 것인가?)까지 다양했다. 월요일 아침이 되자 본부마다 보안 검색 줄에 사람이 별로 없었는데, 정부 부처에서 파견된 남자들이 모든 게 끝났다는 두려움을 진정시키러 대거 백악관이나 의회에서 열리는 회의에 가고 없었기 때문이다. 남아 있는 남자들은 금요일부터 집에 들어가지 않은 행색이었다. 하얀 셔츠의 겨드랑이 부분이 누렇게 되어 있었고, 눈은 흐리멍덩하고, 수염 그루터기가 눈에 띄게 자라 있었다.

화요일에 게일이 우리가 전화 통화를 기록할 때 사용하는 모호크 미지테이프 하나를 들고 출근했다. 게일은 모자와 장갑을 벗고는 자기 타자기 앞에 녹음기를 놓았다. 그러더니 우리에게 자기 책상으로 다가오라고 손짓했다. 우리가 모이자 게일이 재생 스위치를 눌렀다. 우리는 몸을 기울였다. 꼼짝도 않고서.

"뭘 듣는 거야?" 캐시가 물었다.

"아무것도 들리지 않는데." 이리나가 말했다.

"쉬이." 게일이 제지했다.

우리는 더 가까이 몸을 기울였다.

그러자 소리가 들렸다. 겁에 질린 생쥐의 심장박동처럼 작게 삐 소리가 연속으로 들렸다. "잡았다." 그녀가 말하더니 녹음기를 껐다.

"잡다니 뭘?"

"다이얼을 20메가헤르츠로 맞추면 들릴 거라고 하더라고." 그녀가 말했다. "하지만 그렇게 해봤더니 정적밖에 안 들리는 거야. 그래서 더 센 게 필요하다고 생각했지. 내가 어떻게 했게?"

"내가 어떻게 알아. 무슨 말을 하고 있는지도 모르겠는걸." 주디가 말했다.

"부엌 창문으로 가서 방충망을 떼어냈어. 룸메이트는 내가 제정신이 아니라고 생각했을 거야."

"룸메이트 생각이 맞았는지도 모르지." 노마가 말했다.

"방충망에서 철사 한 가닥을 뽑아 라디오에 연결하고 다시 20메가헤르츠에 다이얼을 맞췄어. 그리고 바로 오른쪽에 마이크를 설치했지. 이게 그거야." 그녀가 목소리를 낮췄다. "접속한 거야."

"어디에요?"

"스푸트니크에."

우리 모두 서로를 쳐다보았다.

"이 대화는 몇 시간 동안 비밀로 하는 게 좋겠어." 린다가 우리를 돌아보며 말했다.

게일이 코웃음을 쳤다. "이건 사실 어린아이 놀이 같은 거야."

"그런데 그 소리가 무슨 뜻이야?" 주디가 소곤거렸다.

게일이 고개를 저었다. "몰라." 그녀는 뒤에 늘어선 사무실들을 가리켰다. "남자들이 알아내야 할 문제지."

"무슨 암호인가?" 노마가 말했다.

"카운트다운?"

"저 삐 소리가 그치면 어떻게 되지?" 주디가 물었다.

게일은 어깨를 으쓱했다.

"자리에 들어가서 일해야 한다는 뜻이지." 뒤쪽에서 앤더슨 목소리가 들렸다. 우리는 뿔뿔이 흩어졌지만, 게일만은 가만히 서 있었다. "그리고 게일," 앤더슨이 부르는 소리가 들렸다. "내 사무실로 와."

"지금요?"

"지금."

우리는 앤더슨을 따라 사무실로 들어가는 게일을 지켜보았다. 그리고 20분 후 흰 손수건을 코에 대고 사무실을 나오는 그녀를 지켜보았다. 노마가 일어섰지만, 게일은 괜찮다는 손짓으로 그녀를 물리쳤다.

10월이 지나갔다. 나뭇잎은 주황색으로 물드는가 싶더니 빨간색이 되었다가 갈색으로 퇴색되어 곧 떨어졌다. 우리는 옷장 뒤쪽에서 두꺼운 외투를 꺼냈다. 모기들은 자취를 감추고 술집마다 뜨거운 칵테일 핫 토디를 광고하기 시작했고, 도시의 어디를 가나, 심지어 시내에서도 나뭇잎 타는 냄새가 났다. 누군가 로비 장식용으로 망치와 낫 모양으로 파낸 호박등을 가져왔고, 남자들은 SR 분과에서 추수감사절에 하는 놀이를 하느라 책상마다 돌아다니며 보드카를 한 잔씩 얻어 마셨다.

11월은 굉음과 함께 왔다, 아니 폭발음과 함께 왔다고 해야겠다. 소비에트는 스푸트니크 2호를 우주로 쏘아 올렸다. 이번에는 라이카라는 이름의 개를 태우고서. 캐시는 휴게실에 개를 찾아달라는 포스터를 붙였다. 그림 아래 '**무트니크***: 지구를 도는 모습이 마지막**으로 목격됨**'이라는 설명까지 붙인 그 포스터는 곧 치워졌다.

정보국에 긴장이 고조되었고, 남자들이 근무 후에도 회의를 했기

---

* 스푸트니크 2호의 별칭. '개를 태운 인공위성'이란 뜻이다.

때문에 우리도 늦게까지 남아야 했다. 가끔 9시 넘게 야근해야 할 때면 남자들이 피자나 샌드위치를 가져다주었다. 그러나 휴식도 간식도 없을 때가 많았고, 우리는 만일에 대비해 꼬박꼬박 여분의 도시락을 싸 갔다.

곧 게이더 보고서가 발표되면서, 아이젠하워 대통령으로선 이미 알고 있던 내용을 알려주었다. 우주 경쟁, 핵전쟁, 그리고 그 밖에도 거의 모든 경쟁에서 우리가 생각했던 것보다 훨씬 많이 소련에 뒤처져 있다는 것이었다.

그러나 사실 정보국은 이미 또 다른 무기를 가지고 있었다.

그들에게는 그들의 위성이 있었지만, 우리에게는 그들의 책이 있었다. 그 시절 우리는 책이 무기가 될 수 있다고, 문학이 역사의 흐름을 바꿀 수 있다고 믿었다. 정보국은 사람들의 머리와 가슴을 바꾸는 데는 시간이 걸린다는 사실을 알고 있었지만, 그들은 그 기나긴 게임을 위해 존재하고 있었다. 그 뿌리가 전략사무국이었던 까닭에, 정보국은 그 목적을 앞당기기 위해 미술, 음악, 문학을 사용하는 연성軟性 선전전을 더욱 밀어붙였다. 목표는 소비에트 체제가 자유사상을 허락하지 않는다는 사실을 강조하는 것이었다. 붉은 국가가 어떻게 순수 예술가들까지도 방해하고 검열하고 박해하는지 널리 알리는 것이었다. 그리고 전술은 무슨 수단을 써서라도 문화적 산물을 소비에트 시민들의 손에 전달하는 것이었다.

우리는 기상 관측용 풍선에 소책자를 가득 채워 국경 너머로 날려 보낸 뒤, 철의 장막 뒤에서 터뜨려 내용물이 비처럼 쏟아지게 했다.

다음에는 소비에트가 금지한 책들을 우편으로 적의 전선 너머에 보냈다. 처음에 남자들은 눈에 띄지 않는 봉투에 책을 넣어 그저 행운을 빌며 부치고는, 적어도 몇몇 권은 발각되지 않은 채 국경을 넘기를 바라는 기막힌 생각을 해냈다. 그런데 회의 도중 린다가 가짜 책표지를 덧씌우면 성공 가능성이 더 높을 거라고 제안했다. 우리 중 몇 사람은 『샬롯의 거미줄』이나 『오만과 편견』 같은 덜 논쟁적인 책을 닥치는 대로 구해서 표지를 벗기고는 금지된 책에 그 표지를 붙인 뒤 우편으로 부쳤다. 당연한 일이지만, 그 공은 남자들에게 돌아갔다.

그리고 바로 그 무렵 정보국은 이 문자 전쟁에 더 깊이 뛰어들어야 한다고 결정하고, 고위직의 여러 남자가 그들만의 출판사를 차리고 우리 노력을 앞당길 문예지를 만들기에 이르렀다. 정보국은 비밀 예산으로 운영되는 일종의 북 클럽이 되었다. 시인과 작가들에게는 공짜 와인이 제공되는 낭독회보다 그것이 더 매력적이었다. 우리가 얼마나 출판에 깊이 빠져 있었는지 남들이 보면 우리가 인세의 일부를 나눠 가진다고 생각할 정도였다.

우리는 남자들의 회의에 같이 들어갔고, 그들이 다음번에 활용하고 싶은 소설에 관해 말하는 동안 그 내용을 메모하곤 했다. 남자들은 다음번 임무의 대상으로 오웰의 『동물농장』이 좋을지 조이스의 『젊은 예술가의 초상』이 좋을지를 두고 논쟁했다. 그들은 자신들의 논평이 《타임스》지에 실리기라도 할 것처럼 이야기했다. 그들은 아주 진지했지만, 우리는 그들의 대화가 대학 시절 문학 수업 같다고 농담하곤 했다. 한 사람이 어떤 주장을 하면, 다른 사람이 반박하고, 그러다가 어느 정도 의견이 수렴되곤 했다. 이런 토론은 몇 시간 동안 계속되었는데, 우리가 한두 번쯤 졸지 않았다고 한다면 거짓말일 것이다. 한번은 노마가 그 토론에 끼어들어 자기는 솔 벨로가 탐색하는 테마가 나보코프 문장의 순수한 아름다움보다 훨씬 중요하다고 굳게 믿는다고 말했다가, 그 회의가 그녀가 들어가서 기록한 마지막 도서 회의가 되고 말았다.

그렇게 해서 우리 작전에는 풍선, 가짜 책 표지, 출판사, 문예지, 그 밖에 우리가 소련으로 밀반입한 모든 책이 있었다.

그런 다음 『닥터 지바고』가 있었다.

암호명 '아이다이노소어AEDINOSAUR', 모든 것을 바꾸게 될 작전이었다.

『닥터 지바고』, 처음에 우리가 이름 철자를 제대로 쓰지 못해 적잖이 애를 먹은 그 책은 소비에트에서 가장 유명한 생존 작가인 보리스 파스테르나크가 쓴 소설로, 10월 혁명에 대한 비판과 이른바 **체제전복적**인 성격 때문에 동구권에서는 금지된 책이었다.

얼핏 보면 유리 지바고와 라라 안티포바의 희망 없는 사랑을 다룬 장대한 서사가 어떻게 무기로 사용될 수 있는지 뚜렷하지 않았지만, 정보국은 언제나 창의적이었다.

초기의 내부 메모에는 『닥터 지바고』가 "스탈린 사후 소비에트 작가가 쓴 가장 이단적인 문학작품"이라고 하면서, 그 책이 "감성적이고 지적인 시민의 삶에 미치는 소비에트 체제의 영향을 수동적이지만 날카롭게 설명"하고 있으므로 "엄청난 선전 가치"가 있다고 씌어 있었다. 다시 말해 완벽하다는 뜻이었다.

마티니에 젖어 있던 우리의 어느 크리스마스 파티에서 그 메모는 휴게실에 모이자는 말보다 더 빨리 SR 분과 여자들에게 퍼졌고, 적어도 대여섯 개의 추가적 메모가 나오면서 저마다 첫 번째 메모를 보강했다. 내용인즉 그것이 단지 책이 아니라 무기라는 거였다. 그리고 철의 장막 너머로 도로 밀반입시켜 소비에트 시민들을 폭발시키려는 정보국이 입수하고 싶어 하는 책이라는 거였다.

동

1955년–1956년

10

에이전트

세르조 단젤로는 세 살짜리 아들이 침대 옆에 다가와 스테파노라는 이름의 용에 관해 조잘거리는 소리에 잠을 깼다. 로마에서 본 인형극에 나왔던 초록과 노랑 종이 반죽으로 만든 커다란 용이 스테파노였다. "줄리에타!" 세르조는 아내가 자신을 측은히 여겨 아들을 데려가주면 한 시간쯤 더 잘 수 있다는 생각에서 아내를 불렀다. 줄리에타는 그의 소리를 들은 체 만 체 했다.

어젯밤 보드카를 너무 많이 마신 탓에 세르조는 입이 마르고 관자놀이가 지끈거렸다. "이탈리아인들을 위해!" 사업 동료인 블라들렌은 라디오 모스크바 파티에 모인 사람들을 향해 잔을 들며 그렇게 외쳤었다. 세르조는 자신을 가리키려면 복수형인 **이탈리아인들**이 아니라 단수형인 **이탈리아인**을 써야 한다고 고쳐주지 않은 채 그냥 웃고 마셨다. 세르조는 앞장서서 댄스 플로어로 나갔다. 이탈리아 영화에서 걸어 나온 것처럼 잘생기고 잘 빼입은 그는 춤 파트너를 선택할 수 있었다. 그리고 블라들렌이 그의 어깨를 두드리며 음악은 30분 전에 끝났다고 일러주고 카페 주인이 그들을 쫓아내려 할 때까지, 모든 파트너와 춤을 추었다. 음악도 없이 세르조와 함께 춤을 추고 있던 자그마한 몸집의 여인이 자기 아파트에 가서 흥을 이어가자고 그들을 초대했지만, 세르조는 거절했다. 집에서 기다리는 아내 때문이기도 했고, 일요일인 다음 날 할 일이 있었기 때문이다.

세르조는 라디오 모스크바의 이탈리아어 방송 보도를 번역하는 일을 하고 있었지만, 그가 소련에 온 데는 또 다른 이유가 있었다. 그는 문학 에이전트 지망생이었다. 목재 기업 후계자로 새 출판사를 설립한 그의 고용주 잔자코모 펠트리넬리는 차기 모던 클래식 작품을 찾아내고 싶어 했고, 그것이 러시아에서 나온 작품이어야 한다고 확신했다. "제2의 『롤리타』를 찾아주시오." 펠트리넬리는 그렇게 지시했다.

세르조는 아직 차기 대히트작을 발견하지 못했는데, 지난주 그의 책상에 놓여 있던 한 단신이 희망의 실마리를 주었다. **보리스 파스테르나크의 『닥터 지바고』 출판 임박. 한 세기의 4분의 3에 걸친 시간을 아우르며 제2차 세계대전으로 끝을 맺는 일기 형식의 소설.** 펠트리넬리에게 전보를 쳤더니 어서 해외 판권을 확보해보라는 지시가 내려왔다. 저자와 전화로 연락하는 데 실패한 세르조는 일요일에 블라들렌과 함께 페레델키노에 있는 파스테르나크의 다차를 찾아갈 계획을 세웠다.

그날 아침 세르조는 아직도 졸졸 따라다니는 아들을 떼어내지 못한 채, 세면대에서 찬물로 세수했고 블라들렌에게 계획을 다음 주말로 미루자고 해볼까 생각했다. 고향 부엌의 절반 크기밖에 안 되는 부엌에 들어가니 아내가 식탁에 앉아 로마에서 가져온 인스턴트 에스프레소를 마시고 있었다. 네 살 된 딸 프란체스카는 맞은편에 앉아서 플라스틱 컵을 입술에 가져갔다가 살포시 내려놓으면서 제 엄마를 흉내 내고 있었다. "안녕, 이쁜이들." 세르조는 인사하고 두 여자의 뺨에 키스했다.

"엄마가 아빠한테 화났어, 아빠. 아주 많이." 프란체스카가 말했다.

"말도 안 돼. 화낼 거리가 없는데 엄마가 왜 화가 났을까? 엄마는 아빠가 오늘 일하러 나간다는 걸 알고 계셔. 오늘 소련에서 가장 유명한 시인을 만나러 가거든."

"엄마가 왜 화가 났는지 말 안 했어. 그냥 화났다고만 했어."

줄리에타가 일어서서 컵을 싱크대에 내려놓았다. "당신이 누구를 만나든 상관 안 해. 또다시 밤새고 들어오지만 않으면."

세르조는 가장 좋은 정장을 꺼내 입었다. 모래색의 명품 브리오니 맞춤 양복으로 인심 좋은 대표에게서 받은 선물이었다. 문 앞에서 그는 말총 솔로 구두에 광을 냈다. 끝이 없는 것 같은 러시아의 겨울을 지내는 동안, 모든 러시아 사람들이 신고 다니는 검정 고무 부츠가 닳아버렸다. 이제 봄이 되었고, 고급 가죽 구두에 발을 넣으면서 세르조는 기쁨이 솟는 것 같았다. 구두 뒷굽으로 딱딱 소리를 내면서 그는 가족들에게 인사하고 문을 나섰다.

블라들렌은 7번 선로에서 세르조를 기다리고 있었다. 손에는 짧은 여행 중 먹을 간식으로 양파와 달걀로 만든 피로슈키를 가득 담은 종이봉지를 들고 있었다. 악수를 나눈 뒤 블라들렌이 종이봉지를 내밀었다. 세르조는 배를 쥐었다. "못 먹어."

"숙취야?" 블라들렌이 물었다. "우리 러시아인들을 따라잡으려면 연습 좀 해야 할 거야." 그가 봉지를 열고 흔들었다. "오랜 해장법이지. 하나 먹어보게. 곧 러시아 왕족을 만날 텐데 최상의 상태여야지."

세르조는 빵 하나를 꺼내들었다. "러시아인들이 왕족은 죄다 죽여버린 걸로 아는데."

"아직 다는 아니야." 블라들렌이 웃었고, 그의 입에서 완숙 달걀 한 조각이 떨어졌다.

기차가 역을 빠져나가고 여러 개의 선로가 하나로 합쳐질 무렵 세르조는 열린 창문의 꼭대기에 손을 대고, 손끝을 간질이는 따뜻한 공기를 느껴보았다. 겨우내 머리부터 발끝까지 뒤집어쓰고 지낸 후라 봄 날씨가 더할 나위 없이 호사스럽게 느껴졌다. 게다가 아직 모스크바 밖으로 나가본 적이 없었기 때문에, 시골을 볼 생각에 설레기도 했다. "저기 저 건물들은 뭐야?" 그가 동료에게 물었다.

블라들렌은 저자 서명을 받을 수 있을까 해서 가져온 파스테르나크의 첫 시집 『구름 속의 쌍둥이』를 넘겨 보고 있었다. "아파트야." 그가 고개를 들지도 않고 대답했다.

"보지도 않았잖아."

"그다음은 공장이고."

창밖을 지나는 풍경은 최근 지은 건물들에서 지금 공사 중인 건물로 바뀌더니 시골 풍경으로 바뀌었다. 드문드문 신록을 틔우는 나무들이 보였고 이따금 정교회 성당과 작은 시골집이 늘어선 마을이 나왔다. 저마다 딸린 밭과 울타리로 집들이 분할되어 있었다. 세르조는 얼룩 닭 한 마리를 옆구리에 끼고 선로 옆에 서 있는 어린 소년에게 손을 흔들었다. 소년은 응답하지 않았다. "이런 풍경이 얼마나 계속되는 거야?" 세르조가 물었다.

"레닌그라드까지."

두 남자는 페레델키노에 내렸다. 밤새 비가 내린 모양이었다. 세르조는 철로를 건너자마자 진흙탕을 밟았다. 좋은 구두를 신고 온 자신이 원망스러웠다. 그는 벤치에 앉아 레이스 손수건으로 퇴비를 떼어내려 애쓰다가, 길옆 세 남자의 시선이 자신을 향하고 있다는 사실을 깨닫고 그만두었다. 그 남자들은 늙은 노새 한 마리를 낡아빠진 볼가 자동차에 붙들어 매려 애쓰던 중이었다. 그들에게 세르조와 블라들렌은 기묘한 구경거리였다. 지나치게 커서 아랫단을 접어 올린 바지에 꼭 끼는 조끼를 입은 금발 남자는 평범한 도시 남자 같아 보였다. 그는 옆의 이탈리아인보다 머리 하나만큼 더 컸고 몸은 두 배로 넓었다. 그리고 호리호리한 몸에 꼭 맞는 정장을 입은 세르조는 어느 모로 보나 외국인이었다.

세르조는 쓸모없는 손수건을 팽개치고는 블라들렌에게 근처에 구두를 제대로 닦을 만한 카페가 있는지 물어보았다. 블라들렌은 길 건너 커다란 창고 같은 목조 건물을 가리켰고, 두 남자는 안으로 들어갔다.

"화장실이 어딘가요?" 세르조가 카운터 뒤쪽의 여자에게 물었다. 그녀는 아까 노새를 자동차에 매던 남자들과 똑같은 표정을 지었다.

"밖에요." 그녀가 말했다.

세르조는 한숨을 쉬고는 물 한 잔과 냅킨을 청했다. 여자가 자리를 뜨더니 신문지 한 장과 보드카 한 잔을 들고 왔다. "이게 도움이 될지 모르겠지만—"

"**스파시바.**(고마워요.)" 블라들렌이 말을 자르고 보드카를 들이켜더니, 한 잔을 더 달라는 몸짓으로 카운터를 쳤다.

"오늘 중요한 일이 있잖아." 세르조가 말했다.

"약속을 잡은 건 아니잖나. 시인은 분명 기다릴 수 있을 거야."

세르조는 친구를 의자에서 밀어내 밖으로 끌고 나왔다.

바깥에서는 어느덧 세 남자가 노새를 차에 매는 데 성공한 뒤였다. 남자들이 차를 밀고, 한 사내아이가 운전대를 잡고서 방향을 조정하고 있었다. 그들이 차 밀기를 중단하고 두 사람을 지켜보는 가운데 세르조와 블라들렌은 길을 건넜고, 큰 도로와 나란히 놓인 오솔길로 들어갔다.

러시아 총대주교의 여름 별장은 웅장한 담 뒤의, 역시나 웅장한 붉은색과 흰색의 건물이었다. 그 앞을 지나면서 세르조는 카메라를 가져오지 않은 걸 후회했다. 그들은 녹은 눈과 비로 불어난 작은 개울을 건너 작은 언덕을 터벅터벅 올랐다가 자작나무와 소나무가 늘어선 자갈길을 내려갔다.

"시인이 살기 딱 좋은 곳이로군!" 세르조가 감탄했다.

"스탈린이 작가들을 엄선해 이 다차들을 선물했지." 블라들렌이 대답했다. "그들이 **뮤즈와 대화**할 수 있게 말이야. 게다가 이편이 그들을 감시하기가 더 쉬우니까."

파스테르나크의 다차는 왼쪽에 있었는데, 세르조가 보기엔 스위스 농가와 헛간을 절충한 느낌이었다. "저기 있네." 블라들렌이 말했다. 농부처럼 옷을 입은 파스테르나크는 키가 컸고, 삽을 들고 허리를 숙인 채 텃밭을 일구느라, 성성한 백발이 얼굴을 가리고 있었다. 세르조와 블라들렌이 다가가자 파스테르나크가 고개를 들고 누가 왔는지 보려고 손차양을 만들었다.

"**본 조르노!**(안녕하세요!)" 세르조가 소리쳤다. 열띤 목소리는 그가 긴장했음을 말해주었다. 파스테르나크는 혼란스러운 표정을 짓더니 이내 활짝 미소 지었다.

"어서 와요!" 파스테르나크가 대답했다.

이 유명한 시인에게 다가가면서, 세르조와 블라들렌은 파스테르나크가 아주 매력적이고 젊다는 사실에 놀랐다. 잘생긴 남자는 늘 다른 미남을 평가하는 법인데, 세르조는 시샘을 느끼는 게 아니라 압도당한 채 경외심으로 이 작가를 쳐다보았다.

파스테르나크가 새싹을 틔운 사과나무에 삽을 기대놓고는 그들에게 다가왔다. "오신다는 걸 깜빡했지 뭡니까." 그가 웃었다. "부디 용서해주시오. 그런데 댁들이 누구신지 잊어버렸네요. 찾아오신 이유도요."

"세르조 단젤로라고 합니다." 그가 손을 뻗어 파스테크나크와 악수했다. "여기는 저와 같이 라디오 모스크바에서 일하는 안톤 블라들렌입니다."

블라들렌은 이 시인 영웅의 눈을 차마 마주 보지 못하고 자기 발 앞의 흙바닥만 내려다보면서 겨우 끙 소리를 쥐어짰다.

"정말 아름다운 이름입니다. 단젤로. 소리가 아주 유쾌하네요. 무슨 뜻인가요?"

"'천사의'라는 뜻입니다. 사실 이탈리아에서는 흔한 이름이에요."

"내 성은 뿌리채소 파스닙을 뜻하죠. 흙밭에서 땀 흘리는 걸 좋아하는 나에겐 잘 어울린다고 생각해요." 파스테르나크는 두 사람을 텃밭 가장자리에 있는 L자형 벤치로 안내했다. 자리에 앉은 후 파스테르나크는 땀 얼룩이 진 손수건으로 이마를 닦았다. "라디오 모스크바라고 했죠? 그럼 인터뷰하러 오셨군요? 지금 당장은 공개 토론에 기여할 게 별로 없을 것 같은데요."

"라디오 모스크바를 대신해 온 게 아닙니다. 선생님 소설에 관해 의논하려고 왔습니다."

"그거 역시 나로선 할 얘기가 별로 없어요."

"저는 이탈리아 출판업자 잔자코모 펠트리넬리를 대리해 온 겁니다. 저희 대표님에 관해 들으신 적 있는지요?"

"없는 것 같네요."

"펠트리넬리 가문은 이탈리아에서 손꼽히는 부자입니다. 잔자코모 대표가 출판사를 차리고 최근에 인도 초대 총리 자와할랄 네루의 자서전을 냈습니다. 혹시 들어보셨는지요?"

"물론 네루 얘기는 들었소만, 그의 책에 관해선 못 들었습니다."

"제가 펠트리넬리 대표에게 철의 장막 뒤에서 나온 최고의 신작을 가져가야 하거든요."

"우리나라에 오신 지 얼마 안 됐나요?"

"온 지 1년 좀 안 됩니다."

"그들은 그 용어를 좋아하지 않아요." 파스테르나크는 감시자가 있다는 눈치를 주듯 숲 쪽을 쳐다보았다. "철의 장막 말입니다."

"죄송합니다." 세르조가 말했다. 그는 벤치에서 자세를 고쳐 잡았다. "어머니 조국에서 나온 최고의 신작을 찾고 있습니다. 저희 펠트리넬리 출판사는 『닥터 지바고』를 이탈리아 독자들에게, 잘하면 더 많은 나라의 독자들에게 소개하는 데 관심이 있습니다."

보리스는 팔에 붙은 모기 한 마리를 죽이지 않게 조심하며 쓸어냈다. "이탈리아에 한 번 가본 적이 있지요. 스물두 살 때 독일 마르부르크 대학교에서 음악을 공부했어요. 그해 여름 피렌체와 베네치아를 둘러봤지만, 로마까지 가지는 못했어요. 돈이 떨어졌거든요. 밀라노를 방문해 스칼라 극장에 가고 싶었는데. 그게 나의 꿈이었어요. 여전히 그걸 꿈꿉니다. 하지만 그때 나는 극빈자만큼이나 가난해서."

"저는 스칼라에 여러 번 갔습니다. 언젠가는 선생님도 꼭 가시게 될 겁니다. 저희 대표님이 극장에서 최고 좋은 좌석을 잡아드릴 수 있어요." 세르조가 말했다.

보리스가 눈길을 밑으로 떨구고 웃었다. "여행은 정말 하고 싶지만 그런 날들은 이미 지나갔어요. 설사 가고 싶다고 해도 그들이 우리를 여행하게 내버려두지 않아요." 그는 잠시 뜸을 들이다 다시 말을 꺼냈다. "그때, 내가 젊었을 때는 작곡가가 되고 싶었습니다. 어느 정도 재능은 있었지만 내가 흡족할 만큼은 아니었어요. 그런 일들이 원래 그러지 않습니까? 거의 항상 열정이 재능을 앞서는 법이지요."

"전 문학에 대해 강한 열정이 있습니다." 세르조가 다시 『닥터 지바고』로 화제를 돌리며 말했다. "그리고 선생님 소설이 걸작이라는 얘기를 들었고요."

"누가 그런 소리를 하던가요?"

세르조가 다리를 꼬자 벤치가 흔들거렸다. "모두가 그렇게 말합니다. 그렇지 않나, 블라들렌?"

"다들 그렇게 말합니다." 블라들렌이 처음으로 파스테르나크에게 말을 꺼냈다.

"아직까지 출판사들로부터 한마디도 들은 게 없어요. 지금껏 내 작품에 관한 말들은 하루가 멀다 하고 귀에 들어오곤 했었는데." 파스테르나크가 벤치에서 일어서더니, 텃밭 가운데를 곧장 걸어갔다. 왼쪽은 이제 막 땅을 갈아엎었고, 오른쪽은 이제 막 씨를 뿌린 후였다. "그들의 침묵이 뜻하는 건 분명합니다." 그는 아직도 벤치에 앉아 있는 두 남자에게 등을 보이고 있었다. "내 소설은 출간되지 않을 겁니다. 그들의 **문화적 지침**에 들어맞지 않아요."

세르조와 블라들렌이 일어서서 따라갔다. "하지만 출판이 이미 발표되었습니다. 세르조가 라디오 모스크바 단신을 직접 번역했어요." 블라들렌이 말했다.

파스테르나크가 돌아섰다. "댁들이 무슨 소리를 들었는지 모르지만, 소설 출간은 불가능하다고 봅니다."

"공식적으로 거절당하셨나요?" 블라들렌이 물었다.

"아니, 아직은 아니오. 하지만 난 이미 마음속에서 가능성을 접었습니다. 아시다시피 그게 최선이지요. 그러지 않으면 미쳐버릴 겁니다." 그가 다시 웃자 세르조는 이 작가가 벌써 미쳐버린 건 아닌가 하는 생각이 들었다.

세르조는 『닥터 지바고』가 소련에서 금지될 수 있다는 건 예상하지 못했다. "말도 안 됩니다. 그렇게 중요한 작품을 억압할 리가 없습니다. 우리가 들은 **해빙**에 관한 소문이 다 뭐겠습니까?"

"흐루쇼프와 그 일당은 얼마든지 해빙을 연설하고 약속할 수 있지요. 하지만 내가 관심을 가진 해빙은 봄 작물 심기와 관련된 것뿐이에요." 파스테르나크가 말했다.

"만약에 선생님이 저한테 원고를 주시면 어떻게 될까요?" 세르조가 물었다.

"뭐하러? 여기서 출간이 허락되지 않으면 어디서도 출간될 수 없는데."

"저희 출판사에서 먼저 이탈리아어로 번역 작업을 시작할 수 있을 테고, 그렇게 되면 소련에서 책이 나올 때—"

"그럴 일 없어요."

"전 될 거라고 믿습니다." 세르조는 완강했다. "그렇게 되면, 저희 출판사는 인쇄할 준비가 되어 있겠죠. 저희 대표님은 이탈리아 공산당에서 입지가 탄탄한 분이시고, 대표님이 앞장서서 그 책의 국제적 출간을 미룰 이유가 결코 없을 겁니다." 세르조가 말했다. 그는 불가능이란 없다고 믿는 완벽한 낙관주의자였다. "『닥터 지바고』는 밀라노에서 피렌체, 나폴리까지 모든 서점 쇼윈도에 진열될 거고, 그렇게 계속 뻗어갈 겁니다. 전 세계가 선생님 소설을 읽어야 합니다. 전 세계가 선생님 소설을 읽게 **될** 겁니다!" 세르조가 『닥터 지바고』를 읽은 적도 없고 그 문학적 가치를 말할 수 없다는 사실은 중요하지 않았다. 그는 약속을 지킬 수 있을지 확신은 없었지만, 그런 감언이 작가에게 긍정적인 영향을 미친 것 같아서 계속 큰소리를 쳤다.

"잠시만요." 파스테르나크가 말하고는 다차로 걸어가 고무장화를 벗고 안으로 들어갔다. 두 남자는 텃밭에 그대로 서 있었다.

"어떻게 생각해?" 블라들렌이 물었다.

"모르겠어. 하지만 분명 소설은 출간될 거야."

"자네는 러시아인이 아니야. 여기 돌아가는 상황을 몰라. 난 선생님이 무얼 썼는지는 모르지만, 그게 문화적 기준에 위배된다면, 아무리 **해빙**됐다고 해도 출간은 허락되지 않을 거야. 정부가 여기서 그 책을 금지한다면, 선생님이 그 책을 출간하는 건 불법이야, 그게 어디든 말이야. 지금 안 된다면 영원히 안 되는 거라고."

"아직 그 소설이 거절당한 건 아니잖아."

"벌써 몇 달이 지났지. 그리고 선생님은 아무 대답도 못 들었고. 굳이 말로 하지 않아도 메시지는 분명히 전달된 거야."

"자네 말이 맞아. 하지만 역사는 가만히 멈춰 있지 않아."

아래층 앞쪽 창문 안에서 뭔가 움직였다. 한 중년 여자가 커튼 사이로 두 사람을 엿보더니 사라졌다. "아내분인가?" 세르조가 물었다.

"그럴 거야. 하지만 선생님한테 훨씬 젊은 연인이 있고 그 사실을 감추지 않는다고 들었어. 여기서 걸어서 갈 만큼 가까운 곳에 산다니 공개적인 정부라고 해야 할까. 늘 팔짱을 끼고 다닌다더군. 모스크바 어디에서나. 그리고 아내분이 그 관계를 끝내버리지도 않고 말이야."

다차의 문이 열리고 파스테르나크가 커다란 갈색 종이 꾸러미를 들고 나왔다. 그는 맨발로 마당을 걸어오더니 손님들 앞에서 뜸을 들이다 말했다. "이게 『닥터 지바고』입니다." 그가 꾸러미를 내밀자 세르조가 받으려 나섰지만, 파스테르나크는 곧바로 내주지 않았다. 한동안 두 사람이 같이 꾸러미를 들고 있다가 결국 파스테르나크가 손을 놓았다. "부디 이것이 세계로 나아가기를."

세르조는 꾸러미를 손에서 돌려가며 그 무게를 느껴보았다. "선생님 소설은 펠트리넬리 대표님과 잘 어울립니다. 두고 보세요. 그럼 일주일 내로 이 원고를 직접 대표님께 전달하도록 하겠습니다."

파스테르나크는 고개를 끄덕였지만, 완전히 믿지는 않는 모습이었다. 세 남자는 작별을 고했다. 세르조와 블라들렌이 기차역으로 출발할 때 뒤에서 파스테르나크가 불렀다. "이 일로 댁들은 내 처형식에 초대받은 거요!"

"시인들이란!" 세르조가 웃었다.

블라들렌은 아무 말도 하지 않았다.

• • •

이튿날 『닥터 지바고』는 서베를린을 향해 가고 있었다. 세르조가 서베를린에서 펠트리넬리에게 원고를 건네면, 펠트리넬리가 그것을 밀라노에 가져가기로 되어 있었다.

기차, 비행기, 다시 기차, 그리고 도보 3킬로미터와 한 번의 뇌물 전달까지 거친 후에야 세르조는 요아힘스탈러가에 있는 호텔에 무사히 도착했다. 쿠어퓌르스텐담 대로는 밝고 화려했고 자본주의로 힘차게 고동치고 있었다. 모스크바와는 모든 것이 반대였다. 말쑥한 차림의 남녀들은 팔짱을 끼고서, 저녁을 먹거나 춤을 추러, 또는 베를린 전역에 다시 문을 연 수많은 카바레 중 한 곳으로 향했다. 폴크스바겐 비틀과 십대들이 구부정한 자세로 탄 모터사이클은 넓은 대로를 미끄러져 달리고 있었다. 네온사인이 하나둘 불을 밝혔다. 노란색의 네스카페, 붉은색의 보슈, 흰색의 호텔 암주, 파란색의 살라만더 슈스. 거리 곳곳의 카페며 식당 앞 보도에는 탁자들이 놓여 있었다. 몸의 곡선이 아름다운 조제핀 베이커를 닮은 놀라운 검은 피부의 여인이 행인들에게 들어오라고 유혹하고, 안쪽의 칵테일 라운지에서는 피아노 선율이 흘러나왔다.

객실에 들어선 세르조는 여행 가방을 열고 옥스퍼드 맞춤 셔츠와 페이즐리 무늬의 실크 파자마를 꺼냈다. 그 밑의 원고는 여전히 갈색 종이로 포장된 채였다. 동베를린에서 서베를린으로 넘어올 때 두 번이나 가방 검색을 피할 수 있었던 건 양쪽에 선 군인들과 친근하게 대화를 나누고, 일부 사람들이 신뢰하는 그런 표정을 짓고, 두둑한 주머니로 다시 미심쩍은 믿음을 산 덕분이었다. 그는 원고에 키스하고는 옷장 맨 아래 서랍에 넣고 파자마로 덮어두었다.

세르조는 한참을 샤워했다. 뜨거운 물은 4분밖에 안 나왔지만, 모스크바에 있을 때보다는 3분이나 더 길게 유지되었다. 그런 다음에는 욕실 거울 앞에서 면도하며 몸을 말렸다. 면도기를 가져와 다행이었다.

비록 이탈리아 포도로 만든 와인을 곁들여 오레키에테 알라 크루다이올라*를 먹고 싶은 생각이 간절했지만, 호텔 바에서 필스너 맥주와 슈니첼로 만족했다. 내일 펠트리넬리 대표가 도착하면, 파스테르나크의 소설 원고를 확보한 걸 축하하기 위해 어디로 갈지 정확히 알고 있었던 것이다. 펠트리넬리는 비행기에서 내리면 최고급 레스토랑에서도 가장 좋은 자리를 잡고 최고급 키안티 와인으로 축배를 기울일 터였다.

돼지 간 소시지와 삶은 달걀, 허브를 넣은 치즈, 마멀레이드를 곁들인 롤빵으로 아침 식사를 끝낸 세르조는 프런트 데스크의 남자에게 펠트리넬리가 묵을 귀빈실을 준비해놓도록 두 번이나 확인했다.

"코냑 준비 됐죠?"

"네."

"담배는요?"

"펠트리넬리 씨를 위한 알파 담배 한 상자를 구비해놓았습니다."

"포장은…… 그분이 좋아하시게 한쪽 끝을 뜯어냈죠?"

"그럴 겁니다."

"객실 담당자한테 확인해주시겠어요?"

"네. 또 필요한 게 있으신가요?"

"택시는요?"

---

* 토마토와 바질, 치즈가 들어가는 오일 파스타 샐러드의 하나.

"물론입니다."

세르조는 펠트리넬리가 탄 비행기가 템펠호프 공항에 착륙해서 멈추는 모습을 지켜보았다. 이동식 계단이 비행기 문 앞에 연결되었다. 그는 옆구리에 신문을 끼고 나와 계단 꼭대기에 멈추더니 주변을 돌아보았다. 황갈색 재킷 앞섶이 열려 있었고 거센 광풍에 넥타이가 어깨 뒤로 날렸다. 그는 밑에서 기다리고 있는 에이전트를 발견하고 계단을 내려왔다.

출판업자는 세르조의 양 볼에 키스하고 악수를 하면서 따뜻하게 인사했다. 세르조가 잔자코모 펠트리넬리를 만난 건 몇 번밖에 안 되지만, 늘 그의 자석 같은 마력에 감탄했다. 호리호리한 몸에 검은 머리를 뒤로 넘겨 높은 M자 머리선을 드러낸 펠트리넬리는 남녀를 불문하고 저도 모르게 끌리는 그런 남자였다. 그의 상징인 두꺼운 검정 테 안경도 그 눈의 생기를 감추지는 못했다. 그가 그렇게 사람들의 이목을 끄는 건 그의 엄청난 부 때문인지도 몰랐다. 아니, 그 부에 따라오는 자신감 때문일 수도 있었다. 아니면 그가 수집한 빠른 자동차와 맞춤 정장 때문이거나, 그에게 모이는 아름다운 여인들 때문일 수도 있었다. 그게 무엇이든 간에 펠트리넬리에게는 그것이 엄청나게 많았다.

세르조는 펠트리넬리의 송아지 가죽 가방을 받아들었고, 펠트리넬리는 마치 학교 친구라도 되듯 그의 팔을 잡았다. 세르조가 점심 식사 하러 식당에 가자고 했지만 펠트리넬리는 고개를 저었다. "당장 그것을 보고 싶군요."

세르조가 원고를 가지러 간 사이 펠트리넬리는 호텔의 짙은 주황색 카펫 위를 서성였다. 세르조가 『닥터 지바고』를 건네자, 펠트리넬리는 마치 무게로 중요성을 가늠할 수 있다는 듯 두 손으로 들어보았다. 그는 소설을 휘리릭 넘겨보고는 가슴에 꼭 품었다. "이렇게 러시아어를 읽을 수 있었으면 하고 바란 적이 없어요."

"히트작이 분명합니다."

"그럴 거라고 믿어요. 밀라노에 돌아가는 즉시 원고를 살펴보도록 최고의 번역가를 대기시켜 놓았습니다. 그 사람이 솔직한 견해를 주기로 약속했고요."

"말씀드리지 못한 게 있습니다."

펠트리넬리는 세르조가 말을 계속하게 기다렸다.

"파스테르나크 선생님은 소비에트가 이 소설의 출간을 허락하지 않을 거라고 믿고 있습니다. 전보로는 말씀드릴 수가 없었는데, 작가 선생님은 이 소설이, 뭐라고 했더라?, 그들의 **지침**에 들어맞지 않는다고 생각해요."

펠트리넬리는 그 말을 대단치 않게 여겼다. "나도 똑같은 말을 들었습니다만, 지금은 생각하지 말기로 하죠. 게다가 혹시라도 나한테 원고가 있다는 사실을 소비에트가 알게 되면 마음을 바꿀지도 모를 일이니까요."

"또 다른 것도 있습니다. 작가 선생님은 이 소설을 내주는 건 스스로 사형선고를 내리는 거나 다름없다고 하시더군요. 물론 농담이겠죠?"

펠트리넬리는 대답하지 않고 그 원고를 옆구리에 꼈다. "나는 이틀 예정으로 왔어요. 우리 축하해야죠."

"물론입니다! 맨 먼저 무얼 하고 싶으신지요?"

"훌륭한 독일 맥주를 마시고 싶군요. 그리고 춤도 추고 싶고, 아가씨도 몇 명 만나고 싶고. 그리고 쿠어퓌르스텐담의 한 가게에서 쌍안경을 샀으면 합니다. 거기가 세계 최고라고 들었어요." 그는 안경을 벗고 자기 코를 가리켰다. "거기서는 콧날부터 눈 바깥쪽 끝까지 치수를 재서 쌍안경을 정확하게 맞춰준대요. 요트 탈 때 아주 완벽할 겁니다. 꼭 사야겠어요."

"물론입니다, 대표님. 그럼 제 일은 끝난 것 같네요." 세르조가 말했다.

"그렇습니다, 이제 내 일이 시작되는군요."

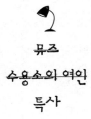

11

뮤즈
수용소의 여인
특사

『닥터 지바고』를 출판하도록 여러 출판사를 설득하는 노력이 수포로 끝나고, 다시 모스크바에서 아무 성과 없는 나흘을 보낸 뒤 돌아가는 길이었다. 내가 탄 기차가 역에 들어섰다. 벤치에 혼자 앉아 있는 보랴가 보였다. 때는 5월 하순, 줄지어 선 나무들 밑으로 햇살이 더 깊이 파고들기 시작한 후였다. 황금 햇살 속에 그의 흰머리가 금발처럼 보였고, 더러운 차창 너머로도 반짝이는 듯한 그의 눈이 보였다. 가슴이 아려왔다. 멀리서 보면 그는 나보다도 젊은 청년 같았다. 우리는 거의 10년을 함께했지만, 그 섬세한 아픔은 그대로 남아 있었다. 기차 문이 열리자 그가 일어섰다.

"이번 주에 정말 이상한 일이 있었어." 그가 내 가방을 받아들고 어깨에 둘러메며 말했다. "예상치 않았던 손님 두 명이 왔다 갔지."

"누군데요?"

보라는 선로와 나란히 난 오솔길을 가리켰다. 우리가 중요한 할 말이 있을 때면 걷곤 하는 길이었다. 그가 내 손을 잡고 선로를 건너게 도와주었다. 반대 방향으로 기차 한 대가 지나가며 일으킨 돌풍에 내 치마 밑자락이 흔들렸다. 평소보다 빠른 그의 걸음을 보니 흥분과 불안이 교차하는 모양이었다. "누가 왔었는데요?" 내가 다시 물었다.

"이탈리아인 한 명과 러시아인 한 명." 그가 걸음에 박자 맞춰 대답했다. "이탈리아인이 젊고 매력적이더군. 머리가 검고 키가 크고 무척 잘생겼어. 당신이 봤더라면 정말 좋아했을 거야, 올랴. 이름도 얼마나 근사하던지! **세르조 단젤로.** 이탈리아에서는 아주 흔한 성이라던데, 난 처음 들어보는 성이었지. 정말 아름답지 않아? **단젤로.** '천사의'라는 뜻이래."

"무슨 일로 왔대요?"

"당신이 그 남자를 봤다면 정말 좋아했을 텐데, 그 이탈리아인 말이야. 또 한 명, 러시아인은 이름이 기억나지 않는데, 별로 말이 없었어."

나는 그의 팔을 잡아 걸음을 늦추고는 용건을 말하라고 했다.

"정말 놀라운 대화를 나눴지. 내가 젊을 때 마르부르크에서 공부하던 얘기를 들려주었어. 피렌체와 베네치아를 여행했을 때 얼마나 좋았나 하는 것도. 로마에도 몹시 가고 싶었다고 말해주었는데—"

"그 이탈리아 사람이 무슨 일로 왔냐고요."

"『닥터 지바고』를 원하더군."

"그걸로 무얼 하겠대요?"

보랴는 자백하듯 이야기를 들려주었다. 단젤로와 러시아 남자와 펠트리넬리라는 출판업자에 관해서.

"그래서 당신은 뭐라고 했어요?"

한 젊은 여자가 부서질 듯한 수레에 휘발유 통을 가득 싣고 지나가는 동안 우리는 말을 멈추었다. 여인이 지나가자 그가 다시 말을 이었다. "여기서는 그 소설이 절대 출판되지 않을 거라고 했지. 문화적 지침에 맞지 않는다고 말이야. 하지만 그 친구가 그래도 책을 출판할 수 있을 거라고 끈질기게 요구하지 뭐야."

"읽어보지도 않았으면서 어떻게 그렇게 생각했을까요?"

"그래서 내가 그 친구한테 그걸 줬어. 읽어보라고. 솔직하게 평가해달라고."

"원고를 줬단 말이에요?"

"응." 보랴의 태도가 바뀌었고, 그는 다시 제 나이로 보였다. 그는 자신이 돌이킬 수 없을 뿐 아니라 위험하기까지 한 일을 저질렀다는 걸 알고 있었다.

"무슨 짓을 한 거예요?" 나는 목소리를 낮추려 애썼지만, 내 소리는 주전자에서 빠져나오는 수증기 같았다. "그 사람이 누군지는 알아요? 그 외국인을? 그들이 그걸 가로채서 무슨 짓을 할지 생각이나 해봤어요? 어쩌면 벌써 그걸 어떻게 했는지도 모르겠군요. 그런 생각은 안 들었어요? 그 단젤로라는 사람이 실제로 이탈리아인이 아니라면요?"

그는 엉덩이를 두드려 맞은 어린아이 같은 표정이었다. "당신이 너무 예민하게 생각하는 거야." 그는 손으로 머리카락을 쓸었다.

"괜찮을 거야. 펠트리넬리는 공산주의자라고." 그가 덧붙였다.

"괜찮을 거라고요?" 내 눈이 축축해졌다. 보랴가 한 짓은 반역이 나 다름없었다. 만약 서구에서 소련의 허락 없이 그 소설을 출간한 다면, 그들은 그를, 그리고 나를 데려갈 것이다. 그리고 이번에는 강제노동 수용소에서 몇 년 지내는 것으로 끝나지 않을 터였다. 나는 주저앉고 싶었지만, 진흙탕 말고는 앉을 곳이 없었다. 어떻게 사람이 이렇게 자기 생각만 할 수 있을까? 그가 내 생각을 한 번이라도 했을까? 나는 발길을 돌려 돌아가기 시작했다.

"가지 마." 보랴가 나를 쫓아오며 말했다. 그의 밝은 눈에 그림자가 졌다. 자신이 무슨 짓을 했는지 정확히 안 것이다. "올가, 나는 사람들이 읽으라고 책을 쓴 거야. 어쩌면 이게 유일한 기회일 수 있어. 그 결과가 어떻든 받아들일 각오가 되어 있어. 그들이 나를 어떻게 할지는 두렵지 않아."

"그럼 나는요? 당신은 당신이 어떻게 되든 상관없을지 몰라도, 나는요? 난 이미 한번 끌려갔었어요……. 난 못해요……. 다시 끌려갈 순 없어요."

"그럴 일은 없을 거야. 내가 절대 가만두지 않을 거야." 그는 내 어깨를 감쌌고 나는 그의 가슴에 기대었다. 마치 우리 심장박동 사이에 새로운 거리가 느껴지는 것 같았다. "아직 어떤 서류에도 서명하지 않았어."

"당신은 그들에게 출판을 허락한 거예요. 그건 당신이 알고 내가 알아요. 그리고 **만에 하나** 그 사람들 말대로 그들이 그런 사람이라도 그렇죠. 결과가 좋을 리 없어요. 난 두 번 다시 그곳에 갈 생각 없어요." 나는 눈물을 훔치며 말했다. "절대 못 가요."

"그런 일이 생기게 하느니 차라리 원고를 태워버리고 말지. 차라리 죽어버리겠어." 그의 말은 난로에 데인 손에 찬물을 틀어놓은 것과 같았다. 물이 흐르는 동안은 통증이 완화될지언정, 수도꼭지를 잠그자마자 화끈거림은 다시 계속된다. 그리고 그 순간 나는 처음으로, 그에 대한 믿음을 잃었다.

"이 책은 빠져나갈 길 없는 소용돌이로 우리를 데려갈 거예요."

"글쎄. 언제든 그 친구한테 내가 실수했다고 말하면 되잖아." 그가 말했다. "언제든 원고를 돌려달라고 하면 돼."

"아뇨. **내가** 직접 돌려달라고 할 거예요."

보랴를 다그쳐 주소를 알아낸 뒤 나는 모스크바로 갔고, 사전에 알리지도 않은 채 단젤로의 집 문을 두드렸다. 짙은 갈색 머리에 매력적인 파란 눈의 우아한 여자가 나왔다. 여자는 서툰 러시아어로 단젤로의 아내 줄리에타라고 자신을 소개했다.

단젤로가 문으로 나오더니 악수를 청하는 내 손에 키스했다. "만나 뵙게 돼서 정말 영광입니다, 올가." 그가 근사한 미소를 지으며 말했다. "당신의 미모에 관한 말은 많이 들었습니다만, 소문보다 더 아름다우시군요."

나는 고맙다는 말은 생략하고 곧바로 용건으로 들어갔다. "저기요, 그이는 자기가 무얼 하고 있는지 제대로 이해하지 못했더군요. 원고를 돌려주셔야겠어요."

"우선 앉으시죠." 그가 내 손을 잡고 거실로 이끌며 말했다. "뭐

좀 드시겠어요?"

"아뇨. 고맙지만 사양하겠어요." 나는 거절했다.

그가 아내를 돌아보았다. "여보, 에스프레소 한 잔 가져다줄래? 그리고 손님한테도 한 잔 부탁해."

줄리에타는 남편의 뺨에 키스하고 부엌으로 들어갔다.

단젤로가 허벅지에 두 손을 비볐다. "너무 늦은 것 같군요."

"너무 늦었다니, 뭐가요?"

"책 말입니다." 그는 여전히 미소 짓고 있었다. 서구 사람들은 그랬다, 즐거워서가 아니라 예의상 웃는 웃음. "원고를 펠트리넬리 대표님께 전달했거든요. 많이 좋아하시더라고요. 대표님은 이미 출간을 결정하셨어요."

나는 믿기지 않아 그를 쳐다보았다. "보랴가 원고를 건넨 지 며칠이나 지났다고."

그는 약간 거슬리게 크게 웃었다. "오자마자 동베를린으로 가는 첫 비행기를 탔거든요. 사실 기차 두 번, 비행기 한 번, 그다음엔 정말 많이 걸었죠. 서베를린에 도착할 때쯤 새 구두를 장만해야 할 정도로요. 펠트리넬리 대표님이 저를 만나러 직접 날아오셨고요. 우리는 거기서 꽤 많은 시간을 보냈는데—"

"원고를 돌려주셔야 해요."

"그건 불가능할 것 같습니다. 벌써 번역 작업이 시작되었어요. 펠트리넬리 대표님이 그렇게 말씀하셨어요, 이 소설을 출간하지 않는 건 범죄라고."

"**범죄**요? 그쪽이 범죄에 대해 무얼 알아요? 처벌에 대해 무얼 알죠? 보리스에게 범죄는 그 책을 소련 밖에서 출간하는 거예요. 댁은 자신이 무슨 짓을 했는지 아셔야겠네요."

"파스테르나크 선생님이 제게 허락하셨습니다. 저는 어떤 위험도 알지 못했고요." 그가 일어서더니 입구에서 서류 가방을 가져왔다. 그 안에는 검정 가죽 수첩이 들어 있었다. "보세요, 제가 페레델키노로 선생님을 찾아뵌 날 쓴 겁니다. 선생님 말씀이 너무나 감명 깊었거든요."

나는 펼쳐진 페이지를 보았다. 거기 단젤로가 쓴 글이 있었다. '**이게『닥터 지바고』입니다. 부디 이것이 세계로 나아가기를.**'

"보셨죠? 허락하신 겁니다. 게다가," 그가 말을 멈추었고, 나는 그 이탈리아인이 모종의 책임을 느낀다는 걸 눈치챘다. "설사 제가 원고를 되찾아 오고 싶다고 해도, 지금은 이미 제 손을 떠났습니다."

그것은 내 손 역시 떠나 있었다. 보랴는 **사실상** 소설 출간을 허락했고, 허락했다는 것에 관해 내게 거짓말했다. 『닥터 지바고』는 이 나라를 떠나 제 길을 갔고, 일은 진척되고 있었다. 내가 할 수 있는 거라고는 펠트리넬리가 외국에서 그 책을 출간하기 전에 소련에서 출간한다는 계획을 밀고 나가는 것뿐이었다. 그것만이 그를 구할, 나를 구할 유일한 길이었다.

보랴는 한 달 후 펠트리넬리 출판사와의 계약서에 서명했다. 그가 서명할 때 나는 그 자리에 없었다. 그의 아내도 옆에 없었는데, 이때 처음으로 그녀와 나는 완전히 의견이 일치했다. 그 소설 출간은 우리에게 고통만 안겨줄 뿐이라고 말이다.

보라는 외국으로부터의 압력이 더해지면 소비에트의 어느 출판사든 책을 출간하게 되어 있다고 말했다. 나는 그의 말을 믿지 않았다. "당신은 계약서에 서명한 게 아니에요. 당신은 사형 집행 영장에 서명한 거예요."

· · ·

나는 최선을 다했다. 원고를 돌려받기 위해 단젤로에게 펠트리넬리를 재촉하라고 애원했다. 그리고 펠트리넬리가 책을 내기 전에 『닥터 지바고』를 출간할 수 있는지 알아보기 위해 전에 만났던 모든 편집자를 찾아갔다.

이탈리아인들이 그 원고를 가지고 있다는 소문이 벌써 퍼져나갔고, 중앙위원회 문화부에서는 펠트리넬리에게 원고를 돌려달라고 요구했다. 나는 정부에 동의해야 하는 새로운 처지가 되었다. 만약 『닥터 지바고』가 출간된다면, 조국에서 먼저 출간되어야 했다. 그러나 펠트리넬리는 그 요구를 무시했고, 나는 일이 어떻게 될지 두려웠다. 그래서 그들의 기분을 누그러뜨릴 수 있는지 알아볼 생각으로 문화부 부장 드미트리 알렉세예비치 폴리카르포프를 만났다.

폴리카르포프는 매력 있는 남자였는데, 이전에 모스크바의 행사에서 그를 여러 번 보기는 했지만, 대화를 나눈 적은 없었다. 그는 반짝이는 검은색 로퍼 옆으로 바짓단이 내려오도록 서구식으로 재단된 정장을 입고 있었다.

그는 모스크바 문학계의 실력자로 알려져 있었으므로, 비서의 안내를 받고 그의 사무실로 들어가는 동안 나는 숨이 가빠졌다. 그러나 나는 자리에 앉기 전에 심호흡을 한 뒤, 기차에서 연습했던 대로 애원하기 시작했다. "이제 유일한 방법은 이탈리아인들보다 먼저 그 소설을 출간하는 거예요. 반소비에트라고 생각되는 부분은 편집한 다음 내면 됩니다." 물론, 보랴는 나의 협상에 관해선 전혀 모르고 있었다. 그가 자기 소설을 난도질하게 두느니 차라리 출간하지 않으리라는 걸 나는 누구보다 잘 알고 있었다.

폴리카르포프는 재킷 주머니에서 작은 금속 통을 꺼냈다. "그건 불가능합니다." 그는 알약 두 개를 꺼내 물도 없이 삼켰다. "무슨 일이 있어도 『닥터 지바고』를 되찾아야 합니다. 그 소설을 그대로 출간할 수는 없어요. 이탈리아에서든 어디서든. 만약 우리가 이런 판본을 냈는데 이탈리아인들은 다른 판본을 냈다면, 왜 우리 판본에는 일부 부분이 빠져 있는지 세계가 물어올 겁니다. 그렇게 되면 국가와 러시아 문단 전체가 곤란해지겠지요. 당신 **친구** 때문에 내 위치가 아주 위태로워졌어요." 그는 금속 통을 주머니에 넣었다. "그리고 당신도 마찬가지고요."

"그럼 어떻게 해야 하나요?"

"내가 전보를 써줄 테니 보리스 레오니도비치에게 가서 서명해달라고 하세요."

"전보에 뭐라고 쓰실 거죠?"

"펠트리넬리가 가지고 있는 원고는 초고일 뿐이다, 새 원고가 곧 나온다, 그리고 초고는 가급적 빨리 돌려받아야 한다, 그런 내용이죠. 이틀 내로 그 전보에 서명하지 않으면 그는 체포될 겁니다."

그것은 말해진 위협이었다. 말해지지 않은 위협은 곧바로 나까지도 체포된다는 거였다. 하지만 펠트리넬리가 그런 전보를 받더라도 출간을 중단하지 않으리라는 걸 나는 알고 있었다. 보랴는 그 이탈리아인 출판업자와 프랑스어로만 교신하기로 했고, 그 출판업자에게 자기 이름으로 된 뭔가를 받더라도 그게 러시아어로 쓰였다면 전부 무시하라고 미리 말을 맞추었던 것이다. 더욱이 그런 서류에 서명한다는 건 보랴에게는 크나큰 치욕이었다. "노력해 보겠습니다." 나는 그렇게 말했다.

그리고 실제로 노력했다. 나는 보랴에게 간청했다. 폴리카르포프가 지시한 대로, 펠트리넬리에게 원고를 돌려달라는 전보를 보내라고 간청했다. 사랑하는 남자에게, 그 평생의 역작 출간을 중단해달라고 간청했다. '작은 집'에서 저녁 식사 도중 그렇게 간청했을 때, 그는 그저 의자에 등을 기댔을 뿐이다. 그는 마치 근육 경련이 일어났다는 듯 한 손을 목에 가져가더니 한참 동안 아무 말이 없었다. 마침내 그가 입을 열었다.

"오래전, 한 통의 전화를 받았었지."

나는 포크를 내려놓았다. 그가 무슨 말을 꺼내려는지 알고 있었다.

"오시프가 반스탈린 시 때문에 체포된 직후의 일이었어. 그 친구는 심지어 그 시를 쓰지도 않았어, 그냥 머릿속에 간직하고만 있었지. 그런데 그것마저도 뼈아픈 실수였던 거야. 암흑의 시대에는 누군가의 머릿속에 든 글조차도 그 사람을 체포할 범죄가 될 수 있어. 당신은 너무 어려서 그 일을 기억하지도 못하겠지만."

나는 내 잔에 다시 와인을 채웠다. "나도 나이 먹을 만큼 먹었어요."

"어느 날 밤 그 친구가 길모퉁이에서 우리한테 그 시를 낭송해주었는데, 나는 그에게 이건 자살행위라고 말했지. 그 친구는 내 경고에 귀를 기울이지 않았고, 물론 곧 체포되고 말았어. 그리고 얼마 지나지 않아 내게 한 통의 전화가 왔지. 그게 누구였는지 알아?"

"그 이야기는 들은 적 있어요."

"물론 그랬겠지. 하지만 나한테 들은 적은 없잖아."

나는 그의 잔을 채워주려고 했지만, 그가 손짓으로 물리쳤다. "스탈린이 인사도 없이 말을 시작하는데, 목소리를 곧바로 알아듣겠더군. 그는 오시프가 내 친구인지 묻더니, 만약 그렇다면 왜 친구를 석방해달라고 탄원하지 않았냐고 하는 거야. 뭐라고 대답할 말이 없었어, 올랴. 하지만 난 오시프의 석방을 위해 해명하는 대신 변명을 했어. 난 그 중앙위원회 서기장에게 설사 내가 오시프를 위해 탄원했다 해도, 절대 그의 귀에까지 들어가지 않았을 것이라고 말했지. 그러자 스탈린이 나더러 오시프를 거장이라고 생각하느냐고 물었는데, 나는 그건 요점이 아니라고 했어. 그런 다음 내가 어떻게 했는지 알아?"

"어떻게 했어요? 당신이 어떻게 했는지 말해봐요." 나는 나머지 와인을 마셨다.

"화제를 바꾸었어. 삶과 죽음에 관해 스탈린과 함께 진지한 대화를 나누기를 오랫동안 고대했다고 했지. 그랬더니 그의 반응이 어땠을까?"

"어땠는데요?"

"전화를 끊더군."

나는 나이프 칼등으로 접시 위의 콩 하나를 굴렸다. "그런데 그게 지금 무슨 상관이에요? 그건 오래전 이야기잖아요. 스탈린은 죽었고요."

"그때 내가 한 일을 오랫동안 후회했어. 아니 정확히는 하지 않은 일을. 내 친구를 옹호하고 구할 기회가 주어졌는데, 그 기회를 잡지 않았어. 난 겁쟁이였던 거야."

"그렇다고 아무도 당신을 탓하지는—"

보랴는 주먹으로 식탁을 내리쳤다. 접시와 포크, 나이프가 쟁그랑 울렸다. "다시는 겁쟁이가 되지 않겠어."

"이건 똑같지가 않잖아요."

"그들은 전에도 나한테 편지에 서명하라고 했었어."

"이건 달라요. 펠트리넬리는 프랑스어로 쓰인 게 아니면 당신이 무얼 보내든 다 무시해야 한다고 이미 알고 있어요. 당신이 이런 일에 대비했으니까요. 그러니 서명한다고 거짓말이 되는 건 아니죠. 그냥 보호책일 뿐이에요."

"보호 같은 건 필요 없어."

나는 점점 화가 치밀었다. "그럼 보리스, 나는요? 나는 누가 보호해주나요?" 나는 잠시 숨을 가라앉혔다가 모든 걸 쏟아냈다. "그들은 한 번 나를 굴라크에 보냈죠. 당신 때문에." 나는 한 번도 내가 체포된 일을 직접 그의 탓으로 돌린 적이 없었으므로, 그는 깜짝 놀란 표정이었다. 나는 다시 말했다. "그들이 당신 때문에 나를 거기 보냈어요. 당신 때문에 내가 다시 거기 가면 좋겠어요?"

보리스는 다시 물었다.

"네? 정말 좋겠냐고요."

"당신은 정말 내 생각은 거의 하지 않는 것 같아." 마침내 그가 대답했다. "그거 어디 있어?"

나는 내 방으로 가서 폴리카르포프의 전보를 가지고 나왔다. 그는 전보를 잡아채더니 읽어보지도 않고 서명했다. 나는 다음 날 눈 뜨자마자 그 전보를 밀라노에 부쳤고, 이어서 폴리카르포프에게 일을 완료했다고 전보를 부쳤다.

그 후로 보랴와 나는 두 번 다시 그 전보 이야기를 꺼내지 않았고, 어쨌거나 결국 전보는 중요하지 않았다. 예상한 대로 펠트리넬리는 전보를 무시했고, 이탈리아에서의 출간 날짜는 11월 초로 잡혔다.

나는 최선을 다했지만, 나의 최선으로는 충분하지 않았다. 『닥터 지바고』는 도저히 멈출 수 없는 폭주 열차였다.

서

1957년 가을-1958년 8월

12

지원자
배달원

샐리 포레스터는 월요일에 도착했다. 나는 노마의 애원에 못 이기는 척 타이핑 부서 여자들과 함께 랠프 카페에 가 있었다. 노마의 관심은 나와 테디의 관계에 관해 뭔가 알아내는 것뿐이라는 사실을 알고는 있었지만, 질척한 참치를 얹은 공장 제조 식빵이 책상에서 기다리는데 그녀가 햄버거와 초콜릿 몰트를 사주겠다고 해서 따라갔던 것이다.

타이핑 부서 여자들이 늘 앉는 자리는 약간 비좁았기 때문에, 나는 긴 다리를 통로 쪽으로 내놓고 있었다. 음식을 주문하자마자 노마가 질문을 퍼부었다. "말해줘, 이리나. 데이트한 지 한 1년 됐나? 그런데 우리한테 아무것도 말해주지 않았어. 우린 하나도 아는 게 없잖아."

"8개월 됐지." 내가 말했다.

"난 3개월 지났을 때 데이비드랑 약혼했는데." 린다가 끼어들었다.

나는 정중하게 미소를 지었다. 사실 테디와 나는 어느새 진짜 연인이 되어 있었다. 리브 고슈에서의 첫 번째 저녁 식사는 다음 주에 저녁 식사와 영화 관람이 되었고, 그것이 다음번에는 저녁 식사와 춤이 되었고, 그리고 다시 포토맥에 있는 그 부모님의 커다란 집에서의 저녁 식사가 되었다. 테디는 나를 여자친구로 소개했고, 나는 그의 감정을 상하게 하고 싶지 않아 굳이 아니라고 하지 않았다. 몇 달이 지나도 가만히 있었다. 어쩌면 우리가 잘 맞았기 때문이거나, 엄마가 그를 좋아하고, 그가 러시아 문화에 조예가 깊고 러시아어에 능숙하기 때문이었을 것이다. "자네는 내 사촌들보다 러시아어를 잘해. 걔네들은 러시아에서 태어났는데도!" 엄마는 그렇게 말했다.

게다가 나는 평생을 갈망해온 친구를 사귄 것처럼 그와 함께 있으면 편안했다. 그 앞에서는 내가 하는 모든 말과 행동을 분석하지 않아도 됐다. 그건 우정이었지만, 나는 그것이 다른 무엇으로 바뀔 수 있다는 희망을 아직 포기하지도 않았다. 나는 그 번갯불, 그 짜릿한 충격, 무릎에 힘이 빠지는 순간을 기다리고 있었다. 책에서만 읽었던 온갖 사랑의 순간을.

그리고 다른 특전도 있었다. 테디는 정보국에서 촉망받는 직원, 여자로서 내가 언감생심 그 변두리를 보는 것만으로도 가슴 설렐 예비 핵심 집단 중 한 명이었다. 그는 일요일이면 조지타운의 디너파티와 헤이애덤스 호텔의 근사한 칵테일파티에 나를 데려가곤 했다. 그리고 아내들, 여자친구들과 수다나 떨라고 나를 떼어내려 하지도 않았다. 그는 남자들의 이 대화 저 대화로 나를 잡아끌었고, 내가 한 말이 자랑스러울 때면 내 손을 꼭 쥐었다.

　테디는 가톨릭교도였고 내가 마음의 준비가 되지 않으면 억지로 강요하는 법이 없었다. 그건 그가 혼전 관계에 반대해서가 아니었다. 그는 고등학교 졸업반 때 한 임시 교사에게 동정을 잃었고 대학교에서는 세 명의 파트너가 더 있었다. 그러나 그는 내 영역을 존중해주었다. 나 역시 혼전 관계에 반대하지는 않았지만, 그럼에도 그가 나를 실제보다 더 신중한 사람으로 믿게 내버려두었다. 테디는 모르는 사실이었지만 나는 처녀가 아니었다. 대학 2학년 때 한 친구에게 순결을 잃었다. 아니 줘버린 거나 다름없다. 나는 그것을 극복하고 처리해야 할 어떤 것으로 생각했고, 룸메이트가 없을 때 그를 기숙사로 초대했다. 그가 방문으로 들어오자 나는 나랑 섹스할 건지 물었다. 불쌍한 그 친구는 너무도 놀라서, 처음에는 화제를 돌리려고 애썼지만, 내가 블라우스를 벗자 굴복하고 말았다.

　나는 늘 섹스에 대해서는 인류학자로서 접근했다. 시선을 나에게로 돌리는 대신, 상대 남자와 그 반응을 관찰하는 것에 가장 관심이 있었다. 그리고 테디가 나를 만질 때 그것이 내게 주는 느낌보다도 그가 자기 행동에 반응하는 방식이 좋았다. 그의 억제된 욕망은 내가 강하다는 느낌을 주었는데, 그것은 하나의 계시였다. 테디는 내가 소망해야 할 모든 것이었다. 그리고 아직은 소망할 수 없는 것이었다.

　노마의 질문이 중단된 건 샐리가 경쾌하게 랠프 카페로 들어왔을 때였다. 린다는 눈을 크게 뜨면서 동료들에게 신호했다. **"저건** 누구야?"

나도 부서 여자들과 동시에 쳐다보았다.

"굉장히 눈에 띄네."

랠프 카페는 단골을 위한 곳이었다. 타이핑 부서 여자들은 뒤쪽 자리에서 잡담을 나누고, 나이 든 노인들은 카운터에서 한쪽만 익힌 달걀에 토스트를 찍어 먹었다. 높고 둥근 탁자에서는 대학생들이 커피 한 잔이나 초콜릿 음료 한 잔만을 시켜놓고 공부하고, 예비 변호사나 로비스트들은 조용히 일을 처리하고 싶을 때 고객을 데려오곤 했다. 랠프 카페에 새로 오는 손님은 누구든 우리 부서 여자들의 관심을 끌기 마련이었다. 그런데 이 여자는 대놓고 관심을 끌었다.

주디가 가방에서 무언가를 꺼내는 척했다. "왠지 낯이 익은데."

마코스는 벌써 카운터 뒤에서 돌아 나와 그 여자에게 진열장 안의 모든 빵을 일일이 가리키고 있었다. 어시나는 금전등록기에 기댄 채 남편에게 시선을 쏟고 있었고, 남편은 그 여자에게 시선을 쏟고 있었다. 여자는 중키 정도였지만 힐을 신고 있어서 몇 인치는 더 커 보였다. 나이는 젊어 보였는데, 안감에 빨간 실크를 대고 목깃에 여우 털이 달린 무릎 길이의 하늘색 코트를 입고 있어서 20대라 하기엔 지나치게 세련된 느낌이었다. 짙은 빨간색 머리는 완벽하게 말려 있었다. 소리 내어 색깔을 말하고 싶어지는 그런 머리였다. 내 머리카락은 덜 구워진 오트밀 쿠키 색과 비슷했다.

"정치가의 아내인가?" 노마가 물었다.

"이 시간에 시내에?" 린다가 덧붙였다. 그녀는 냅킨 끝자락으로 입가에서 케첩을 닦아냈다.

"게다가, 저 힐은 정치가의 아내가 신을 만한 게 아니야." 캐시가 불쑥 끼어들었다.

주디는 손가락의 프렌치프라이를 담배처럼 흔들었다. "그렇게 말하면 점잖은 표현이지."

"유명한 여자일까?" 내가 물었다. 내가 앉은 자리에서는 리타 헤이워스라고 해도 믿을 것 같았지만, 그녀가 돌아서서, 얼굴을 제대로 보고 나니 전혀 리타와 닮지 않았다. 그녀만의 독특한 아름다움이 있었다.

"흠." 린다가 감정하듯 뜸을 들였다. "그 영화에 나온 여자인가? 상영 금지된 영화 있잖아. 〈베이비 돌Baby Doll〉인가?"

"캐럴 베이커 말하는구나. 그녀는 금발이야. 하지만 머리를 염색했을 수도 있겠다." 내가 말했다.

"너무 나이가 많아." 캐시가 주디와 동시에 말했다. "너무 몸매가 빵빵하고."

노마가 손가락에 묻은 겨자 소스를 핥았다. "캐럴 베이커는 아니에요. 가핑클 백화점 광고에 나온 여자인가? 있잖아, 그……." 그녀가 목소리를 낮추었다. "마법 보정물을 한 여자."

"저 여자는 마법 보정물 같은 건 전혀 필요 없을 것 같은데." 나도 모르게 불쑥 그 말이 나오자 나는 입을 가렸고 타이핑 부서 여자들은 웃음을 터뜨렸다.

여자는 체리 파이 하나를 가리켰고 마코스는 두 개를 상자에 포장했다. 그녀는 어시나에게 돈을 내고 마코스에게 눈을 찡긋하며 윙크했다. 그녀는 돌아서서 나가다가 우리 테이블에 살짝 목례를 했다. 우리 모두 처음부터 아무것도 보지 않은 척 얼른 고개를 돌렸다.

그것이 내가 샐리 포레스터를 처음 본 순간, 그녀의 이름을 아직 모를 때였다.

두 번째로 샐리 포레스터를 본 건 본부에서였다. 랠프 카페에서 돌아와 보니, 그녀가 접수대에서 앤더슨과 이야기를 나누고 있었다. 평소에 우리를 만나면, 점심 때 먹은 칼로리를 열심히 일해서 소모해야 한다는 식의 말을 건네던 앤더슨은 그날 힐긋 우리를 보았을 뿐, 우리가 그를 지나쳐 책상으로 갈 때까지 다시 눈길을 주지 않았다.

"**저 여자**가 왜 여기 있지?" 주디가 물었다.

"중요한 사람인가?" 노마가 말했다.

"덜레스의 여자 중 한 명인가?" 린다가 미소를 띠며 물었다. 덜레스 국장의 연애는 전혀 비밀이 아니었고, 그의 불륜 횟수도 너끈히 열 손가락을 넘었다. 심지어 타이핑 부서 여자들을 건드렸다는 소문도 있었다. 그러나 그게 사실이라 해도 우리 중 그런 일을 털어놓는 사람은 없었다.

"만약 그게 사실이라면 저 여자가 SR 분과에서 앤더슨이랑 같이 있을 리가 없지." 게일이 말했다. 앤더슨은 그 여자가 사 온 체리 파이 하나를 먹은 게 분명했는데, 연푸른 스웨터 조끼에 묻은 젤리 한 방울이 증거였다. 그는 접수대 책상에 몸을 기댄 채 중요한 사람처럼 보이려 애쓰고 있거나, 아니면 격식이 없이 대하고 있었다. 시시덕거리기 위한 딱한 몸부림이랄까. 그러나 그 여자는 우리와 달리 눈을 부라리지 않았다. 그저 미소를 짓고, 웃고, 그의 팔을 칠 뿐이었다.

그녀가 하늘색 코트를 벗어 건네자 앤더슨은 웨이터처럼 그 코트를 팔에 걸쳤다. 그녀는 연자주색 모직 원피스를 입고 금색 매듭 벨트를 하고 있었다. 나는 내가 입은 헐렁한 일자 원피스를 내려다보다가 가슴팍 한가운데 튄 얼룩을 발견했다. 아침에 흘린 것 같은 치약 자국이었다. 나는 맨 아래 서랍을 열어 난방이 끊길 때를 대비해 가져다둔 갈색 카디건을 꺼냈다. 나는 진저리를 내며 카디건을 입고 소매를 말아 올렸다.

"새로 온 타자수인가?" 게일이 물었다.

"설마. 우린 이 러시아인이 오면서 자리가 꽉 찼잖아." 캐시가 말했다.

"러시아계 미국인." 내가 정정했다.

주디가 나에게 쪼개진 지우개를 던졌다. "가서 알아봐, 안나 카레니나."

하지만 앤더슨과 그 빨강 머리 여자는 이미 우리 쪽으로 오고 있었다. 앤더슨이 앞장서서 사무실의 일상적인 물건들을 가리키며, 제록스 복사기가 "시판 날짜보다 1년 앞선" 거라는 등 음료수 냉각기는 "냉수와 온수 모두" 나온다는 등 자랑하고 있었다. 두 사람은 맨 먼저 내 책상으로 다가왔다.

"샐리 포레스터예요." 여자가 인사하고 손을 내밀었다.

나는 그녀와 악수하며 말했다. "샐리요."

"그쪽도 샐리예요?"

"여긴 이리나야." 앤더슨이 대신 말했다.

샐리가 다시 미소 지었다. "반가워요."

나는 멍하니 고개를 끄덕였고, 만나서 반갑다는 말을 꺼내기도 전에 두 사람은 자리를 옮겨 타이핑 부서의 모든 여자와 악수를 나누었다.

"포레스터 양은 새로 온 시간제 접수계원입니다." 앤더슨이 모두에게 말했다. "필요할 때마다 출근해서 우리를 도와줄 겁니다."

우리는 여자 화장실에서 이런저런 보고를 들었다.

"그 옷차림이라니!"

"머리는 또 어떻고!"

"그 악수는 뭐람!"

샐리의 악수는 단호했다. 우리 손가락을 으스러뜨리는 남자의 악수와는 달랐지만, 주목하게 만들기엔 충분했다. "손을 꽉 쥐긴 했지만, 지나치게 센 건 아니었어. 정치가들이 악수할 때 바로 그러거든." 노마가 말했다.

"그런데 왜 여기 왔을까?"

"누가 알겠어."

"글쎄, 내가 알기론 그들은 접수대 뒤에 그런 여자를 데려다놓지는 않아." 노마가 말했다. "만약 그렇게 한다면, 이유가 있는 거야."

퇴근 후 집에 가는 길에 헥스 백화점을 지나려고 멀리 돌아갔다. 그 백화점의 공들인 디스플레이는 이 도시에서 내가 좋아하는 것이었다. 마네킹들은 겨울이면 솜을 덮은 작은 눈 언덕 위에 스키복 차림으로 서 있었고, 봄이면 가장 예쁜 파스텔 톤 드레스를 입고 부활절 달걀을 찾고, 여름이면 파란 셀로판지로 만든 풀장 옆에 비키니를 입고 빈둥거렸다.

백화점 앞을 지나갈 때, 뒷주머니에 줄자를 넣은 남자가 검은색 플라스틱 가마솥 뒤로 마녀 차림의 마네킹 세 개를 배열하고 있었다. 나는 그냥 그 쇼윈도를 지나가는 길이라고 혼자 중얼거렸다. 안으로 들어서면서는 구경만 하러 들어가는 거라고 나 자신을 타일렀다. 그리고 구경하기 시작하면서는 집에서 만든 티가 안 나는 무언가를 살 수 있을지 그냥 둘러보는 거라고 스스로에게 말했다. 그러니까 샐리 포레스터가 입을 만한 옷 같은 걸 둘러보는 거라고.

나는 옷걸이에 진열된 옷들을 손으로 쓸면서 실크와 리넨의 감촉을 느껴보았고, 어느 치마의 완벽한 바느질을 만져보았다. 엄마가 같이 왔더라면, 기계가 어떻게 똑같은 걸 싸게 많이 만드는지, 시간이 지나면 솔기가 어떻게 닳고 단추가 떨어지는지, 그래서 결국 잘 모르고서 지나치게 비싼 치마를 샀던 손님이 그걸 고쳐달라고 찾아오게 된다는 걸 보여주었을 것이다. 엄마는 바느질로 굳은살이 박인 손가락을 내밀며 고된 노동을 대체할 것은 없다고 말했을 것이다.

피터 팬 칼라 밑으로 빨간색과 흰색의 페이즐리 무늬 스카프가 달린 빨간 블라우스를 가슴에 대보고 있을 때, 여자 점원이 도움이 필요하냐고 물었다. "그냥 구경하는 거예요." 내가 말했다. 점원들은 언제나 나를 주눅 들게 했는데, 애초에 내가 웬만해서는 백화점 안에 발을 들이지 않는 것도 그 때문이었다. 그리고 쓸 돈이 없기 때문이기도 했다.

"블라우스 예쁘죠." 여점원이 말했다. 그녀는 딱 맞는 검은색 플레어스커트와 흰색 블라우스를 입고 있었고, 앞머리는 이마 앞으로 높은 아치를 그리도록 내려놓고 있었다. "아주 잘 어울릴 것 같은데요. 한번 입어보시겠어요?" 내가 대답하기도 전에 그녀가 옷걸이를 받아들었고, 나는 그녀를 따라 탈의실로 갔다. 그녀가 블라우스를 고리에 걸었다. "다른 사이즈가 필요하시면 말씀해주세요."

나는 옷을 벗기 전 가격표를 보았다. 내가 살 수 없는 가격이었지만, 점원이 적어도 내가 옷을 입어보았다고 생각하게끔 탈의실에서 몇 분 뭉그적거렸다. 빨간색이 내게는 어울리지 않는다고 말할 셈이었다. 그러나 문을 연 순간, 나도 모르게 이런 말이 튀어나왔다. "이걸로 할게요."

현관문을 지날 때 엄마가 질문을 퍼부었다. "어디 갔었어? 테디랑 데이트했니? 아직 프러포즈 안 하든?" 엄마가 테디 얘기를 꺼낼 때마다 나는 불안해졌다.

"산책 좀 했어요."

"테디하고 헤어졌어? 내 그럴 줄 알았다."

"엄마! 그냥 산책하고 싶어서 그랬어요."

"무슨 산책을 그렇게 오래 해! 너 요즘 매일 그렇게 오래 산책하더라. 네가 뭐가 될지는 신만이 아실 거다."

"엄마는 신도 안 믿으면서."

"상관없다. 그렇게 오래 걸으면 안 돼. 넌 이미 지나치게 말랐어. 그리고 어쨌든 그렇게 걸을 시간이 어디 있니? 핼펀 양의 무도회 드레스에 비즈 다는 작업을 마치려면 네가 도와줘야 하는데. 엄마한테 이건 미국의 십대를 겨냥한 시장에 진출할 중요한 기회야. 내가 핼펀 양의 드레스를 만들고, 핼펀 양이 그 드레스를 입은 모습을 그 친구들이 보면 그들도 입고 싶어 하겠지. 그다음엔 〈아메리칸 밴드스탠드〉 프로그램에서 출연해서 우리 '당신을 위한 USA 드레스와 그 이상의 것들'을 선보이는 거야. 그 잘생긴 리처드 클라크 옆에서."

"**딕** 클라크 아니에요?"

"누구?"

나는 지퍼 밖으로 비어져 나온 얇은 포장지가 보이지 않게 조심스레 가방을 내려놓으면서, 식탁의 엄마 옆에 앉았다. "잠깐만, 나 그 드레스 알아요. 노란 시폰 드레스 맞죠?"

"그렇게 창백한 피부의 여자한테는 썩 어울리는 색은 아니지만, 내가 참견할 말할 처지는 아니지."

"그 드레스에 비즈가 많은 것도 아니잖아요. 끈에 조금 달면 되는데. 그 정도면 엄마가 한 시간 내로 끝낼 수 있어요." 엄마는 대답 대신 식탁에서 일어섰다. "엄마 괜찮아요?" 내가 물었다.

엄마가 돌아서서 눈살을 찌푸리고 나를 보았다. "그냥 좀 피곤하구나."

이튿날 출근할 때 빨간 블라우스를 입고, 그 옷을 들키지 않으려고 집을 나서기 전에 헐렁하게 큰 베이지색 스웨터를 덧입었다. 엄마는 블라우스는 못 봤지만, 스웨터를 두고 한마디 했다. "그 흉하고 낡은 걸?" 엄마가 물었다. 엄마는 우리 지하실 아파트의 반쪽짜리 창 밖을 내다보는 시늉을 했다. "밖에 눈이 오나? 스키 타러 가는 거 아니지?"

"엄마 다시 원래 모습으로 돌아왔네."

"그럼 내가 나지 누구겠니?"

나는 엄마의 뺨에 키스하고 얼른 나왔다.

땀이 났지만, 버스 정류장에 도착해서야 스웨터를 벗었다. 코트를 허벅지 사이에 키운 채 꼬물거리며 스웨터를 벗었다. 가톨릭 학교 교복을 입은 두 아이를 데리고 지나가던 여자가 나를 쳐다보았다. 블라우스 단추를 잘못 채워 브라 일부가 드러난 걸 깨달은 건 버스에 올라탄 뒤였다.

엘리베이터가 땡 하고 울리자 나는 코트를 팔에 걸치고 어깨를 활짝 펴고서, 밴 롤온 디오더런트 광고에 나오는 여자처럼 경쾌하고 자신 있는 걸음으로 발밑이 아니라 똑바로 앞을 보며 접수대 안으로 들어갔다. 샐리에게 인사할 준비를 하고 접수계를 흘긋 쳐다보았지만, 맥 빠지게도 늘 있던 접수계원이 있었다.

"예쁜 블라우스네. 빨간색이 정말 잘 어울려." 그녀가 인사했다.

"고마워요. 세일하길래 샀어요." 나는 늘 그런 식이었다. 누군가 새로 자른 내 머리가 마음에 든다고 하면, 나는 그 길이가 좋은지 잘 모르겠다고 말하곤 했다. 누군가 내 생각이나 내가 한 농담이 마음에 든다고 하면, 그 공을 다른 누군가에 돌리곤 했다.

샐리는 다음 날도, 그다음 날도 출근하지 않았다. 엘리베이터에서 내릴 때마다 그녀를 볼 마음의 준비를 했지만, 샐리는 여전히 보이지 않았다. 그리고 나만 그녀의 부재를 알아차린 것도 아니었다. 타이핑 부서 여자들은 샐리의 부재를 그녀가 정보국에서 또 다른 역할을 하고 있다는 증거로 해석했다. "시간제 접수계원이라니, 누굴 바보로 아나." 노마가 말했다. 나는 나머지 여자들과 함께 웃었지만, 이들이 내 뒤에선 나에 대해 뭐라고 할까 하는 생각을 지울 수 없었다.

한 주가 지났지만, 나는 여전히 샐리를 생각하는 자신을 발견했다. 샐리 포레스터에 관해 찜찜한 무언가가 남아 있었다.

또 한 주가 지나, 나는 그녀를 다시 볼 기대를 접어버린 후였다. 그런데 엘리베이터 문이 열리고 보니, 그녀가 있었다. 접수대에 앉아 노란 속기 공책에 무언가 끄적거리고 있었다. 그녀가 손을 흔들며 인사했고, 나는 화끈거리는 얼굴을 가리려고 헛기침을 했다.

책상에 앉은 뒤에는 그녀 쪽을 쳐다보지 말자고 다짐하며 곧바로 일을 시작했다. 보지 않고 있어도 오전 내내 그녀의 존재를 느낄 수 있었다. 화장실에 가려고 일어섰을 때, 나는 내 몸이 어떻게 움직이는지, 내가 고개를 어떻게 들고 있는지, SR 분과를 걸어가는 내 모습이 어떨지 예리하게 의식했다. 마치 다른 사람의 시선을 통해 나를 보는 것 같았다. 그런데 그 일이 벌어졌다. 그녀가 말을 걸어온 것이다. 다른 사람에게 말을 건다고 생각했는데, 그녀가 부른 건 내 이름이었다.

"아, 나한테 말하는 줄 몰랐어요." 나는 인사 대신 그렇게 말했다.

"SR 분과에 이리나가 많은가요?"

"아닐걸요. 아니에요. 아마도?"

"농담이에요. 어쨌든, 새로 와서 이 동네가 익숙지 않은데, 점심이나 같이해요. 이 주변 소개 좀 시켜줘요."

"난 도시락 싸 왔어요." 내가 말했다. "참치요." **그만**, 나는 속으로 말했다, **입 다물어.**

"내일 같이 먹죠." 그녀가 털이 복슬한 연초록 스웨터 앞판에서 보푸라기 하나를 떼어냈다. "이 근방에 뭐가 좋은지 보여주세요."

우리는 백악관 방향으로 걸었다. 어디로 갈지 물어본 당사자는 샐리였지만, 그녀가 앞장서고 있었다. 그녀가 말했다. "근처에 훌륭한 식품 가게를 알아요. 워싱턴에서는 보기 드문 곳이죠, 날 믿어요. 햄을 종이처럼 얇게 썰어서 6인치 높이로 쌓죠. 여기 출신들만 아는 곳인데, 사실상 여기 **출신**은 아무도 없거든요. 내 말 무슨 뜻인지 알죠? 사무실에 금방 돌아가야 하나? 아직 조금 더 걸어야 하는데."

"점심시간은 한 시간이니 45분, 아니 40분쯤 남았네요."

"회사 남자들이 점심시간에 술을 마시면서 시계를 볼 것 같아요?"

"아뇨, 하지만······." 내가 너무 오래 뜸을 들이자 샐리는 사무실로 돌아가려는 듯 발길을 돌렸다. "아니에요, 가요." 내가 말했다.

그녀가 내 팔짱을 꼈다. "그런 게 용기죠." 우리가 지나가는 동안 남자들의 뜨거운 시선이 느껴졌다. 심지어 몇몇 여자들도 우리를 쳐다봤다. 나는 그녀와 함께였다. 그녀와 함께 있는 것이 좋았다. 마치 우리가 있는 곳이 더는 그 도시가 아닌 것처럼 주변이 뿌옇게 흐려졌다. 그칠 줄 모르고 빵빵대는 자동차 소리, 끼익거리는 버스 소리, 콘크리트를 두드리는 드릴 소리가 한꺼번에 멈춘 것 같았다. 그때가 어느 목요일 정오, 세계는 공전을 늦추었다.

신호등에 멈춰 선 관광버스를 지나칠 때, 행인들의 관심을 유명한

옥타곤 하우스로 잡아끄는 가이드의 마이크 목소리가 들렸다. 샐리는 관광객에게 손을 흔들어 나를 놀라게 했는데, 관광객들도 열심히 손을 흔들었다. 한 관광객은 그녀의 사진을 찍었다. 그녀는 한 손을 머리 뒤로 넘기고 포즈를 잡았다. "아직 이 도시에 익숙해질 수가 없네. 다들 한자리 차지하러 모여드는 곳이라." 그녀가 말했다.

"여기 오래 살았어요?"

"왔다 갔다 했죠."

우리는 P가에서 내가 한 번도 눈여겨보지 못했던 어느 골목으로 들어갔다. 굴뚝이 담쟁이로 덮인 좁은 브라운스톤 건물들이 골목을 따라 늘어서 있었다. 핼러윈이 다가오고 있어서, 울타리에는 솜으로 만든 거미줄이 걸쳐져 있었고, 창문에는 종이로 된 검은 고양이와 관절이 움직이는 해골들이 걸려 있었으며, 아직 속을 파내지 않은 호박들이 현관에 놓여 있었다. 그 모퉁이에 식품 가게가 있었다. 문 위에 녹색과 흰색 타일로 간판이 걸려 있었다. **페란티스.**

딸랑거리는 종소리를 내며 문이 열렸다. 가게 천장에 줄줄이 매달린 말린 소시지만큼이나 길고 가느다란 체구의 주인이 세몰리나 밀가루 포대를 털썩 내려놓자 포대에서 작은 구름이 피어올랐다. "그동안 대체 어디 갔었던 거야?" 남자가 물었다.

"어딘가에서 더 나은 줄을 기다리고 있었지." 샐리가 대답했다. 남자가 쪽쪽 소리를 내며 샐리의 양 볼에 입을 맞추었다.

"여긴 파올로예요."

"이 우아한 존재는 누구실까?" 파올로가 물었다. 그가 내 이야기를 하고 있다는 걸 깨닫기까지는 조금 시간이 걸렸다.

악수하려고 내민 내 손을 샐리가 장난스럽게 찰싹 치며 치워버렸다. "말해주면 뭐 줄 건데?"

파올로는 한 손가락을 들어 올리더니 뒤쪽 방으로 사라졌다. 그가 나무 의자 두 개를 들고 돌아왔고, 토마토 통조림, 밝은 녹색 올리브 유리병, 포장된 국수 더미가 가득한 선반과 앞쪽 창문 사이의 작은 공간에 놓았다.

"탁자는 없어?" 샐리가 물었다.

"성미 급하기는." 그가 다시 나가더니 두 사람이 쓰기 충분한 원탁 하나를 들고 왔다. 무슨 마술처럼, 그는 등 뒤로 손을 뻗고는 빨간색과 흰색의 체크무늬 작은 식탁보를 꺼냈다. 그것을 탁자 위에 펼치고 우리에게 앉으라는 몸짓을 해 보였다.

"뭐야, 양초는 없어?"

파올로가 두 손을 올렸다. "또 뭐? 리넨 냅킨? 샐러드 포크?" 그가 천장을 가리켰다. "작은 샹들리에라도 달아야 하나?"

"그건 시작에 불과하겠지. 사실 우린 음식을 포장해 갈 거야. 이렇게 멋진 가을날에 실내에 있는 건 죄악이잖아."

파올로는 앞치마 끝자락으로 눈물을 훔치는 시늉을 했다. "정말 실망이야. 하지만 물론 이해하지." 그는 밀랍 코팅된 커다란 원반 모양 치즈를 옆으로 치워 창밖이 더 잘 보이게 했다. "할 수만 있다면 나도 밖에 나갔을 거야. 사실, 일찍 문 닫고 두 아가씨와 같이 샌드위치를 먹을지도 모르지. 리플렉팅 연못? 타이들 베이슨 저수지?"

"미안, 이건 영업상 점심 식사라서."

"인생이 그렇지 뭐."

우리는 주문을 했다. 내 것은 칠면조 고기와 스위스 치즈를 넣은 호밀빵과 통에서 꺼낸 딜 피클, 샐리 것은 으깬 올리브 소스와 들어본 적 없는 어떤 고기를 넣은 바게트였다. 파올로는 갈색 종이봉투에 넣은 샌드위치를 건넸다. 우리는 작별인사를 했고, 가게를 나오다가 내가 돌아서서 말했다. "전 이리나라고 해요."

"이리나! 샐리가 나와의 거래를 깨버렸군, 안 그래요? 정말 아름다운 이름이에요. 조만간 샐리랑 다시 들러줄 거죠?"

"네."

우리는 점심시간이 얼마나 남았는지는 생각하지 않고 다시 15분을 걸었다. 샐리는 16번가에서, 내가 한 번도 눈여겨본 적 없는 어느 커다란 건물 앞에서 멈추었다. 고대 이집트에서 튀어나온 듯한 건물이었다. 거대한 스핑크스 두 개가 커다란 갈색 문으로 향하는 대리석 계단 양쪽을 지키고 있었다. "박물관이에요?" 내가 물었다.

"'성전의 집'이에요. 프리메이슨 비밀 결사의 사원 같은 거죠. 틀림없이 안에서는 촛불을 밝히고 우스꽝스러운 모자를 쓴 사람들이 모여서 뭔가를 읊조리고 있을 거예요. 같이 일하는 남자 몇몇한테 물어봐요. 내 생각엔 점심을 먹으면서 지나가는 세계를 지켜보기에는 이 계단이 딱이에요."

점심을 먹는 동안 나는 샐리의 존재를 여전히 예리하게 의식하고 있었지만, 왠지 더 편안해지는 기분이었다. 샐리가 샌드위치를 다먹고 입가를 닦아냈다. 그녀가 먹는 속도는 나보다 거의 두 배는 빨랐다. "타이핑 부서는 어때요?"

"좋아요. 괜찮은 거 같아요."

그녀는 가방을 열고 콤팩트와 빨간색 립스틱을 꺼냈다. 그러더니 입술을 오므렸다. "이에 묻은 거 없어요?"

"아, 없어요. 완벽해요."

"그렇다면, 마음에 들어요?"

"빨간색이 아주 잘 어울리네요."

"타이핑 부서 말이에요."

"좋은 일자리에요."

"타이핑하는 일이 좋아요, 아니면 다른 일이 더 좋아요?"

번쩍하고 뜨거운 것이 목구멍에서 배까지 타고 내려갔다. 나는 짐짓 멍한 표정으로 샐리를 쳐다보았지만, 분명 불안해 보였을 것이다.

"걱정 말아요." 그녀가 내 손에 자기 손을 얹으며 말했다. 그녀의 손은 정말 부드러웠고, 손톱은 입술과 같은 빨간색으로 칠해져 있었다. "당신이나 나나 똑같아요. 아니, 거의 같아."

"무슨 말이에요?"

"내가 다시 합류했을 때 앤더슨이 말해줬어요. 사실 앤더슨이 말해줄 필요도 없었지. 처음 만난 순간부터 난 이리나가 다르다는 걸 알 수 있었으니까."

나는 양옆을 번갈아 쳐다보고 이어서 뒤를 확인했다. "샐리도 메시지를 전달해요?"

"메시지 **배달원** 이상이지." 그녀가 내 손을 꽉 쥐었다. "우리 여자들이 뭉쳐야 해요. 우리 같은 사람은 많지 않으니까. 알겠죠?"

"맞아요."

．．．

'성전의 집' 계단에서 점심을 먹은 다음 날, 앤더슨이 지금까지 해온 테디와의 모임 대신, 앞으로는 샐리가 내 훈련을 맡아서 계속할 거라고 알려주었다. "놀랐어?" 그가 물었다.

"네." 나는 미소를 억누르려고 입술을 깨물며 대답했다.

이튿날, 샐리는 정보국의 검은색 철문 밖에 서서, 연노랑 스투드 베이커 운전석 사이드미러를 보며 빨간 립스틱을 바르고 있었다. 타탄 체크무늬 울 망토를 두르고 길고 검은 송아지 가죽 장갑을 낀 모습이 흠잡을 데 없는 차림이었다. 내가 다가가는 걸 거울로 본 그녀가, 아랫입술에만 립스틱을 칠한 채 돌아섰다. "이제 너랑 나뿐인 것 같네, 자기야." 그녀가 말하고는 위아래 입술을 맞대고 눌렀다. "산책이나 가자."

조지타운을 통과할 때 샐리가 정보국의 상관들이 사는 으리으리한 저택을 가리켰다. "덜레스 국장은 저기 살아." 그녀는 단풍나무 벽으로 가려진 붉은 벽돌 저택을 가리켰다. "그리고 저쪽에 검은색 덧문이 있는 크고 하얀 집 있지? 그건 와일드 빌 도노번의 옛날 집인데 그레이엄 가문이 샀어. 프랭크 부국장은 위스콘신가 저쪽에 살고. 다들 서로 침 뱉으면 닿을 거리에 살지."

"샐리는 어디 살아요?"

"저 길 바로 위에."

"그 남자들 감시하려고요?"

그녀가 웃었다. "똑똑하기는."

우리는 덤바턴 오크스 박물관에서 왼쪽으로 돌았고, 구불구불한 공원 오솔길을 따라 정원으로 들어섰다. 돌계단을 내려가던 샐리가 나무 정자에 늘어진 채 죽은 등나무 덩굴을 잡아당겼다. "봄에는 이 곳 전체가 정말 향기로워. 나는 창문을 열고 산들바람이 불어오기를 기다리지."

우리는 계속 걸어 수영장에 도착했다. 계절이 계절인지라 물이 없었다. 우리는 우윳빛 얼굴의 돌보미를 옆에 두고 휠체어에 앉아 십자말풀이를 하는 노인의 맞은편 벤치에 앉았다. 수영장 저쪽 끝에서는 벨트 달린 빨간 프린세스 코트를 거의 똑같이 입은 젊은 엄마 두 명이 담배를 피우며 수다를 떨고 있었고, 그들의 아이인 듯한 여자아이와 남자아이가 수영장에 자갈을 던지며 돌이 한가운데 웅덩이에 닿을 때마다 신이 나서 소리 지르고 있었다. 이 수영장 머리 쪽의 식수대 근처 검은 철제 의자에는 수심에 잠긴 듯한 젊은 남자가 앉아 『손도끼The Hatchet』라는 책을 읽고 있었다.

"저기 저 남자 보여?" 샐리가 그쪽을 보지도 않고 물었다.

나는 고개를 끄덕였다.

"그 남자가 어떤 사람일 것 같아?"

"대학생?"

"그리고?"

"똑딱이 넥타이를 맨 대학생?"

"시력이 좋네. 그러면 똑딱이 넥타이가 무얼 뜻할 것 같아?"

"넥타이를 제대로 맬 줄 모른다?"

"그게 무슨 뜻일까?"

"넥타이 매는 법을 배운 적이 없다?"

"그리고?"

"아버지가 없다? 어쩌면 돈이 있는 집안 출신은 아니다? 저런 넥타이를 매면 우스꽝스러워 보인다고 말해줄 여자친구나 엄마가 주변에 없다는 건 분명해요. 아마도 시 외곽에서 오지 않았을까요? 아니면 학자일 수도?"

"어디 학자?"

"지금 우리 위치를 고려하면…… 조지타운 대학교. 하지만 그가 보는 신문을 고려하면, 조지워싱턴 대학교라고 말하겠어요."

"전공은?"

나는 그 남자를 살폈다. 똑딱이 넥타이, 뻣뻣한 머리카락, 고동색 스웨터 조끼, 탁한 갈색 가죽 구두, 팰 맬 담배, 꼰 다리, 느리게 원을 그리는 오른발. "정말이지 아무거나 될 수 있겠는데요."

"철학이야."

"어떻게 알아요?"

샐리는 남자의 열린 가죽 배낭과 그 안의 책을 가리켰다. 키르케고르 책이었다.

"어떻게 그걸 못 봤지?"

"빤한 것이 가장 눈에 띄기 어려운 법이야." 샐리가 망토를 벗으려고 두 팔을 머리 위로 올렸고, 블라우스 단추 사이의 공간이 벌어지면서 검정 레이스가 보였다. "또 해볼까?"

나는 시선을 돌렸다. "좋아요."

나는 두 젊은 엄마가 결혼하고 아이를 낳으면서 멀어졌던 어린 시절 친구라고 말했다. "서로를 보며 웃는 방식이 그래요. 예전의 특정한 관계를 서로 강요하는 것 같아요." 노인은 홀아비이고, 그 돌보미와 사랑에 빠진 것이 확실하며, 돌보미는 그의 감정을 외면하고 있었다. 정원사가 나타나 식수대에 쌓인 나뭇잎들을 조심스레 꺼낼 때, 나는 그 정원사는 그 정원이 블리스 가문 소유이던 시절의 유물이며, 아마도 그 집안에서 지금껏 일하고 있는 유일한 직원일 거라고 추측했다. "그건 그가 성실하다는 걸 말해주죠." 나는 그렇게 말을 맺었다. 샐리가 맞는다며 고개를 끄덕였다.

이건 훈련의 일부일까? 만약 그렇다면, 샐리는 정확히 무슨 일을 위해 훈련을 시키는 걸까? 내가 저 낯선 사람들에 관해 설명한 이야기를 우리가 확인해볼 가능성은 없을 것 같았다. 그렇다면 그게 뭐가 중요할까? "우리 추측이 맞았는지 어떻게 알죠?" 모든 사람의 사연을 검토하고 난 뒤 내가 물었다.

"문제는 맞다 틀리다가 아니야. 어떤 사람이 어느 부류의 사람인지 재빨리 평가할 수 있을 만큼 아는가의 문제지. 사람들은 자신이 생각하는 것보다 더 많은 것을 보여주기 마련이야. 그건 옷차림이나 표정보다 훨씬 중요하지. 누구나 파란 바탕에 흰색 물방울무늬의 멋진 원피스를 입고 샤넬 백을 들 수 있지만, 그렇다고 그 여자가 새로운 사람이 된다는 뜻은 아니니까." 메이플라워 호텔에서의 내 옷차림을 말하는 것 같아 화끈거렸다. "변화는 내면에서 나오고 모든 움직임, 모든 몸짓, 얼굴의 모든 경련을 반영해. 어떤 사람의 평소 모습을 확실하게 이해해야만 그 사람이 다른 상황에서 어떻게 행동할지를 판단할 수 있어." 그녀가 나를 바라보았다. "그리고 자기가 정말 새로운 사람이 **되어야** 할 때 어떻게 행동할지도 알 수 있고. 모든 것이 변할 거야. 담배를 쥐는 방식, 웃는 방식, 샤넬 백 이야기가 나올 때 얼굴을 붉히는 방식까지도." 그녀가 내 어깨를 쿡 찔렀다. "무슨 말인지 이해하지?"

"내면에서부터 시작된다는 거네요." 내가 말했다.

"정확해."

우리의 훈련은 계속됐다. 날마다 근무 후에 만나 워싱턴 곳곳을 다니며 긴 산책을 하는 동안, 샐리는 자신이 아는 모든 것을 가르쳐 주었다. 무엇이 자신을 돋보이게 하는지 잘 아는 그녀는 나에게 돋보이지 않는 법을 가르쳤다. 그녀는 어떤 옷차림이 가장 관심을 덜 끄는지 보여주었다. "너무 낡았거나 너무 새것인 거, 지나치게 밝거나 너무 칙칙해서도 안 돼." 어떤 머리 색이 남자들의 시선을 끌지 않는지도 말해주었다. "금발이 가장 시선을 많이 끈다고 생각하겠지만, 사실 빨강 머리야. 이리나는 백금색 머리만 하지 않으면 괜찮을 거야." 서 있을 때 자세는 "너무 곧지 않게, 너무 구부정하지 않게" 해야 했고, 먹는 것은 "스테이크. 미디엄 레어"로, 마시는 것은 "톰 콜린스 칵테일, 레몬 추가, 얼음 추가해서. 그래야 엎질러도 얼룩이 지지 않을 거고, 지나치게 취하는 일도 없을" 거였다.

수업 중간중간에, 그녀는 전략사무국에서 보낸 시절 이야기를 해주었다. 어쩌다가 처음 '올드 보이스 클럽'과 어울리게 되었는지, 어떻게 거기서 살아남았는지를. 피츠버그 출신의 가난한 아이였던 자신이 어떤 사람이었는지, 그리고 이후 어떤 사람이 되었는지 모두

이야기해주었다. 동물원 사육사 보조, 아오스타 공작부인의 둘째 사촌, 당나라 도자기 감정사, 리글리 껌 회사의 재벌 상속녀, 접수 담당자 등등. "시간이 지나면서 덜 창의적인 역할을 맡게 되었지." 그녀가 말했다.

"그들은 나한테는 뭐가 되기를 원할까요?"

"그건 내가 결정할 문제가 아니야."

• • •

샐리는 출장을 떠났다. 그녀는 나에게 행선지를 말하지 않았고, 내가 물어보자 이렇게만 답했다. "해외야."

"네, 그런데 해외 어디요?" 내가 물었다.

"바다 건너."

그녀는 어디 가는지 말해줄 수는 없었지만, 돌아오면 전화하겠다고 약속했다. 그 한 주는 느리게 흘러갔고, 마침내 그녀가 전화했을 때는 엄마가 받았다. "샐리? 난 샐리란 사람 모르는데." 엄마가 하는 말을 듣자마자 나는 얼른 수화기를 낚아채고 엄마를 쫓아버렸다.

샐리는 시시한 인사 같은 건 건너뛰고 곧바로 핼러윈 파티에 나를 초대했다. 그때까지 우리의 모든 만남은 일과 관련된 것이었으므로, 그 초대는 당황스러웠다. 게다가 핼러윈은 이미 지난 때였다. "핼러윈은 지난주였잖아요." 내가 말했다.

"실은 핼러윈 후 파티인 셈이지."

핼러윈 의상이 없다고 말하자, 그녀가 모든 것을 준비하겠다고 했

다. 우리는 듀폰 서클에 있는 한 중고 서점에서 만나서 가기로 약속
했다.

서점은 기다란 책장들 때문에 비좁았고, 책들은 저자나 장르별이
아니라 주제별로 분류되어 있었다. 심령술과 비술, 식물과 동물, 노
인 문제, 해양 이야기, 신화와 민담, 프로이트, 기차와 철도, 사우스
웨스턴 사진 등. 먼저 도착한 나는 통로를 거닐며 페이퍼백 코너를
찾아보았다. "저기요, 소설은 어디 있어요?" 카운터 뒤의 보헤미안
처럼 보이는 남자에게 묻자 그는 보던 책에서 눈을 떼지 않은 채 가
게 뒤쪽을 가리켰다.

"지금 몇 시인지 아세요?"

그는 마치 내가 비트겐슈타인의 『논리철학 논고』를 설명해달라고
하기라도 했다는 듯 나를 쳐다보았다. "시계 없어요."

나는 그를 귀찮게 할 생각으로, 희귀 서적 보관함을 열어달라고
부탁했다. 남자가 한숨을 쉬었다. 그는 책을 덮고 담배를 비벼 끄고
는 등받이 없는 의자에서 일어났다. 주머니에서 열쇠를 꺼내기 전,
그는 나한테 진짜로 살 생각이 있는지 물었다.

"물건을 보지도 않았는데 어떻게 알겠어요?"

"보고 싶은 게 뭔데요?"

나는 서가를 훑어보고는 맨 처음 눈에 띄는 것을 말했다. 『이집트
의 빛』.

"1권, 2권?" 남자가 물었다.

"네?"

"몇 편이냐고요. 1, 2?"

"2권요." 내가 말했다. "당연하죠."

"당연이라."

나는 샐리가 금방 나타나지는 않을 거라고 확신하고, 남자가 책을 꺼내려고 흰 장갑을 끼러 간 사이 고고학과 피라미드, 상형문자에 대한 나의 애착을 장황하게 이야기했다.

마침내 샐리가 쇼핑백 두 개를 들고 들어왔다. 서적상이 흰 장갑을 허벅지에 대고 쳤다. "샐리." 그가 인사했다. 샐리는 양 볼을 번갈아 내밀며 키스를 받았다. "그동안 어디 갔었던 거야?"

"여기저기." 그녀가 나를 돌아보며 말했다. "벌써 내 친구와 인사한 모양이네."

"물론이지." 그는 아까보다 다정한 목소리로 말했다. "취향이 탁월한 아가씨야."

"내가 안 그런 사람이랑 어울리는 거 봤어?" 그녀가 쇼핑백을 들어 보였다. "화장실 좀 써도 될까?"

그는 두 손을 앞으로 모으며 절을 했다. 나는 눈을 굴리지 않으려고 무진 애를 써야 했다.

"고마워, 자기야." 샐리가 말했다. 나는 그녀를 따라 뒤쪽 방으로 들어갔다. "라피트는 진절머리 나는 녀석이야." 샐리는 수위실 벽장처럼 이중문인 화장실 문을 닫자마자 말했다.

"라피트?"

"본명은 아니야. 클리블랜드 출신인데 남들이 자기를 파리 출신으로 생각하게 내버려두는 거지. 휴가 갔다가 돌아올 때면 그쪽 억양을 쓰는 사람들 있잖아?"

나는 알아들었다는 듯 고개를 끄덕였다.

"그래도 이 서점이 좋아." 샐리가 쇼핑 백 하나를 내게 건네며 말했다. "예술적 면이 부족한 이 도시에서 내가 좋아하는 장소 중 하나지. 비밀 하나 말해줄까?"

"네."

"내 꿈은 언젠가 서점을 내는 거야."

샐리가 카운터 뒤에 앉아 책 속에 머리를 파묻은 모습은 잘 그려지지 않았지만, 나는 할리우드 레드 카펫에 어울릴 만한 모습으로 서점 운영을 꿈꾸는 이 사람에 관해 더 많이 알고 싶어졌다. 그 모순 사이의 공간을 더 깊이 파고 싶었다.

그녀는 자신의 쇼핑백을 변기 뒤에 올려놓고 몸을 돌렸다. "이것 좀 부탁해." 그녀는 빨간 곱슬머리를 목에서 쓸어 올렸고, 나는 그녀의 드레스 지퍼를 잡고 조심스레 내리려고 했다. 지퍼는 꿈쩍하지 않았다. 그녀가 숨을 깊이 들이켰다. "다시 해봐." 지퍼가 내려갔고 그녀는 한 번에, 구두 뒷굽이 천에 닿지 않도록 하면서 빠져나왔다. 검은색 슬립을 입은 그녀의 몸은 내 몸을 확대해놓은 것 같았다. 하지만 옛날 고등학교 체육 시간에 다른 여자아이들에게 느꼈던 그런 시샘은 느껴지지 않았다. 그때 우리의 몸은 서로 비교 측정하는 대상이었다. 우리는 옷을 벗고서 누구의 가슴이 가장 큰지, 누구의 배가 출렁이는지, 누구의 다리가 휘었는지 재빨리 보곤 했다. 샐리를 보는 건 그와는 달랐다. 그건 전혀 다른 어떤 것이었다. 나는 다시한번 보고 싶었지만, 내 옷을 벗는 데 집중했다. 그녀가 쇼핑백을 건넸다.

안에는 금속 광택이 나는 천 꾸러미가 있었다. "이게 뭐예요?"

"입어봐."

나는 그 우주복에 몸을 넣고 지퍼를 올렸다. 그녀가 보풀보풀한 갈색 세모꼴이 두 개 붙은 머리띠를 내밀었다. 거울을 보니 웃음이 나왔다.

"기다려!" 그녀가 말하더니 가방에 손을 넣었다. "마무리를 해야지." 그녀가 내 가슴에 소비에트 연방의 빨간 CCCP 패치를 조심스레 달아주었다.

"어항으로 헬멧을 대신하고 싶었지만, 질식하지 않으려면 구멍을 뚫어야 하는데 방법을 몰라서 말이야."

"이걸 직접 만들었어요?"

"나 손재주 좋아." 그녀도 나와 함께 거울을 보면서, 가방에서 콤팩트를 꺼내 코를 두드리며 번들거림을 없앴다. "원한다면 자기는 라이카 해도 되겠다. 난 행성들 사이에서 죽어간 이름 없는 개들 중 한 마리가 될 거야."

로건 광장을 지날 때 주위에 다닥다닥 붙어 있는 4층짜리 빅토리아 양식 건물 중 하나에서 음악이 흘러나왔다. 그곳은 내가 수없이 지나갔지만 한 번도 들어가 본 적 없는 웅장한 저택 중 하나였다. 철제 난간이 있는 계단과 정면을 바라보는 내민창, 붉은 벽돌과 회녹색 마녀 모자를 씌운 듯한 작은 탑이 있는 집들. 창문들은 열려 있었지만, 커튼이 쳐져 있었고, 안에서 춤추는 사람들의 실루엣이 보였다. 내가 알지 못하고, 나를 알지 못하는 사람들, 나를 따분하다고 생각하거나 또는 아예 나를 눈여겨보지 않을 사람들일 터였다. 손바닥이 따끔거려왔다. 샐리가 내 불안감을 느낀 모양이었다. 그녀는 복슬복슬한 내 귀를 세워주더니 지금 가는 파티가 굉장히 재미있을 거라고 했다.

내 안에 자신감의 물결이 서서히 차오르는 가운데 샐리가 초인종을 세 번 눌렀고, 뜸을 들였다가 다시 눌렀다. 검은 마스크로 얼굴의 반을 가린 키 큰 남자가 빼꼼히 문을 열었다.

"맛있는 거 안 주면 장난칠 거예요!" 샐리가 말했다.

"어느 게 더 좋아요?"

"둘 다 싫어요. 브로콜리가 더 좋아요."

"모두가 그렇지 않나요?" 남자가 문을 열고 우리를 들여보내더니, 문을 잠그고 사람들 사이로 사라졌다.

"아까 그건 암호였어요? 직장 파티예요?" 내가 물었다.

"그 반대야."

집 안은 호박등과 사과 던지기 놀잇감 대신, 고딕식 가면무도회에 더 가깝게 장식되어 있었다. 웬만한 틈새마다 검은 양초가 타고 있는 나뭇가지 모양의 골동품 촛대가 놓여 있었다. 붙박이에는 검은색 벨벳 커튼이 드리워져 있었다. 식당의 탁자에는 스팽글로 정교하게 장식된 가면이 사람들이 써주길 기다리고 있었다. 보라색 타조 깃털로 만든 깃을 단 커다란 샴 고양이 한 마리가 파티 손님들 다리 사이로 살금살금 기어다녔다. 1층을 가득 메운 사람들은 춤추거나 담배를 피우거나 전채요리를 집어 들거나 네모난 빵조각을 퐁뒤 냄비에

찍고 있었다.

"저기 초록색은 뭐예요?" 내가 물었다.

"과카몰리야."

"그게 뭔데요?"

샐리가 웃었다. "레너드가 정말 최선을 다했네, 안 그래?"

"아까 문 열어준 남자요?"

"아니." 샐리는 목에 레이스가 달린 남부식 무도회 드레스를 입고, 빨간 벨트까지 하고서 처음 사교계에 나온 행세를 하는 여자를 가리켰다. "스칼렛 오하라가 저기 계시는군." 스칼렛인지 레너드인지, 그 사람이 샐리를 보더니 오라고 손짓했다.

"늘 멋있으셔." 샐리가 레너드의 손에 키스하며 말했다. "정말 능력 이상을 발휘했네요."

"노력하는 거야." 레너드가 샐리를 훑어보았다. "여우 외계인이야?"

"우리는 우주 개예요, 정말 감사합니다."

"첨단을 달리는데."

"제가 원래 그렇잖아요." 샐리가 나를 끌어당겼다. "여긴 이리나예요."

"정말 반가워요." 그가 말하고는 내 손에 키스했다. "잘 오셨어요. 그럼, 난 이 소름 끼치는 음악을 어떻게 해야 해서 말입니다." 그는 축음기로 가더니 바늘을 들어올렸다. 사람들이 투덜거렸다. "조금만 참아요, 어린이 여러분!" 그는 레코드 재킷에서 새 레코드를 꺼냈고 잠시 후 〈쉬붐Sh-Boom〉이 흘러나왔다. 사람들이 다시 투덜거렸다. 레너드는 아랑곳없이, 다 쓴 실감개 두 개를 검게 칠해 목에 붙여 프랑켄슈타인의 괴물 복장을 한 남자를 플로어 한가운데로 이끌었다. 다른 몇 쌍이 같이 나오자, 곧 댄스 플로어가 다시 활기를 띠었다.

샐리가 군중 사이를 이리저리 피해가며 주방으로 가고 있었는데, 명사수 애니 오클리 차림의 여자가 샐리의 손을 잡고 한 바퀴 돌렸다. 샐리는 머리띠의 개 귀가 비뚤어진 채 라임 셔벗을 올린 레드 펀치 두 잔을 들고 돌아왔다. "바람 좀 쐬는 게 어때?" 그녀가 잔을 건네며 물었다.

현관 그네에는 배우 루실 볼 차림의 여자와 리키 리카도 차림의 여자가 같이 앉아 있었다. 드넓은 뒤뜰에는 샐리와 나뿐이었다. 잔디밭으로 걸어가자 우리 우주복 발목이 이슬에 젖어왔다. 뒤뜰은 키 큰 참나무에 매단 작고 하얀 전구들과 키 작은 나뭇가지에 잘 익은 과일처럼 매달린 빨간색 종이 랜턴으로 장식되어 있었다. 하늘은 오렌지색이었고, 달은 은색 아몬드 같았다. 어디선가 낙엽 태우는 냄새가 났다.

"이 모든 게 어떤 것 같아?" 샐리가 물었다.

"워싱턴에 이렇게 큰 뜰이 있는 줄은 몰랐어요."

"아니, **저** 모든 것들 말이야." 샐리는 집 쪽을 가리켰다. "자기가 즐기는 평균적인 파티는 아니잖아."

"정말 좋아요!" 그렇게 말했지만, 실은 훨씬 더 많은 말을 하고 싶었다. 나는 그런 세계가 존재한다는 걸 알고 있었지만, 동시에 전혀 모르기도 했다. 그리고 내가 들었던 얘기는 전혀 이렇지 않았다. 난

생처음 옷장 안에 들어가서 나니아로 나온 것 같았다. "그러니까, 핼러윈이 좋다는 얘기예요."

"나도 그래. 비록 일주일 늦기는 했지만."

"샐리는 원하는 어떤 사람이든 될 수 있군요."

"맞아. 어쨌든 레너드가 파티를 열어줘서 기쁘네. 이게 그에겐 일종의 전통이거든. 그는 좋은 의상을 썩히는 사람이 아니야. 실제 핼러윈 날에 파티가 취소된 건 아쉽지만."

"왜 취소됐어요?"

"누군가 경찰에 꼰질렀거든."

물어보고 싶은 게 너무도 많았다. 그 비밀의 정원, 비밀의 세계. 나는 모든 것을 알고 싶었지만, 기다리기로 했다. 우리는 말없이 정원 담장 너머에서 오가는 자동차 소리를 들었다. 자동차들이 빵빵거리고, 멀리서 사이렌이 울렸다. 루시와 리키 차림의 여자들이 서로의 허리를 감싸 안고 집 안으로 들어갔다. 샐리는 내 눈이 그들을 쫓는 동안 나를 지켜보았다. "그래서…… 테디 헬름스야?" 그녀가 물었다.

"네." 나는 전에 느껴보지 못했던 날카로운 슬픔을 느끼며 대답했다.

"얼마나 됐어?"

"9개월. 아니, 8개월요. 아니, 얼추 9개월이네요."

"사랑해?"

엄마를 제외하면 그렇게 직접적으로까지 묻는 사람이 없었다. "모르겠어요."

"이리나, 지금까지 모른다면……."

"그 사람을 좋아해요. 그러니까, 정말 좋아요. 재미있는 사람이죠. 똑똑하고요. 아주 똑똑하죠. 친절하고."

"무슨 부고를 읽는 것처럼 말하네."

"아뇨. 그런 게 아니라—"

"그냥 농담이야." 그녀가 내 갈비뼈를 쿡 찔렀다.

"그 사람 친구는 어때? 헨리 레닛인가? 그 사람은 어떤 거 같아?"

"그 사람은 그렇게 잘 알진 못해요." 그가 멍청이 같아 보이고 테디가 왜 그런 사람과 친하게 지내는지 도무지 모르겠다는 말은 하지 않았다. "그 사람한테 관심 있어요?" 나는 테디와 나, 헨리와 샐리의 더블데이트를 그려보았지만, 생각만 해도 속이 울렁거렸다.

"맙소사." 그녀가 내 손을 잡더니 꽉 힘을 주었다. "아니야." 그녀는 손을 놓지 않았고, 내 안의 어디선가, 콕 집어 말할 수 없는 어느 구석에서인가 꽃이 피었다.

13

제비

그녀는 스파이가 아니었다. 그건 분명했다. 몇 달 전, 프랭크가 나에게 이리나를 살펴보고 그녀의 순진함이 가면이 아닌지 확실히 알아보라고 부탁했었다. 그건 아니라고, 나는 그에게 말했다. "잘됐군. 우리가 그녀를 책 프로젝트에 넣고 싶어서 말이야. 샐리가 훈련시켜줘. 훈련은 자네가 잘 알잖아."

이리나와 친해지는 건 사전 준비 작업이자 그녀가 맡게 될 업무를 훈련시키는 과정이었지만, 어느덧 다른 것이 되고 말았다. 분명히 짚어낼 수 있겠지만 아직은 그러고 싶지 않은 어떤 것이.

나만의 테스트라고 할 수 있는 레너드의 파티 다음 주의 화요일, 나는 그녀의 자리로 찾아가 밤에 영화 〈실크 스타킹Silk Stockings〉을 보러 갈 생각이 있느냐고 물었다. 그전 일요일에 마티니 한잔 하자고 말할 계획이었지만, 전화 다이얼을 돌리다 용기가 없어 끊어버렸었다.

우리는 퇴근 후 조지타운 극장으로 가는 길에, 극장에 몰래 가져갈 주전부리를 사러 마그루더스 식료품점에 들렀다. 군것질거리를 사는 건 이리나의 생각이었다. 나는 초콜릿을 제외하면 단것은 거의 안 먹었지만, 그냥 재미로 주주브 젤리 한 상자를 사기로 했다. 이리나는 보스턴 베이크드 빈스 두 상자를 골랐고, 우리는 계산하려고 줄을 섰다. "잠시만 자리 좀 맡아줄래요?" 그녀가 물었다.

잠시 후 그녀가 커다란 비트 한 다발을 들고 돌아왔다.

"흥미로운 간식거리네."

"엄마 드릴 거예요. 엄마가 매달 보르시 수프를 한 통 만드시는데, 이스턴 마켓에서 비트를 사오라고 하셨거든요. 엄마는 거기 러시아 아저씨가 파는 비트가 일반 가게에서 파는 비트보다 훨씬 낫다고 믿으세요." 그녀가 한 손가락을 들어 올리고는 러시아 억양으로 말했다. "몇 푼 더 줘도 아깝지 않다고."

나는 웃었다. "엄마가 정말 그 차이를 구분하신단 말이야?"

"아뇨! 난 항상 세이프웨이 슈퍼마켓에서 사서 집에 들어가기 직전에 봉지를 빼버리죠."

우리는 영화관에 반입 금지된 그 물건들을 계산했고, 이리나는 비트를 가방에 넣었지만 녹색 잎 끝이 살짝 비어져 나왔다. 우리는 표 두 장을 사서 영화관 안으로 들어갔다.

영화 관람은 내가 가장 좋아하는 일 중 하나였고, 거의 항상 혼자서 즐기는 편이었다. 돈이 넉넉할 때는 일주일에 한두 번 영화관에 가곤 했다. 때로는 2층 맨 앞줄에 앉아 같은 영화를 두세 번 보기도 했다. 그 자리에서는 금색 난간에 기대어 양손에 턱을 괴고 앉아 있을 수 있었다.

나는 그 모든 것이 좋았다. 붉게 빛나는 조지타운 극장의 네온사인, 유리 칸막이 안에서 표를 주는 사람을 만나기 위해 기다리는 줄, 팝콘 냄새, 끈적거리는 마룻바닥, 작은 손전등을 들고 자리를 안내해주는 좌석 안내원. 심지어 영화 시작 전에 나오는 〈모두 로비로 갑시다〉 노래를 샤워하면서 흥얼거리는 습관까지 있었다. 그러나 늘 가장 좋아하는 건 조명이 꺼진 후 스크린이 깜박거리며 영화가 시작될 때까지의 그 시간, 세계 전체가 마치 무언가 벌어지기 직전에 있는 것 같은 그 짧은 순간이었다.

나는 이 모든 것을 이리나와 나누고 싶었다. 그녀도 무언가 곧 벌어질 것 같은 느낌이 드는지 알고 싶었다. 조명이 어두워지고 MGM의 사자가 으르렁거린 후 그녀가 커다란 눈으로 나를 쳐다보았을 때, 나는 그녀도 마찬가지였다는 걸 알 수 있었다.

영화에 관해서는 별 기억이 없다. 하지만 상영 시간의 4분의 1 정도는 기억한다. 이리나는 가방을 열어 비트 주변을 쑤시면서 보스턴 베이크드 빈스를 찾았다. 상자가 달그락거렸고 그녀는 비트가 바닥에 떨어지자 뭐라고 욕을 했다. 그녀가 꽤나 부스럭거리는 바람에 담배를 피우고 있던 남자가 우리를 돌아보며 조용히 하라는 몸짓을 했다. 나는 그 모습이 귀엽게 느껴졌다.

그리고 프레드 아스테어가 〈리츠 롤 앤드 록Ritz Roll and Rock〉 곡의 마지막에서 실크해트를 내려쳤을 때 이리나는 깜짝 놀라 내 손을 잡았다. 그녀는 곧바로 손을 뗐지만, 그 감촉은 조명이 다시 들어올 때까지 남아 있었다.

극장을 나왔을 때는 비가 내리고 있었다. 우리는 차양 아래 서서 얇은 막처럼 쏟아지는 빗물을 지켜보았다.

"비 그칠 때까지 기다릴까? 길 건너로 뛰어가서 핫 토디 한잔 마셔도 되는데." 내가 말했다.

"과감하게 나가요." 그녀가 가방을 톡톡 쳤다. "엄마가 비트를 고대하고 있을 거예요."

나는 웃었지만 짙은 아쉬움이 느껴졌다. "그럼 다음에?"

"좋아요."

이리나는 모퉁이에서 쉬고 있는 청록색과 흰색의 전차를 향해 달려갔다. 그녀가 올라탔고 나는 모퉁이를 돌아 시야에서 사라져가는 전차를 지켜보았다. 번개가 하늘을 가르며 찢어놓았다. 나는 〈제일하우스 록Jailhouse Rock〉 영화 포스터에 기대어 섰고, 비는 억수처럼 쏟아지기 시작했다.

영화를 본 후 몇 주 동안, 나는 좋아하는 서점마다 이리나를 데리고 다니면서 각 서점의 장단점을 살피고, 만약 내가 서점 주인이라면 어떻게 달리 운영할지 생각했다. 우리는 내셔널 극장에서 〈웨스트사이드 스토리West Side Story〉 초연을 보았고, 집으로 걸어오는 내내 〈아이 필 프리티I Feel Pretty〉 노래를 목청 높여 불렀다. 동물원에도 갔지만, 이리나가 사자를 보고 난 후 나와버렸다. 우리 안의 사자는 창살과 나란히 난 좁은 길을 수없이 오락가락했던 듯 길이 다 파여 있었다. "이건 범죄예요." 이리나가 말했다.

이렇게 그녀와 만나는 동안 서로 1초 이상 포옹하는 일조차 별로 없었지만, 그게 문제가 아니었다. 너무 오래전의 일이었기 때문에, 처음에 나는 그것을 알아보지 못했다. 캔디 시절 이후 나는 그렇게 빨리 누군가와 가까워진 적이 없었다. 제인, 셜리 템플의 머리를 하고 비누처럼 하얀 치아를 가진 해군 간호사였던 그 여자에게 마음을 다친 이후로 나는 벽을 쌓아왔다.

사실은, 마음을 다친 것 이상이었다. 제인이 나에게 우리의 '특별한 우정'은 미국 땅에 발을 들이는 순간 끝날 것이며, 그것은 전쟁 중에 벌어지는 수많은 사건 가운데 하나일 뿐이라고 말했을 때, 나는 가슴이 무너져 내리는 것 같았다. 나의 두 다리, 두 팔, 정수리, 심지어 치아까지 아파왔다. 나는 두 번 다시 나 자신을 해칠 일은 하지 않겠다고 맹세했고, 지금까지 그럭저럭 성공적이었다.

더욱이 나는 그게 어차피 막다른 골목으로 이어진다는 걸 알고 있었다. 나에겐 늦은 밤 라파예트 광장에서 산책하다가 체포되어 갇히고, 신문에 이름이 실린 친구들이 있었다. 정부 기관에서 해고당하고, 애써 쌓은 명성이 무너지고, 가족에게 버림받은 친구들도 있었다. 유일한 탈출구는 목에 밧줄을 두르고 의자에서 발을 떼는 것뿐이라고 믿는 친구들도 있었다. '적색 공포'는 시들해 있었지만, 그 자리에 새로운 공포가 들어서 있었다.

그래도 나는 계속 나아갔다. 나는 계속 그녀에게 페란티스에서 점심이나 하자고, 또는 내셔널 갤러리에서 새로 열리는 한국 미술 전시회를 보자고, 또는 리직스 부티크에서 모자나 멋진 것들을 입어보자고 했다.

나는 물러나야 할 상황이 오기까지 내가 얼마나 멀리 갈 수 있는지 계속 지켜보고 있었다.

그렇게 해서 프랭크가 또 다른 부탁을 해왔을 때, 나는 그 일이 내 마음을 돌릴 좋은 기회라고, 필요한 기회라고 스스로를 타일렀다.

. . .

다음 임무를 위해 떠나기 전날 밤, 패츠 도미노의 레코드를 올려놓고 짐을 쌌다. 민트색 레이디 볼티모어 가방에 하나씩 물건을 집어넣을 때마다 짜릿한 행복감이 느껴졌다. 늘 마지막 순간이 닥쳐서야 출장을 떠나던 세월이 있었기 때문에, 가벼운 짐 싸기 기술은 몸에 배어 있었다. 검은색 펜슬 스커트 한 벌, 흰색 블라우스 한 벌, 누드 브라와 팬티 세트 한 벌, 비행기에서 쓸 캐시미어 숄 하나, 검은색 실크 스타킹, 티파니 담배 케이스, 칫솔, 치약, 카메이 장미 비누, 크렘 시몽 페이스 크림, 디오더런트, 면도기, 타바크 블롱 향수, 공책, 펜, 좋아하는 에르메스 스카프, 오리지널 레드 레블론 립스틱이다. 출간 기념 파티에서 입을 드레스는 내가 도착하면 기다리고 있을 것이다. 몇 년이나 떠나 있었더니 다시 그 게임 속으로 돌아가 비밀을 알고, 쓸모 있는 사람이 된다는 것이 기분 좋게 느껴졌다.

다음 날 저녁, 파티가 시작되기 불과 몇 시간 전에 그랜드 호텔 콘티넨털 밀라노에 도착했다. 호텔 방으로 들어가고 몇 분 후, 호텔 사환이 문을 노크하더니 드레스를 가져왔다. 나는 손짓으로 침대 위에 놓으라고 했고, 그는 연인을 눕히듯 아주 부드럽게 드레스를 내려놓았다. 다른 사람이 비용을 부담할 때면 늘 그러듯, 사환에게 후하게 팁을 주고 내보냈다. 나는 '밀라노'와 '파티'라는 말을 듣자마자, 바닥에 끌리는 길이의 빨강과 검정이 섞인 푸치 드레스를 주문했었다. 정보국에서 의복비를 받아냈다는 생각에 뿌듯해서 손으로 실크 드레스를 쓸어보았다. 목욕을 마친 후 목 양쪽과 손목에, 이어서 가슴 밑에 타바크 블롱을 한 방울씩 바르고 내 치수에 정확히 맞춘 드레스를 입었다.

이것이 이 일에서 가장 좋은 부분이었다. 다른 누군가가 되는 순간. 새 이름과 새 직업, 새 배경, 교육, 형제들, 연인들, 종교를 가진 사람이 된다는 건 내게는 쉬운 일이었다. 그리고 나는 아무리 사소한 부분에서도 절대 위장 신분을 들키는 법이 없었다. 아침 식사로 토스트를 먹는지 달걀을 먹는지, 커피는 블랙으로 마시는지 우유를 넣어 마시는지, 길을 가다 멈추고 지나가는 비둘기 한 마리에 감탄하는 부류인지 역겨워하며 쫓아버리는 여자인지, 알몸으로 자는지 잠옷을 입고 자는지까지도. 그것은 재능이면서 생존 전략이기도 했다. 그렇게 한 번 위장하고 나면, 나의 진짜 삶으로 돌아가기가 점점 더 힘들어졌다. 나는 완전히 사라져 새로운 누군가가 된다는 건 어떨지 상상하곤 했다. 다른 누군가가 되기 위해서는, 먼저 자기 자신을 잃기를 바라야 한다.

나는 파티가 시작되고 정확히 25분 뒤에 들어가기로 되어 있었다. 금박이 번쩍이는 방에 들어가자 웨이터가 거품이 이는 샴페인 잔을 건넸고, 나는 곧바로 파티 주인공이 어디 있는지 찾아냈다. 주인공은 이날 출간을 축하받는 소설의 작가가 아니라 그 소설 출판업자였다. 작가가 참석할 가능성은 없었다. 대신 최고급 옷차림을 한 지식인, 편집자, 언론인, 작가, 그리고 어중이떠중이들 한가운데 출판업자 잔자코모 펠트리넬리가 서 있었다. 두꺼운 검은 테 안경을 쓴 그는 M자 머리선의 높은 이마가 돋보였고, 키에 비해 약간 마른 편이었다. 그러나 모든 여자와 한 명 이상의 남자들이 그에게서 눈을 떼지 못하고 있었다. 펠트리넬리에게는 재규어라는 별명이 있었는데, 실제로 그는 밀림의 재규어처럼 자신 있고 우아하게 행동했다. 파티 손님의 대다수가 검정 넥타이를 하고 있었지만, 펠트리넬리는 흰색 바지에 남색 스웨터를 입고서, 줄무늬 셔츠 자락을 스웨터 밑으로 빼놓고 있었다. 그 방에서 은행 잔고가 가장 많은 남자를 정확히 집어내는 요령은 가장 좋은 턱시도를 입은 남자가 아니라, 티를 내려 애쓰지 않는 사람을 찾는 것이다. 펠트리넬리가 담배 한 대를 꺼내자 주변의 누군가가 손을 뻗어 불을 붙여주었다.

야심만만한 남자에는 두 부류가 있다. 아주 어릴 때부터 세계는 그들의 것이라는 말을 들으며 야심을 가지도록 키워진 사람들과, 자신만의 유산을 창조해가는 사람들이다. 펠트리넬리는 양쪽 모두에 해당했다. 엄청난 부잣집에서 태어난 남자들은 대체로 물려받은 유산을 지켜야 한다는 부담을 갖기 마련이지만, 펠트리넬리가 출판사를 차린 이유는 자기 제국의 또 다른 업적을 위해서가 아니라 문학이 세계를 바꿀 수 있다고 진정으로 믿었기 때문이다.

방 뒤쪽에는 책으로 피라미드를 쌓아놓은 커다란 탁자가 있었다. 이탈리아인들이 이뤄낸 업적이었다. 『닥터 지바고』가 출간된 것이다. 이 책은 일주일 내로 이탈리아 전역의 서점 진열창에 등장하고 그 제목이 모든 신문의 1면에 대서특필될 것이다. 나는 이 책을 한 부 입수해 정보국에 전달하기로 되어 있었다. 그러면 정보국이 번역을 시켜 생각했던 대로 이 책이 실제로 무기가 될 수 있는지 판단할 것이었다. 프랭크 위즈너는 또 나에게 펠트리넬리에게 접근해서 우리가 알아낼 만한 것이 있는지 보게 했다. 그 책의 출간과 배포, 그 출판업자와 파스테르나크의 관계에 관한 사실들 말이다.

나는 『닥터 지바고』 이탈리아어판 한 부를 집어서 번쩍이는 표지를 손으로 만져보았다. 흰색, 분홍색, 파란색으로 대강 색칠된 아래로 눈 덮인 오두막을 향하는 작은 썰매 하나가 그려져 있었다.

"미국인이 이탈리아어를 아시나 봐요?" 책 피라미드 건너편에 있던 남자가 물었다. "정말 근사한데요." 그는 검정색 손수건을 꽂은 아이보리색 턱시도 차림이었고, 넓적한 얼굴에 비해 너무 작아 보이는 대모갑 테의 안경을 쓰고 있었다.

"아니에요." 사실 나는 이탈리아어를 읽을 수 있었고, 대화는 유창하게 하는 수준이었다. 어릴 때 내가 포렐리라는 성을 포레스터로 바꾸기 전에 우리 가족은 할머니와 함께 살았다. 이탈리아 이민 1세대인 할머니는 영어를 거의 못 해서 '네, 아니요, 그만해, 나를 내버려 둬' 정도만 알았는데, 나는 스코파나 브리스콜라 카드 게임을 하면서 할머니와 이탈리아어로 대화하는 법을 배웠다.

"읽지도 못하는 책을 왜 가져가시게요?" 뭐라고 꼬집어내기 쉽지 않은 억양이었다. 이탈리아 억양이면서도 어딘가 부자연스러운 데가 있었다. 그는 이탈리아인이 아니거나, 아니면 실제보다 있어 보이러고 애써 피렌체 방언을 쓰는 것 같았다.

"초판을 좋아해서요. 그리고 멋진 파티잖아요." 내가 말했다.

"그럼, 혹시 그 책을 읽는 데 도움이 필요하시다면……." 그가 안경을 살짝 내린 순간 콧날의 작고 붉은 반점이 보였다.

"댁의 제안을 받아들일 수도 있겠죠."

그는 웨이터를 손짓해 부르고는 나에게 프로세코 와인 한 잔을 건넸지만, 자신은 잔을 들지 않았다.

"건배 안 하세요?"

"가봐야 해서요." 그가 말하고는 내 팔을 잡았다. "혹시라도 그 예쁜 드레스에 얼룩이 묻으면, 워싱턴에 돌아가서 저를 찾아오세요. 제가 드라이클리닝 사업을 하는데, 저희 세탁업체에서는 어떤 얼룩도 말끔히 지워드리거든요. 잉크, 와인, 피, 어떤 것이든요." 그는 이탈리아어판 『닥터 지바고』 한 권을 옆구리에 끼우고 돌아서서 자리를 떴다.

KGB인가? MI6(영국 정보부)? 아니면 우리 요원? 우리의 이상한 대화를 눈치챈 사람이 있는지 보려고 둘러보는데 펠트리넬리가 스푼으로 자기 잔을 두드렸다. 출판업자는 짧은 연설이라도 하려는 듯 엎어놓은 나무 상자 위로 올라섰다. 그가 효과를 노리고 나무 상자를 직접 가져온 걸까? 아니면 호텔에서 제공한 걸까? 어쨌거나 그 모습이 그답게 느껴졌다.

"오늘 밤 이 중대한 사건에 와주신 모든 분께 감사드리는 시간을 잠깐 가지겠습니다." 그가 주머니에서 꺼낸 종이를 읽으면서 연설을 시작했다. "1년 전, 운명의 바람은 보리스 파스테르나크의 걸작을 저에게 가져다주었습니다. 저는 그 바람이 이곳에 도달해 오늘 우리와 함께 축하할 수 있기를 바랐지만, 아뿔싸, 바람은 여기에 닿지 못했습니다." 그가 싱긋 웃었고, 몇몇 청중이 따라 웃었다. "제가 처음 이 소설을 손에 넣었을 때, 저는 단 한 글자도 읽을 수 없었습니다. 제가 아는 러시아어라고는 보드카 이름 스톨리치나야밖에 없었거든요." 더 많은 웃음이 터졌다. 그는 군중 뒤쪽에서 파이프 담배를 피우는 스웨터 조끼 차림의 남자를 가리켰다. "하지만 제 친구 피에트로 안토니오 즈베테레미치는 이런 소설을 출간하지 않는 것은 문화에 대한 범죄라고 말했습니다. 하지만 저 친구가 이 소설을 읽기 전부터, 저는 그 원고를 들고만 있어도 이 작품이 특별하다는 걸 알 수 있었죠." 그는 읽고 있던 종이를 팽개쳤고, 종이는 펄럭이며 바닥에 떨어졌다. "그래서 저는 기회를 잡았습니다. 피에트로가 번역을 마치고 마침내 제가 이 글을 읽게 되기까지 몇 달이 흘렀지요." 그는 『닥터 지바고』 책을 들어 올렸다. "하지만 제가 그 내용을 읽었을 때, 이 러시아 거장의 글은 저의 가슴에 영원히 각인되었습니다. 물론 여러분에게도 똑같을 거라고 확신합니다."

"옳습니다!" 누군가 소리쳤다.

"저는 이 작품을 독자에게 첫 번째로 전달할 사람이 될 생각은 결코 없었습니다." 펠트리넬리는 말을 이어갔다. "이 책이 본국에서 출간된 후에 외국 독자들의 권리를 확보하려는 것이 제 의도였습니다. 물론 인생은 항상 계획한 대로 흘러가지는 않는 법이지요."

펠트리넬리의 발치에 있던 한 여자가 잔을 들며 이탈리아어로 건배를 외쳤다. **"친 친!"**

"그들은 이 책이 출간하는 것은 범죄가 될 거라고 했습니다. 이 책을 출간하면 제 인생이 끝날 거라고들 했습니다." 그는 방을 둘러보았다. "하지만 저는 피에트로가 이 소설을 처음 읽었을 때 말해주었던 진실을 가슴 깊이 간직하고 있습니다. 이 소설을 출간하지 **않는** 것이 더 큰 범죄가 될 거라는 진실입니다. 물론 보리스 파스테르나크 선생은 출간을 미뤄달라고 부탁했습니다. 저는 허비할 시간이 없다고, 그의 글을 속히 세계에 소개해야겠다고 대답했습니다. 그리고 그렇게 했습니다." 군중은 환호성을 터뜨렸다. "보리스 파스테르나크, 아직 만나지는 못했지만, 운명의 끈으로 이어져 있다고 느끼는 그를 위해 건배하게 잔을 들어주십시오. 소비에트 경험을 녹여 예술 작품, 삶을 변화시키는, 아니 삶을 긍정하는 작품, 그래서 시간의 시험을 이겨내고 그를 톨스토이와 도스토옙스키의 반열에 확고하게 세워줄 작품을 탄생시킨 남자. 저보다 훨씬 더 용감한 남자를 위해서. 건배!"

잔들이 올라갔고, 술이 비워졌다. 펠트리넬리는 나무 상자에서 내려와 성공을 비는 군중 속으로 들어갔다. 얼마 후 그가 양해를 구하고 화장실로 향했다. 나는 그가 돌아오면서 내 옆을 지나도록 로비의 전화기 앞으로 자리를 옮겼다.

그가 다가오자 나는 그가 나를 목격한 바로 그 순간에 수화기를 내려놓았다. "즐거운 시간 보내고 계시죠?" 그가 물었다.

"멋진 파티예요. 아름다운 밤이네요."

"참을 수 없을 만큼요." 마치 다른 각도에서 미술품을 감상하듯 그가 한 걸음 물러섰다. "우리 만난 적 있던가요?"

"우주가 그것까지 의도하지는 않았을 것 같은데요."

"그렇군요. 하지만 우주가 뼈아픈 실수를 바로잡게 되어서 기쁩니다." 그가 내 손을 잡고 입을 맞추었다.

"대표님이 아니었다면 이 책은 나오지 않았겠죠?"

그는 가슴에 손을 얹었다. "오롯이 제가 책임질 겁니다."

"작가님은 이 일에 무슨 말씀이 없으셨고요?"

"네, 그렇습니다. 작가님은 말씀하실 수가 없었거든요."

파스테르나크가 위험한 상황인지 물어보려던 참에, 펠트리넬리의 아내가 다가왔다. 검은 머리에 소매 없는 검정 벨벳 드레스, 보석이 박힌 검정 초커를 한 미인이었다. 그녀는 남편의 팔을 세게 붙잡고는 파티장으로 데려갔다. 나에게 확실히 경고하려는 듯, 그녀가 한번 나를 돌아봤다.

파티의 떠들썩함이 서서히 잦아들고, 빨간 재킷의 웨이터들이 속을 채운 홍합, 쇠고기 카르파초, 새우 크로스티니 등 아직도 많이 남은 음식과 함께, 방 여기저기에 어질러진 빈 프로세코 병들을 치우기 시작했다. 펠트리넬리 부인은 좀 전에 리무진을 타고 떠났고, 펠트리넬리는 남아 있는 몇몇 군중에게 바소 바에 같이 가자고 소리쳤다. 남은 무리를 끌고 나가던 그가 갑자기 나를 향해 돌아서서 물었다. "당신도 같이 갈 거죠?" 그는 이미 내 대답을 알고 있다는 듯, 기다리지도 않고 계속 걸어갔다.

호텔 앞에는 은색 시트로앵 한 대와 검은색 피아트의 소규모 함대가 우리를 기다리고 있었다. 펠트리넬리는 아내가 떠나고 몇 분 후 도착한 금발의 젊은 여자와 함께 알파 로메오에 탔고, 나머지 사람들은 한데 섞여 피아트에 올라탔다. 펠트리넬리가 시동을 걸고 서둘러 떠난 사이, 우리가 탄 차는 베스파 스쿠터에 저마다 연인을 태운 두 남자 뒤에서 꼼짝 못 하고 있었다. 스쿠터로 자동차 사이를 요리조리 빠져나가는 현지인들과 달리 천천히 안정되게 운전하는 것으로 보아 관광객 같았다.

우리 일행은 자동차에서 쏟아져 나와 서로 밀치며 바소 바에 들어가면서, 흰 재킷을 입은 바텐더들에게 저마다 목청 높여 주문했다. 나는 거울 벽 앞쪽에 한 자리를 찾아낸 뒤 펠트리넬리를 찾아 술집 안을 둘러보았다. 그는 보이지 않았다. 나비넥타이가 풀리고 입술에 레드 와인 얼룩이 묻은 키 작은 남자가 커다란 칵테일 잔을 들고 내 앞을 지나갔다. 아까 파티에 있던 사진작가 중 한 명이었다. "한잔하실래요?" 그가 잔을 내밀었다. "내 거 마셔요!"

나는 두 손을 늘어뜨린 채 들지 않았다. "주인공은 어디 있어요?"

"지금쯤 침대에 있겠죠, 아마도."

"여기 온 줄 아는데요."

"당신네 미국인들이 하는 말 있죠, 뭐더라? 계획은 다시 짜라고 만든 것이다?"

"바꾸라고 만든 것이다?"

"그거예요! 펠트리넬리는 분명 더 개인적인 축하 자리를 가지기로 했을 겁니다." 사진작가는 내 허리에 팔을 두르고 손끝으로 내 허리 아래를 쓰다듬었다. 나는 몸서리를 치며 그의 손을 치우고는 바를 나왔다.

책을 입수하는 데는 성공했다. 나는 다시 호텔을 나오기 전에 호텔 객실의 작은 금고에 책을 놓아두었다. 그러나 펠트리넬리에게서 더 많은 정보를 얻어내는 데는 실패했다. 그는 파스테르나크를 보호하는 것 같았는데, 왜일까? 작가가 처한 상황이 우리가 생각했던 것보다 더 위험해서? 펠트리넬리가 데리고 떠난 그 금발 여자는 아무리 못해도 나보다 열다섯 살은 어렸다. 만약 내가 그 나이였다면, 펠트리넬리가 자기 스포츠카에 태워 비밀을 말해줄 여자는 나였을 거라는 생각을 지울 수 없었다.

택시들이 지나갔지만, 걷기로 했다. 신선한 공기를 즐기고 싶었다. 그리고 배가 고팠다. 처음 들른 곳은 늙은 노새에 매여 있는 젤라토 수레였다. 이 노점을 운영하는 십대 소년은 노새 이름이 위풍당당 빈센트라고 알려주었다. 나는 웃었고, 소년은 내 웃음이 내가 입은 빨간 드레스와 나의 빨강 머리만큼 아름답다고 말했다. 고맙다고 하자 소년이 레몬 젤라토를 건넸다. "오페르토 달라 카사(집에서 만든 거예요)."

공짜 젤라토는 상처받은 자존심을 달래주었지만, 이제 이 일을 하기엔 내 나이가 너무 많다는 생각이 드는 걸 막지는 못했다. 피부는 실제 효능보다 더 많은 약속을 하는 값비싼 크림을 발라야만 빛났고, 머리카락의 광채는 파리에서 산 이국적인 고급 오일 한 병을 쏟아부은 효과였다. 그리고 밤에 브라를 풀고 누우면, 가슴은 중력을 못 이기고 겨드랑이를 향해 누웠다.

내 나이 열세 살이 되었을 때, 소년이든 어른이든 남자들은 똑같이 나를 주목하기 시작했다. 어느 여름이 지나면서 사춘기 이전 그

또래의 비슷비슷한 모습이 사라져버린 것이다. 엄마가 맨 처음 그걸 눈치챘다. 언젠가 엄마는 어느 가게 쇼윈도에 비친 내 옆모습을 보고 나를 멈춰 세우더니, 미녀는 아름다움이 시들었을 때 기댈 만한 대비책을 가지고 있어야지 그러지 않으면 아무것도 없는 빈털터리가 된다고 말해주었다. "그리고 미모란 시들게 되어 있어." 나에게도 기댈 만한 것이 없어지는 날이 올까? 어쩔 수 없이 그것을 찾아야 할 때까지 시간은 얼마나 남아 있을까?

펠트리넬리와는 달리, 내 야망은 내 지갑에서 나온 게 아니었다. 그것은 내가 특별한 사람이라는, 그리고 세계가 나에게 무언가를 빚졌다는 망상에서 비롯된 거였다. 아마도 내가 아무것도 없이 자랐다는 이유 때문이리라. 아니, 사람은 누구나 어느 시점에서는 그런 망상을 품을 것이다. 물론 대부분은 사춘기가 지나면 그 망상을 버리지만, 나는 절대 포기하지 못했다. 그 야망은 적어도 한동안은 내가 무엇이든 할 수 있다는 확고한 믿음을 주었다. 그런 유형의 야망이 지닌 문제는, 타인들에게 끊임없이 확인을 받아야 한다는 것, 그리고 그런 확인을 받지 못하면 흔들린다는 것이다. 그리고 일단 흔들리면, 가장 낮은 곳에 달린 열매를 추구하게 된다는 것이다. 당신을 원하는 사람, 당신이 힘이 있다는 느낌을 주는 그런 사람을 원하게 된다. 그러나 그렇게 타인에게서 확인받기란 술이 주는 덧없는 알딸딸함과 같다. 계속 춤을 추기 위해서는 그 술이 필요하지만, 그것은 다음 날 지끈거림만을 남길 뿐이다.

레몬 젤라토는 여름처럼 느껴졌고, 나는 자기혐오를 멈춰야 한다고 나 자신을 타일렀다. 나는 곧바로 호텔로 돌아가려던 생각을 바꿔 레오나르도 다빈치 조각상을 보기 위해 스칼라 광장에 들렀다.

광장은 발갛게 불이 밝혀져 있었다. 남자들 몇몇이 광장 가운데 조각상을 둘러싼 나무에 하얀 크리스마스 전구들을 걸고 있었다. 위아래가 붙은 갈색 작업복 차림의 한 남자는 한 손으로 사다리를 잡은 채 다른 손으로 담배를 피우고 있었고, 사다리 위의 남자는 엉킨 전선 매듭을 풀며 끙끙대고 있었다. 나머지 남자들은 그 옆에 서서 그렇게 심각하게 꼬인 매듭을 풀 최선의 방법을 놓고 언쟁하고 있었다.

레오나르도의 발 근처에 놓인 콘크리트 벤치에는 중년 커플이 앉아 있었다. 그들의 얼굴은 서로 가까웠고 표정은 강렬했지만, 헤어지려는 건지 키스하려는 건지 알 수 없었다.

이리나가 떠올랐다. 우리는 절대 그 커플이 될 수 없다는 생각이 들었다. 모든 사람이 보는 그런 장소에서 키스하거나 심지어 싸우는 것도 불가능하리라. 그 생각이 누군가의 갑작스러운 부고처럼 다가왔고, 나는 우리 사이에 일어나는 게 뭐든 간에 당장 멈춰야 한다는 것, 그리고 그것이 될 수 있었던 가능성에 슬퍼할 수밖에 없음을 깨달았다.

나는 광장 끝으로 가서 택시를 잡았다.

"시뇨라, 시 센테 베네(부인, 괜찮으세요)?" 호텔에 도착했을 때 택시 기사가 물었다. 택시에서 잠이 들어버렸던 나는 기사가 그렇게 다정하게 말을 건네자, 놀랍게도 눈물이 핑 돌았다. 그는 매우 걱정스럽다는 듯 나를 쳐다보았다. 그가 손을 내밀고 택시에서 내리는 나를 부축했다. "스타라이 베네(괜찮을 겁니다). 스타라이 베네." 그가 말했다.

나는 그에게 방까지 같이 가달라고 부탁할까 생각했다. 나이에 비해 일찍 머리가 벗어진 이 젊은 남자에게선 상쾌한 민트향이 났다. 그와 같이 자고 싶지는 않았지만, 내가 잠들 때까지 계속해서 괜찮을 거라고, 다 괜찮다고, '스타라이 베네'라고 말해만 준다면, 그럴 용의도 있었다. 그러나 나는 혼자 방으로 올라갔고, 꾸깃꾸깃해진 드레스를 입은 채 침대보 위에 누웠다.

이튿날 아침, 알카셀처 두 알과 룸서비스로 식사를 마친 후, 『닥터 지바고』를 금고에서 꺼냈다. 여행 가방에 넣으려다 책을 펼쳐보았다. 책장을 휘리릭 넘겨보는데 명함 한 장이 떨어졌다. 이름도 전화번호도 없이 주소만 씌어 있었다. **워싱턴 D. C. 노스웨스트 P가 2010번지, 세라 드라이클리너스.** 내가 아는 장소였다. 덜레스 국장의 집에서 아주 가까운 곳, 감청색 핸드페인팅 간판이 있는 노란색 작은 벽돌 건물. 나는 그 명함을 반으로 접어 은색 담배 케이스에 넣었다.

14

회사원

나는 책 때문에 친구를 만나러 런던으로 향했다. 11시 비행기에 탑승한 뒤 승무원을 불러 정장 재킷을 걸어달라고 부탁하고 위스키 한 잔을 주문했다. 아직 정오가 안 된 시각이니만큼 얼음을 넣어서. 킷은 팬암의 파란색과 흰색 유니폼에 모자와 흰 장갑까지 착용하고 있었다. 중서부 어느 미인대회에 나가도 2, 3등은 할 만한 미인이었다. "여기 있습니다, 프레더릭스 씨." 그녀가 윙크하며 말했다.

나에겐 많은 이름이 있었다. 주어진 이름과 내가 지은 이름들. 부모님은 나에게 시어도어 헬름스 3세라는 이름을 주었다. 초등학교에 들어가서는 테디로 불렸다. 고등학교에서는 테드로 불렸지만, 대학에서 다시 테디로 돌아왔다.

킷에게, 아니 앞으로 이틀 동안 내게 이름을 물어올 사람들에게 나는 해리슨 프레더릭스, 친한 사람에게는 해리로 통할 것이다. 뉴욕주 밸리 스트림 출신인 27세의 해리슨 에드윈 프레더릭스는 그루먼 항공기 회사 애널리스트로, 실상은 비행을 싫어했다. 그는 반드시 커튼을 닫아두는 걸 중요하게 여겼고 옆자리에 아무도 앉지 않는 것을 좋아했다. 어쩌다가 그의 주머니를 들여다보게 되는 사람은, 집에서 5마일 떨어진 텍사코 주유소 영수증 한 장과, 주시 후르트 껌 반 통, 그리고 HEF라는 이름 머리글자가 수놓인 손수건을 보게 될 것이었다.

나는 서류 가방을 옆 빈자리에 놓았다. 아버지가 피렌체에서 주문 제작한 이 가방은 멋진 밤색 가죽에 황동 자물쇠 하나가 달려 있다. 아버지는 당신이 조지타운 대학교를 졸업하고 22년째 되던 해, 내가 조지타운 대학교를 졸업할 때 이 가방을 물려주셨다. 어머니와 함께 클럽에서 조용한 저녁 식사를 한 후 아버지는 그 가방을 포장하지 않은 채 나에게 주셨고, 언젠가 아들이 그 가방을 들고 상원 의회당에, 또는 대법원에, 또는 우리 가문 이름이 들어간 로펌에 출근하는 모습을 그려본다고 말씀하셨다. 당시 아버지는 내가 대학 3학년이 되기 전, 예비 법학부에서 슬라브어로 전공을 바꿨다는 사실을 모르고 계셨다.

우리 가문의 법률회사에 들어가고 싶지 않다는 내 마음을 확실히 알게 된 건 2학년에 올라간 여름이었다. 하지만 무엇을 하고 싶은지는 알지 못했다. 길을 잃은 그 느낌은 형의 죽음과 결합되어, 일광욕하는 사람 위를 지나는 구름 그림자처럼 내게 우울증을 드리웠다. 나는 아예 집 밖으로 나가지 않았고 식사도 깨작거렸다. 몸무게가 고등학교 신입생 때만큼 줄어들고 피부가 도시 보도의 색깔처럼 창백해진 후, 나를 끌어내 준 것은 "그냥 털어놓으라"고 강요했던 부모님이나 의사가 아니었다. 그것은 『카라마조프가의 형제들』이었다. 그다음에는 『죄와 벌』이었고, 다음에는 『백치』, 그리고 그 작가가 쓴 모든 글이었다. 도스토옙스키는 안개 속 나에게 동아줄을 던지고 나를 끌어당기기 시작했다. '인간 존재의 수수께끼는 그저 살아 있다는 데 있는 게 아니라, 살아가기 위한 무엇을 찾는다는 데 있다'는 그의 글을 읽었을 때 나는 무릎을 쳤다. '그래! 바로 이거야!' 비록 젊은 치기이기는 했지만, 나는 내 안 깊은 곳에 러시아인의 영혼이 있다고 확신했다.

나는 대문호들을 공부하는 데 매진했다. 도스토옙스키 다음에는 톨스토이, 고골, 푸시킨, 체호프로 넘어갔다. 옛 천재들의 작품을 섭렵한 후에는 '붉은 괴물'이 퇴짜 놓은 지하의 작가들인 오시프 만델스탐과 마리나 츠베타예바, 미하일 불가코프를 파고들었다. 그리고 그해 가을 학교에 돌아갔을 무렵 안개는 비록 여전했지만, 조금은 걷혀 있었다. 그 가을 학기에 나는 예비 법학부를 그만두고 러시아어학부에 등록했다.

6년 뒤 그 서류 가방에는 법적 메모나 서류가 아닌 내 불안감의 최고 근원, 내 미완성 소설이 담겨 있었다.

나는 위스키를 한 모금 마시고 서류 가방에 손을 뻗었다. 비행기가 이륙할 때 나는 내 소설이 아닌 다른 것을 꺼냈다. 잭 케루악의 소설 『길 위에서』였다. 이 소설은 케루악이 벤제드린 각성제의 효능을 빌려, 기다란 종이 두루마리 한 장에 달리듯 써서 3주 만에 완성했다는 소문이 있었다. 어쩌면 나의 잘못은 그거였는지도 몰랐다.

어쩌면 나에게도 마약과 두루마리가 필요한 건지 몰랐다. 나는 호기롭게 책을 펼치고 처음 몇 문장을 읽다가 덮어버렸다. 그러고는 위스키를 들이켜고 졸기 시작했다.

잠이 깨보니 비행기는 대서양 상공을 날고 있었다. 마침내 내 원고를 살펴볼 수 있겠다는 생각이 들었다. 어젯밤 이리나와 일찍 저녁 식사를 하고 헤어진 후, 내 작품이 개연성을 유지하는지 확인하기 위해 방 벽에 메모들을 붙이면서, 바꾼 플롯에 따라 글을 쓰기 시작했다. 개연성은 거의 유지되는 것 같았고, 진짜 작가가 되는 길에 와 있을지 모른다는 생각이 들기 시작했다. 아닐 수도 있겠지만.

소설을 쓰고 있다는 사실은 누구한테도 한 적이 없었다. 심지어 작가가 되고 싶다는 말도 한 적이 없었다. 부모님에게도, 이리나에게도, 심지어 그로튼 학교 이후 가장 친하게 지낸 헨리 레닛에게도. 사람들은 헨리를 대책 없는 아첨꾼으로 생각하기도 했고, 그냥 얼간이로 보기도 했다. 그들 생각이 옳을 수도 있다. 하지만 형이 죽었을 때 헨리가 내 곁에 있어주었다. 줄리언 형이 죽고 내 삶이 러시아의 풍경처럼 끝없는 회색이었던 몇 달 동안, 헨리는 내 아파트에 앉아 몇 시간이고 나와 함께 위스키를 마시며 떠들어주었다.

내 원래 계획은 대학을 졸업하고 1년 후 첫 소설을 발표해 모두를 놀라게 해주는 거였다. 부모님은 별말씀이 없으셨지만, 내가 가업을 이으려 하지 않자 실망하셨다는 걸 나는 알고 있었다. 소설은 부모님이 클럽 친구들에게 자랑할 수 있는 것, 그분들이 실제로 간직할 수 있는 업적일 터였다.

하지만 그런 일은 일어나지 않았다. 졸업 후에 맞은 여름, 나는 백

번이나 소설 작업을 새로 시작했지만, 단 한 번도 처음 두 페이지 넘게 쓰지 못했다. 그렇지만 책을 좋아한 덕분에 직업을 구할 수 있었다. 굳이 말하면 책에 대한 애정과 유창한 러시아어 덕분이었지만. 그리고 인맥 덕도 있었다. 험프리스 교수가 조지타운에 나를 채용해준 것이다. 프랭크 위즈너 부국장의 옛 전략사무국 동지였던 험프리스 교수는 전쟁이 끝나자 예전의 슬라브 언어학 교수 자리로 돌아갔고 정보국의 최고 인재 스카우트 중 한 명이 되었다. 나는 험프리스 교수가 채용한 첫 번째 인재는 아니었지만, 마지막 인재도 아니었다. 상관들은 우리를 '험프리스의 소년들'이라 불렀는데, 스파이 집단보다는 아카펠라 그룹의 이름에 어울리는 별명이었다.

정보국은 각 직급의 직원들을 지식인으로 채우고 싶어 했다. 즉 오랜 기간에 걸쳐 사람들의 이데올로기를 변화시키는 지난한 게임을 믿는 사람들로 말이다. 그리고 그들은 책이 그 일을 할 수 있다고 믿었다. 나 역시 책이 그 일을 할 수 있다고 믿었다. 그것이 내가 하는 일이었다. 어떤 책을 활용할지 지정하고 은밀하게 보급을 돕는 것, 소비에트가 나빠 보이게 만드는 책, 다시 말해 소비에트가 금지한 책, 그 체제를 비판하는 책, 미국이 반짝이는 횃불처럼 보이게 만드는 책을 확보하는 것이 내가 맡은 일이었다. 생각이 다른 작가, 지식인, 아니 심지어는 기상학자까지도 모두 죽이도록 허락하는 정부 체제를 사람들에게 똑똑히 보여주고 싶었다. 물론 스탈린은 죽었고, 그의 시신은 방부 처리되어 유리 안에 봉해졌지만, 대숙청의 기억 또한 보존되어 있었다.

나는 출판업자나 편집자처럼, 다음번 중대 소설은 무엇이 될지,

어떻게 하면 가능한 한 빨리 가능한 한 많은 사람에게 그 작품을 전달할지 늘 생각하며 지냈다. 차이가 있다면 그 일에 아무런 흔적도 남기지 않고 싶다는 것뿐이었다.

런던 출장은 아무 책 때문이 아니었다. 특정 책 때문이었다. 우리는 몇 달 동안 『닥터 지바고』를 추적하고 있었다. 우리는 이탈리아에서 그 책 초판을 입수했고, 실제로 소문에 듣던 그대로라고 판단했다. "번역 과정에서 그 소설이 힘을 조금이라도 잃지 않기 위해" 원래의 러시아어 원고를 입수하는 것이 작전상 필수적이라 여겨졌다. 그것이 소비에트 시민에게 미칠 영향력을 최대화하기 위해서인지 아니면 작가가 쓴 원문의 순수성을 보존하기 위해서인지는 나로선 알 수 없었다. 나는 그 이유가 후자라고, 아니 적어도 어느 정도는 두 가지 다라고 생각하고 싶었다.

내 임무는 우리 영국 동지들을 설득해 그 소설의 러시아어 원고를 우리에게 넘기게 하는 것이었다. 아니면 적어도 원고를 잠시 빌리든가. 잠정적인 거래는 이루어졌지만, 그들은 자꾸 꾸물거리고 있었다. 아마도 자기들이 먼저 그것으로 뭐라도 할 수 있는지 판단할 시간을 벌려는 속셈일 것이다. 내가 런던으로 가게 된 건 그 문제를 매듭짓기 위해서였다.

그렇다고 출장이 꺼림칙하지도 않았다. 나는 그 습지 도시를 빠져나와 머리를 맑게 할 필요가 있었다. 이리나는 거리를 두고 있었고, 반면 나는 우리가 결혼할 거라고 생각했다. 심지어 나는 어머니께 할머니의 반지를 달라는 부탁까지 했고 크리스마스 연휴 때 청혼할 계획을 세웠다. 그러나 몇 번의 데이트가 취소되고 뭔가 이상한 껌새가 들기 시작하면서, 청혼이 옳은 행동인지 그다지 확신이 들지 않았다. 그리고 이리나에게 그에 관해 물어보았는데, 그 때문에 상황이 더 악화된 것만 같았다. 나는 그녀 같은 여자를 본 적이 없었다. 여태껏 내가 사귄 여자들은 모두 내 할머니의 반지를 끼겠다는 야심밖에 없는 것 같았다. 이리나는 내가 원하던 것을 원했다. 정보국에서 승진하고, 존중받는 사람이 되고, 맡은 일을 잘 수행해 그것으로 인정받는 것. 그녀는 나와 동등했고, 나에게 도전하는 사람이었다. 만약에 대학 시절 사귀던 그런 여자와 결혼한다면 나는 첫 아이가 태어나기도 전에 싫증을 느낄 것이다. 그리고 나는 한두 명의 비밀 애인을 둔 평범한 정보국 직원이 되고 싶지는 않았다.

게다가 그녀는 러시아인이었다! 비록 그녀 자신은 나보다 더한 미국인이라고 주장하지만, 나는 그녀의 러시아인다움을 정말로 사랑했다. 그들의 진기한 지하 아파트에서 손수 만든 펠메니를 먹는 것, 첫날부터 엄마라고 부르라고 고집하던 그녀의 어머니가 나의 러시아어 억양이 귀족적이라며 틈만 나면 놀리는 것, 그 모든 게 좋았다.

그러나 그녀가 거리를 두면서, 말하기 부끄럽지만 나는 한두 번 그녀의 뒤를 밟았다. 혹시나 다른 남자를 만나는 건 아닌지 확인하기 위해서였다. 그녀는 다른 사람을 만나고 있지는 않았다. 하지만 그렇기도 했다.

그래, 뭐. 떠난다는 것도 좋았고, 목적지가 런던인 것도 좋았다. 나는 런던을 사랑했다. 노엘 카워드와 카페 드 파리, 레인 재킷, 레인 보닛, 레인 부츠, 테디 보이스, 테디 걸스가 있는 런던이었다. 물론 런던 문학도 사랑했다. 나는 일주일쯤 머물며 H. G. 웰스가 죽은 집이나 C. S. 루이스가 톨킨과 함께 맥주를 마셨던 펍에 들르고 싶었다. 그렇지만 모든 일이 계획대로 풀린다 해도, 나는 하룻밤 안에 일을 마치고 다음 날 오전에 다시 미국행 비행기를 타야 했다.

내가 만날 친구, 암호명 초서인 남자는 사실 친구는 아니었다. 물론 그와는 아는 사이였고, 책 때문에 만난 적도 많았다. 중간쯤 되는 키에 중간쯤 되는 체구, 여러모로 우리 스파이들이 이상형인 눈에 띄지 않는 특징을 가진 사람이었다. 한 가지 예외라면 그의 치아였다. 너무 하얗고 가지런해서 그가 리버풀이 아닌 미국의 스카즈데일에서 자랐다고 생각될 정도였다. 그는 또 역할 집단에 맞게 억양을 바꾸는 능력이 있었다. 상류계급 사이에서는 상류계급처럼, 노동계급 사이에서는 노동계급처럼, 빨강 머리와 이야기할 때는 아일랜드인처럼 말했다. 사람들은 그를 매력적이라 여겼지만, 나는 기껏해야 한두 시간이면 그에게 질리곤 했다.

초서는 약속 장소인 조지 인에 20분 늦게 나타났다. 사람을 기다리게 하는 것이 MI6식 기선제압이 틀림없었다. 실제로 그가 일찍 도착해서 내가 펍에 들어가는 모습을 멀리서 지켜보다가, 주머니 시계(반드시 주머니 시계여야 한다)를 보면서 20분 기다린 뒤에야 들어왔다고 해도 나는 놀라지 않았을 것이다. 그들은 언제나 그처럼 사소한 일로 사람을 견제하면서, 자기네 영국인들이 그 기술에서는 우리 천박한 미국인보다 몇백 년은 앞서 있음을 신속히 상기시키곤 한다. 초서가 곧잘 하는 말을 빌리자면, 그는 내가 기저귀를 차던 때부터 그 일을 해왔다.

소문에는 펠트리넬리를 태우고 가던 비행기가 몰타에서 가짜 비상착륙을 하고 발이 묶인 사이, MI6가 『닥터 지바고』러시아어 원본 원고를 입수했다고 했다. 공항 직원으로 가장한 요원들이 펠트리넬리를 호위해 비행기에서 내린 사이 다른 요원이 원고를 사진으로 찍었다는 것이다. 소문이 사실인지는 확인할 수 없었지만, 분명 말이 되는 소리였다.

나는 유리 눈알을 박아 박제한 수사슴 머리 아래, 2인용 탁자에 앉아 아이리시 위스키 두 잔을 마셨다. 나만의 심리적 조치랄까. 바텐더가 피시 앤드 칩스와 으깬 완두콩을 털썩 내려놓던 그 순간에 초서가 비를 피하며 들어왔다. 검은색 코트 목깃이 귀까지 세워져 있었다. 그가 모자를 벗어 흔드는 바람에, 문 옆에 앉아 있던 프랑스인 관광객 두 명에게 빗물이 튀었다. 그는 고개 숙여 사과한 뒤 느릿느릿 내가 앉은 탁자로 다가왔다. 지난번에 봤을 때보다 약간 몸이 불어 있었다.

그가 나를 위아래로 훑어보고 말했다. "호리호리해 보이네."

"고마워."

그가 왼손을 들어 올렸다. "나 결혼했어."

"반지만 봐도 알겠어."

"재미없는 양키식 재치하고는. 그 재미없는 게 얼마나 그리웠는지 몰라." 그가 자리에 앉았다. "자네도 약혼했다고 들었어."

"아직은 아니야, 하지만 어쨌든 그걸 위해 건배해야지." 나는 잔을 들고 위스키를 마셨다.

"그 아일랜드 구정물 한 잔 더?" 내가 채 대답하기도 전에 그가 일어서서 바로 향했다. 그가 파인트 잔에 담긴 맥주 두 잔을 들고 와서 한 잔을 건넸다. "더 이상 부시밀 위스키는 팔지 않는대." 그가 말했다. "그거 알아? 디킨스도 이 가게 단골이었어." 그가 내 접시에서 눅눅한 감자튀김 하나를 집더니 그걸로 펍의 다른 쪽 끝을 가리켰다. "저기가 그가 앉던 자리야. 심지어 저 자리에 관해서 쓰기도 했어. 『황폐한 집』에서."

"어디선가 읽은 것 같아."

"물론 읽었겠지. 자네 미국인들의 모토가 뭐더라? **준비**였던가?"

"그건 보이스카우트 모토고. 그리고 자네가 생각하는 디킨스 소설은 『리틀 도릿』이야."

"맞다!" 그가 의자에 뒤로 기대며 말했다. "역시 똑똑하다니까. 우리의 재기 넘치는 대화가 그리웠어." 그가 한숨을 쉬었다. "지금 이 장소를 봐. 그냥 우리 같은 관광객들, 거품이 지나치게 많은 맥주, 눅눅한 감자튀김뿐이잖아." 그가 다시 감자튀김을 집었다. "위대한 작품 얘기가 나왔으니 말인데, 자네 작품은 어떻게 되어가나?"

그가 나의 꺾인 포부를 알고 있다는 사실이 놀랍지는 않았다. 어쨌거나 나 역시 그에 대해 많은 것을 알고 있으니까. 이를테면 그가 최근에 결혼했지만, 발리에 신혼여행을 갔던 2주를 제외하면 오래 같이 지낸 그의 부하 직원인 바이올렛과 계속 자고 있다는 사실 같은 것 말이다. 다만 그가 나의 주요 약점을 속속들이 안다는 것이 짜증스러웠다. "잘되고 있어, 고마워." 내가 대답했다.

"아주 근사해. 빨리 읽었으면 좋겠네."

"자네를 위해 한 부에 서명해주지."

그가 한 손을 가슴에 얹었다. "정말 우리 집 가보로 여길게."

"책 얘기가 나왔으니 말인데," 나는 일을 서두르고 싶은 마음에 물었다. "최근에 좋은 책 읽은 거 있어?"

"『다이아몬드는 영원히』 읽어봤어? 정말 끝내줘."

"아니. 내 취향은 아니야."

"내 생각엔 피츠제럴드 유형인 것 같아."

"피츠제럴드를 플레밍에 비교하는 거야?"

"그 데이지 말이야! 정말 굉장한 여자야! 실제로 난 그 여자와 사랑에 빠졌었지."

"남자들은 스스로 인정하는 것보다 개츠비를 더 사랑한다고 봐."

"사랑은 아니지. 하지만 개츠비가 되고 싶기는 하지. 사실 모든 남자, 모든 여자가 뭔가 위대한 비극을 은밀히 갈망하잖나. 비극은 삶의 경험을 강렬하게 만들어주니까. 사람들을 더 흥미롭게 만들어 주고. 그렇게 생각 안 해?"

"특혜받은 사람들만이 비극을 낭만화하는 법이야."

그가 튼튼한 자기 허벅지를 때렸다. "역시 우리는 잘 통해!"

생선튀김이 접시 위에서 차갑게 식어가고, 튀김옷은 기름을 먹어 눅눅해지고 있었지만, 나는 천천히 한 조각을 잘라 입에 넣었다. "참, 돌아가는 길에 읽을 만한 책을 찾고 있는데. 이 근처에 괜찮은 서점 아는 데 있어?"

그가 일어서서 맥주잔을 내려놓더니 콧수염에 묻은 거품을 소맷부리로 닦아냈다. "게임 한 판 할래?" 우리는 펍 뒤쪽으로 향했다. 내 다트 실력은 형편없었지만 간단하게 그를 이겼는데, 나는 그 친구가 기꺼이 거래하겠다는 뜻으로 받아들였다.

"좋아, 그렇단 말이지." 내가 다시 그를 이기자 그가 말했다. "내 실력이 약간 녹슨 것 같군." 그가 주머니 시계를 꺼냈고, 나는 그의 시계 종류를 맞혔다는 사실에 절로 미소가 지어졌다. "이제 가야 해. 마님을 모시고 개릭 극장에 가서 〈바냐 아저씨〉를 보기로 했거든."

"훌륭한 러시아 연극 좋지." 내가 말했다.

"싫어하는 사람도 있나?"

"평가는 괜찮아?"

"런던에서는 조만간 막을 내릴 거야. 하지만 미국에서는 내년에 상연 예정이지. 자네도 일이 어떻게 돌아가는지 알잖아. 우리 영국인들은 여기서 먼저 시험한 다음 자네들 미국인들에게 건네주는 걸 좋아한다고."

마침내, 거래가 진전되고 있었다. "그게 언제 상연되는데?"

"1월 초." 그가 외투를 입고 모자를 썼다. "하지만 아직 정확한 날짜는 발표되지 않았어."

"12월이면 좋을 텐데. 크리스마스 연휴 무렵에 훌륭한 공연 보는 걸 정말 좋아하거든."

"내가 일정을 잡는 게 아니야." 그가 말했다.

"뭐, 계속 귀를 열어놓고 있어야지."

"어련하시겠어."

그는 비를 뚫고 앞에 정차해 있던 차로 급히 나갔다. 나는 다시 돌아와 부시밀 위스키를 주문한 다음, 술값을 계산했다. 물론 초서는 계산서를 나에게 맡기고 나갔다.

밖으로 나오자마자 비가 억수같이 쏟아지기 시작했다. 흠뻑 젖은 채 호텔로 돌아온 나는 프런트 데스크에다 내 방에 어떤 전화도 연결하지 말라는 전갈을 남겼다. "시차 때문에 피곤하니 좀 쉬어야 한다고 해줘요." 그것은 『닥터 지바고』의 러시아어 원고가 우리 손에 들어온 거나 다름없음을 정보국에 알리는 암호였다.

15

제비

12월이 왔고 첫눈이 하얗게 워싱턴을 덮었다. 밀라노에서 돌아온 날 세인트패트릭스 교회의 지정된 고백실 안에 이탈리아어판 『닥터 지바고』를 두고 나왔고, 그다음 날 보고를 위해 임시 사무실에 출근했다. 프랭크에게 모든 것을 보고했다. 파티에 누가 참석했고 언론은 뭐라고 보도하고 있었는지, 내가 엿들은 대화에 어떤 정보가 있었는지, 그리고 무엇보다도 펠트리넬리가 연설에서 무슨 말을 했는지 낱낱이 이야기했다. 다만 그 소설책에 명함을 몰래 끼워 넣은 남자 이야기는 하지 않았다. 집에 돌아왔을 때, 나는 담배 케이스에서 꺼낸 그 명함을 화장실의 헐거운 타일 뒤에 숨겨두었다. 워싱턴에서 비밀은 일종의 보험이었고, 여자라면 뒷주머니에 몇 개의 비밀은 늘 필요한 법이다.

이리나와 나는 리플렉팅 연못에서 만나기로 계획을 잡았다. 스케이트를 탄 다음 내 아파트에서 저녁을 먹기로 한 것이다. 우리는 스키 마스크를 쓴 남자의 스테이션왜건 트렁크에서 스케이트를 빌려 링크를 향해 눈길을 걸어갔지만, 얼음판은 밟아보지도 못했다. 링컨 기념관 계단에 앉아 부츠를 벗고 있을 때, 이리나가 불쑥 말을 꺼냈다. 테디가 청혼했다는 것이다. 승낙했다는 말은 하지 않았지만, 말하지 않아도 알 수 있었다. 그 말을 할 때 이리나는 워싱턴 기념비에 시선을 고정한 채 한 번도 내게 눈길을 주지 않았다.

그것이 있을 수 있는 일이라는 건 알고 있었다. 사람들은 자신의 과거를 은폐하기 위해, 체포되지 않기 위해, '정상적' 삶을 살기 위해 약혼하고 결혼하고, 심지어 아이까지 낳곤 했다. 그리고 이탈리아에서 돌아온 뒤, 나는 이리나와의 관계를 끝내려고 열 번도 넘게 시도했지만, 열 번 넘게 더 깊이 빠지기만 했다. 그런 일이 생길 수 있음을 알고 있었다. 알고는 있었지만…… 그녀의 입술에서 쏟아지는 그 말을 들었을 때, 나는 마음의 준비가 되어 있지 않았다. 마치 누군가 내 발밑의 토대에서 돌멩이 하나를 빼어버려 내가 정확히 언제 쓰러질지 알 수 없는 처지가 된 것 같았다. 하지만 그 순간엔 애써 침착함을 유지했다. 어떤 상황에서도 그러도록 훈련받은 대로 냉정함을 유지했다. 나는 축하해주면서, 행복한 커플을 위해 약혼 파티를 열어주고 싶다고 했다. 그녀는 깜짝 놀라며 모기만 한 목소리로 그럴 필요는 없을 것 같다고 했다. 이리나에게 스케이트를 탈 기분이 아니라고, 두통이 있으니 집에 가서 좀 쉬어야겠다고 말하자, 그녀는 일어서서 차가운 계단에 나를 남기고 가버렸다. 나는 그녀의 빨간 모자가 점점 멀어지며 하얀 풍경 속의 한 점이 되는 모습을 지켜보았다.

그날 저녁 이리나가 내 아파트에 나타났다. 스케이트 타러 갈 때의 복장 그대로였다. 나를 계단에 남겨두고 간 뒤 내내 걸었던 모양이었다. 코가 빨갛게 언 채 오들오들 떨고 있었다. 그녀는 아파트 안으로 밀고 들어와 부츠와 모자, 스카프, 외투를 벗었다. 집에 와서 자고 있었다고, 감기가 오는 것 같으니 너무 가까이 오지 말라고 하자 그녀가 차가운 손을 내 두 뺨에 대고 말했다. "내 말대로 해요." 그러나 그뿐, 다른 말은 하지 않았다. 그녀가 키스해왔다. 입술을 더듬다가 마침내 입을 맞추었다. 키스를 받으니 울고 싶어졌다. 그녀가 입술을 떼자마자 상실감이 느껴졌다. "내 말대로 해." 그녀가 다시 말했다. 왠지 그 말에 나는 고개를 돌리고 싶었지만, 그녀는 나를 놓아주려 하지 않았다. 그녀가 한 발짝 더 다가와 스타킹 신은 발가락으로 내 발가락을 덮었다. 힐을 신지도 않았는데 그녀는 나보다 이마 하나만큼 컸다. 그녀가 내 얼굴을 살피듯 꽉 붙잡았다.

그녀가 다시 키스하더니 차가운 두 손을 내 실내복 가운 안으로 집어넣었다. 그 자신감은 나를 깜짝 놀라게 했다. 그녀는 다른 사람인 척하는 걸까, 아니면 실제로 내가 미처 눈치채지 못했던 새로운 사람이 된 걸까?

전율이 다리를 타고 흘렀고, 나는 분홍색 카펫 위에 주저앉고 말았다. 그녀도 따라 앉았다. 이제 내 가운 앞섶은 벌어져 있었고 그녀가 내 배에 키스했다. 내 입에서 소리가 새어 나왔다. 당혹스러운 소리였다. 그녀가 웃었고, 그 웃음이 나를 웃게 했다. "넌 누구야?" 내가 물었다. 그녀는 대답하지 않은 채 나의 골반을 훑어 내려가는 데 집중했다. 어쩌면 상황이 뒤바뀐 건지도 몰랐다. 어쩌면 자신을 알지 못하는 사람은 나인지도 몰랐다. 섹스에서 나는 늘 우위에 있었다. 파트너의 반응을 가늠하고, 움직이고, 자세를 취하고, 그에 맞춰 신음했다. 이번엔 달랐다. 그녀는 나에게서 무엇도 기대하지 않았다. 나는 무력했다.

나는 우리가 멈출 거라고 생각했다. 그녀가 이성을 되찾을 거라고, 내가 이성을 되찾을 거라고. 그녀가 포기할 거라고. 그 생각을 말했을 때, 그녀는 너무 늦었다고 했다. "돌아가지 않을 거야."

그녀 말이 맞았다. 그것은 난생처음 총천연색 영화를 보는 것과 같았다. 지금까지의 세상은 일방통행이었지만, 이후 모든 것이 변해버렸다.

우리는 카펫 위에서 잠이 들었다. 내 가운이 우리의 담요가 되었고, 내 가슴이 그녀의 베개가 되었다. 나는 아래층 빵집이 문을 여는 소리와 냄새에 몸을 뒤척였다. 화장실로 가서 얼굴에 물을 끼얹고 머리를 빗었다. 샤워기 위쪽 작은 창문으로 들어오는 아침 햇살은 가혹해 보였고, 거울 속 내 모습은 엉망이었다. 나는 이리나와 테디를 생각했다. 그들의 결혼식은 어떨지, 결혼식장의 통로를 걸어가는 그녀는 어떤 모습일지. 그러자 나의 새로운 총천연색 세계는 흑백 세계로 돌아왔다.

밖으로 나왔을 때, 이리나는 부엌에서 냉장고 안을 살피고 있었다. 그녀는 달걀 반 판을 꺼내더니 어떻게 요리하는 걸 좋아하는지 물었다.

"테디는 어떤 걸 좋아해?"

그녀는 아무 말도 하지 않았다. 내가 다시 묻자, 그녀는 내 손을 잡고 우리가 할 무언가를 생각하자고 했다. 그녀가 나를 사랑한다고 했을 때, 나는 나도 사랑한다고 진실을 말하는 대신 손을 빼면서 배고프지 않다고, 그녀에게 그만 가보라고 했다. 그리고 그녀는 가버렸다.

. . .

그해의 마지막 밤에는 얼어붙을 것처럼 차가운 비가 내렸다. 나는 부엌에 백조 모양으로 포장한 포일을 풀고, 먹다 남은 안심 스테이크를 데웠다. 비상계단으로 향하는 문을 열고 프랭크가 준 49년산 동 페리뇽 병을 가져왔다. 밀라노에서 일을 대체로 잘 끝냈다고 내게 준 선물이었다.

나는 등이 따뜻하도록, 열어둔 오븐 앞에 서서 저녁을 먹었다. 프랭크가 장담한 대로 샴페인은 정말 훌륭했다.

그날 낮에는 혼자서 〈콰이강의 다리〉 영화를 보러 갔었다. 그러나 영화에 집중하기가 힘들어서 일찍 나와버렸다. 하늘은 벌써 어두워져 있었고 비가 내리기 시작했다. 집에 도착할 때쯤 우리의 화이트 크리스마스는 갈색 진창으로 변해 있었다. 길 건너 공원에 아이들이 만들어놓은 눈사람은 단단한 얼음이 되었고, 당근 코가 사라진 자리에 담배가 꽂혀 있었고, 목도리는 보이지 않았다. 나는 새해 첫날이 싫었다.

설상가상으로 내 아파트는 몹시 추웠다. 냉랭한 공기 속에서 입김이 피어올랐고, 라디에이터는 만지기에도 차가웠다. 그 블록에 있는 건물의 반을 가지고 있으면서도 지독한 구두쇠라 관리인을 쓰지 않는 집주인에 대한 욕이 절로 나왔다.

나는 욕조에 뜨거운 물을 받고, 머리가 젖지 않도록 조심하며 몸을 담갔다. 물이 미지근해지자 발가락으로 수도꼭지를 틀었고, 그 과정을 두 번 반복하고 나서야 밖으로 나왔다. 차가운 공기가 닿자 커다란 목욕 가운으로 몸을 감쌌다. 그냥 침대로 들어가 라디오에서 1958년 새해를 축하하는 가이 롬바르도의 연주를 들으며 잠들고 싶었다. 그러나 그럴 수 없었다. 옷을 입고 화장하고, 한 시간 뒤 나를 파티에 데려갈 검은 차가 도착하기 전에 뭐라도 먹어야 했다.

밀라노에서 돌아와 프랭크에게 보고할 때 그는 만족한 표정이었지만, 마치 세세한 내용을 벌써 알고 있는 듯 집중하지 않았다. 아마 실제로 알고 있었을 것이다. 그는 내가 펠트리넬리에게 더 접근하지 못했다는 사실에도 개의치 않는 것 같았다. 처음에는 아마 프랭크도 나와 같은 생각이라고 짐작했다. 내가 은퇴할 때가 된 것 같다고, 그 일에 필요한 자질이 더는 내게 없다는 평가를 그도 하고 있을 거라고. 하지만 그는 정중하게 나를 내보내는 대신, 다른 일을 도와주면 좋겠다고 말했다.

"한 번 더 부탁해야겠어."

"뭐든지요."

비가 막 잦아들 때쯤 내가 타고 갈 검은 차가 도착했다. 나는 모피는 옷장 속에 둔 채 흰색 모헤어 스윙 코트를 걸쳤다. 이리나가 모피는 소름 끼친다고 말한 이후 모피는 입지 않았다. "불쌍한 토끼들." 그녀는 내 모피 소매를 쓸며 그렇게 말했었다.

운전기사는 챙 달린 에나멜가죽 모자를 한 손에 들고서 다른 한 손으로 차 문을 열어주었다. "당신 같은 아가씨는 새해맞이 데이트를 하지 않나요?"

나는 뒷자리에 올라탔다.

워싱턴의 풍경이 차창 밖으로 흘러갔다. 건물 사이로 언뜻언뜻 비치는 하늘에 은색 달이 보였다. 이리나도 그녀가 있는 곳에서 저 달을 보고 있는지 궁금했다. 그녀는 한 해의 마지막 밤을 테디네 부잣집 가문이 소유한 그린 산맥의 별장에서 테디와 그 가족과 보내고 있었다. 이리나는 심지어 스키도 탈 줄 몰랐다. 나는 버몬트주도 날이 흐리기를, 그곳에도 차가운 비가 내리기를 바랐다.

새해맞이 파티 장소는 콜로니 레스토랑이었다. 시내에 있는 이 프랑스 식당은 워싱턴에서 최고급으로 꼽혔는데, 괜한 말이 아니었다. 파나마 외교관이 주최하는 그 파티는 기본적으로 사무실이 없는 사무실 파티였다. 사실상 초대받은 사람들만 오는 핵심층 행사였다. 주요 인사들 모두가 올 터였다. 프랭크, 모리, 메이어, 덜레스 형제, 그레이엄 부자, 알솝 형제 중 한 명 등 조지타운 세트의 모든 주인공. 하지만 나는 그들과 떠들기 위해 가는 게 아니었다. 내가 참석하는 이유는 따로 있었다.

식당 벽에 늘어선 청동 부조의 신화 속 인물에는 파티 모자가 씌워져 있었고, 라운지는 은색 띠와 금색 반짝이로 장식되어 있었다.

사람들로 붐비는 댄스 플로어 위쪽에는 하얀 풍선들이 시계가 12시를 알리면 터질 준비를 하고 둥둥 떠 있었다. 가운데 바 위에는 커다란 현수막이 걸려 있었다. **58년이여 어서 오라!** 거대한 시계 앞에서는 새틴 드레스를 입은 가수가 브라스 밴드와 공연하고 있었다. 손으로 움직이게 만든 시곗바늘은 10시를 가리키고 있었다. 옷을 맡아주는 여자에게 내 코트를 건네주는데, 옆머리에 실핀을 꽂아 조그만 실크해트를 쓰고 로케츠* 단원 차림을 한 웨이트리스가 온갖 소음기와 모자가 든 은쟁반을 내밀었다. 나는 번쩍이는 자주색 술이 달린 뿔나팔을 골랐지만, 모자는 건드리지 않았다.

"자네의 휴가 기분은 어디로 간 거야?" 뒤에서 앤더슨의 목소리가 들렸다. 그는 악마의 뿔처럼 양쪽이 뾰족하게 올라온 모자를 썼는데, 고무줄이 이중턱으로 파고들어 있었다. 재킷은 벌써 벗어버렸고, 턱시도 셔츠 등판이 땀에 젖어 투명하게 비쳤다.

"'새해의 아기'가 오늘 밤에도 또 등장하나요?" 내가 물었다. 캔디에서의 새해 전야 축하 파티 때 앤더슨이 가랑이에 하얀 시트만 두른 채 발가벗고, 입에는 커다란 인조 젖꼭지를 물고서 럼주 한 병을 움켜쥐었던 사건을 가리킨 말이었다.

"밤이 아직 무르익지 않아서 말이야!"

"휴가 기분 얘기가 나왔으니 말인데, 여자는 어디서 한 잔 할 수 있나요?" 집에서 동 페리뇽 석 잔을 마시고 나온 터라 속은 벌써 뜨뜻했지만, 그 느낌이 사라지지 않게 하고 싶었다. 적어도 잠시만이

---

* 미국의 라인댄스단. 화려한 드레스나 제복을 입고 퍼레이드 등에서 춤을 춘다.

라도 이리나 생각을 몰아내고 싶었다.

앤더슨이 반쯤 담긴 펀치 잔을 내밀었다. "숙녀분 먼저."

나는 펀치를 마시고 그를 향해 뽈나팔을 불고는 쟁반에 음료를 새로 채워 온 웨이터에게 손짓했다. 앤더슨이 춤을 청했지만, 나는 나중에 추자고 말했다. 프랭크가 나에게 잘 살펴보라고 했던 남자가 댄스 플로어 건너편에 있는 걸 보았기 때문이다.

나는 앤더슨이 사람들이 가득한 탁자로 돌아가 환영받는 것을 지켜본 다음, 다시 그 남자에게 주의를 돌렸다. 헨리 레닛은 무대를 향해 대각선으로 서서, 어사 키트가 〈산타 베이비〉를 부르는 모습을 지켜보고 있었다. 나는 앤더슨이 있는 탁자를 멀찌감치 돌아 댄스 플로어 가장자리를 지나서, 헨리와는 무대 반대편에 있는 자리를 찾아냈다. 그리고 기다렸다. 밴드가 연주를 끝내자 가수는 뽐내듯 시계로 걸어가서는 바늘을 10시 반으로 옮겼다. 군중이 환호했다. 헨리는 낄낄 웃었지만, 어쨌든 1957년의 마지막 남은 한 시간 반을 향해 잔을 들었다. 그러다가 내 쪽을 쳐다보았다.

헨리 레닛에 관해 내가 아는 것들. 예일대 출신. 롱아일랜드에서 자랐지만, 누가 물으면 '뉴욕시'에서 자랐다고 대답한다. 정보국에 들어온 지는 5년 3개월밖에 안 되지만, SR 내에서 급속히 승진해 의심을 산다. 다리 건너 알링턴에 엘리베이터가 없는 건물 방 하나짜리 집에 혼자 살고, 집세는 부모가 낸다. 언어에 능통해 러시아어, 독일어, 프랑스어가 유창하다. 예일대를 졸업하고 정보국에 들어오기 전 1년은 유럽 '배낭여행'을 하며 보냈다. 이는 부모에게 받은 용돈으로 5성급의 이 호텔 저 호텔에 묵었다는 뜻이다. 오렌지색 머리에 주근깨가 있고 목이 굵지만, 생각보다 여자를 잘 다룬다. 그는 타이핑 부서의 여자 두 명과 사귄 적이 있지만, 아주 느슨한 관계였으므로 두 여자 중 누구도 다른 한 명이 그와 만났다는 사실을 알지 못했다. 가장 친한 친구는 테디 헬름스지만, 이리나는 두 사람이 친한 이유를 이해하지 못했다. 하지만 나는 알고 있었다. 아이비리그 출신의 이 두 남자는 항상 붙어 다닌다.

헨리 레닛에 관한 나머지 사항, 그리고 내가 그 파티에 간 이유는 그가 내부 스파이일지 모른다는 프랭크의 의심이었다. 프랭크는 몇 달 전 그 책 작전에 나를 배정하고 얼마 후 처음으로 그의 의심을 내게 말했고, 나는 촉수를 곤두세우고 있었다. 그리고 내가 이탈리아에서 돌아오자 헨리를 더 잘 알아보라고 했던 것이다.

사실 정보국 남자들은 모두 자존심이 강했다. 그러나 보통은 그 무리 안에서만 자존심을 내세웠다. 그러나 헨리는 자신을 곤경으로 내몰 수 있는 그런 자존심을 가진 남자였다. 그는 허풍쟁이로 여겨졌다. 그런 인식과 함께 유명한 음주 문제는 좋지 않은 평판을 받기 충분했다.

나는 그런 말은 입 밖에 내지 않았다. 그리고 소문이 사실이 아니기를 바랐지만, 최근 프랭크의 판단력이 의문을 사고 있다는 수군거림을 들은 적 있었다. 헝가리에서의 임무가 실패로 돌아간 후 그가 예전 같지 않다는 말도 있었고, 소비에트 스파이를 색출하려는 그의 집착은 능력이 떨어진 탓이라는 말도 있었다.

헨리는 무대 옆에서 몇 마디 잡담을 나누고 댄스 플로어 주변을 몇 바퀴 빙빙 돌고 펀치 두 잔을 마신 후, 같이 조용한 데 가서 이야기를 나누자고 했다. 가수는 벌써 시곗바늘을 11시 45분으로 옮겼고 군중은 온갖 소음기와 새로 채운 음료로 자정의 건배를 준비하고 있었다. 우리는 사람들 사이를 빠져나와 밖으로 나갔고, 그는 은색 양동이에서 샴페인 한 병을 뽑아 왔다. "우리의 건배를 위해서." 그가 전리품처럼 샴페인 병을 내밀었다.

"어디로 가는 거예요?"

헨리는 대답하지 않고 두 걸음 앞서갔다. 보통 주도권을 쥐고 앞장서는 사람은 나였는데, 걸음을 서두르다가 카펫에서 튀어나온 부분에 발이 걸려 넘어졌다. 헨리가 돌아와서 나를 부축했다. 일어서는 순간 피가 머리로 쏠렸다.

"당신 같은 여자가 술을 못 한다고는 하지 않겠죠?

"더 마실 수 있어요, 고마워요."

그가 다시 병을 들어 올려 보였다. "잘됐네요." 그는 시계를 보았다. "자정까지 7분 남았네요." 그는 엄지손가락이 내 허리의 잘록한 부분을 파고들도록 나를 감싸 안고는 출구 쪽으로 안내했다.

"코트를 안 가져왔어요." 내가 말했다.

"아, 나가는 거 아니에요."

위스키를 한두 모금 슬쩍 마셨는지 의자에 구부정히 앉아 있는 도어맨을 지나갔다. 헨리는 내 손을 잡고 춤추며 한구석으로 이끌었다. 그의 숨결에서 술집 마룻바닥 같은 냄새가 났고, 입술이 벌어진 걸 보니 취한 게 틀림없었다. 나는 좁고 보기 싫은 그의 넥타이를 바로 매주고는 우리를 보지 않는 척하는 도어맨쪽을 쳐다보았다. "어디 조용한 데 가서 이야기를 나눈다고 하지 않았나요?"

그가 내 뒤로 손을 뻗자 뒤쪽의 벽이 문이 되었다. "그런가, 당신이 뭘 안다고." 그가 나를 외투 보관실로 몰아넣으며 물었다. 그 작은 방에는 철사 옷걸이에 걸린 흰색 제복 몇 벌과 부서진 의자 하나, 낡은 진공청소기 하나가 있을 뿐 비어 있었다.

"정확히 내가 생각하던 아늑한 장소는 아니네요."

"당신 같은 여자를 잘 알아." 그는 부서진 의자를 샴페인 병으로 가리키며 말했다. "이보다 더 멋진 분위기며 그런 것들에 익숙하지. 그래도 여기가 조용하잖아, 안 그래?" 그가 코르크 마개를 따자 마개는 비어 있는 모자 보관함 안으로 떨어졌고, 그는 벌컥벌컥 병나발을 불었다. "그리고 은밀하고."

그가 병을 내밀었지만, 나는 벌써 취해서 한 모금만 더 마시면 그에게 끌려다닐 것 같아 거절했다. "자정이 되면 한 모금 하죠."

그는 다시 시계를 보더니 문자반을 두드렸다. "3분 더 남았군."

"새해 계획 있어요?" 내가 물었다.

"바로 이거." 그는 축축한 한 손을 내 뺨에 대더니 키스하려고 몸을 기울였다. 내가 한 걸음 물러서자, 옷걸이 봉이 머리를 스쳤다.

"뭔지 말부터 해봐요." 내가 말했다.

"당신 아름다워." 그가 다시 안쪽으로 들어왔다.

나는 집게손가락으로 그를 밀어냈다. "이보다는 신사답게 행동해야지."

그가 소름 끼치게 낄낄 웃었다. "마음에 들어. 난 만만하지 않은 게 좋거든."

"뭐라도 말해봐……. 재미있는 얘기." 나는 그의 시선을 잡아두었다. 그건 사람들이 말하게 하는 오래된 요령이었다.

"나? 나야 숨길 것 없는 사람이지." 그는 천장을 쳐다보더니 숨을 내쉬었다. "비밀을 가진 사람은 당신인 것 같은데."

"여자는 누구나 비밀을 가지는 법이지."

"맞아, 하지만 난 우연히 당신 비밀을 알게 됐어."

입이 바짝 말랐고, 혀가 샌드백처럼 무거워졌다. "그게 뭔데?"

"말해줘?"

"말해봐."

"당신이 나한테 수작을 건 이유를 내가 모를 것 같아?" 그가 말했다. "당신이 아무 이유 없이 그냥 갑자기 한 남자한테, 그것도 열 살은 어린 남자한테 관심을 가졌을까? 당신이 누구인지 내가 모를 거라 생각해? 당신이 나에 관해 캐묻고 다녔다는 거 다 알고 있어. 나의 충성심에 관해서."

나는 문 쪽을 쳐다보았다.

"당신이 모르는 건 여기엔 당신 친구들보다 내 친구들이 더 많다는 사실이야."

나는 너무 심란하고 취해 있어서 미처 상황을 알아보지도 못한 채 곧바로 일에 뛰어들었던 것이다. 나는 나가려고 했지만, 그가 가로막았다. "소리 지를 거야."

"얼마든지. 사람들은 그저 당신이 일을 잘하고 있다고 생각하겠지."

그를 밀쳐내자 그가 나를 밀쳤다. 나는 벽장의 금속 봉에 머리를 엄청나게 세게 부딪쳤다. 내가 채 몸을 움직이기도 전에, 그가 몸으로 나를 짓누르며 입으로 내 입술을 덮쳤다. 그 힘이 얼마나 셌는지 그가 물러설 때 입에서 피 맛이 느껴졌다. 나는 그를 밀쳐내려고 했지만, 그가 다시 나를 덮치며 내 입안으로 혀를 밀었다. 무릎으로 그를 차려 했지만, 그가 밑에서 내 다리를 눌러버렸다. 나는 바닥에 주저앉았다. 그도 따라 앉았다. 일어서려고 했지만, 그가 내 두 손을 잡아 머리 위로 올리고는 한 손으로 붙잡았다. 나는 비명을 질렀지만 문 저쪽의 군중이 자정을 향해 카운트다운을 시작하는 함성에 묻혀버렸다. 30! 내 드레스 옆구리가 찢어지는 소리가 들렸다. "이게 당신이 하는 일이지, 안 그래? 그들이 당신을 이용하는 방식이지?" 23! 나는 그에게 침을 뱉었지만, 그는 벽돌이라도 있었으면 한 대 쳐주고 싶을 만큼 능글맞게 웃으며 얼굴에서 침을 닦았다. 그가 내 이마에 자기 이마를 대고 눌렀다. 14! "그렇다면 나머지 소문이 사실인가?" 그의 숨결은 뜨겁고 시큼했다. "당신이 무슨 동성애라지? 그 사실이 알려지면 수치스럽겠지." 3! 2! 1!

사람들이 "해피 뉴 이어!" 함성을 질렀고 밴드가 〈올드 랭 사인 Auld Lang Syne〉을 연주하기 시작했다. 나는 눈을 감고 캔디 시절 우리 생존 장비에 있던 극약인 L정을 떠올렸다. 갈색 고무에 싸인 조그만 유리병에 든 흰색의 타원형 알약이었다. 필요할 때 깨물면 유리가 부서져 독이 새어 나왔다. 독이 퍼지면 몇 분 내로 심장박동이 멈춘다. 죽음은 빠르고 고통도 없다. 전장에서 이렇게 멀리 떨어진 곳에서 내가 붙잡히게 될 줄은 꿈에도 몰랐다.

그는 나를 그 작은 방에 두고 나갔다. 나는 일어설 생각도 하지 않았다. 기어 나올 생각도 하지 않았다. 도움을 청할 생각도 하지 않았다. 아무 생각도 하고 싶지 않았다. 자고 싶었다.

그는 내 코트를 가지고 돌아와 나를 부축해 일으켰다. 헨리가 먼저, 이어서 몇 발짝 뒤에서 내가 비틀거리며 외투 보관실을 나오는데 앤더슨이 아내와 함께 떠나고 있었다. 그러나 앤더슨은 다가오지 않았고, 새해 복 많이 받으라고 외치지도 않았다. 아무 말이 없었다. 그는 나의 얼룩진 화장과 찢어진 드레스를 보았지만, 한마디도 하지 않았다.

헨리 말이 맞았다. 그들에게 나는 아무것도 아니었다. 앤더슨조차도 나를 바라보지 못했다. 나는 그들의 동료, 그들의 동지가 아니었다. 그들의 친구는 분명 아니었다. 그들 모두 나를 이용했다. 그 오랜 세월 동안 내내 나를 이용하고 있었다. 프랭크, 앤더슨, 헨리, 그들 모두가. 그리고 나는 그들이 계속해서, 꿀이 마를 때까지 나를 이용할 거라고 확신했다.

헨리가 나를 차에 태웠고, 신사처럼 내 볼에 키스하더니 운전기사에게 조심해서 운전하라고 말했다.

기사는 아파트 문까지 나를 데려다주었고, 나는 난간을 붙잡고 겨우 계단을 올라갔다. 몸에 아직도 그의 느낌이 남아 있었다. 아직도 그의 냄새가 났다.

아파트는 여전히 추웠다. 유리로 된 커피 탁자에는 여전히 동 페리뇽 반 병과 백조 모양의 속이 빈 포일이 놓여 있었다. 내가 드레스에 맞춰 신으려다 만 힐 한 켤레가 여전히 전신 거울 밑에 놓여 있었다. 이리나가 내게 보냈던 크리스마스카드는 여전히 벽난로 선반에 홀로 놓여 있었다.

나는 구두를 벗었다. 화장을 지웠다. 드레스를 벗었다. 욕조 안에 선 채로 피부가 델 만큼 뜨거운 물을 틀어놓고 서 있었다. 그런 다음 침대로 가서 잠을 잤다. 다음 날 낮까지, 다음 날 밤까지.

잠에서 깬 후, 욕실로 들어가 차가운 바닥에 무릎을 꿇었다. 벽으로부터 타일 여섯 개를 세고 헐거운 한 타일 밑을 손톱으로 파냈다. 빨간 손톱이 부러졌다. 나는 뜯겨 나가고 남은 손톱을 물어뜯고는 바닥에 뱉었다. 타일을 들어내고 명함을 꺼냈다. **워싱턴 D. C. 노스 웨스트 P가 2010번지, 세라 드라이클리너스.**

명함을 뒤집으며 이리나를 떠올렸다. 모든 것을 기억하고 싶었다. 목록을 만들고, 그녀에 관한 기억을 차곡차곡 정리하고 싶었다. 그래서 미래에 꺼내 볼 수 있게 하고 싶었다. 나머지 것들의 영향으로부터, 시간의 잔인한 왜곡으로부터, 앞으로 내가 되어야 할 사람으로부터 그 기억을 지키고 싶었다.

일단 전화를 건 뒤에는 돌이킬 방법이 없을 것이다. **이중**이라는 말은 부적절한 말이다. 한 사람이 두 사람이 되지는 않는다. 그보다는 두 세계에 존재하기 위해서 자신의 일부를 잃는 것이다. 두 세계 중 어느 하나에도 온전히 존재하지 못한 채로.

랠프 카페에서 이리나를 보았던 일이 떠올랐다. 처음 내가 있는 쪽으로 고개를 돌렸을 때, 그녀는 칸막이 자리 끝에 앉아, 다리를 반쯤 통로로 뻗고 있었다. 문 닫은 줄도 모르고 어느 포도 과수원에 가던 길에 그녀가 리즈버그의 주유소에서 샀던 분홍색 풍선껌도 떠올랐다. 그리고 첫눈이 내리던 밤 워싱턴에서 가장 높은 지점인 포트 레노 공원에서 함께 썰매 타던 일도 떠올랐다. 우리는 텐리타운에서 만났는데, 그녀가 정보국 구내식당에서 가져온 완두콩 수프 색깔의 쟁반 두 개를 내밀었을 때 나는 머뭇거렸다. 나는 내 힐을 가리키며 그걸 탈 수는 없을 것 같다고 말했다. 그녀가 한 번만 타보라고 애원하자 나는 금세 마음이 풀어져 버렸다. 차가운 언덕을 질주해 내려올 때 얼굴에 닿는 바람의 느낌은 얼마나 상쾌했는지.

세이프웨이 슈퍼마켓이 문 닫는 시간을 10분 남기고 생일케이크를 사러 뛰어 들어갔던 때도 있었다. 내 생일도 그녀의 생일도 아니었지만, 이리나는 케이크를 사야 한다고 고집했다. 심지어 퇴근을 위해 이미 작업복을 벗은 제빵사에게 파란색 아이싱으로 내 이름을 써넣고, 느낌표까지 그려달라고 부탁했다.

그레이블리 포인트 공원에서 내셔널 공항에 내리는 비행기들을 바라보던 때도 떠올랐다. 멀리서 불빛이 번쩍일 때 우리는 담요를 뒤집어쓴 채 꼭 붙어 앉아 있었다. 엔진 소리가 점점 더 커지는가 싶더니 우리 머리 위에 비행기가 나타났다. 비행기들이 얼마나 가까이 보였던지 손을 뻗으면 밑바닥이 만져질 것만 같았다.

심지어 내 아파트에서 사랑을 나누었던 다음 날 아침도 나는 기억해두고 싶었다. 모든 것이 스웨터에서 풀린 올처럼 흐트러졌던 그 아침. 그녀가 떠난 뒤, 나는 그녀에게 주려고 샀던 선물을 숨겨둔 옷방으로 갔다. 주지 못한 그 선물은 에펠탑을 새긴 고풍스러운 판화였다. 영화 〈화니 페이스Funny Face〉를 보고 난 뒤, 그녀는 언젠가 함께 꼭 파리에 가자고 했다. 내 손바닥 크기의 그 작은 에펠탑은, 바늘 끝에 잉크를 찍어 그린 섬세한 선들로 윤곽을 나타낸 거였다. 나는 그 판화를 액자에 넣어달라고 해서 두꺼운 방습지로 포장하고 빨간 끈으로 묶어두었다. 크리스마스 선물로 줄 계획이었지만, 그 판화는 웃방 구석에 그대로 있었다.

　나는 명함을 집어 들었다. 주소를 외운 뒤 성냥을 그었고, 불에 타들어 가는 명함을 지켜보았다.

16

직원자
배달원

내셔널 대성당의 비숍 정원에는 사람이 없었지만, 옆문은 잠겨 있지 않았다. 벌거벗은 나무들은 조명을 받는 내셔널 대성당을 배경으로 검은 그림자를 드리우고 있었다. 아기 천사들이 가득한 분수는 파이프가 얼지 말라고 똑똑 물방울이 떨어지게 두었을 뿐 겨울이라 꺼져 있었고, 정원을 에두른 관목 장미는 그냥 가시덤불처럼 보였다.

돌담 옆 오솔길 바닥에 늘어선 조명들은 그들이 말한 것처럼 꺼져 있었지만, 보름달이 비치고 정원 위로 우뚝 선 대성당이 조명을 반사하고 있어, 오솔길을 따라 돌 아치를 지나 가장 큰 소나무 아래 나무 벤치를 찾아가는 데는 아무 어려움이 없었다.

나는 엷게 쌓인 눈과 떨어진 솔잎을 손으로 쓸어내고 벤치에 앉았다. 뒤에서 갑작스러운 움직임이 느껴지면서 뒷덜미 머리카락이 쭈뼛 섰다. 주위를 돌아보았다. 아무것도 없었다. 미행당한 걸까? 위쪽을 쳐다보았다. 큰 소나무 높이 노란 랜턴 두 개가 걸려 있었다. 올빼미 한 마리가 그 무게를 지탱하기에 너무 작아 보이는 나뭇가지에 앉아 있었다. 올빼미는 머리를 회전하며, 불운한 생쥐나 얼룩다람쥐를 찾아 정원을 살폈다. 올빼미는 제왕 같은 새였다. 자신의 왕좌에서 판결을 내리고 직접 형을 집행할 자세를 취하고 있었다. 조만간 나타날 저녁거리를 참을성 있게 기다리는 그 새에게 나 같은 평민은 안중에도 없었다. 오롯이 본능만으로 움직이는 건 동물에게 주어진 선물이다. 우리 인간도 그런다면 삶이 얼마나 단순해질까. 올빼미가 움직이는지 나뭇가지가 삐걱거렸다. 그러더니 날갯짓 한 번에 부드럽게 날아올라 정원 담장 위로 날아갔다. 새가 완전히 사라지고 나서야 나는 내가 숨을 멈추고 있었다는 사실을 깨달았다.

나는 빨간 장갑을 살짝 내려 시계를 보았다. 7시 56분. 초서는 4분 후에 오기로 되어 있었다. 만약 그가 늦으면, 나는 즉시 자리를 뜨고 뒤퐁 서클로 가는 10번 버스를 타야 했다. 만약 그가 제시간에 오면, 그에게서 작은 꾸러미 하나를 받은 다음 20번 버스를 타고 가서 앨버말가의 안가에 전달하면 되었다. 그 꾸러미는 『닥터 지바고』 러시아어 원고가 담긴 마이크로필름 두 개였다.

눈이 내리기 시작했다. 나는 대성당을 비추는 환한 조명 속에서 춤추는 눈송이를 바라보았다. 추울 때면 늘 그렇듯 허벅지가 따갑기 시작했다. 나는 기다란 낙타털 코트 벨트를 동여맸다. 언젠가 버스에서 부딪친 남자가 내 낡은 겨울 재킷에 남긴 작은 담배 구멍을 보고 샐리가 새로 사라고 고집하는 바람에 산 코트였다. 나는 빨간 가죽 장갑을 벗고 주먹을 둥글게 모아 따뜻한 입김을 불었다. 손가락을 펼친 순간, 약혼반지가 빠져 자갈에 떨어지며 쨍강 소리를 냈다. 두 사이즈나 컸지만, 손가락에 맞게 줄이러 갈 겨를이 없었다. 그렇지만 정말 아름다운 반지였다. 테디의 할머니가 어린 테디에게, 언젠가 평생 사랑하게 될 여자가 낄 반지라고 말하며 주었던 반지라고 했다. 테디는 할머니에게 절대 결혼하지 않겠다고 말하던 일을 기억하고 있었다. 캡틴 아메리카처럼 나치와 싸우느라 너무 바쁠 거라고 말이다. 할머니는 손자의 머리를 쓰다듬으며 말했다. "기다리면 된단다."

테디는 나의 스물다섯 번째 생일 다음 날, 그의 부모님 집에서 그 이야기를 들려준 후 딸기 쇼트케이크가 나오기 직전에 한쪽 무릎을 꿇었다. 나는 테디의 얼굴이 아니라 엄마를 쳐다보았다. 엄마는 한 번도 본 적 없는 자랑스러운 표정으로 환하게 웃고 있었다. 이어서 나는 식탁 저쪽, 어린 아들이 드디어 첫걸음을 떼었다는 듯 웃고 있는 그의 부모님을 바라보았다. 그런 다음 테디를 보고 고개를 끄덕였다.

반지는 아름다웠지만, 나는 그걸 끼는 게 싫었다. 그 반지를 끼면 위장한 느낌이었다.

내가 진정 원하는 것이 불가능하다는 건 알고 있었다. 하지만 어쨌거나 나는 그것을 원했다. 짜릿함, 가정, 모험, 예상되는 일과 예상하지 못한 일을 원했다. 온갖 모순, 온갖 반대되는 것을 원했다. 그리고 그 모든 것을 한꺼번에 원했다. 어서 빨리 나의 현실이 나의 욕망을 따라잡을 수 있기를 원했다. 그리고 그 욕구가 나의 영원한 동반자였다. 모든 상호작용을 지나치게 분석하게 만들고 모든 결정에 질문하게 만드는 불안의 저류였다. 엄마와 내 방 사이의 얇은 벽 너머에서 엄마가 낮게 코 골며 자는 밤에 나를 깨어 있게 만드는 내 머릿속 끝없는 대화의 근원이었다.

사람들이 그것을 뭐라고 하는지는 알고 있었다. 혐오스러운 짓, 변태, 일탈, 부도덕, 타락, 죄악. 그러나 나는 그것을 뭐라 불러야 할지, 우리를 뭐라 불러야 할지 알지 못했다.

샐리는 닫힌 문 뒤에 존재하는 세계를 보여주었지만, 여전히 그것 은 나의 세계, 나의 현실로 느껴지지 않았다. 내가 아는 건 2주하고 도 3일 전, 그녀의 아파트에서 밤을 보낸 이후로 샐리를 보지 못했 다는 것, 그리고 그 2주하고도 3일 동안, 잠자는 시간을 빼고 그녀 생각을 하지 않은 시간이 단 한 시간도 없었다는 게 전부다.

반지를 주워 다시 낄 때 성당의 종이 여덟 번 울렸다. 마지막 종 이 울리기 전, 예정대로 초서가 나타났다. 아무 소리도 없었다. 정 원 문이 열리는 소리도, 발소리도 없었다. 검은색 긴 코트에 귀 덮개 가 달린 격자무늬 모자를 쓴 그가 눈처럼 소리 없이 나타났다. 그 재 미있는 모자와 흥미로운 표정을 보니 왠지 바셋하운드가 떠올랐다. "안녕, 엘리엇." 그가 말했다.

"안녕하세요, 초서."

"산책하기 좋은 밤이에요." 런던 상류층의 억양으로 똑똑 끊어지 는 말투였다.

"그러게요."

그는 계속 서 있었고, 우리 사이에 잠시 침묵이 흘렀다. 그는 꾸러 미를 건네려는 움직임 대신에, 고개를 돌려 성당을 쳐다보았다. "인상적인 건물이네요. 당신네 미국인들은 새 건물을 낡아 보이게 만드는 걸 좋아하는군요."

"그런 것 같아요."

"원래 있던 나라에서 이런저런 지스러기들을 가져다 이리저리 꿰어 맞추고, 그 위에 미국의 인장을 찍는 거죠, 안 그런가요?"

나는 그와 논쟁할 생각도 없었고, 왜 그가 나와 논쟁하고 싶은 눈치인지도 이해할 수 없었다. 아마도 남자들은 이렇게 만났을 때 이런 말을 주고받는지 몰라도, 나로선 그런 똑똑한 농담을 맞받아칠 시간이 없었다. 할 일이 있었다.

그는 내가 응답하지 않자 기분이 상한 모양이었다. 코트 안에 손을 넣더니 신문지로 싼 작은 꾸러미를 내밀었다.

나는 그 꾸러미를 내 샤넬 가방에 넣었다.

"조만간 다시 봐요." 그는 모자를 살짝 들어 올리고는 내가 떠날 때까지 그 자리에 서 있었다.

그 짜릿함은 결코 무뎌지는 법이 없었다. 레일 꼭대기까지 올라간 롤러코스터가 중력에 의해 떨어지기 직전 잠시 멈춘 그 순간 같았다. 나는 위스콘신가와 매사추세츠가가 만나는 모퉁이로 걸어갔다. 그러나 예정대로 20번 버스를 타는 대신에, 20분을 걸어서 앨버말가 3812번지에 있는 튜더 양식의 큰 저택으로 갔다. 설사 내 가슴이 욕망하는 모든 것을 가질 수 없다 하더라도, 적어도 나에겐 그 순간이, 그 감정이 남아 있었다. 그리고 가능하면 오래도록 그것을 음미하고 싶었다.

그 꾸러미를 안가의 우편함에 넣은 뒤, 나는 계속 언덕길을 내려가 코네티컷 대로에 도착한 다음 차이나타운으로 가는 버스를 탔다.

조이 럭 누들에 들어선 순간, 따뜻한 공기와 볶음밥 냄새가 훅 끼쳤다. 주인은 뒤쪽 탁자를 가리켰고, 그 자리에서는 샐리가 흔들리는 양초 위에 놓인 작은 쇠주전자에서 김이 오르는 차를 따르고 있었다. 그녀는 내가 들어가는 것을 보지 못했는데, 눈이 마주친 순간, 나는 내면의 숨이 멎는 그 익숙한 감정을 느꼈다.

그녀를 본 지 2주하고도 3일이 지났다. 그날 나는 테디와 약혼한 사실을 그녀에게 말했고, 그날 밤 우리는 사랑을 나누었다. 그 밤, 나는 완전히 다른 사람이 되었음을 느꼈다. 모든 행동에 자신감이 있는 그런 사람, 모든 생각, 모든 동작에 의문을 품지 않는 그런 사람이 된 것 같았다. 그러나 뒤쪽 탁자에 앉아 있는 그녀를 보니, 화장실에 가서 불안감을 진정시키고 싶었다. 코트를 벗어 의자 등받이에 걸쳐놓는 사이 샐리가 미소를 짓자 잠시 마음이 놓였다.

그녀는 언제나처럼 아름다워 보였지만, 눈의 다크서클을 가리기 위해 화장을 지나치게 한 것 같았다. 녹색 실크 터번을 쓰고 있었는데, 앞으로 내린 빨강 머리는 감지 않은 듯 지저분해 보였다. 나는 찻잔을 잡는 그녀의 손이 떨리는 걸 눈치챘다.

"피곤해? 배고파?" 그녀가 우리만의 암호로 물었다.

"배고파요." 내가 덧붙였다. "그리고 한잔해야겠어요."

우리는 절대 우리 임무의 구체적인 내용은 말하지 않았지만, '피곤하다'는 일이 잘 풀리지 않았다는 뜻이었고, '배고프다'는 일이 잘 풀렸다, '한잔해야겠다'는 정확히 의미 그대로를 뜻했다.

샐리는 웨이터에게 마이타이 칵테일 두 잔을 부탁한다는 신호를 보냈다. "미리 캐슈 치킨이랑 파인애플 볶음밥을 주문해두었어."

"잘됐다." 나는 장갑을 벗어 식탁 위에 놓았다. 샐리의 눈길이 잠시 내 왼손에 머물다 다른 데로 향했다. 그녀는 침묵을 끌고 있었다. 그녀가 전쟁 중에 쓰던 오랜 수법으로, 상대방이 먼저 말을 시작하게끔 하는 방법이었는데, 그 말을 내게 했다는 걸 잊어버린 게 분명했다. '사람들은 불편한 침묵을 깨기 위해 무엇이든 하려고 하지', 그녀는 그렇게 말했었다. 나는 마이타이를 한 모금 마셨고 샐리가 할 얘기가 있다며 늦은 저녁 식사에 초대했다는 사실을 떠올렸다. 그때는 아무 생각이 없었는데 지금 내 머릿속엔 온통 그 생각뿐이었다. "나한테 하고 싶은 말이 있었죠?" 나는 잔에서 파란 종이우산을 빼버리고 작은 칼로 체리를 찔러 입에 넣었다.

"별거 아니야." 그녀는 립스틱이 번지지 않게 조심하면서 파란 빨대로 마이타이를 마셨다. "그냥 새해 전야를 어떻게 보냈는지 궁금해서."

"초보자용 슬로프를 두 번 내려오고 녹초가 됐어요. 밤에는 대부분 혼자 뜨거운 코코아를 마셨고요."

"테디는 스키를 잘 탈 것 같은데. 운동신경을 타고난 그런 사람." 그녀는 좀처럼 테디 얘기를 꺼내지 않았고, 절대 그를 칭찬하지도 않았다.

"그런 것 같아요."

"뭐, 늘 그렇듯 나는 새해 전야를 멋지게 보냈어." 그녀가 다시 칵테일을 들이켜고 말했다. "파티에 갔었지. 밤새도록 춤췄어. 좀 많이 취했고. 어떤지 알잖아."

그녀는 나를 벌하고 있었다. "재미있었나 봐요."

웨이터가 치킨을 가져오자 먹느라 말하지 않아도 된다는 것이 다시 다행스럽게 여겨졌다. 샐리는 능숙하게 젓가락질을 했다. 나는 포크를 들고 파인애플 한 조각을 찔렀다.

접시가 치워진 후, 샐리는 심호흡을 하더니 빠른 속도로 말을 늘어놓았다. 우리는 더 이상 서로 만날 수 없다, 자기는 우리가 함께했던 시간과 우리의 우정을 고맙게 여기지만 이제 각자의 길을 가는 것이 서로에게 좋을 것이다, 그리고 앞으로 일 때문에 매우 바빠질 테니 어쨌거나 사람을 만날 시간이 별로 없을 거라는 얘기였다.

그녀의 말이 연거푸 복부를 걷어차는 것처럼 느껴졌고, 그녀가 말을 끝낼 때쯤에는 제대로 숨을 쉬기도 힘들었다. 무엇보다 '우정'이라는 단어가 가장 아팠다. "물론, 직장에서는 직업적 관계로 남아야겠지." 그녀가 결론지었다. 하고 싶은 말이 더 많은 것 같았지만, 그녀는 하지 않았다.

"직업적 관계." 내가 반복했다.

"동의해줘서 기뻐." 그녀의 무심함은 잔인했다. 나는 동의하지 않았다고 말하고 싶었다. 아니, 싫다고 소리치고 싶었다. 앞으로는 그녀와 시간을 같이 보낼 수 없다고, 그녀를 직업적으로 대해야 한다고, 우리 사이에 아무 일도 없던 척해야 한다고 생각하니 속이 울렁거렸다. 나는 엘리베이터 안에서 그녀와 예의 바른 인사말을 나누느니 차라리 맨발로 가시철사 위를 걷겠다고 말하고 싶었다. 그리고 어떻게 그럴 수 있는지, 어떻게 그렇게 쉽사리 스위치를 끌 수 있는지 묻고 싶었다.

하지만 아무 말도 하지 않았다. 그리고 내가 일어서고, 내 무릎이 식탁 밑부분에 부딪치고, 그 바람에 분홍색 마이타이가 식탁보에 쏟아지고, 내가 돌아서서 자리를 뜨고, 그녀가 웨이터에게 내가 몸이 안 좋은가 보다고 말하는 소리를 들으며 식당을 뛰쳐나오고, 걸음이 빨라져 달리기 시작한 후, 그 모든 일이 지나가고 나서야 비로소 나는 나의 침묵이 한편으로는 대답이었다는 사실을 깨달았다.

17

타자수들

우리는 이리나가 정보국에 들어온 후로 내내 그녀에 관해 이런저런 추측을 해왔다. 그러던 중 스푸트니크호가 하늘로 날아가고 게일이 '지바고' 작전과 관련된 메모에서 이리나의 이름을 보게 된 얼마후 우리의 의심은 확인되었다. 이리나는 근무 후에 하는 일에 관해서는 절대 말하지 않았고 우리도 절대 묻지 않았다. 훌륭한 '배달원'답게, 그녀는 자신이 전달하는 비밀에 관해선 아무 말도 하지 않았다. 그렇더라도 우리가 나머지 사실을 알게 되기까지는 오래 걸리지 않았다.

타이핑 부서에서 이리나가 돋보였던 이유는 그녀가 타이핑 부서에서 돋보이지 않는다는 바로 그 점 때문이었다. 복권 당첨과도 같은 신체적 요소를 갖추고 있었음에도, 그녀는 눈에 띄지 않게 행동하는 능력이 있었다. 정보국에 들어온 지 1년이나 지났지만, 그녀는 여전히 우리의 레이다망 아래로 날아다녔다. 우리가 화장실에서 립스틱을 고칠 때면 뒤에서 불쑥 나타나 그 분홍색이 봄에 잘 어울린다고 말해 우리를 소스라치게 했다. 또 마틴스 바에서 즐거운 시간을 보내며 건배할 때면, 모두가 잔을 부딪쳤다고 생각했을 때 한 박자 늦게 잔을 부딪치곤 했다. 구내식당에서 점심을 먹다가도 그녀가 먼저 일어나서 일하러 가야겠다고 말하곤 했지만, 누구도 애초에 그녀가 우리와 함께 앉아 있었다는 사실을 기억하지 못했다.

눈에 띄지 않게 행동하는 이리나의 재능은 눈에 띄지 않는 게 아니었다. 더욱이 붉은 괴물에게 아버지를 잃었기 때문에, 그녀는 완벽한 자산이 될 조건을 가지고 있었다. 약간의 훈련을 받은 후, 지휘 계통을 따라 메모 하나가 전달되었고 이리나는 현장에 파견되었다. 그리고 그 일을 잘 해냈다. 이리나의 첫 번째 임무는 내부 메시지를 시내 여러 곳에 전달하는 것이었지만, 그녀가 능력을 증명하면서부터는 더 중요한 전달 임무를 맡았다. 그 추웠던 1월의 밤 비숍 정원에서의 일은 지바고 작전에서 그녀가 맡은 첫 번째 임무였다.

그날 저녁, 이리나는 본부를 떠난 뒤 15번 버스를 타고 매사추세츠가와 위스콘신가가 만나는 모퉁이까지 간 다음, 세인트올번스 학교를 돌아 성당 구내 뒷문으로 가서, 철로 된 옆문을 통해 정원으로 들어갔다.

이리나는 아마도 새로 산 갈색 깃의 낙타털 코트를 입고 테디가 준 빨간 가죽 장갑을 꼈을 것이다. 이리나가 그 장갑을 선물받은 다음 날 우리에게 그 장갑을 보여준 적이 있었다. "예쁘지 않아?" 그녀는 우리가 본부에 들어가기 전 모자며 코트, 지갑을 확인받는 검색 줄에 서 있을 때 손가락을 펼치며 물었다. "조금 작지만 끼다 보면 길들겠지." 모두들 그 장갑이 굉장히 세련되고, 테디의 취향이 탁월하다고 끄덕였다. 그러나 샐리 포레스터만은 예외였다. 그녀는 한 번 보더니 싸구려 복제품이라고 했다.

그 빨간 장갑 속에는 그녀가 스물다섯 번째 생일 다음 날 테디에게 받은 다이아몬드 반지가 있었을 것이다. 깜짝 놀랄 크기의 다이아몬드가 박힌 우아한 아르데코 스타일 반지였다. 테디가 부잣집 아들이라는 건 우리도 알고 있었지만, 그 가문이 **그렇게까지** 부자인 줄은 몰랐다. 그 굉장한 반지는 이리나의 약손가락에는 너무 컸는데, 아직 사이즈를 줄이지 않은 상태였다. 그녀는 타자를 칠 때 반지가 **빠지지** 않도록 근무 중에는 책상 서랍에 반지를 넣어두었고, 가끔은 퇴근할 때 다시 끼는 걸 깜빡할 때도 있었다. 우리 같으면 반지를 받은 다음 날 바로 사이즈를 줄였을 것이다. 그러나 이리나는 그런 걸 과시하는 유형이 아니었다.

타이핑 부서에서 결혼식은 언제나 많은 토론을 불러오기 마련이었지만, 이리나는 자기 결혼식을 의논할 생각이 없어 보였다.

"결혼하고서도 일하러 나올 거야?" 게일이 물었다.

"안 나올 이유가 있어?"

"호박단 드레스는 어떻게 생각해?" 캐시가 물었다.

"뭐, 괜찮겠지?"

우리는 이리나의 엄마가 그 큰 행사를 준비하면서, 가장 미국적인 결혼식을 열어줌으로써 딸에게 남은 러시아인의 마지막 흔적을 지우려 한다는 걸 알았다. "엄마는 식탁 꽃 장식을 빨강, 하양, 파랑 카네이션으로 하고 싶어 하셔." 이리나가 말했다. "파랑 카네이션은 직접 페인트를 뿌려서 만들 계획이래."

그녀의 약혼을 축하하기 위해, 우리는 1달러씩 모아 헥스 백화점에서 검정 레이스 네글리제를 샀다. 그리고 은색 박엽지로 포장해 그녀가 출근하기 전 책상에 놓아두었다. 우리가 일하는 척하는 사이 그녀가 자리에 앉아 그 꾸러미를 들고 주변을 둘러보았다. 그녀가 박엽지의 작은 모서리를 뜯자 실크 끈이 흘러내렸다. 이리나는 그 끈을 도로 집어넣으려 했지만, 박엽지는 더 뜯어지고 말았다. 그녀는 울기 시작했다. 우리는 어쩔 줄 몰라 가만히 있었다. 타자수의 황금률 중 하나는 절대 우는 모습을 보이지 않는 것이다. 물론 우리 누구나 운 적이 있다. 하지만 화장실 같은 비교적 은밀한 곳이나 적어도 계단에 나가서 울었다. 그런데 책상에서? 절대 아니었다.

우리는 그날 밤 이리나가 비숍 정원에서 초서를 기다리면서 그 검정 네글리제를 생각했을지 궁금했다. 그 일이 망설임의 시작이었을까? 아니면 전부터 이미 다른 생각을 하고 있었던 걸까? 그 네글리제를 받기 한참 전, 테디가 청혼하기 전, 벚나무가 봄의 마지막 분홍색 꽃잎을 붙들고 있던 타이들 베이슨 저수지 근처를 산책하면서 테디가 그녀에게 사랑한다고 말하기 오래전부터?

알 수 없는 일이다. 우리가 모든 걸 알 수는 없다.

그러나 초서가 정각에 도착했고, 이리나가 『닥터 지바고』가 담긴 미녹스 필름 두 통을 받았다는 건 알고 있다. 그리고 그녀가 20번 버스를 타고 텐리타운으로 갔고, 거기서 앨버말가에 있는 안가에 꾸러미를 전달했다는 것은 우리가 아는 사실이다.

작전의 첫 단계는 어느 정도는 이리나 덕택에 완결되었다. 남자들은 생각지도 못했던 굉장한 자산을 발견했다며 스스로 칭찬했다. 그러나 이리나의 재능을 발전시킨 건 남자가 아니었다. 그건 샐리 포레스터였다.

샐리는 공식적으로 시간제 접수 담당자였지만, 바보가 아닌 이상 그녀가 더 중요한 직원이라는 건 누구나 알 수 있었다. 앤더슨이 그녀를 회유해 본부에 데려온 후, 알 만한 사람들 사이에서 샐리가 전략사무국 시절부터 경쾌하게 날아다니던 '제비'라는 사실이 상식으로 통한다는 걸 우리는 알게 되었다. 샐리는 접수 데스크에 앉아 있지 않을 때면, 물론 대부분 그 자리에 없기는 했지만, 세계를 돌아다니며 자신의 '재능'을 이용해 정보를 입수했다. 이리나와는 달리, 샐리는 눈에 안 띌 수가 없었다. 그녀의 모든 것이 '나를 봐요! 나를 봐요! 나는 여러분이 쳐다봐야 할 사람이에요!' 하고 외쳤다. 부드럽게 곱슬거리는 빨강 머리는 얼굴을 하트 모양으로 감싸는 이탈리아 스타일로 자르고, 꼭 끼는 모직 치마와 카디건이 금방이라도 터질 듯한 몸매를 가지고 있었다. 그리고 옷차림은 언제나 지나쳤다. 자홍색 디자이너 트라페즈 드레스, 흰색 새틴 스윙 케이프, 덜레스의 선물이라는 소문이 돌던 토끼털 모피 코트까지.

남자들 가운데 한 명이 이리나를 훈련시켰다. 붐비는 시간 K가에서 스쳐 지나는 행인에게서 꾸러미를 받아서는 돌아보지 않고 계속 걸어가는 법, 메리디언 힐 공원 벤치 밑에 속을 파낸 책을 두고서도 "이봐요, 아가씨, 책 가져가요" 하고 달려와 말하는 사람이 없게끔 자리를 뜨는 방법, 롱샴 식당의 옆자리에 앉은 남자의 주머니에 종이 한 장을 집어넣는 방법 등등. 그러나 이리나의 훈련을 완성한 건 샐리였다. 우리로선 그게 어떤 훈련이었는지는 모르지만, 이리나가 변했다는 건 확실히 알 수 있었다. 그녀 안의 무언가가 더 단단해졌다. 마치 무시할 수 없는 여자가 된 것 같았다. 한마디로, 샐리와 많이 비슷해졌다.

그게 무엇이었든, 이리나는 사수인 샐리가 자부심을 느끼게 했고, 그들은 금세 단순한 동료가 아닌 친구가 되었다. 둘은 구내식당에서도 따로 앉아 점심을 먹었다. 그리고 마틴스 바에서 즐거운 시간을 갖는 대신 '오프 더 레코드'로 나가기 시작했다. 월요일이면 그들은 〈실크 스타킹〉, 〈화니 페이스〉, 〈러브 어페어An Affair to Remember〉 같은 영화 대사를 인용하며 사무실에 들어왔다. 출장에서 돌아올 때면, 샐리는 이리나의 책상에 자질구레한 장신구를 놓곤 했다. 팬암 수면 마스크, 리츠 호텔에서 가져온 라벤더 향 로션, 애틀랜틱시티 보드 워크의 자판기에서 사온 값싼 기념품, 이탈리아에서 사 온 스노볼 같은 것들이었다.

이리나의 스물다섯 살 생일에, 샐리는 디너파티를 열어주었다. 우리는 조지타운 내 어느 프랑스 빵집 위층의 방 한 칸짜리 샐리의 아파트에 가본 적이 없었으므로, 그녀가 우리 책상에 감청색 초대장을 놓았을 때는 얼른 기회를 잡았다. 초대장에는 은색으로 직접 멋지게 쓴 문구가 있었다. '우리의 사랑하는 친구 이리나의 생일 축하 자리에 참석해주시기 바랍니다.'

우리가 파트너를 데려가야 할지 묻자, 샐리는 그 파티는 우리 여자들을 위한 거라고 했다. "그게 더 고상할 거야." 샐리는 웃으며 말했다.

우리는 가장 근사한 칵테일파티 드레스를 입었고, 몇몇은 심지어 그날을 위해 가핑클 백화점에서 큰돈을 썼다. "이건 **샐리 포레스터**의 디너파티야. 작년에 나온 디오르 모조품을 입고 가면 안 돼." 주디가 말했다. "게다가 이 옷은 새해 전야에 입어도 되잖아."

우리는 마스카라와 립스틱이 온전하게, 방금 화장한 듯한 얼굴로 도착하도록, 폭설에도 불구하고 전차나 버스가 아닌 택시를 탔다. 두 번의 계단을 올라 꼭대기에 이르자 문 안에서 노랫소리가 들려왔다. "샘 쿡 노래인가?" 게일이 물었다.

우리가 노크도 하기 전에 샐리가 문을 열었다. 금색 새틴 랩 드레스에 술 달린 벨트를 맨 그녀는 놀랄 만큼 아름다웠다. "아니, 서 있지 말고 얼른 들어와!" 우리는 샐리를 따라 안으로 들어갔다. 플러시천의 핑크 카펫 위에서 그녀의 검정 스틸레토 힐이 흔들거렸다.

이리나는 에메랄드 녹색 치마와 같은 색의 볼레로 재킷을 입으니 사랑스러워 보였다. 우리는 이리나에게 생일 축하 인사를 건네며 작은 선물들을 그녀의 손에 쥐여 주었다.

샐리가 부엌으로 물러가자 이리나는 우리에게 흰색 가죽의 분리식 소파에 앉으라고 손짓했다. 어색한 침묵을 깨뜨리기 위해, 우리는 아파트 실내장식에 관해 물었다. 부엌에서 바쁜 샐리 대신 이리나가 대답했다.

"이런 곳을 어떻게 찾았대? 정말 끝내주게 좋다." 노마가 물었다.

"《워싱턴 포스트》 광고에서 봤대."

"이 촛대 좀 봐! 어디서 났을까?" 린다가 물었다.

"물려받은 거야. 아마 할머니가 주셨을걸."

"저건 진짜 피카소 작품인가?" 주디가 물었다.

"내셔널 갤러리에서 산 복제화야."

"테디는 네 생일선물로 뭐 줬어?" 게일이 물었다.

"리직스 부티크에서 좋은 거 골라보라고 하더라." 그녀가 재킷 매무새를 다듬었다. "오늘 샐리랑 같이 다녀왔어."

샐리가 카펫 색깔과 같은 분홍색의 거품 나는 음료가 담긴 크리스털 펀치 볼을 들고 부엌에서 나왔다. "이리나 너무 근사해 보이지 않아?"

우리는 고개를 끄덕였다.

펀치 두 잔을 마신 후, 우리는 식사 공간으로 갔다. 기다란 테이블에 장식 글씨체로 쓴 이름패와, 하얀 칼라 꽃, 부채꼴로 접은 천 냅킨까지, 완벽했다.

"보통 솜씨가 아니야!" 노마가 속삭였다.

저녁 식사와 초콜릿 케이크, 선물, 그리고 다시 몇 잔의 펀치를 마신 후, 우리는 그 파티가 생일파티치고는 좀 과하다고 생각하면서도 샐리가 정말 제대로 파티 여는 법을 안다는 데 동의하며 그 집을 나왔다.

지금 와서 몇몇 사람은 다른 말을 할 수도 있겠지만, 그러나 우리는 샐리에 관해 뭐든 눈치채지 못했다. 남자들이 보내는 높은 관심 덕에 가끔 그녀에 관해 심술 어린 말을 할 때도 분명 있었지만, 우리 모두 그녀를 존경했다. 그녀는 절대 "미안해"나 "부탁해", "그냥 생각일 뿐이야"라는 식의 말을 하지 않았다. 샐리는 남자들이 하듯 말했고, 남자들은 그녀의 말을 들었다. 그뿐 아니라 그녀는 몇몇 남자에겐 화끈하게 겁을 주었다. 공히 인정된 그녀의 능력이 그 터질 듯한 치마에서 나왔는지 몰라도, 그녀의 진정한 힘은 남자들이 부여한 역할은 절대 받아들이지 않는다는 거였다. 남자들은 그녀가 예쁘게 꾸미고 입 닥치고 있기를 원했을지 몰라도, 그녀에겐 다른 생각이 있었다.

나중에, 모든 메모, 모든 전화 기록, 모든 보고서에서 샐리의 이름이 삭제되었을 때, 우리는 그녀의 진짜 정체에 관한 어떤 단서라도 있을까 기억하려 애썼다. 그러나 그 기억의 조각을 꿰어맞추게 된 건 한참 나중의 일이었다.

18

지원자
배달원

일주일이 지났다. 그리고 한 달. 다시 두 달이 지났다. 결혼식 계획은 진척되고 있었다. 테디와 나는 10월에 세인트스티븐스 교회에서 결혼식을 올리고 세비 체이스 컨트리 크럽에서 조촐하게 피로연을 열기로 했다. 나의 가면이 내 삶이 될 터였다.

테디의 부모님이 결혼식 비용을 전부 대겠다고 했지만, 엄마는 꽃과 케이크, 내 드레스를 책임지겠다고 고집을 부렸다. 엄마는 심지어 약혼을 하기 전부터 드레스 재료라며 아이보리색 레이스와 새틴을 사두었다.

테디가 청혼한 다음 날, 내가 아침 식사를 준비하느라 스토브 앞에 있을 때 엄마가 치수를 쟀다. 엄마가 자신의 최고 걸작이 될 거라고 장담한 드레스는 2월까지 절반쯤 만들어졌다. 그러나 3월이 되자 엄마는 내가 1월부터 빠진 15파운드의 체중을 돌려놓지 않으면 처음부터 다시 시작해야 한다고 투덜거리면서 작업을 중단했다. 나는 엄마가 미쳐가고 있다고, 기껏해야 5파운드 빠졌지 15파운드나 빠지진 않았다고 말했다. 그것도 장염 때문에 그런 거라고 말이다. 장염은 샐리와 저녁을 먹고 난 일주일 동안 침대를 벗어날 수 없었을 때의 핑계였다.

엄마한테는 아무것도 숨길 수 없었다. 스웨터를 껴입고 두꺼운 울 타이즈를 신어도, 엄마는 내가 말라간다는 사실을 한눈에 알았다. 치마는 골반에서 흘러내리지 않게 옷핀으로 고정해야 했고, 튀어나온 쇄골을 감추기 위해 두꺼운 터틀넥 스웨터를 입었다.

엄마의 대응책은 모든 음식에 베이컨 기름을 추가하는 거였다. 양배추 수프, 보르시치, 펠메니, 쇠고기 스트로가노프, 블리니, 오믈렛에도. 심지어 엄마는 내가 아침으로 먹을 오트밀에 프라이팬의 기름을 붓기까지 했다. 엄마는 음식을 남기지 않고 다 먹을 시간은 있다면서, 내가 어렸을 때처럼 내 접시를 지켜보기도 했다.

주말이면 엄마는 웨딩케이크를 시험해본다며 수많은 케이크를 구웠다. 꿀 케이크, 말린 체리 체이크, 나폴리 아이스크림 케이크, 수플레 케이크, 심지어 2층짜리 바츨랍스키 토르트까지. 엄마는 케이크를 구울 때마다 여러 조각을 먹으라고 강요했고, 종종 바닐라 아이스크림까지 얹어주었다.

내가 점점 야위어가는 걸 눈치챈 사람은 엄마만이 아니었다. 테디가 나에게 무슨 일이 있냐고 얼마나 자주 물었는지, 결국 나는 그 질문을 멈추지 않으면 진짜 무슨 일이 생길 거라고 말해버렸다. 그는 다시는 묻지 않겠다고 했지만, 새로 유행하는 이상한 다이어트 같은 건 하지 않기를 바랐다. 그는 있는 그대로의 내가 완벽하다고 말했지만, 그런 성실성은 내게 설명할 수 없는 분노를 일으켰다.

타이핑 부서 여자들도 알아챘다. 주디는 나에게 비밀이 뭐냐고 물으며, 내 허리가 〈화이트 크리스마스〉에 나오는 베라 엘런의 허리만큼 가늘다고 했다. 나머지 여자들은 엄마처럼 행동했고 랠프 카페에서 가져온 도넛을 내 책상 위에 놓고 가곤 했다.

먹고 싶지 않아서가 아니었다. 그냥 식욕이 없었다. 음식이든 뭐든 전혀 먹거나 하고 싶은 생각이 없었다. 영화 한 편을 끝까지 보는 것도 힘들었다. 군중들 사이에 있기가 고통스러웠다. 나는 출근길에 버스를 타는 대신 걷기 시작했다. 그저 혼자 있기 위해서였다. 파티에서는 예의상 대화를 나누려는 시도조차 하지 않았다. 지적인 논쟁을 즐기며 내부 정보를 알아가는 것 같아서 좋았던 일요일 회사 모임에서도, 테디가 아닌 직원 아내들 옆에 서 있는 편이 나았다. 그러면 크림치즈 소스를 좋아한다는 얘기 외에는 말을 많이 하지 않아도 되었다.

테디는 내가 무엇에 빠졌든, 거기서 나를 끌어내려고 애썼다. 노력하고 또 노력했고, 그 노력에 감동한 나머지 나는 그를 사랑할 뻔했다. 나는 그를 사랑하려고 애썼고, 정말 많이 노력했다. 그는 나를 사랑했던 누구보다도 더 나를 사랑해주었다. 그런데 왜 충분하지 않았던 걸까?

그 사이에 두 번 샐리를 보았다. 나를 위해서 일부러 나오지 않았던 걸까? 단 1분이라도 내 생각을 하긴 했을까? 첫 번째는 퇴근할 때였는데, 엘리베이터 문이 열리자 로비에 그녀가 서 있었다. 엘리베이터에서 나오다가 그녀와 부딪칠 뻔했다. 나는 오른쪽으로, 다시 왼쪽으로 비켜섰다. 그녀도 같은 방향으로 움직였고, 그러다가 우리는 어색하게 위치를 바꾸었다. 그녀는 인사하고 미소 지었지만, 나는 그녀가 흘깃 나를 위아래로 훑어보는 걸 보았고 그 표정에서 내 몰골이 끔찍하다는 걸 알 수 있었다.

두 번째는 샐리가 나를 보지 못했다. 그녀는 랠프 카페의 창가 자리에, 헨리 레닛과 마주 보고 앉아 있었다. 거기 앞쪽 자리, 세상 사람들이 다 보는 창가 자리에, 그것도 화요일 대낮에. 실제로 세상 사람들이 다 봤다. 내가 사무실로 돌아왔을 때 타이핑 부서 여자들은 온통 그 이야기밖에 하지 않았다.

"둘이 데이트하는 걸까?" 캐시가 물었다.

"로니 말이 두 사람이 새해맞이 행사 이후로 사귀는 것 같대. 어느 파티에서 둘이 같이 있는 걸 보았다나. 헨리가 얼마나 개자식인지 누가 경고해줘야 하는데."

"내가 할게." 노마가 말했다.

"둘이 정말 사귀는 맞아, 이리나?" 린다가 물었다.

"모르겠어."

"글쎄, 레코드 가게에서 일하는 플로렌스가 둘이 계단에서 속삭이는 걸 봤다던데." 게일이 말했다.

"언제?"

"모르겠어. 몇 주 전?"

그렇게 됐던 거였다. 그녀는 그동안 내내 헨리에게 관심이 있었던 거였다. 나는 기껏해야 일시적인 기분전환에 지나지 않았다. 그런 생각이 들자 구역질이 났다. 그녀가 곁에 없다는 건 받아들일 수 있었지만, 그 둘이 같이 있는 모습은 견딜 수 없을 것 같았다.

그날 나는 테디나 엄마, 또는 누구도 모르게, 내가 해외로 발령받을 가능성에 관해 앤더슨에게 물었다. "결혼하는 거 아니야?" 그가 내 약손가락을 보았다.

"그냥 혹시나 해서 여쭤보는 거예요."

"혹시나 해서 말하는데, 그건 내 소관이 아니야. 하지만 자네를 위한 자리를 찾아줄 수는 있지."

"이 일은 비밀로 해주실 거죠?"

그는 입에 지퍼를 채우는 시늉을 했다.

그날 저녁, 태양이 늦은 오후의 오렌지빛으로 E가를 물들일 때, 나는 어쩌면 내년 이맘때쯤이면 부에노스아이레스나 암스테르담, 또는 카이로의 거리를 걷고 있을 거라고 상상했다. 지금의 내 모습을 벗어버린다는 생각, 모든 것을 떨궈버리고 새로운 누군가가 된다고 생각하니 기분이 좋았다. 그것은 달콤한 감정이었고, 정말 오랜만에 처음으로 미소가 지어졌다.

집에 도착했을 때 문간에서 늘 나를 맞아주던 베이컨 기름 냄새가 나지 않았다. 엄마는 재봉틀 앞에 앉아 있었지만, 재봉질을 하고 있지 않았다. 엄마 앞에는 티백을 꺼내지 않아 거멓게 된 찻물이 가득한 찻잔이 놓여 있었다. "엄마, 무슨 일 있어요?"

"실패를 되감을 수가 없네."

"그게 다예요?"

"몇 시간 동안 해봤어."

"실패가 또 고장 난 거야?"

"아니. 눈이 고장 나서."

"무슨 말이에요?"

"왼쪽 눈이 안 보여."

나는 엄마 옆으로 갔다. 엄마의 눈을 들여다보았지만, 이상한 점은 없었다. "뭐야? 언제부터 그런 거야?"

"아침에 일어날 때부터."

"왜 아무 말도 하지 않았어?"

"내가 고칠 수 있을 줄 알았지."

"뭘로 고쳐?"

"마늘."

"내일 아침 눈 뜨는 대로 병원에 가요." 엄마의 손을 잡자, 손이 떨리는 게 느껴졌다. "별일 아닐 거예요." 나는 그렇게 믿으려고 애쓰며 말했다.

이튿날 나는 엄마를 데리고 안과에 갔다. 엄마는 그 의사가 러시아인이 아니라 선입견이 있을 거라고 투덜거렸다. "어떤 선입견이 있겠어?" 나는 엄마에게 물었다. "머피 박사님은 아일랜드인이셔."

"두고 봐!"

간호사가 엄마 이름을 불렀고, 나는 늘 하던 대로 통역이 필요한 경우를 위해 엄마와 함께 가려고 일어섰다. 그러나 엄마는 싫다고, 혼자 들어가겠다고 했다. 나는 알았다고 하고 도로 자리에 앉아 『타임』지를 넘기며 한 시간을 있었다.

엄마는 피를 뽑았는지 팔 부위를 비비며 나왔다. 의사가 뭐라고 했는지 묻자, 엄마는 의사가 아무것도 모르더라고 했다. "내가 그랬잖아. 러시아 사람에 대한 선입견이 있다고."

"의사 선생님이 아무 말도 안 했어?"

"피를 뽑고 엑스레이를 찍었어. 알게 되면 연락해준대."

"알다니 뭘?"

"나도 몰라."

이틀이 지났지만, 아무 일이 없었다. 병원으로 급히 달려가는 일도, 넘어지는 일도 없었고, 구급차를 부르거나 응급실로 가는 일도 없었다. 머피 박사의 전화 한 통이 왔을 뿐이다. 의사는 엄마에게, 엄마의 눈에 작은 손전등을 처음 비춰보았을 때 이미 그것을 의심했노라고 말했다. 그의 말로는 **덩어리 하나**가 있다고 했고, 정확한 설명을 듣기 위해 내가 수화기를 넘겨받자 그는 최대한 빨리 병원에 와서 검사를 더 받고 '치료의 길'을 의논해야 한다고 했다.

"길이라니?" 내가 전화를 끊자 엄마가 물었다. "무슨 길 말이니?"

"치료 말이야, 엄마."

"난 치료 같은 건 필요 없다. 가서 다시 일이나 해야지."

엄마는 마치 아무것도 변한 게 없다는 듯 그날 계속 일을 했다. 병원 예약을 잡아야 한다고 말하자, 엄마는 괜찮으니 걱정하지 말라고 했지만, 나는 걱정을 떨칠 수 없었다.

다음 몇 주 동안, 테디가 행동에 뛰어들어 무슨 프로젝트를 할 때와 같은 방식으로 체계 있고 지속적으로 차분하게, 엄마의 병을 낫게 하기 위한 과제를 시작했다. 그는 엄마가 워싱턴 최고의 전문의

들을 만나도록 예약을 잡았고, 이어서 볼티모어, 그리고 뉴욕의 최고 의사들까지 만나게 했다.

그러나 이 의사, 저 의사를 만나고, 이 전문가, 저 전문가를 두루 찾아다니고, 심지어 엄마의 혀를 살펴본 중국 한의사까지 만났지만, 그 한의사마저도 나머지 의사들과 똑같은 진단을 내리자, 엄마는 내게 모든 치료를 중단하고 싶다고 말했다. "될 대로 되라지." 어느 날 밤 한 이웃이 가져다 준 참치 캐서롤을 내가 식탁에 올릴 때 엄마가 말했다.

나는 엄마가 몇 술 뜰 입맛도 없을 거는 걸 알면서도 세 그릇 분량이나 덜어주었다. "그게 무슨 말이야, '될 대로 되라지'라니?"

"말 그대로야. 난 끝났어."

"엄마가 끝났다고?"

"끝났어."

캐서롤이 든 파이렉스 유리 냄비를 식탁에 세게 내려놓는 바람에 냄비에 금이 갔다.

엄마가 내 손을 잡았지만, 나는 뿌리치고 뛰쳐나갔다.

그날 저녁 늦게 집에 돌아왔을 때는 테디는 가고 없고 엄마는 식탁에 앉아 있었다. 나는 한마디도 하지 않고 내 방으로 들어갔다. 엄마에게, 세상에, 모든 것에 너무 화가 났다.

지나고 보니, 그날 밤 나는 무엇보다도 부엌에서 엄마 손을 잡고 미안하다고 말하고 싶었다. 나는 시간이 있을 줄 알았다. 내 행동을 바꿀 시간, 엄마가 어떤 결정을 하든 지지한다고 말할 시간, 내가 얼마나 엄마를 사랑하는지 말할 시간, 어릴 때 이후 하지 않았던 포옹을 할 시간이. 그러나 아니었다. 시간은 결코 충분하지 않았다.

...

세인트존 러시아 정교회 성당에는 있는 줄도 몰랐던 엄마의 친구들과 지인들로 가득했다. 한 사람씩 차례대로 애도를 표하고는 엄마가 살아 계셨을 때 내가 알았으면 좋았을 엄마에 관한 이야기들을 해주었다.

우리는 다른 사람들에게 알리고 싶은 우리 모습을 한 조각씩, 심지어 우리와 가장 가까운 사람에게도 조금씩 보여준다. 우리 누구나 저마다의 비밀이 있다. 엄마의 비밀은 잘못에 너그러웠다는 거였다. 나는 엄마가 거의 모든 이웃에게 공짜로 옷을 만들어주었다는 사실을 알았다. 피플스 드러그스토어의 계산원 면접을 앞둔 퇴역 군인에게 중고 정장을 맞게 고쳐주고, 형편이 안 되어 구세군 회관에서 끈이 망가지고 몸통에 와인 얼룩이 묻은 드레스밖에 살 수 없었던 여자의 웨딩드레스를 수선해주었으며, 병 포장 공장 노동자의 작업복을 덧대주었고, 그저 말벗을 원했던 늙은 과부들을 위해 수많은 양말을 수선해주었다.

그리고 1년 전 엄마를 도와 비즈를 새로 달았던 그 노란 무도회 드레스는? 그것은 주문받은 게 아니라 선물이었다. 햅펀 부인의 십대 딸은 장례식에 그 드레스를 입고 왔다. 그녀가 그 옷을 보이기 위해 한 바퀴 돌며 엄마에게 감사를 표하는 장면에 나는 머리가 어지러웠다.

엄마는 속이 비치는 소매 위로 구슬로 섬세하게 꽃을 수놓은 검은 드레스를 입고 있었다. 그 드레스는 또 하나의 비밀이었다. 엄마가 그 옷을 얼마나 오래전부터 만들고 있었는지 나는 알지 못했다. 그러나 엄마가 그 옷을 장례식 때 입으려고 만들었다는 건 확실했다. 엄마가 깨어나지 않던 그날 아침, 처음 보는 옷이 다림질까지 마치고 한눈에 보이도록 엄마 방 흔들의자에 놓여 있었다.

성당 안에서 정교회 사제는 향을 흔들며 엄마의 관을 돌았다. 향 연기가 사제의 금색 예복 위로 피어올라 머리 위에서 흩어졌다.

잠시 고개를 돌렸는데, 그때 그녀가 보였다. 샐리가 와 있었다. 그녀는 검은색 짧은 버드케이지 베일을 쓰고 뒤쪽을 향해 서 있었다. 나는 여전히 향을 흔들고 있는 사제 쪽으로 다시 고개를 돌렸다. 생각은 엄마가 아닌 샐리에게 쏠렸다. 나는 그녀가 통로를 걸어와 내 옆, 테디의 자리에 서기를, 그리고 내 손을 잡아주기를 바랐다. 그러나 그녀는 뒤쪽에 머물러 있었고 내 옆에는 계속 테디가 있었다.

장례식이 끝나고 엄마의 관을 따라 성당을 나왔다. 샐리 앞을 지나갈 때 그녀가 내 팔을 잡았다. 베일이 비뚤어져 있었고 눈에는 눈물이 고여 있었다. 나는 계속 걸어갔다. 행렬은 오크힐 묘지로 향했고, 테디가 엄마를 위해 마련한, 록 크리크 파크가 내다보이는 좋은 자리에 도착했다. 나는 엄마의 묘지 옆에 서서 군중 속에서 샐리를 찾아보았지만, 보이지 않았다.

나중에 테디가 나를 위로하려 했지만 소용이 없었다. 여러 날이 흘렀고, 여러 주가 흘렀다. 잠이 오지 않던 어느 밤 나는 샐리에게 전화하기로 결심했다. 떨리는 손으로 다이얼을 돌렸지만, 신호는 울리고 또 울릴 뿐이었다.

동

1958년 5월

19

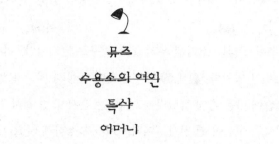

뮤즈
수용소의 여인
특사
어머니

꿈도 꾸지 않고 깊은 잠을 자다 깨어나 보니 미챠가 나를 내려다보고 있었다. "밖에 누가 있어." 미챠가 소곤거렸다.

"보랴 아저씨인가? 또 열쇠를 잃어버렸나?"

"아냐."

나는 침대 위에 다리를 늘어뜨리고 슬리퍼를 찾아 발가락으로 바닥을 더듬거렸다. "방으로 돌아가 있어."

주섬주섬 옷을 입는 동안에도 미챠는 꼼짝하지 않았다.

"미챠, 방에 가라고 했잖니. 그리고 누나 깨우지 말고."

"누나가 먼저 소리를 들었어."

무슨 소리였는지 묻기도 전에, 꽈직 하는 소리가 들렸다. "나뭇가지일 거야." 나는 최대한 목소리를 낮추고 차분하게 말했다. "지난 겨울에 저 포플러 나무가 죽었거든. 보랴 아저씨한테 그 나무를 잘

라야 한다고 말했는데……." 또 한 번 밖에서 나는 소리에 나는 말을 멈추었다. 아까보다 약한 소리였다. 나뭇가지 떨어지는 소리가 아니었다.

앞문이 열리는 소리에 우리 둘은 입구로 달려갔다. 이라가 문간에 맨발로 서 있었다. 흰색 잠옷이 달빛에 파랗게 빛나고 있었다. 이라의 모습에 나는 흠칫 놀랐다. 그 아이는 흡사 유령 천사 같았다. 지금은 성숙한 여인이 된 천사. "이라." 내가 다정하게 불렀다. "문 닫아."

내 말은 들은 체 만 체 이라가 바깥으로 나갔다. "나와!" 이라가 소리쳤다. 미챠는 나를 밀치고 누나한테 갔다. 나는 미챠의 잠옷을 붙잡았지만, 미챠는 어깨로 나를 뿌리쳤다. "어서 나와!" 미챠가 찢어지는 목소리로 소리쳤다. 집 옆 장작더미 뒤에서 무언가 움직이자 두 아이가 넘어질 듯 안으로 달려왔다. 나는 얼른 문을 닫고 걸쇠가 잘 잠겼는지 손잡이를 확인했다.

"그들이야." 이라가 말했다. "내가 알아." 벽에 몸을 바싹 붙이는 이라는 더 이상 아름다운 유령처럼 보이지 않았다. 다시 내 어린 딸로 돌아온 것 같았다.

"누구?" 내가 물었다.

"어제 기차역에서부터 나를 따라왔던 남자."

"확실해? 그 남자가 어떻게 생겼는데?"

"나머지 그들과 비슷했어. 엄마를 데려갔던 그 남자들처럼."

"나도 그 남자들 봤어." 미챠가 말했다. "학교에서 울타리 뒤에서 날 지켜봤어. 두 명, 어떤 때는 세 명이었어. 하지만 나한테 겁을 주지는 않았어."

"바보 같은 소리." 나는 그렇게 말했지만, 나도 내 말을 믿지 않았다. 미챠는 과장하는 버릇이 있었고, 보랴의 말을 빌리면, '상상력이 아주 건강'했기 때문에 이야기를 곧잘 지어냈다. 그 아이는 숲속에서 스푸트니크의 한 조각을 발견하기도 했다. 운동장을 돌아다니던 한 마리 늑대로부터 같은 반 여자아이를 구한 적도 있었다. 트롤리버스보다 높이 뛸 수 있는 힘을 주는 마법 식물을 먹은 적도 있었다.

그러나 이번 이야기는 의심할 여지가 없었다.

『닥터 지바고』가 6개월 전 이탈리아에서 출간되고, 프랑스, 스웨덴, 노르웨이, 스페인, 서독 등 여러 나라에서 속속 그 책이 나오면서, 점점 더 많은 눈이 나를 지켜보고 있음을 느낄 수 있었다. 외국에서 책이 나올 때마다 그 책이 왜 고국에서는 출간되지 않았는가 하는 질문이 제기되었다. 당장은 그 소설에 관해 정부의 공식 발언은 없었다. 정부의 손은 아직 움직이지 않았지만, 그 떨림이 점점 커지고 있었다. 그들이 행동하는 것은 시간문제였다.

우리 집 진입로 끝 검은 차에 앉아 있는 남자들이나, 내가 모스크바에 갈 때마다 나를 따라오는 남자들에 관해서는 한 번도 아이들에게 말하지 않았다. 대신에 예정되어 있다고 생각되는 그것을 기다렸을 뿐이다. 나를 찾아올 날을.

그동안 아이들이 불안해하지 않도록 최선을 다했다. 두통 핑계를 대며 창문에 커튼을 쳤다. 이웃집에 십대들이 침입했다고 말하며 문을 잠갔다. 코카시안 셰퍼드 한 마리를 구해볼까 하고 견사를 찾아가 거기 남자에게 아들이 개를 키우면서 책임감을 배울 수 있을 거라고 말했다.

그러나 아이들은 속지 않았다. 속기에는 너무 커버렸다. 아이들은 나의 거짓 웃음이나 내가 하는 말이 아니라 떨리는 내 손에서, 눈밑의 다크서클에서 진실을 찾는 법을 알고 있었다.

나는 보랴에게 커져만 가는 내 두려움을 몇 번이나 이야기했지만, 그는 지지자들로부터 쏟아지는 편지나, 외국 신문에 실린 극찬 기사를 스크랩해 몰래 들여온 것들, 인터뷰 요청서들을 보여주며 말을 돌렸다. 많은 이들이 그를 찾고 있었다. 그리고 이제 나는 그의 아내뿐 아니라 전 세계와 그를 공유해야 했다. 내가 그 문제를 마지막으로 꺼냈을 때, 우리는 이즈말코보 호수 둘레 길을 걷고 있었다. 보랴는 『닥터 지바고』를 영어로 번역할 마땅한 사람을 찾는 데 골몰해 있었다. 그는 경비견을 구할까 하는 내 질문에 대답 대신 소설 끝에 나오는 시들을 영문판에 넣어야 할지 물었다. "각운 때문에 의미가 살지 않는다고 하더군." 그가 말했다.

모든 것이 그 책에 관한 것이었고, 그보다 더 중요한 것은 없었다. 해외 판본들이 그에게 안겨준 명성도, 다가오는 정부의 위협도, 그의 가족도, 내 가족도 중요하지 않았다. 심지어 그는 자기 삶보다도 그 책을 소중하게 여겼다. 언제나 책이 첫 번째였고, 앞으로도 늘 그럴 것이었다. 그 사실을 빨리 깨닫지 못한 내가 바보처럼 느껴졌다.

이라가 눈물을 삼키고 미챠가 강한 척하는 동안, 나는 철저하게 우리뿐이라는 참담함에 충격을 받았다. 정신을 바짝 차리고 창밖을 보았지만, 포플러들이 가벼운 흔들림과 자갈길 위에서 춤추는 그림자뿐이었다.

그러던 중 뭔가 움직였다.

아이들이 펄쩍 뒤로 물러났지만, 나는 가만히 있었다. 나는 커튼을 활짝 젖혔다.

"엄마!" 미챠가 소리쳤다.

"와보렴." 내가 말했다. "봐."

아이들이 내 어깨 위로 고개를 내밀었다. 바깥에는 붉은 여우 두 마리가 장작더미에서 밀어뜨린 통나무 위에 서 있었다. 여우들은 황금색 눈이 나와 마주치자 숲으로 달아나 버렸다.

우리는 눈물이 나도록, 배가 아프도록 웃었다. 더는 그 일이 별로 재미있게 느껴지지 않을 때까지 실컷 웃었다.

"이제 진짜 바깥에 다른 건 없지?" 미챠가 물었다.

"그럼." 나는 커튼을 닫았다. 그리고 아이들이 어렸을 때 하던 것처럼 볼에 키스해주었다. "이제 방으로 돌아가렴."

아이들은 방문을 닫았지만, 나는 잠이 올 것 같지 않았다. 어두운 부엌으로 들어가 주전자를 불에 올렸다. 아이들을 깨우고 싶지 않아서 양초를 켜고 신문을 집어 들었다.

그 기사에는 사진이 없었지만, 나는 흰색과 황갈색 털 짐승의 충돌, 뒤엉킨 발굽, 폭신한 솜털이 벗겨진 채 부러진 가지뿔을 어렵지 않게 상상할 수 있었다. '푸토라나 고원에서 번개에 맞아 순록 200마리 죽다.' 숫자를 제대로 읽은 건지 확인하기 위해 신문을 양초 가까이 가져갔다. 맞다. 한순간에 200마리가 죽었다. 하늘이 쩍 갈라지더니—

주전자의 속삭임이 울부짖음으로 바뀌자, 나는 주전자를 스토브에서 내려놓았다. 다시 기사를 읽기 시작했다. 순록들은 서로 보호하기 위해 모여 있었고, 그래서 많은 수가 죽었다. 노릴스크의 한 목동이 그 참사를 처음 마주했다. 그는 순록들이 마치 백개면 주사위처럼 뒤섞인 채 눈 덮인 산꼭대기 곳곳에 흩어져 있는 것 같았다고 했다. 목동에게 맡기면 시인이 되리라.

그 순록들의 시체가 분해되고, 그 뼈가 하얗게 될 때까지 얼마나 오랜 세월이 걸릴까? 마을 사람들은 순록들의 가지뿔을 주워다 거저 얻은 전리품으로 벽에 걸어둘까? 순록들은 왜 흩어져서 낮은 곳으로 가지 않았을까? 순록들은 그저 수천 년 동안 해오던 대로 했을 것이다. 하늘이 언제 갈라질지 그들은 알 턱이 없다.

만약 우리 집 문밖에 있었던 게 남자들이었다면, 나는 방어벽을 치고 아이들과 집 안에 있었을까? 아니면 문을 열고 나를 잡아가라고 했을까? 보랴의 귀에 들리지 않으리라는 걸 알면서도 그의 이름을 외쳤을까?

"뭐 먹을 거 있어?" 미챠가 뒤에서 물었다.

"엄마 때문에 깼어?"

"그냥 잠이 안 와." 아이는 찬장으로 다가갔다. 작년에 미챠는 늘 먹기만 하는 것 같았다. 6개월 사이에 거의 5센티미터나 컸다. 한때 미챠가 찬장 맨 위 선반에 손을 뻗을 때 사용했던 등받이 없는 의자는 이제 화분 받침이 되었다. 미챠가 눅눅해진 수슈카 한 봉지를 꺼내자 나는 차 한 잔을 따라주었다. 미챠는 수슈카를 차에 적셔 두 입에 다 먹었다.

"정말로 학교 밖에 있는 남자들을 봤니?" 내가 다정하게 물었다.

"우리 집에 권총 하나 있어야겠어." 미챠가 대답했다.

"권총 하나로는 아무 소용이 없을 거야."

"그럼 두 개 있으면 되지." 이라가 부엌으로 들어와 식탁에 앉으며 말했다. 이라는 미챠의 차를 한 모금 마셨다.

"권총 두 개든 열 개든. 총은 전혀 도움이 안 돼."

"권총 쏘는 법을 배울 거야." 미챠가 말하고는 손으로 총 모양을 만들어 누나를 겨누었다.

나는 내 손으로 미챠의 손을 덮으며 손가락을 접어주었다. "못써."

"하지만 왜 안 돼? 누가 우리를 보호해주는데? 내가 뭐라도 해야 해. 내가 이 집안의 남자니까."

이라는 웃었지만, 나는 가슴이 미어졌다.

"미챠는 캠프 가게 돼서 신나겠네?" 화제를 돌리고 싶은 간절한 마음에 내가 물었다. 미챠는 다음 주에 시작되는 피오네르 소년단* 여름학교에 갈 예정이었다. 지난 4번의 여름 동안 미챠는 숲속에서 보낸 그 시간을 무척 좋아했다. 내가 포트마에서 돌아왔던 그해 여름, 미챠는 자기가 곁에 없으면 엄마가 다시 잡혀간다며 여름학교에 가지 않으려 했다. 내가 흰색 셔츠를 입혀 빨간 목수건을 둘러주고 버스에 태워줄 때 미챠는 흐느꼈다. 다른 부모들과 함께 떠나는 버스를 지켜보는 동안에도 미챠는 손을 흔들지도 않았다. 그러나 집에

---

* '피오네르'는 러시아어로 '개척자'란 뜻으로, 8–19세 소년들을 대상으로 하는 공산권 국가의 소년 조직.

돌아왔을 때는 새로 사귄 친구들 이야기, 거위와 백조 놀이, 붉은 기 게양하기, 맨손체조, 행진 등등의 이야기를 한가득 늘어놓았다. 심지어 행진까지 좋았다고 했다. 미챠는 몇 주 동안 피오네르 노래를 부르고 곡식 할당에 관해 배운 사실을 읊어댔다.

미챠가 고개를 들었다. "그런 것 같아."

"올해는 가고 싶지 않구나?"

"그 노래들이 다 지겨워졌어. 그 대신 엄마가 소년 기술자 캠프에 등록해주면 좋겠어. 행진보다 뭘 만드는 게 더 좋아."

"미챠가 그걸 좋아하는 줄은 미처 몰랐네—"

"그게 더 비싸." 미챠가 말을 잘랐다.

"그 문제는 어떻게든 해결할 수 있을 거야."

미챠가 다시 수슈카를 집었다. "아저씨한테 부탁하려고?"

"엄마가 무슨 수든 생각해낼 거야."

"아저씨는 왜 엄마랑 결혼 안 해?"

"미챠!" 이라가 동생의 팔을 찰싹 쳤다.

"누나도 똑같이 물어봤었잖아." 미챠가 대꾸했다. "엄마한테만 말 안 했을 뿐이지. 학교에서 사람들이 수군거리는 거 알잖아."

"사람들이 뭐라고 하든?" 내가 물었다.

미챠는 대답하지 않았다.

"엄마는 두 번 결혼해봐서 다시 결혼하고 싶지 않아." 말은 그랬지만, 나는 아이들이 이제 모든 것을 꿰뚫어 보는 것처럼 내 마음도 꿰뚫어 본다는 걸 알고 있었다.

"하지만 엄마는 아저씨를 사랑하잖아. 안 그래?" 이라가 말했다.

"사랑만으로는 안 될 때도 있어." 내가 말했다.

"또 뭐가 있어야 하는데?" 이라가 물었다.

"몰라."

미챠와 이라가 슬쩍 눈길을 교환했고, 그 무언의 동의는 내 마음을 아프게 했다.

집이 조용해진 뒤 나는 아이들 방을 들여다봤다. 둘 다 다시 자고 있었다. 나는 우의를 입고 밖으로 나섰다. 그에게 갈 수는 없었다, 자고 있을 테니까. 나는 큰길 옆 녹색 울타리를 따라 걸었다. 걷는 동안 어린 꼬마였던 미챠, 캠프로 떠날 버스를 타기 전 내 손을 놓지 않으려 했던 아들을 생각했다. 그 아이가 지금은 집안의 가장이라며 권총이 필요하다고 말하고 있었다. 그리고 남자들이 나를 데려간 그날 이후 훌쩍 커버린 이라를 생각했다. 그렇게 어린 나이에 때로는 사랑만으론 충분하지 않다는 걸 알아버린 내 아이들을 생각했다. 멀리서 트럭의 전조등이 보였다. 만약 그 트럭이 도로를 벗어나면 어떻게 될까, 만약 내가 달려오는 트럭을 비키지 못하면 어떻게 될까 궁금했다. 하늘이 쩍 갈라지더니—

서

1958년 8월–9월

20

타자수들

정보국은 신속하게 움직였다. 이리나가 비숍 정원 임무를 성공적으로 끝낸 덕에 러시아어 원고가 우리 손에 들어온 이상, 허비할 시간이 없었다. 겨울이 해빙을 맞고, 벚꽃이 활짝 피었다가 다시 떨어지고, 하늘을 뒤덮었던 워싱턴의 습기가 걷히는 사이, 『닥터 지바고』의 러시아어판 교정쇄가 뉴욕에서 준비되었고, 네덜란드에서 인쇄되었으며, 나무판자를 덧댄 스테이션왜건 뒷좌석에 실려 헤이그의 안가로 옮겨졌다. 인쇄된 365부는 파란색 천 표지로 장정되었고, 만국박람회 폐막에 때맞춰 나왔다. 금지된 이 책은 박람회에서 소비에트 방문객들에게 배포하기로 되어 있었다.

그러나 이 모든 일이 이루어지기까지 뜻밖의 돌발 상황이 몇 번 있었다.

애초 정보국의 계획은 정보국과 밀접한 관계인 뉴욕의 출판업자

펠릭스 모로 씨와 계약해, 미국 정부의 개입을 추적해내지 못하도록 원고를 레이아웃하고 디자인하고, 교정쇄를 준비하는 것까지 맡기는 거였다. 그런 다음 아직 정해지지 않은 유럽의 한 출판사에 보내 인쇄하려는 셈이었다. 이 역시 정보국의 흔적 일체를 지워버리기 위한 안전장치였다. 한 메모에는 미국제 종이나 잉크는 절대 사용해선 안 된다는 것까지 명기되어 있었다.

테디 헬름스와 헨리 레닛은 아메리칸 항공을 타고 뉴욕에 간 다음 다시 기차로 그레이트넥까지 가서 모로 씨에게 직접 러시아어 원고를 건넸다. 거래를 성사시키려고 좋은 위스키 한 병과 모로 씨가 좋아하는 상표의 초콜릿 한 상자도 같이 건넸다.

그러나 알고 보니 펠릭스 모로는 골칫거리였다. 공산주의자였다가 트로츠키주의자로 전향했지만, 그의 표현에 따르면 지금은 애플 파이만큼이나 미국적이었고, 말하기 좋아하는 뉴욕 지식인이었다. 실제로 말이 많았다. 계약서의 잉크가 채 마르기도 전에, 그는 자신의 수중에 들어온 그 위대한 책에 관해 모두에게 떠벌리고 있었다.

노마가 뉴욕에서 알던 문학계 지인을 통해 소식을 들었는데, 모로가 그 원고를 검토하려고 여러 러시아 학자들과 접촉했고, 얼마 후 모든 사람이 미국 땅에서 제작 중인 러시아어 판본에 관해 떠들고 있다는 거였다. 노마는 곧바로 앤더슨에게 알렸고, 앤더슨은 자신들이 알아보겠다고 했다. "칭찬해주면 어디 덧나. 고맙다는 말도 없었어." 노마가 투덜거렸다.

설상가상으로 모로는 미시간 대학교 출판부의 한 친구와 접촉해 미국에서 러시아어판을 인쇄할 가능성을 타진하기도 했다. 그 소설의 세계 판권은 이탈리아 출판업자 잔자코모 펠트리넬리의 독점 소유였고 상당한 양의 나머지 권리까지 확보할 가능성이 있었음에도 말이다. "난 내가 원하는 어디서든 출간할 수 있어요." 모로는 테디가 말리자 그렇게 말했다.

테디와 헨리는 다시 그레이트넥으로 급파되었다. 더 좋은 위스키한 병과 더 큰 초콜릿 상자로 모로를 조용히 시키고, 미시간 대학교출판부와의 계약을 중단시키기 위해서였다. 모로는 반발했지만, 결국 그 작전에서 빠지기로 동의했다. 위스키와 초콜릿 때문이 아니라처음에 그에게 준 것보다 더 큰 보상을 약속했기 때문이었다.

모로의 상황을 정리한 후 테디와 헨리는 미시간대 출판부가 일을 진행하는 걸 막기 위해 앤아버로 달려갔다. 그들은 총장에게 출간 계획을 접어달라고 통사정했다. 그들은 소비에트 독자들에게 미칠 영향을 최대화하고, 그 책이 미국의 선전으로 치부되는 걸 피하기 위해 러시아어 초판은 반드시 유럽에서 나와야 한다고 총장을 설득했다. 그리고 만약 그 책의 배포가 미국과 연관될 경우 저자 보리스 파스테르나크가 위험에 처할 수 있다는 말도 했다. 몇 번의 실랑이 끝에, 미시간 대학교 측은 정보국의 판본이 유럽에서 나올 때까지 출간을 미루기로 합의했다.

이어서 정보국은 그 일을 끝내기 위해 네덜란드 정보국과 협력했다. 이미 그 책을 네덜란드어로 출간하기로 펠트리넬리와 계약을 맺었던 무턴 출판사와 거래가 성사되어, 정보국을 위해 러시아어 판본까지 소량 제작하기로 했다.

이 모든 우여곡절을 거친 끝에 『닥터 지바고』는 마침내 브뤼셀 만국박람회를 향해 출발했다. 만약 모든 일이 계획대로 된다면, 그 소설은 핼러윈까지는 소비에트 시민들의 손에 들어갈 터였다.

임무 완수를 축하하듯, 테디와 헨리는 정글 인 재즈 클럽에서 셜리 혼의 두 번째 무대가 시작되는 시간에 딱 맞춰 워싱턴으로 돌아왔다. 그들은 무대에서 가장 먼 빨간 비닐 부스에 자리를 잡았다.

테디는 얼음을 탄 위스키를 마셨고 헨리는 더티 진 마티니를 홀짝거리며 셜리의 공연을 보았다. 그들은 꼼짝도 하지 않고 몰입해 있어서 바로 옆 부스에 캐시와 노마가 있다는 사실을 알아채지 못했다. 아니 아마 두 여자를 봤어도 타자기와 속기 노트가 없으니 알아보지 못했을 것이다.

"정말 끝내주게 부르지, 그렇지?" 헨리가 클럽의 소음 때문에 소리를 지르며 말했다. "내가 뭐랬어? 아주 제대로야."

"정말 그래." 테디가 손을 흔들어 웨이트리스를 부르며 말했다.

"진짜 대박이야. 진짜로. 오늘 밤 나오니 기분이 좋지 않아?"

"웨이트리스는 왜 안 오는 거야?" 테디가 물었다. 그는 타이를 느슨하게 풀었다. "집에 들어가서 옷 갈아입었어야 하는 건데. 누가 봐도 우린 연방정부 공무원 같잖아."

"그건 자네 얘기고." 헨리가 말하며 자신의 감청색 재킷에서 보이지 않는 먼지를 터는 시늉을 했다. "집에 먼저 들렀다면 자네가 그대로 집에 눌러 앉았을 거라는 건 건 자네도 잘 알잖아. 요즘 무슨 일 있나, 테디 보이?"

테디는 대답 대신 일어서서 술을 가지러 가더니 마티니 두 잔을 들고 왔다. 자기 잔에는 올리브 하나를 넣어서.

"건배할까?" 헨리가 물었다.

"뭐에 대고?"

"물론 그 책을 위해. 우리가 만든 대량 파괴 문학 무기에 괴물이 비명을 지르기를."

테디는 잔을 반쯤 들어 올렸다. "자 즈다로비예(건강을 위해)."

아직 그들의 눈에 띄지 않은 캐시와 노마도 승리의 건배를 위해 잔을 들었다.

두 남자는 셜리가 건반에 머리를 숙였다가 천장을 바라보고 이어서 앞줄의 작은 원탁에서 공작 깃털을 꽂은 검은색 스테트슨 모자를 쓴 남자에게 슬쩍 눈짓하는 모습을 지켜보았다.

"저기에는 어떤 사연이 있을까?" 헨리가 원탁의 남자를 향해 고갯짓을 했다.

"그럴 기분이 아니야."

"해봐! 옛날 생각 나잖아."

"남편이야." 테디가 대답했다. "공연할 때마다 앉아서 그녀를 지켜보지. 아니면…… 연인인가?"

"아니." 헨리가 말했다. "전남편이야. 공연을 지켜보는 건 그녀가 그에게 허락한 최대치지."

"좋은 추측이야, 아주 좋아."

"화해의 가능성이 있을까?"

"아니."

두 친구는 몇 분 동안 가만히 앉아 있었다.

"자네 정말 괜찮아, 테드?"

테디는 두 모금에 잔을 비웠다.

"이리나는 어때?"

"잘 지내."

"겁이 나는 게 정상이지. 쳇, 그런데 지금 내가 겁나, 심지어 데이트하는 사람도 없어."

"그런 게 아니야. 그녀가 그냥…… 너무 조용해졌어."

"사람은 누구나 조용한 순간들이 있잖아."

"아니, 이건 달라. 그녀한테 왜 그렇게 조용히 있냐고 물으면, 화를 내." 테디는 주변을 둘러보았다. "망할 웨이트리스는 어디 있는 거야?"

"그래서…… 화제를 바꾸자면—"

"고맙네."

"소문 하나 알려줄까?" 헨리가 물었다.

캐시와 노마는 더 잘 듣기 위해 뒤로 몸을 기댔다.

"그걸 안 듣겠다면 내가 이 일을 하고 있을까?"

"그 빨강 머리 얘기 들어봤지?"

"샐리 포레스터?"

노마와 캐시는 서로 눈빛을 교환했다.

"빙고." 헨리가 말했다.

"그런데?"

"곧 내쳐질 거래. 나도 유감이야. 그녀가 다가오는 걸 보는 게 좋았는데, 하지만 그녀가 가는 걸 보는 게 더 좋았지."

"왜?"

"난 항상 엉덩이가 크고 예쁜 여자가 좋거든."

노마가 눈알을 굴렸다.

"아니, 그녀가 왜 잘리는데?"

"그게 가장 끝내주는 대목이야. 자넨 짐작도 못 할걸."

"말해봐."

헨리는 부스 안에서 뒤로 몸을 기댔다. "동-성-애."

"뭐?" 노마가 저도 모르게 소리 지르고 말았다. 남자들은 그녀들의 존재를 눈치채지 못했지만, 노마와 캐시는 아까보다 더 몸을 수그렸다.

"뭐라고?" 테디가 물었다.

"그래, 테드. 그녀가 다른 여자와 어울리는 걸 더 좋아한다는 얘기야."

"그러니까, 언제 그런 일이 있었어? 난 자네하고 그녀 사이에 뭔가 있는 줄 알았는데?"

헨리는 술을 한 모금 마셨다. "어쩌면 어떤 남자한테 차여서 돌아선 것일 수도 있겠지."

"세상에." 테디는 목소리를 낮추었다. "자넨 그걸 어떻게 알았어?"

"남의 정보원에 관해선 묻지 말아야지."

"샐리는 이리나의 절친한 친구야." 테디가 말했다. "그러니까, 그 두 사람이 아주 많은 시간을 같이 보내지는 않았지만—"

"아마 그래서일 거야. 이리나도 샐리의 작은 비밀을 알아버렸겠지."

"나한테는 아무 말도 안 하던데."

"모든 관계는 약간의 생략 위에 만들어지는 법이야."

셜리는 〈내가 당신을 잃게 된다면〉으로 순서를 마치고 군중들에게 인사했다. "자리에 그대로 계세요. 영혼을 따뜻이 덥혀줄 술 한 잔을 더 주문하시면, 뜨거운 순간에 다시 돌아올게요." 그녀는 피아노 앞에서 일어나 검은색 스테트슨 모자를 쓴 남자 옆에 가서 앉았다. 남자가 그녀에게 키스하자 그녀는 그를 밀쳤지만, 그는 손목을 붙잡아 뒤집고는 안쪽에 키스했다.

"틀림없이 연인이군." 테디가 말했다.

· · ·

8월 말에 엄청난 천둥 번개와 함께 비가 내리며 워싱턴 절반이 어두워졌다. 아침 통근길이 아수라장이 되어, 버스와 전차는 늦게 오거나 아예 오지 않았다. 이리나는 평소에 버스로 출근했지만, 그날은 테디가 태워다준 모양이었다. 우리가 휴게실에서 모닝커피를 마실 때, 테디의 파란색과 흰색의 닷지 랜서에 두 사람이 앉아 있는 걸 보았기 때문이다. 우리는 보지 않으려 애썼지만, 휴게실 창문이 동쪽 주차장을 향해 나 있으므로 보지 않기 힘들었다.

이미 9시 30분이 됐는데도, 두 사람은 서두르는 기색이 전혀 없었다. 그들은 그냥 앉아 있었고, 우리는 유리창에 김이 서리도록 얼굴을 바짝 대고 있었다. 9시 50분쯤 무슨 소리라도 들릴까 기대하며 창문을 활짝 열었지만, 거센 돌풍에 빗줄기가 얼굴을 때리는 바람에 도로 닫을 수밖에 없었다.

테디는 마치 총에 맞은 것처럼 운전대 위에 쓰러져 있었고, 이리나는 조수석 창밖을 쳐다보고 있었다. 10시쯤 이리나가 차에서 내리더니 매끈한 보도 위에서 힐이 미끄러지도록 사무실로 뛰어 들어왔다.

몇 분 후 테디의 차가 빗물 위에서 흔들리며 E가로 나갔고, 우리는 각자 책상으로 돌아갔다.

이리나가 들어와 우의를 벗고 자리에 앉았다. 그녀는 붉은 눈을 비비며 폭풍에 관해 불평했다.

"괜찮아?" 캐시가 물었다.

"물론이지." 이리나가 대답했다.

"조금 안 좋아 보여." 게일이 말했다.

이리나는 손가락 끝에 침을 묻히고는 전날 받은 기록들을 넘겨 보기 시작했다. "오늘 아침은 좀 힘드네. 날씨랑 모든 게."

"걱정 마. 앤더슨한테는 네가 화장실에 갔다고 말했어." 게일이 말했다.

"앤더슨이 나를 찾았어? 왜 찾는지는 말하든?"

"아니."

"다행이네." 이리나는 가방을 열어 그녀의 머리글자가 새겨진 작은 금속 담뱃갑을 꺼냈다. 샐리가 생일선물로 준 거였다. 그녀는 담배 하나를 물고 불을 붙였다. 손이 아직도 빨갰고 떨고 있었다. 이리나가 담배 피우는 모습도 처음이었지만, 먼저 눈에 먼저 띈 건 그게 아니었다. 우리가 먼저 주목한 것은 그녀의 약혼반지가 사라졌다는 점이었다. "아니, 내 말은 지각하는 게 싫다는 얘기야. 나 대신 잘 말해줘서 고마워." 이리나가 말했다.

우리는 테디와 그 차에 관해 묻고 싶었다. 사라진 약혼반지에 관해 묻고 싶었다. 샐리에 관해 떠도는 소문을 들었는지 묻고 싶었다. 그러나 묻지 않았다. 그녀에게 시간을 주고 자세한 것은 다음 날 물어보는 편이 좋을 것 같았다.

그러나 다음 날 아침, 이리나는 앤더슨의 사무실로 불려갔다.

우리는 이리나가 앤더슨의 방으로 호출되었다는 건 알고 있었다. 그녀가 그 방을 나와서 화장실로 달려갔고 한참을 머물러 있었다는 것도 알고 있었다. 그리고 그녀가 화장실을 나온 뒤, 배가 아프다며 조퇴했다는 것도 알고 있었다.

앤더슨의 비서인 헬렌 오브라이언이 나머지 이야기를 들려주었다. "앤더슨이 이리나한테 정보국 직원은 최고의 평판을 유지해야 한다고 하니까 이리나가 대답했지. '네, 물론입니다.' 사무실과 집에서의 행동거지 말이야. 이리나는 '네, 맞습니다' 하는 식이었지. 그런 다음 앤더슨이 개인적 위법행위에 관한 소문이 들린다고 했어. 그 다음에는 긴 침묵. 잠시 후 이리나가 그 소문이 자기 얘기냐고 묻더니 자기는 정보국의 최고 표준에 따라 행동했대. 그랬더니 앤더슨이 이런 식으로 말했어. '이봐, 사람들은 자네가 그런 면에서 좀 이상한 것 같다고 떠들고 있어. 그리고 만약 그게 사실이라면 우리로선 골치 아픈 일이야.' 이리나는 펄쩍 뛰며 부인했지. 아마도 이리나가 울기 시작했던 것 같은데, 문을 사이에 두고 있었으니 확실하지는 않아. 어쨌든 앤더슨은 그런 대답을 듣게 돼서 기쁘다고 했고, 지난번 다른 여자를 해고해야 했을 때처럼 소문이 자기 귀에까지 들어오지 않기를 바란다고 했지. 이리나가 그 여자가 누구냐고 물으니까 앤더슨이 몇 초 쯤을 들이다가 대답했어. '샐리'라고."

이리나는 그 주가 끝날 때까지 출근하지 않았으므로, 우리는 그녀에게 무슨 일이 벌어지는 건지 물어볼 기회조차 없었다. 그 토요일, 그녀는 브뤼셀의 만국박람회에 가기 위해 비행기를 탔다.

다음 주 월요일, 테디 역시 사무실에 나오지 않았다. 그리고 그 주 내내 모습을 보이지 않았다.

우리는 마틴스 바에서 토론하며 즐거운 시간을 가지려고 모였다.

"아마 테디는 이리나를 되찾기 위해 브뤼셀로 간 거겠지?" 캐시가 추측했다.

노마는 다른 것보다 두 배는 큰 굴을 들어 올렸다. 그녀는 잠시 굴을 살펴보더니 가볍게 쳤다. "또 로맨틱하게 나오네." 그녀가 말했다. "내가 듣기로 테디는 자기 아파트에 틀어박혀서 옷도 안 갈아입고 노크해도 대답하지 않는다던데."

"그 소리는 어디서 들었어?" 주디가 물었다.

"믿을 만한 정보원."

"그냥 임무 수행하러 간 거겠지." 린다가 굴 포크로 마티니 잔 속의 올리브를 찌르며 말했다.

"정말 재미없기는." 노마가 말했다. 그녀는 손짓으로 웨이트리스를 부르더니 마티니 한 잔을 추가로 주문했다. "이분한테 한 잔 더 갖다주세요." 노마는 린다를 가리키며 말했다.

린다는 반박하지 않았다. "아니면 도망친 건지도 몰라. 어쩌면 이리나가 상처를 준 건 테디의 마음만은 아니었을 수도 있지."

"이제야 정신이 돌아왔네!" 노마가 말했다.

"아니면 테디가 샐리랑 같이 있을 수도 있고." 린다가 말을 이었다.

"하지만 샐리가 어떤 여자인지 생각하면." 캐시가 목소리를 낮추었다. **"알잖아."**

"시점이 절묘하잖아. 먼저 샐리가 떠나고, 다음은 이라나가 떠나고." 웨이트리스가 와서 우리 앞에 마티니 잔들을 내려놓았다. "어쩌면 샐리랑 헨리가 아니라 샐리랑 테디가 계속 관계를 가지고 있던 거야, 그러다가 이리나가 사실을 알게 되자……."

노마가 린다의 앞에 놓였던 잔을 멀찍이 치워버렸다. "지금 보니 린다는 너무 많이 마신 것 같아."

테디가 출근하지 않았던 그 주에 무엇을 했는지 우리는 알아내지 못했지만, 마침내 테디가 출근한 날, 점심 배식줄에서 프라이드 치킨식 스테이크와 으깬 인스턴트 감자를 받으러 기다리던 헨리 레닛의 뒤로 다가갔다는 건 알고 있다. 테디가 헨리의 어깨를 치자 헨리가 돌아섰다. 테디는 아무 말 않고 친구의 얼굴을 한 방 갈겼다. 헨리는 잠시 비틀거리다가 쓰러졌다. 그가 들고 있던 녹색 플라스틱 식판이 먼저 바닥을 치면서 아까 받은 노란 옥수수 알들이 사방으로 흩어졌다. 이어서 그가 넘어졌는데, 옥수수가 흩어진 검은색과 흰색의 타일 바닥에 얼굴부터 닿았다.

테디는 헨리 위로 넘어가더니 식판을 구내식당 저쪽으로 차버렸고 제빙기로 가서는 얼음 한 줌을 받은 뒤 식당을 나갔다.

대리석 조리대에 생고기를 내려치는 것처럼 철퍼덕 소리를 내며 헨리의 얼굴이 바닥에 부딪쳤을 때 주디는 치킨 수프 한 컵을 들고 줄을 빠져나오던 중이었다. 바닥에 흩어진 두 개의 하얀 치클렛 코팅 껌이 주디의 에나멜가죽 키튼 힐 바로 앞에 멈추었을 때 그것이 실은 헨리의 앞니였다는 사실을 깨닫기까지는 약간의 시간이 걸렸다. 주디 옆에 있던 여자가 비명을 질렀지만, 주디는 차분하게 허리를 굽혀 그 두 개의 치아를 주워서 카디건 주머니에 넣었다. "도로 끼워 넣을 수도 있으니까 챙겨둔 거야." 주디는 나중에 그 이야기를 들려주면서 그렇게 말했다.

테디가 주먹으로 헨리의 입을 치는 순간을 보거나 듣지 못했던 사람들은 헨리가 기절했다고 생각했다. "의사를 불러요!" 누군가 소리쳤다. 헨리가 일어나 앉아 멍하니 있을 때, 닥터 터너, 진짜 의사가 아니라 반쯤 피운 담배를 항상 물고 다니는 구내식당의 나이 많은 조리사가 얼린 스테이크 고기를 들고 주방에서 나왔다. "이걸 쓰게, 친구." 그는 고깃덩이를 헨리에게 내밀었다.

헨리의 입에서 붉은 피가 하얀 셔츠 앞섶으로 뚝뚝 떨어졌다. 그는 스테이크를 한쪽 눈에, 이어서 다른 쪽 눈에, 다시 코에 갖다 댔다. 무언가 금속 맛이 나는 걸 느낀 후에야 그는 앞니 두 개가 사라졌다는 걸 깨달았다. 그는 새롭게 생긴 구멍을 혀로 더듬었다.

닥터 터너가 헨리를 부축해 일으켰다. "누군가 몹쓸 짓을 한 모양이군, 맞지?"

"누구였어요?" 헨리가 물었다. 그는 반원으로 자신을 에워싼 사람들을 둘러보았다.

"난 일이 끝난 후에야 봐서." 닥터가 말했다.

"테디 헬름스." 주디가 말했다. "테디였어요."

헨리는 입가에서 피 묻은 옥수수 한 알을 닦아내고는 군중을 헤치고 밖으로 나갔다.

노마는 병원 예약을 잡고 돌아오는 길에 헨리가 본부로 향하는 걸 보았다고 했다. "헨리의 눈 바로 밑에 테디의 조지타운 졸업반지 자국이 선명하게 찍혀 있었어." 그녀가 낄낄 웃으며 말했다. "내가 찍어도 그거보다 더 잘할 수는 없었을 거야."

이튿날, 우리는 어제 점심시간 소동의 결과가 궁금해서 조금 일찍 출근했다. "테디가 해고될까?" 캐시가 물었다.

"아니, 그게 이 동네 남자들이 문제를 해결하는 방식이지. 덜레스 국장이 그 방식을 격려한대도 난 놀라지 않을 거야. 보나 마나 두 사람은 곧 다시 평소처럼 지낼 거야." 린다가 말했다.

우리는 무엇 때문에 테디가 가장 친한 친구에게 치과 신세를 지게 했는지 궁금해하며 일하러 돌아갔다. "사건을 거꾸로 돌려보자고." 어느 날 아침 랠프 카페에서 노마가 제안했다. "테디가 헨리에게 주먹을 날렸고, 이리나가 테디를 떠났고, 샐리가 해고됐어."

"그게 무슨 관계가 있어?" 린다가 물었다.

"도저히 모르겠어." 노마가 말했다.

이튿날 테디가 손가락 마디에 일회용 반창고 두 개를 붙이고 사무실에 나타난 반면, 헨리는 돌아오지 않았다. 그러나 노마는 헨리의 행방에 관한 약간의 정보를 알아냈다. 그렇다고 물어볼 만큼 우리가 어리석지는 않았다. 그러나 노마는 언젠가는 도움이 될 수도 있다고 생각하고 우리 중 한 명 이상에게 그의 행방을 말해주었다.

2주 후, 주디는 티슈를 꺼내려고 스웨터 주머니에 손을 넣었다가 헨리의 치아를 발견하고 깜짝 놀랐다.

3주 후, 우리는 영수증을 버리지 않았다는 걸 다행으로 여기며 테디와 이리나의 결혼 선물로 샀던 물건들을 반품했다.

한 달 후, 앤더슨이 새 타자수를 데려왔고, 우리는 이리나가 돌아오지 않으리라는 걸 알았다.

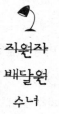

21

직원작
배달원
수녀

눈앞에 커튼처럼 드리워진 젖은 머리카락 밑으로 소용돌이치며 하수구로 흘러 들어가는 검은 물을 지켜보았다. 화약 약품 냄새 때문에 머리가 어지러웠고, 물이 뚝뚝 떨어지는 머리를 들었을 때는 나를 새사람으로 변신시켜주려고 온 여자가 창문을 열어줬다.

그녀는 내 머리를 하얀 수건으로 싸매더니, 그 아파트의 커피 탁자보다 두 배는 큰 낡은 트렁크 위에 앉으라고 했다. 경쾌한 소리를 내며 그녀가 진분홍색 화장품 상자를 열자 자주색 벨벳 케이스에서 비죽 나온 큰 가위 두 개, 다양한 염색약, 줄자 두 개, 폼 패딩, 화장솔, 검은색과 흰색의 직물 표본, 노란 고무장갑이 보였다.

그녀는 내 엉킨 머리카락을 풀면서 매끈해질 때까지 빗어주고는 머리카락을 뒤로 넘겼다. 그리고 가위로 톱질하듯 머리를 손질한 뒤 잘려나간 머리 타래를 나에게 건넸다. 내가 그것을 들고 있는 사이 그녀는 내 머리에 사용했던 검은색 염색약 병을 흔들더니 작은 붓으로 세심하게 내 눈썹에 발랐다. 그녀는 약간 따끔거릴 거라고 했지만 사실은 타는 듯 화끈거렸다.

염색약을 닦아낸 후 그녀가 나에게 일어나서 옷을 벗으라고 했다. 나는 머뭇거렸다. "걱정 마요." 그녀가 말했다. "별별 거 다 봤으니까." 샐리와 헤어진 후 빠졌던 몸무게가 어느 정도 돌아와 있었지만, 그래도 살이 많이 붙지는 않았다. 그녀는 내 가슴에, 이어서 내 엉덩이에 폼 패딩을 대었다. "당신한테는 무언가를 좀 더 넣어줘야겠네요."

그녀는 내 치수를 재면서 수다를 떨었다. 워너브라더스의 의상부에서 일하면서 까다로운 존 크로포드에게 가짜 속눈썹을 붙여줬던 일, 험프리 보가트가 키 커 보이도록 구두에 깔창을 집어넣었던 일, 도리스 데이에게 어울리는 금발 색조를 찾기 위해 할리우드의 미용실이란 미용실은 모두 돌아다녔던 일 등을 들려주었다. 그리고 언젠가 분장실에 들어갔는데 프랭크 시나트라가 **여전히 모자를 쓴 채로**, 이름을 밝힐 수 없는 어느 여배우의 다리 사이에 머리를 박고 있더라는 이야기를 장황하게 늘어놓았다. "프랭크는 심지어 쳐다보지도 않았어요." 그녀가 말했다. "그저 그 여자의 거기에 대고 20분 후에 다시 오라고 중얼거릴 뿐이었죠. 나는 그 '올 블루 아이스'의 가수가 좋은 사람이라고 생각한 적이 없어요."

여자가 이야기를 하는 동안 나는 잠자코 있었다. 평소 같으면 그녀를 매우 유쾌한 사람이라고 생각했겠지만, 그럴 기분이 아니었고, 그녀는 이야기를 듣는 상대방이 잠든 줄도 모르고 45분을 혼자 떠들 수 있는 그런 여자였다.

여덟 시간 전에 비행기를 타고 도착한 터라 몹시 피곤했다. 비행기를 타본 건 처음이었지만, 활주로에 발을 디뎠을 때, 심지어 아직 변신 전이었음에도, 나는 배달원 이상의 존재가 되어 있었다. 나는 새사람이 되었다.

내가 요청한 거였다. 그리고 이제 그렇게 되었다. 나에겐 하나 이상의 임무와 편도 티켓이 주어졌다. 다른 사람, 과거가 없는 완전히 새로운 사람이 될 기회가 생겼다. 그래서 그 기회를 잡았다. 마음의 상처는 아물 수 있다. 무게는 가벼워지고, 누구도 나에게 상처를 주거나 나로 인해 상처받지 않을 수 있다. 적어도 그렇게 나는 나 자신을 다독였다.

여자는 가위와 염색약과 장갑을 정리했다. 바닥에 떨어진 내 머리카락을 쓸어 모아 작은 비닐봉지에 넣고는 화장품 상자에 같이 넣었다. 그리고 떠나기 전에 한 꽃집 주인이 꽃대가 긴 장미를 넣는 상자에 수녀복을 넣어 가져올 거라고 일러주었다. 그녀가 문을 열고 뒤를 돌아보며 말했다. "만나서 반가웠어요."

"저도요." 서로 통성명도 하지 않은 사이였지만, 나는 그렇게 대답했다.

나는 문을 잠그고 화장실 세면대 위 금 간 거울 앞으로 가서 거울 속 낯선 사람을 바라보았다. 몇 인치 안 되는 짧은 머리카락을 손가락으로 쓸어보았다. 손가락에 침을 발라 관자놀이의 검은 염색약 얼룩을 문질러 지우고는 이제 누구든 될 수 있다고 혼잣말을 했다.

옷을 입는 사이에 설렘은 무디어졌다. 샐리는 나의 변신을 어떻게 생각할까? 엄마는 어떻게 생각했을까? 나는 한 손으로 목 뒤를 감싸 쥐었다. 엄마는 분명 싫어했을 것이다. 샐리는 나의 변신이 하나의 '선언'이라고 말했을 것이다. 테디는 설사 마음에 들지 않더라도 너무 좋다고 말했을 것이다.

엄마의 장례식이 끝난 후 나는 혼자 있고 싶지 않았고, 그래서 테디가 내 아파트 소파에서 자며 함께 있어 주었다. 밤에 내가 잠을 못이루면 테디는 책을 읽어주었다. 『뉴요커』에 실린 E. B. 화이트와 조지프 미첼의 에세이, 그리고 이름을 기억할 수 없는 남자들이 쓴 단편들이었다. 한번은, 그에게 결혼 못 하겠다고 말했던 날 밤이었는데, 그가 서류 가방에서 종이뭉치를 꺼내더니 읽어주었다. 그는 그글을 쓴 사람이 바로 자신이라는 사실을 다 읽고 나서야 말해주었고, 그 글은 몇 년째 작업하고 있는 소설의 첫 번째 장이라고 했다. 나는 정말 마음에 든다고, 소설을 꼭 완성하라고 말했다. "정말 그렇게 생각해요?" 그가 물었다. 그에게는 거짓말할 생각이 없다고 말하자, 그가 정말이냐고 물었다.

그의 눈을 마주 보기가 쉽지는 않았지만 그렇게 해야 했다. "당신과 결혼할 수 없어요."

"우린 기다릴 수 있어요. 당신이 필요한 만큼 얼마든지. 아직 슬픔에서 벗어나지 못했잖아요."

"아뇨. 그 문제가 아니에요."

"그렇다면 뭔데요?"

"모르겠어요."

그가 우리 사이에 맴도는 말을 하지 않으려 참고 있다는 것을 느낄 수 있었다. "당신은 알고 있어요."

"몰라요."

"샐리 때문이에요?"

"네? 아뇨……. 난 친구를 잘 못 사귀어요. 어쨌거나 진정한 친구는, 샐리는 나한테 좋은 친구였어요."

"아무것도 바꾸지 않아도 돼요. 난—"

"당신은 당신이 생각하는 것만큼 나를 알지 못해요."

"바로 그거예요. 난 알아요."

"무슨 말이에요?" 내가 물었다.

"그냥 당신과 함께 있고 싶다는 말이에요. 그게 당신에게 무얼 뜻하든."

그러나 나는 이해할 수 없었다. 이해하고 싶지 않았다. "그게 **당신한테** 무슨 의미가 있어요? **당신이** 원하는 게 뭐죠?"

"아내." 그가 말했다. "친구." 그가 훌쩍 눈물을 삼켰다. "당신."

"내가 어떤 사람인지 알고요?"

그가 고개를 숙였다. "나한테 솔직해져 봐요."

나는 그에게 내 이야기를 했고, 그는 찬찬히 생각해보자고, 충분히 시간을 가진 뒤에 어떤 결정이든 내리자고 했다. 나는 그러자고, 무엇보다 그런 식으로 그를 만나는 걸 피할 생각에서 그렇게 동의했고, 우리는 헤어졌다. 그는 소파로, 나는 내 방으로 들어갔고, 나는 저쪽 방에서 뒤척이는 소리에 귀를 기울이며 그날 밤을 보냈다.

다음 날, 폭풍으로 워싱턴 절반에서 전기가 나갔다. 테디의 차를 타고 가는 출근길에 우리는 말을 하지도, 라디오를 틀지도 않았다. 들리는 소리라고는 앞 유리 와이퍼와 몰아치는 비가 싸우는 소음뿐이었다. 차가 주차장으로 들어섰을 때 나는 그의 할머니 반지를 빼서 대시보드 위에 놓았다. 그는 털썩 앞으로 쓰러졌고, 나는 그렇게 그를 떠났다. 달리 할 말도 없었고 무엇을 하든 그에게 또 상처를 주거나 차에서 내리지 못 하게 될까 봐 두려웠다. 그 관계를 끝낸 건 나였지만, 마치 내가 나에게 상처를 주는 것처럼 느껴졌다. 샐리가 했던 방식으로가 아니라, 마치 나를 땅에 묶어두고 있던 밧줄 하나를 잘라버린 것처럼, 더 많이 표류하게 만드는 그런 방식으로.

테디는 그날 사무실에 출근하지 않았고, 나는 떠날 때까지 그를 보지 못했다. 그는 내가 아파트에 돌아가기 전에 자기 여행 가방을 챙겨 나갔다. 이튿날 나는 앤더슨의 사무실로 불려가 샐리와 어떤 관계였는지 질문받았다. 앤더슨은 샐리가 해고되었으며 나와 그녀의 관계가 의심을 받고 있다고 했지만, 나는 매우 강력하게 부인했고 결국 앤더슨으로부터 나를 믿는다는 말을 받아냈다. 어쨌거나 나에게 다른 사람이 되라고, 나의 정체에 관해 거짓말하라고 가르친 건 그들이었다. 그렇게 얻은 나의 새로운 능력을 그들에게 쓰는 건 기분이 괜찮았다.

곱씹어보기에는 너무 많은 일이 벌어졌다. 그리고 지구 반대편 브뤼셀에서 거울 속 내 모습을 바라보면서도, 여전히 나는 그 일들을 머릿속에서 지워버릴 수 없었다. 그러나 지워버려야 했다. 돌이킬 방법은 없었다. 임무는 시작되었다.

．．．

    나는 스카프로 머리를 싸매고 지정된 접선 장소로 출발했다. 브뤼셀은 와글거리고 있었고 도시 위에 반달이 떠 있었다. 거리는 세계 각국에서 온 박람회 구경꾼들로 만원이었다. 사람들로 붐비는 어느 카페를 지나갈 때는 프랑스어, 영어, 스페인어, 이탈리아어, 네덜란드어가 뒤섞여 들렸다. 그랑플라스를 가로지르는데, 중국인 남녀들이 광장 한가운데에서 초콜릿 한 상자를 돌리며 시청 꼭대기를 바라보고 있었다. 두 러시아 남자가 바로 옆을 지나가면서 한 명이 내 어깨를 스쳤다. 저 모피 모자를 쓴 남자가 나를 너무 오랫동안 바라보나? 나는 돌아보거나 걸음을 빨리하지 않았다. 그저 똑바로 앞만 보고 계속 걸어갔다.

    내 사수가 알려준 주소대로 익셀 연못에서 조금 벗어난 랭프레가의 건물에 도착했다. 웅장한 아르누보 양식 건물, 섬세한 나무 부조가 박혀 있고, 담쟁이처럼 건물 정면을 올라간 소용돌이꼴 민트색 철 장식의 5층 건물 앞에 서니 경외감마저 들었다. 그 건물 전체가 어느 미술관 경내에 있었다. 양쪽으로 여는 문으로 이어진 곡선의 시멘트 계단을 올라가면서, 나는 여기 사람이라고 속으로 되뇌었다. 아니 나는 내가 된 그 사람이었다. 나는 금색 초인종을 한 번 누르고 16까지 센 다음 다시 눌렀다. 뒷덜미에서 땀이 나며 얼굴이 달아올랐다. 사제처럼 옷을 입은 남자가 문을 열었다. "피에르 신부님?" 나는 러시아어로 물었다.

    "알료나 자매님. 어서 오세요." 나의 새 이름을 들으니 긴장했던 가슴이 누그러졌다.

　나는 샐리가 가르쳐준 대로 그의 손을 꽉 잡고 악수했다. "반갑습니다."

　"자매님 없이 시작했습니다." 나는 그의 진짜 이름을 모르고, 피에르 신부가 진짜 가톨릭 신부인지도 알지 못했다. 그는 신부의 목칼라를 하고 있었지만, 골프를 치다 방금 돌아온 사람처럼 아이보리색 캐시미어 스웨터를 어깨에 걸치고 있었다. 30대 초반, 숱이 빠지기 시작한 금발에 짙고 파란 눈, 불그스름한 수염을 기른 호남형이었다. 그가 들어오라고 했고, 나는 그를 따라 위층으로 갔다.

　그 아파트는 고용인의 취향을 빌려온 벼락부자가 꾸민 듯 호사스럽지만 잡다한 것들로 장식되어 있었다. 현대적인 덴마크 가구와 17세기 태피스트리, 토속적인 도기 등이 혼합되어 흡사 스노볼 안에서 흔들린 박물관 속을 헤매는 기분이었다.

　나는 제시간에 도착했지만, 우리 팀의 마지막 한 명이 아직 오지 않았다. 남자 한 명과 여자 한 명은 희미하게 불 밝힌 벽난로 앞 콩팥 모양의 소파에 앉아서 벌써 코냑을 마시고 있었다. 데이비드 신부라는 남자가 이번 임무의 책임자였다. 이반나라고, 본명을 그대로 쓰는 여자는 망명한 러시아 정교회 신학자이자 종교 서적을 내는 벨기에 출판사 대표의 딸이었다. 그녀는 금지된 종교 서적을 철의 장막 너머로 밀반입하는 지하조직 '신과 함께하는 삶'의 창립자이기도 했다. 그녀의 단체는 박람회가 시작된 이후 바티칸과 제휴하고 있었고, 우리는 『닥터 지바고』를 가장 효과적으로 배분하는 방식에 관한 한 그녀를 따르기로 되어 있었다.

우리가 들어가자 이반나와 데이비드 신부가 쳐다보았지만, 그들
은 미소를 짓거나 일어서지 않았다. 소개는 필요 없었다. 그들이 누
구인지 내가 이미 아는 것처럼, 그들도 내가 누구인지 알고 이미 알
고 있었다. 나는 흰색 리넨을 씌운 안락의자 끝에 걸터앉았고, 그들
은 마시던 코냑을 계속 마셨다.

그들 앞에 놓인 검은색의 날렵한 커피 테이블 위에는 58년 브뤼셀
세계 박람회장을 그대로 본떠 만든 모형이 있었다. 연못과 분수를
나타낸 파란색의 거울들과, 조그만 나무, 조각, 만국기, 그리고 경
사진 하얀 지붕의 바티칸 전시관인 '신의 도시'까지 완벽했다. 바로
그곳이 우리가 임무를 수행할 장소였다.

박람회를 전파의 수단으로 사용하자는 건 이반나의 아이디어였지
만, 그 아이디어를 받아 정보국의 작전으로 바꾼 사람은 데이비드
신부였다. 그는 브뤼셀 세계 박람회야말로 그 책을 소련으로 돌려보
내고, 아울러 그 책이 금지된 이유에 대해 세계적인 논란의 불을 지
필 완벽한 장소라고 믿었다.

데이비드 신부는 말투가 나긋나긋했지만, 저녁 뉴스를 진행하는
쳇 헌틀리처럼 침착하고 자신감 있는 모습으로 주의를 붙들었다. 그
는 또 머리를 보이스카우트처럼 자르고, 섬세한 분홍색 입술에 손가
락은 성체를 든 모습이 절로 상상될 만큼 길어서 피에르 신부보다는
더 사제처럼 보였다.

데이비드는 모형을 가리키며 우리가 날마다 박람회장에 드나들게
될 각각의 경로를 보여주었다. 만약 미행이 붙었다고 의심되면, 아
토미움으로 숨어들어야 했다. 철의 결정 구조를 1650억 배 확대한

모양의 아토미움은 이번 박람회의 중심 기념물로 높이가 100미터나 되었다. 우리가 엘리베이터를 타고 그 알루미늄 구조물 꼭대기까지 가면, 브뤼셀의 전경이 내다보이는 꼭대기 식당에서 웨이터가 지원해주기로 되어 있었다.

우리에게 조감도를 보여준 뒤, 데이비드 신부는 그 모형을 바닥에 내려놓고 '신의 도시' 청사진을 펼쳤다. 그는 로댕의 〈생각하는 사람〉이 놓인 장소를 가리켰다. "피에르 신부가 여기서 군중 속을 다니면서 잠재적 목표물이 될 소비에트 측 사람을 찾아볼 겁니다. 일단 상대가 확인되면, 왼손으로 턱을 긁어 이반나에게 신호하게 됩니다." 그는 〈생각하는 사람〉에서 '침묵의 예배당'까지, 긴 손톱으로 종이를 긁으며 길을 가리켰다. "그러면 이반나가 그들을 '침묵의 예배당'으로 끌어들여 선전 목적에 맞게 그들을 걸러낼 겁니다. 만약 목표물이 받아들일 만하다고 생각되면," 여기서 그의 손가락은 예배당의 제단을 돌아 작고 네모난 이름 없는 방으로 향했다. "이반나는 그들을 여기, 도서관으로 안내할 거고, 알료나 자매님과 내가 바로 거기서 기다리고 있을 겁니다." 그는 나를 바라보더니 말을 이어갔다. "마지막 평가가 끝나면 물건을 넘기는 겁니다." 그는 청사진에서 손을 뗐다. "아, 한 가지 더. 지금 이 순간부터 『닥터 지바고』를 '좋은 책'이라고만 해야 합니다." 그는 도로 의자에 앉아 다리를 꼬았다. "질문 있나요?" 아무도 질문하지 않자, 그는 처음부터 끝까지 그 계획을 다시 설명했다. 그러고는 다시 한번 더 반복했다.

우리는 계획을 완벽하게 머리에 새긴 후, 앉아서 찻잔으로 레드와인을 마시고 담배를 피우며 이야기를 나누었다. 그제야 내가 물어보았다. "'좋은 책' 말이에요. 그게 여기 있나요?" 이반나가 데이비드 신부를 쳐다보았고 데이비드 신부는 고개를 끄덕였다. "아까 일찍 박람회장으로 곧장 보냈지만, 한 부 남겨뒀어요." 이반나는 붙박이장으로 가더니 낡은 덮개가 덮인 작은 나무상자 하나를 꺼냈다. 그녀는 덮개를 치우고 책 한 권을 꺼냈다. "여기요." 그녀가 나에게 책을 건넸다.

나는 뭔가 불법적인 느낌을 기대했다. 반체제가 안겨주는 어떤 근질거림 말이다. 그러나 아무 느낌이 없었다. 금지된 이 소설은 평범한 여느 소설과 같았고 그렇게 느껴졌다. 책장을 펼쳐 소리 내어 러시아어를 읽어보았다. "그들은 서로 사랑했다. 필요에 떠밀려서가 아니라 종종 사랑이라고 잘못 여겨지는 '격정의 불꽃'에 떠밀려 사랑했다. 그들이 서로 사랑했던 이유는 그들을 둘러싼 모든 것이, 나무와 구름과 머리 위의 하늘과 발밑의 땅이 모두 그것을 의도했기 때문이다." 나는 책을 덮었다. 그녀를 생각하고 싶지 않았다. 생각해서는 안 됐다.

"읽어보셨어요?" 내가 물었다.

"아직요." 이반나가 말했다. 데이비드 신부와 피에르 신부도 고개를 저었다.

다시 책을 펼치고 속표지를 넘기는 순간, 오류가 눈에 띄었다. "저자 이름이."

"뭐가 잘못됐나요?" 데이비드 신부가 물었다.

"보리스 레오니도비치 파스테르나크라고 쓰면 안 돼요. 러시아 사람이라면 부성(父性)을 안 넣을 거예요. 그냥 보리스 파스테르나크라고 할 거예요."

피에르 신부가 쿠바산 시가를 뻐끔거렸다. "이젠 너무 늦었어요."
그가 말하고는 손을 잡고 기도했다.

• • •

이튿날 아침 나는 패드를 넣은 브래지어와 팬티를 조심스레 입고,
몸을 가리는 검은 수녀복과 이마에 뻣뻣한 흰색 밴드를 붙이고 베
일을 썼다. 화장은 일체 금지되어 있었다. 할리우드에서 온 그 여자
는 입술과 광대뼈에 바셀린을 조금 발라 광택을 내라고 했지만, 나
는 그조차 하지 않았다. 거울을 보니 내 얼굴이 마음에 들었다. 민낯
에 창백한 얼굴, 약간 나이 들어 보이기도 했다. 뒤로 물러나 전신을
보자 여자도 남자도 아닌 것 같았다. 그리고 강인해 보였다.

정확히 06시 30분, 박람회에서 나의 첫날을 위해 아파트를 나왔
다. 우리가 임무를 정확하게 수행한다면, 사흘째 되는 날이 저물 때
까지 『닥터 지바고』 365부를 모두 배포할 터였다.

도심에서 에젤 성까지 박람회 관람객들을 실어 나르기 위해 건설
된 전차에서 아토미움이 보였다. 모형을 통해 상상했던 것보다 훨씬
더 컸다. 박람회의 공식 상징물, 모든 포스터와 소책자, 그리고 거
의 모든 엽서와 기념품에 인쇄된 아토미움은 아홉 개의 구로 이루어
진 구조물로 새로운 원자 시대를 나타내기 위한 것이었다. 그러나
나에게는 영화 〈지구가 멈추는 날The Day the Earth Stood Still〉에서 쓰다
남은 세트처럼 느껴졌다.

박람회 개장은 아직 한 시간 남아 있었지만, 거대한 철문 밖에는 벌써 엄청난 인파가 줄을 서 있었다. 성급한 아이들은 엄마의 가방을 잡아당겼다. 미국 고등학생들은 울타리 사이로 손과 머리를 집어넣고 있었고, 한 명은 거의 틈새에 끼인 것 같았다. 한 쌍의 젊은 프랑스 연인은 사람들의 시선은 아랑곳없이 공공장소에서 껴안고 애무했다. 중년의 독일인 여자는 검정 치마에 검정 재킷, 검정 타이, 검정 모자를 쓴 박람회 안내원 여자 옆에 선 남편의 사진을 찍었다. 그렇게 많은 사람에게 둘러싸여 있으면서도 눈에 띄지 않는 사람이 된 기분은 짜릿했다. 수녀에게는 아무도 관심을 두지 않았다.

나는 국제관으로 곧장 이어지는 '포르트 뒤 파르크' 출입문 앞에 늘어선 박람회 직원들과 같은 줄에 섰다. 경비원과 가까워지자 크게 심호흡을 하고는 세계 박람회 배지를 꺼냈다. 그는 거의 나를 보지도 않고 들어가라고 손짓했다.

정말 대단했다. 모형은 그 모든 거대함을 비슷하게나마 담아내지도 못한 거였다. 이번 박람회는 전쟁 이후 처음 열리는 만국박람회였고, 세계 곳곳에서 4천만 명의 관람객이 방문할 터였다.

자기 자리를 찾기 분주한 박람회 일꾼들과 쓰레기를 치우는 빗자루 부대 여자들을 제외하면 큰 도로에는 나뿐이었다. 나는 여러 개의 기둥 위에 지붕을 얹어 반짝이는 하얀 대리석 계단 위의 사원처럼 꾸민 태국관을 지나갔다. 영국관은 하얀 교황 모자 세 개를 늘어놓은 것과 놀랍도록 비슷했다. 프랑스관은 강철과 유리로 짠 거대한 현대식 바구니 같았다. 서독관은 현대적이고 단순해서 건축가 프랭크 로이드 라이트가 꿈꾸었을 만한 건물이었다. 이탈리아관은 아름다운 토스카나 저택과 비슷했다.

　나는 곧 미국관을 찾아냈는데, 성조기로 둘러싸인 그 건물이 뒤집힌 수레바퀴를 닮았다고 해야 할지 UFO를 닮았다고 해야 할지 알 수 없었다. 바로 그 왼쪽이 소비에트 연방의 거대한 전시관이었다. 국제 전시관 중에서는 단연 가장 컸다. 마치 미국관을 잡아먹을 것처럼 보였다. 그 안에는 내가 그토록 보고 싶었던 스푸트니크 1호와 2호의 복제품이 있었다. 말로 인정한 적 없는 사실이지만, 스푸트니크 위성이 발사되었을 때 자부심이 슬쩍 고개 드는 걸 어쩔 수 없었다. 비록 한 번도 어머니 나라에 가본 적이 없었지만, 그 위성이 우주로 쏘아 올려진 그날 밤하늘을 쳐다보면서, 아버지가 태어난 곳과 내가 연결되어 있다는, 전에 못 느꼈던 감정을 느꼈다. 그날 밤 워싱턴 하늘에는 구름이 끼어 있었고, 육안으로 볼 수는 없다는 걸 알고 있었음에도, 혹시나 하늘을 가르는 은색 번쩍임이 보이기를 바라며 하늘을 쳐다보았다. 그런데 거기 그것이, 아니 적어도 그것의 복제품이 그렇게 가까이 있다니, 러시아관으로 들어가서 그것을 보고 만지고 싶은 충동이 너무 강했다.

　그러나 데이비드 신부의 계획에 어긋나는 행동을 할 수는 없었다.

　미국관에서 다른 쪽 방향에 있는 '신의 도시'가 나의 목적지였다. 하얀 바티칸관, 단순하고 경사진 그 구조물은 소련관의 로비 안에 들어갈 만큼 작아 보였다. 나는 그 고요한 건물 안으로 들어갔다. 싸구려 검정 가죽구두가 내는 딸깍 소리가 대리석 바닥에서 메아리쳤다. 바티칸의 일꾼들이 개장을 준비하며 종종걸음을 치고 있었다. 바닥을 닦고, 소책자를 준비하고, 성수반에 성수를 채우던 그들은 내가 지나가자 '안녕하세요, 자매님' 하고 인사했고, 나는 수녀라면 그럴 거라고 생각하며 미소로 답했다. 입꼬리만 살짝 올리고서.

피에르 신부는 벌써 위치를 잡고, 〈생각하는 사람〉 옆에 등짐을 지고 몸을 흔들며 서 있었다. 내가 지나가도 그의 시선은 흔들림 없이 그 유명한 조각상을 향하고 있었다.

둥근 천장 아래 통로를 걸어가 '침묵의 예배당' 안으로 들어갔다. 수녀 두 명이 작은 제단을 신도석과 마주하도록 놓고 있었다. 내가 완벽하게 위장한 걸까? 설사 그렇지 않더라도 수녀들은 아무런 낌새도 보이지 않았다. 내가 제단을 돌아 그 뒤에 드리운 무거운 파란 커튼 사이로 들어갈 때도 그들은 아무 반응이 없었다.

"오셨군요." 비밀 도서관에 들어가자 데이비드 신부가 인사했다. 그는 손목시계를 보았다. "정문이 열렸네요. 준비되셨죠?"

서가에는 저마다 파란색의 빳빳한 천 표지를 씌운 '좋은 책'이 가득 꽂혀 있었고, 나는 그 앞 등받이 없는 나무 의자에 앉았다. 의외로 마음이 차분했지만, 정작 데이비드 신부는 초조하게 작은 방 안을 오락가락했다. 오른쪽으로 네 걸음 왼쪽으로 네 걸음. 나중에야 나는 데이비드 신부가 2년 만에 현장에 나온 요원이라는 걸 알게 되었다. 마지막 현장은 헝가리였는데, 거기서 소비에트 점령군에 대한 저항 세력의 봉기를 지원하는 일을 했다고 들었다.

'신의 도시'에 들어오는 첫 방문객들의 숨죽인 소곤거림과 발소리가 들렸다. 나는 그 사람들이 무슨 언어를 쓰는지 들어보기 위해 숨을 늦추었다. 러시아어일까? 데이비드 신부 역시 귀를 기울이는지, 커튼의 틈새를 향해 고개를 기울이고 있었다.

우리는 첫 번째 목표물이 도착하기를 초조하게 기다렸다. 양쪽 어깨뼈 사이가 조금씩 뻣뻣해지는 것이 느껴졌다.

이반나가 커튼을 열었다. 그녀 뒤에는 한 쌍의 러시아인이 서 있었는데, 마치 오즈의 마법사 커튼을 젖혔는데 레버를 당기는 남자 대신 사제 한 명과 수녀 한 명 그리고 얼마간의 책밖에 없다는 듯한 표정이었다. 나는 머뭇거렸지만, 데이비드 신부는 아니었다. 그는 흠 없는 모스크바 억양의 러시아어로 따뜻하게 그들을 맞았다. 초조함은 온데간데없었고, 상류층 교구민들이 일요일 만찬에 초대하고 싶을 만큼, 권력자의 기운까지 겸비한 매력적이고 완벽한 사제로 변신해 있었다.

데이비드 신부는 그 커플에게 박람회 방문에 관해 물었다. '즐길 만하신가요? 지금까지 어떤 걸 보셨습니까? 로댕의 작품을 보러 오셨나요? 원자력 쇄빙선 모형은 구경하셨나요? 과학이 이뤄낸 엄청난 쾌거죠. 그걸 보려면 줄을 서야 하지만, 기다릴 가치가 충분히 있습니다. 와플은 드셔보셨나요?'

얼마 되지 않아 데이비드 신부는 두 사람의 사연을 알아냈다. 여자 이름은 예카테리나, 밤에 소비에트관에서 공연하는 볼쇼이 발레단 발레리나였다. 그녀보다 나이 많은 남자 에두아르드는 자신을 '예술 후원자'라고만 설명했다. 에두아르드는 전날 밤 여자의 공연을 자랑했다. "관객들을 숨도 못 쉬게 만들었지요. 무용수들 속에서도 말입니다."

데이비드 신부는 이 틈을 놓치지 않고, 얼마 전 런던에서 갈리나 세르게예바 울라노바의 춤을 보았노라고 말했다. "삶을 긍정하는 춤이었죠. 마치 성모님께서 갈리나의 발바닥에 키스해주신 것 같았습니다. 그녀는 신체를 통해 시를 구현해냈어요." 러시아인 커플이 진심으로 끄덕이자, 그 순간 데이비드 신부는 예술과 미, 그리고 그것을 공유하는 중요성에 관한 전반적인 대화로 매끄럽게 화제를 끌어나갔다.

"완전히 공감해요." 예카테리나가 말했다. 뺨에 홍조까지 띤 그녀는 이 젊은 사제와 그의 열정적인 연설에 완전히 반한 게 분명했다.

"시 좋아하세요?" 데이비드 신부가 그녀에게 물었다.

"러시아인이라면 누구나 좋아하죠, 안 그런가요?" 에두아르드가 대답했다.

그 두 사람이 들어온 지 몇 분밖에 안 지났는데, 데이비드 신부는 벌써 '좋은 책' 한 부를 달라며 나에게 돌아섰다. 그리고 그 책을 그 남자에게 주었다. "미는 상찬받아야 마땅합니다." 그는 거룩한 미소를 띠며 말했다. 남자는 책을 받아 들고 책등을 살펴보았다. 그러고는 곧바로 그게 어떤 책인지 알아보았다. 그는 『닥터 지바고』를 데이비드 신부에게 돌려주는 대신, 입술을 핥고는 예카테리나에게 책을 건넸다. 그녀는 눈살을 찌푸렸지만, 남자가 끄덕이자 그 책을 가방에 넣었다. "신부님 말씀이 옳다고 믿습니다." 에두아르드가 말했다.

일은 그렇게 끝났다. 두 사람은 책을 챙겼고, 에두아르드는 예카테리나의 저녁 공연을 박스석에서 같이 보자며 데이비드 신부를 초대했다. 데이비드 신부는 가보려고 최선을 다하겠다고 말했다.

"성공했네요." 그들이 떠난 후 내가 말했다.

"물론 성공이죠." 데이비드 신부는 차분한 목소리로 말했다.

그 후 우리의 목표물이 속속 들어왔다. 레드 아미 합창단의 아코디언 주자는 빈 악기 케이스에 소설을 숨겼다. 모스크바 국립서커스단의 광대는 분장 도구 상자에 책을 넣었다. 어머니가 낭송하는 파스테르나크의 초기 시들을 들으며 자랐다는 기계공학자는 어머니가 그 책을 몹시 읽고 싶어 하지만 아마 박람회 기간에만 읽을 수 있을 거라고 했다. 소비에트관의 소책자들을 여러 언어로 번역했다는 번역가는 늘 파스테르나크의 번역에 감탄하고 있었으며, 특히 셰익스피어 희곡 번역이 훌륭하고, 그를 만나기를 꿈꿔왔다고 했다. 언젠가 작가중앙회관에서 열린 작가 정찬회에서 파스테르나크를 보았지만, 그는 너무 소심해서 그에게 다가가지 못했다. "기회를 놓쳐버린 거죠. 하지만 이 책을 가지는 것으로 그때의 비겁함을 만회하려 합니다." 그는 그 책을 들어 보였다. 그리고 나가기 전에 자신이 번역한 소비에트 소책자 한 부를 나에게 주었다. 안에는 두 페이지에 걸친 박람회장 전체 지도가 있었다. 미국관과 바티칸관이 나와 있지 않은 지도를 보자 웃음이 나왔다.

다시 러시아어로 말하다 보니 머릿속에 엄마가 떠올랐고, 엄마에 관한 기억을 조금이라도 떠올려줄 사람을 만나고 싶은 생각이 간절했다. 그러나 찾아오는 소비에트 사람들 대부분은 인텔리겐치아였다. 고등교육을 받고, 세련되게 말하고, 국가에 우호적인 사람들. 나머지는 외국에 처음 나온 젊은 사람들로 음악가, 무용수, 그리고 박람회에서 공연하는 나머지 예술가들이었다. 다들 도시 사람이었고, 굳은살이 없는 부드러운 손을 가지고 있었다. 여행할 만큼 돈이 있고, 더 중요하게는 여행을 허락받은 사람들이었다. 맞춤 정장과 프랑스 유명 디자이너의 외출복을 입고 이탈리아제 구두를 신은 그들은 유럽인들 같았다. 그리고 비록 나는 어머니 나라에는 한 번도 가본 적이 없었지만, 이 사람들은 내가 생각하는 러시아인이 아니었다. 그들은 엄마와는 너무도 달랐고, 그런 생각에 가슴이 아팠다.

그날 오후, 이반나가 도서관으로 들어오더니 〈생각하는 사람〉을 보려는 러시아인들이 밀려들고 있고, 벌써 소문이 퍼진 것 같다고 했다. "조금 속도를 늦춰야 할까요?" 그녀가 물었다.

"오히려 속도를 올려야죠. 소문이 퍼지기 시작한 이상 이제 시간이 별로 없어요." 내가 말했다.

"자매님 말이 맞습니다. 계속 들여보내세요." 데이비드 신부가 말했다.

100부를 나눠주었을 때, 이반나가 커튼 뒤에서 고개를 내밀며 소설 앞부분에서 찢겨 나간 파란색 천 표지 하나를 내밀었다. "사람들이 이걸 계단에 버리고 있어요."

"왜죠?" 내가 물었다.

"부피를 줄이려는 거예요. 책을 숨기기 위해서." 데이비드 신부가 대답했다.

. . .

우리는 박람회에 사흘 동안 있을 계획이었지만, 둘째 날 중간쯤 '좋은 책'의 마지막 한 부가 나갔다.

파란색 표지는 박람회 곳곳에 어질러져 있었다. 한 유명한 경제학자는 박람회를 기념하는 어느 책의 안쪽 페이지들을 떼어내고 그 자리에 『닥터 지바고』를 끼웠다. 항공우주 공학자의 아내는 빈 탐폰 상자 안에 책을 감추었다. 유명한 프렌치 호른 주자는 자기 악기의 나팔 안에 책 페이지들을 꼭꼭 눌러 넣었다. 볼쇼이 발레단의 한 수석 무용수는 타이츠 안에 책을 넣어 둘둘 감쌌다.

우리의 임무는 끝났다. 우리는 파스테르나크의 소설이 마침내 고향으로 돌아가기를 기대하며, 책을 읽은 사람들이 왜 그 책이 금지되었는지 묻기를 바라며 『닥터 지바고』를 떠나보냈다. 우리는 밀반입한 책 한 권 안에 심어진 반체제의 씨앗이 싹 틔우기를 기원했다.

데이비드 신부와 이반나, 피에르 신부, 그리고 나는 계획에 따라 헤어졌다. 이반나는 다음 날 박람회장에 돌아가 종교 서적을 배포할 예정이었다. 그러나 나머지는 박람회를 떠나 돌아오지 말아야 했다. 거창한 이별식도, 등을 두드리는 격려도, '수고했다'는 말도, '임무 완수'라는 말도 없었다. 그저 한 사람씩 '신의 도시'를 떠나며 목례를 나눈 게 전부였다. 그 이상의 접촉은 허락되지 않았다. 두 신부가 어디로 가는지 나는 알지 못했다. 하지만 나는 다음 날 열차를 타고 헤이그로 가서, 내 사수를 만나 임무 보고를 하고 다음 일을 받기로 되어 있었다.

동

1958년 9월-10월

22

구름 위에 사는 남자
수상자

보리스는 가로장 울타리 뒤에서 겨울에 감자, 마늘, 리크를 심었던 텃밭을 돌본다. 한 손님이 도착하자 보리스는 괭이를 자작나무에 기대어 놓는다.

"친구." 방문객이 인사하며 울타리 위로 손을 뻗는다.

"그게 왔나?" 보리스가 묻는다.

방문객은 고개를 끄덕이고는 보리스를 따라 안으로 들어간다.

그들은 주방 식탁에 서로 마주 앉는다. 방문객이 배낭을 열더니 여전히 파란색 천 표지에 싸여 있는 책을 저자 앞에 놓는다. 보리스는 자기 소설을 집어 든다. 2년 전 외국인에게 맡겼던 수제 제본 원고보다 훨씬 가볍고, 유럽에서 국제적인 베스트셀러가 되었지만 사진으로만 구경했던 번쩍이는 표지의 간행본과도 사뭇 다르다. 그는 더러운 손톱으로 표지를 만져본다. 눈에 눈물이 고인다. "이게 왔어." 그가 다시 그 말을 되뇐다.

방문객이 두 번째 선물을 꺼낸다. 보드카 한 병이다. "건배할까?" 그가 묻는다.

"이건 누가 했는가?" 보리스가 묻는다.

방문객이 직접 술을 따른다. "미국인들이라고 하더군."

· · ·

보리스는 아침 산책을 나간다. 비가 내리고 있어, 평소처럼 묘지를 통과해 개울을 지나 언덕으로 올라가는 대신 자작나무 숲 사이 나무가 하늘을 덮은 오솔길을 따라 다차로 돌아간다. 나무마다 아직 매달려 있는 몇 장의 나뭇잎만으로도 비를 가리기에 충분하다. 우의에 모자, 검정 고무장화까지 날씨에 대비한 차림이지만, 그러나 집이 가까워질수록 뼈를 파고드는 차가움이 젖어드는 걸 느낀다.

보리스의 귀가 먼저 듣고 이어서 눈이 그들을 본다. 숲을 나오자 좁은 길을 따라 주차된 자동차들, 그의 텃밭에 검은 우산을 쓰고 모여 있는 사람들이 보인다. 한 젊은 남자는 울타리에서 썩은 판자를 댄 부분 위에 앉아 있다. 보리스는 그에게 비키라고 소리치고 싶었지만, 사냥꾼에게 들키기 전 먼저 사냥꾼을 본 사슴처럼 제자리에 선다.

그는 숲속으로 돌아갈까 생각한다. 하지만 누군가 그의 이름을 부르고, 이어서 사람들 무리가 한 마리 커다란 포유동물인 듯 그를 향해 한꺼번에 몰려온다. 울타리 위에 앉아 있던 남자가 뛰어내려 가장 먼저 달려온다. 그는 수첩을 꺼내 펜을 쥐고 쓸 준비를 한다. "선생님이 수상하셨습니다." 그가 말한다. "노벨상을 수상하셨어요. 《프라브다》지를 위해 한 말씀 해주시겠습니까?"

보리스는 고개를 기울여 차가운 비를 얼굴에 맞는다. '결국 올 게 왔군', 그는 생각한다. 모두가 잔칫날처럼 차려입었다. 그의 유산이 금빛 글자로 새겨졌다. 그러나 빗물과 함께 뺨을 타고 흐르는 기쁨의 눈물은 없다. 대신 두려움이 여느 아침의 냉수 목욕처럼 그를 덮친다.

그는 텃밭 한쪽 끝을 바라본다. 20년 전 쪽문이 뜯겨 나간 자리였다. 그는 이웃에 살던 보리스 필냐크가 수확한 양파를 나누려고 또는 소설 마지막 장을 탈고하고 흥분해서 그 문으로 들어오는 모습을 상상한다. 나중에 그 소설이 금지되고 필냐크가 해외 출판을 꾀했다는 혐의로 기소된 후, 아침 산책길에 그 친구의 다차 앞을 지나다가, 창밖을 내다보며 그들을 기다리던 친구 모습을 보았던 때가 떠오른다. "그들이 곧 나를 찾아올 거야." 필냐크는 그렇게 말했었다. 그들은 정말로 찾아왔다.

플래시가 터진다. 보리스가 눈을 깜박인다. 군중 속에서 익숙한 얼굴이 있나 찾아본다. 의지할 만한 누군가를 찾아보지만, 전부 낯선 얼굴뿐이다.

"수락하실 건가요?" 다른 기자가 묻는다.

보리스는 장화 신은 발로 작은 웅덩이를 판다. "이런 떠들썩한 소동은 바라지 않았습니다. 무척 기쁩니다만, 오늘의 내 기쁨은 외로운 기쁨입니다."

기자들이 다른 질문을 하기 전에, 보리스는 모자를 다시 쓴다. "나는 걸을 때 가장 생각이 잘 돌아가는데, 더 좀 걸어야겠습니다." 그는 사람들을 헤치고 다시 숲으로 들어간다.

'그녀도 곧 알게 되겠지.' 그는 생각한다. '그녀가 기다릴 거야.'

멀리서 올가의 빨간 스카프가 보이자 발걸음이 가벼워진다. 묘지에서 아직 무덤이 들어서지 않은 구역, 풀 덮인 작은 둔덕에서 팔짱을 끼고 보이지 않는 무덤의 길이만큼 오락가락하고 있다. 지금도 보리스는 그녀를 볼 때마다 깜짝 놀라곤 한다. 그녀는 나이가 들었다. 눈가에 주름이 잡히고 금발은 푸석푸석해졌다. 수용소에 있을 때 빠졌던 몸무게가 돌아오기는 했지만, 살은 엉덩이와 허벅지로 가지 않고 배와 얼굴로 갔다. 『닥터 지바고』가 외국에서 출간된 이후 그녀는 머리를 말거나 장신구를 끼지 않는다. 어쩌면 더는 돋보이고 싶지 않은 건지 모른다. 아니면 그냥 너무 지쳐서 신경 쓰지 않는 건지 모른다. 그럼에도 보리스는 그녀가 전보다 아름답다고 생각한다.

올가가 그를 보고 달려온다. 두 사람은 포옹한다. 그의 품 안에 꼭 들어가는 사람이 그녀임에도 그녀가 그를 감싸 안고 있다. 그녀의 손이 찜질약처럼 뜨겁다.

보리스는 올가가 숨을 참고 있으며 마치 숨을 내쉬려는 듯 등을 비비는 게 느껴진다. 그녀가 몸을 떼더니 그 몸으로 전해주었던 바를 확인시켜준다. "이제 그들이 우리를 어떻게 할까요?" 그녀가 묻는다.

"잘된 거야. 우리는 축하받아 마땅해. 그들은 우리를 건드릴 수 없어. 세계가 지켜볼 테니까." 그가 대답한다.

"그래요." 그녀가 말하고 묘지 주변을 둘러본다. "그들이 우리를 지켜보고 있어요."

그는 그녀의 이마에 키스한다. "잘된 일이야." 그는 그 말을 반복하며 스스로를 확신시키려 애쓴다. 그러고 다시 방향을 쳐다본다. "독수리들이 기다리고 있군. 저들을 마주할 수밖에 없겠어."

"그럼 그 상을 수락할 거예요?"

"모르겠어." 그가 말한다. 그러나 수락하지 않는 건 상상할 수 없다. 그의 삶은 이 낭떠러지에 이르렀다. 설사 심연으로 떨어진다 해도 어떻게 이 마지막 걸음을 떼지 않을 수 있단 말인가? 만약 지금 물러선다면, 그는 사랑하는 사람이 미소 지을 때마다 수용소 생활로 쪼개진 치아를 보게 될 테고 그 모든 것이 헛수고였음을 되새기게 될 터였다.

올가는 그의 재킷 앞섶의 매무새를 다듬고 그의 가슴에 손을 얹는다. "시간 날 때 올 거죠?"

그는 자기 손을 그녀의 손 위에 얹고 세게 가슴을 누른다.

비가 그치고 어느덧 군중의 수는 더 불어났다. 기자들 외에 이웃들도 나와 그가 심은 감자와 마늘과 리크를 짓밟는다. 검은색 가죽 코트를 입은 몇몇 남자들은 주변을 맴돈다. 지나이다는 그루지야에서 찾아온 니나 타비드제와 함께 옆쪽 현관에 서 있다. 사람들의 출입을 막으려고 계단 밑에 나무 의자 두 개가 놓여 있었고, 보리스의 개 토빅이 의자 밑에서 망을 보고 있다.

지나이다는 보리스가 들어가도록 의자를 치우지만, 보리스는 잠시 멈추고 기자들에게 이야기한다. 올가를 만나고 와서 기분이 훨씬 좋아졌고, 비록 아까 자신이 그녀에게 한 말을 완전히 믿지는 않지만, 그 말이 그를 위로해준다. 군중들이 건네는 축하의 말들도 위안이 된다. 한 사진가가 사진을 찍겠다고 요청하고, 보리스는 자세를 취하고, 그의 얼굴에는 진심 어린 미소가 퍼진다.

지나이다는 미소 짓지 않는다. 짙게 그린 눈썹 때문에 놀란 것처럼 보이지만, 어둡게 찌푸린 표정은 다르게 읽힌다. "이렇게 해서 좋을 게 전혀 없어." 그녀는 계단을 올라오는 남편에게 핀잔을 준다.

"모스크바에서는 벌써 사람들이 얘기를 하고 있어요." 니나가 치웠던 나무 의자를 제자리에 놓으며 말한다. "한 친구는 '라디오 리버레이션'에서 그 소식을 들었대요."

"들어가지." 보리스가 말한다.

안에 들어서자 자두 파이 냄새가 그들을 반기고 보리스는 그날이 지나이다의 명명일이라는 사실을 떠올린다. "여보. 미안해. 어쩌다 보니 내가 깜빡했네."

"지금 그게 문제가 아니잖아." 지나이다가 말한다.

니나가 지나이다의 어깨에 손을 얹더니, 오븐에서 파이를 꺼내러 부엌으로 들어간다.

입구에는 이들 부부만 서 있다. "당신은 내 일이 기쁘지 않은 거야, 지나? 우리에게 생긴 일이?"

"우리한테 무슨 일이 생기는데?"

"무슨 말을 그렇게 해. 우리는 축하받아야 해. 니나!" 그가 부엌을 향해 소리친다. "와인 한 병 가져와요."

"축하할 때가 아니야." 지나이다가 말한다. "이 일 때문에 저들이 당신 목을 노리고 있어. 무엇보다 당신은 외국인한테 원고를 넘겼잖아, 여기서 출간되지도 않은 원고를. 그런데 어떻게 됐어? 저 관심, 저 떠들썩함. 이렇게 돼서 좋을 게 하나도 없다고."

"축하해줄 수 없다면, 적어도 당신 명명일을 위해 한 잔 하지."

"그게 뭐가 중요해? 작년에도 잊고 지나갔으면서."

니나가 와인 한 병과 잔 세 개를 들고 부엌에서 나오지만, 지나이다는 손짓으로 물리치고 침실로 들어가 버린다. 니나는 친구를 위로하러 따라가고, 보리스는 혼자 병마개를 딴다.

이튿날, 이웃에 사는 작가 콘스탄틴 알렉산드로비치 페딘이 문을 두드려 지나이다가 문을 열어준다. "그 친구 어디 있어요?" 페딘이 묻는다. 그는 대답을 기다리지도 않고 지나이다를 지나쳐 보리스의 서재로 난 층계를 한 번에 두 계단씩 올라간다.

보리스가 쌓인 전보를 보다가 고개를 돌린다. "코스챠." 그가 인사한다. "웬일로 귀한 걸음을?"

"난 축하하러 온 게 아니야. 자네 이웃이나 친구로서 온 것도 아니고. 공적인 업무 때문에 왔네. 지금 우리 집에 폴리카르포프 의장이 와서 대답을 기다리고 있어."

"무슨 대답 말인가?"

페딘이 숱이 많은 하얀 눈썹을 긁적거린다. "자네가 그 상을 포기할 건지 아닌지."

보리스가 들고 있던 전보를 내려놓는다. "어떤 상황이 와도 포기 안 해."

"자네가 포기할 생각이 없다면, 그들이 강제로 포기하게 만들 거야. 알잖나."

"저희들 원하는 대로 다 할 수 있겠지."

페딘은 창가로 가서 바깥을 내다본다. 기자들 몇 명이 와 있다. 그는 M자형 이마를 쓸어 올린다. "그들이 무슨 짓을 할 수 있는지는 자네도 알잖나……. 나 역시 그런 일을 많이 겪어봤네. 친구로서 말하는데—"

"잊지 말게, 자네는 친구로서 여기 온 게 아니라면서." 보리스가 말을 잘랐다. "그래, 정확히 무슨 자격으로 온 건가?"

"동료 작가로서. 한 시민으로서."

보리스가 침대에 앉자 단순한 금속 프레임이 무게를 못 이겨 삐걱거린다. "어느 쪽인가? 작가인가 시민인가?"

"둘 다야. 그건 자네도 마찬가지고."

페딘이 소비에트 작가동맹 차기 의장이라는 건 널리 알려진 사실이었으므로, 보리스는 신중하게 생각하며 대답한다. "인벤타스 비탐 유바트 엑스콜루이세 페르 아르테스inventas vitam juvat excoluisse per artes."

"베르길리우스 시구로군. 새로운 기술로 삶을 더 이롭게 한다." 페딘이 말한다.

"노벨상 메달에 새겨진 문구지."

"자네는 이 소설로 누구의 삶을 이롭게 했나? 자네 가족의 삶?"

페딘이 목소리를 낮춘다. "자네 연인의 삶? 아니면 그저 자네의 삶?"

보리스는 눈을 감는다. "시간을 좀 주게."

"시간이 없어. 폴리카르포프는 내가 대답을 가져가기를 기대하고 있네."

"그럼 집에 들어가기 전에 한동안 산책이나 하든가. 난 시간이 필요해."

"두 시간 주지." 페딘이 문간을 나서며 말한다. "두 시간이야."

그러나 페딘이 나가자마자 보리스는 침대에서 일어섰다. 그는 책상으로 가서 스웨덴 한림원 앞으로 전보를 썼다.

매우 감사합니다. 감동스럽고 자부심을 느끼며, 놀랍고 당혹스럽습니다.

—파스테르나크

서

1958년 10월–12월

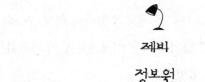

23

제비
정보원

거기 그가 있었다. 벌거벗은 나무 앞, 벨트 달린 재킷을 입고 모자를 쓴 모습, 오른팔을 구부려 심장 바로 밑에 손을 얹고 있었다. 그 사진이 딸린 기사는 프랑스어로 씌어 있었지만, '노벨'이라는 단어는 알아볼 수 있었다. "뭐라고 씌어 있어요?" 영어를 쓰는 웨이터가 작은 초콜릿 빵을 가져왔을 때 내가 물었다.

"보리스 파스테르나크가 노벨상을 탔대요."

"아, 그럼 책이 엄청나게 팔리겠군요. 그 책 읽어보셨어요?" 내가 물었다.

"물론이죠."

모든 사람이 그 책을 읽었다. 나의 전 고용주 덕택에 『닥터 지바고』는 무사히 국경을 넘어 애초에 그 책이 씌였던 나라로 돌아갔다. 내가 아는 한 노벨상은 정보국이 세운 계획에 들어 있지는 않았지만, 어쨌거나 그들의 공이 크다는 건 확실했다. 그들의 모습이 머릿속에 그려졌다. 둥글게 모여 서서, 만면의 미소를 지으며 보드카 잔으로 축하하는 모습이. 그 무리 속에서 유일하게 헨리 레닛의 얼굴은 그려지지 않았다. 내가 알기로 그는 이제 워싱턴에 없었다. 사실 그의 소재는 정확히 알고 있었다.

파리에 도착한 날, 나는 루테티아 호텔에 체크인했다. 샐리 포레스터나 샐리 포렐리, 혹은 내가 예전에 사용했던 다른 어떤 이름도 아닌, 레노어 밀러라는 새 이름으로. 그런 다음 밝은 노란색 우편함에 '세라 드라이클리너스' 앞으로 쓴 편지 한 통을 넣었다. 그 편지에는 베이루트에 있는 헨리의 소재지 좌표와, 서구 친화적이고 셰하브 대통령에게 우호적인 라디오 방송국 출범을 돕기 위한 그의 새 임무에 관한 자세한 내용이 담겨 있었다.

헨리를 넘겨주는 것이 나의 첫 번째 계획은 아니었다. 만약 헨리가 내부 스파이라는 프랭크의 의심이 옳다면, 적절한 통로로 그를 파멸시킬 충분한 정보를 얻을 수 있다는 게 내 판단이었다. '올드 보이스 클럽' 사람들이 내가 머리카락을 꼬며 그들의 멍청한 농담에 생각 없이 킬킬거린다고 생각하던 그 몇 년 동안 사실상 내가 하던 일은 귀 기울여 듣는 것이었다. 그런데 헨리는 내가 자기 뒤를 캐고 다닌다는 말을 듣자마자 나의 정보국 생활을 접게 해버렸다. 좋아, 그렇다면. 나에겐 플랜 B가 있었다.

내가 미국을 떠난 건 베벌리만 알고 있었다. 어디 가느냐고 묻지 않았지만, 내가 편도 티켓을 사겠다고 하자, 전략사무국 시절부터 오랜 친구였던 그녀는 조용히 일어나 부엌을 나가더니 몇 분 후, 두

툼한 돈 봉투를 가져왔다. "그이가 카드 게임에서 딴 돈이야." 그녀가 봉투를 쥐여 주며 말했다. "그이는 이 돈 없어도 아쉬워하지 않을 거야." 나는 받을 수 없다고 했지만, 그녀는 어리석게 굴지 말라고 했다. 그러더니 남편이 또 다른 여자한테 한눈판 행위에 대한 사과의 선물로 준 다이아몬드 테니스 팔찌를 벗어주었다. "전당 잡히면 좀 될 거야."

워싱턴에서의 마지막 밤, 나는 레코드를 올려놓고, 여전히 행선지를 정하지 않은 채로 여행 가방을 꺼냈다. 그저 떠나야 한다는 것, 아는 사람이 없는 어딘가로 가야 한다는 것만 알고 있었다. 이제 해야 할 일을 하고 나면 다시는 돌아오지 못할 테니까. 서랍에서 베이지색 캐시미어 스웨터를 꺼내다가 이리나에게 주려고 샀던 선물, 여전히 두꺼운 방습지로 포장되어 빨간 끈으로 묶인 에펠탑 판화를 발견한 뒤에야 나는 행선지를 정했다.

···

그들은 장미를 통해 전갈을 보내왔다. 나갔다 들어와 보니 친교의 선물로 하얀 장미 스물네 송이가 화장대 위에 놓여 있었다. 나는 꽃 다발에 꽂힌 작은 카드를 빼냈다. '소식을 듣게 되어 기쁩니다.' 이탈리아어로 씌어 있었다. 카드를 뒤집어보았다. 아무것도 없었다.

그들이 내 방에 들어와서 내 물건들을 뒤졌다고 생각하니 불안했다. 이제 이 방에 도청장치가 설치된 것이 분명했다. 낮에 보았던 거미가 한밤중에 몸 위를 기어다니는 느낌과 비슷했다. 그러나 내가 그들에게 헨리에 관한 정보를 준 이상, 감시는 예상했던 바였다. 나에게 말 상대도 없는데, 벼룩시장에서 산 쳇 베이커 레코드를 듣는 내 소리를 그들이 귀 기울여 듣고 있다고 생각하니 웃음이 났다. 아마도 그들은 〈마이 퍼니 밸런타인My Funny Valentine〉에 결국 싫증을 내고 다른 누군가의 목소리에 귀를 기울이게 될 것이다.

. . .

몇 주가 지났다. 하얀 장미는 시들고, 쪼글쪼글해진 꽃잎이 화장대 위에 쌓여갔다. '빛의 도시'가 주던 새로움도 시들해졌고, 베벌리가 준 돈도 떨어지고 있었다. 그리고 혹시 헨리가 어떻게 됐더라도, 그 결과를 알지 못한다는 사실이 숨통을 조여오기 시작했다. 그에 대한 생각은 늘 떠나지 않았고, 그럴 때마다 차갑고 어두운 연기가 나를 채우는 것 같았다. 잠이 오지 않을 때면 가만히 누운 채, 내 입에서 스멀스멀 피어 나와 구불구불 천장을 향해 피어오르는 그 검은 연기를 상상했다.

짜임새 있는 생활을 해보려고, 모든 서점과 가판대, 도서관, 그리고 센강을 따라 늘어선 헌책방을 다니면서 『닥터 지바고』를 찾기 시작했다. 그 책을 읽고 싶은 마음이 간절했지만, 아직 그럴 용기가 없었다. 그 책은 그들과, 또 그녀와 연관되어 있었고, 그 책을 읽게 되면 생각하고 싶지 않은 것들에 대한 기억, 아침에 일어나 지구 반대편에 홀로 있다는 사실을 깨달을 때 내 심장을 두근거리게 만들 것에 대한 기억이 되살아날 테니까.

돈이 빠듯해 더는 책을 살 수 없게 되자 새로운 습관을 만들었다. 온종일 방 안에 앉아서 레코드를 듣고, 목욕을 하고, 낮잠을 자는 거였다. 식사는 딱딱해진 바게트, 살구 잼, 따뜻한 탄산수로 버티기 시작했다. 커튼은 아예 열지 않았고, 창밖을 내다보는 일도 없이 하루하루가 지나갔다.

결국 돈이 다 떨어졌고, 나는 가지고 있던 『닥터 지바고』를 한 부씩 팔기 시작했다. 미스트랄 서점에 반품하려고 줄을 서 있을 때 누군가 내 어깨를 두드렸다. "봉수아르(안녕하세요)." 파도 같은 웨이브의 머리 모양에 무지갯빛 핑크의 펜슬 원피스를 입고 검은 벨벳 필박스 모자를 쓴 여자가 말했다. 그녀는 『롤리타』 한 권을 들고는 마치 나를 안다는 듯 미소 지었다.

"여행 서적 코너가 어디인지 아세요?" 여자가 영어로 물었다.

"미안해요, 몰라요."

"책을 찾고 있어요. 베이루트에 관한 책요. 그게 어디쯤 있는지 아세요?"

그녀가 돌아서서 나갔다. 나는 『닥터 지바고』를 도로 가방에 집어넣고 그녀를 따라갔다. 그녀를 따라 르네 비비아니 광장을 지나갔다. 잠깐 멈춰서 행운을 가져다준다는 유명한 아까시나무를 만져보고 싶었지만, 우리는 계속 걸어 프티퐁가를 지났고 고딕식 가고일들이 나를 노려보는 생세브랭 교회를 지났다. 생쉴피스 교회를 지날 때 문득 이리나가 생각났다. 그녀가 수녀복을 입으면 어떤 모습일까.

그녀를 따라 뤽상부르 공원으로 들어가 팔각형 연못을 돌아갈 때 그 여자가 말했다. 분수 소음 때문에 낮은 목소리는 잘 들리지 않았다.

"댁이 말한 대로 그는 윈스턴이란 이름으로 베이루트의 한 호텔에 체크인했어요. 그리고 한 시간 내로 체크아웃했고요. 우리 벨 맨 두 명이 도와주었죠." 그녀가 잠시 말을 뜸을 들인 후 말했다. "궁금해할 거 같아서요."

헨리는 객실 문을 노크하는 소리를 듣고 무슨 생각을 했을까? 무슨 일이 닥칠지 짐작이나 했을까? 마비되는 느낌이었을까? 비명은 질렀을까? 그렇다면 그 소리를 들은 사람이나 있을까? 물론 그는 비명을 지를 사람이 아니었다. 하지만 나는 정말이지, 그들에게 끌려나올 때 그가 내 생각을 했기를 간절히 바랐다.

"그게 다예요." 여자가 말을 마쳤다. 그녀는 걸음을 멈추고 나를 마주하더니 내 양 볼에 키스했다.

"그게 다군요." 내가 중얼거리는 사이 그녀는 벌써 사라지고 없었다.

호텔 방으로 돌아와 보니 죽은 장미는 치워지고 새 장미 다발이 놓여 있었다. 나는 얼굴에 물을 끼얹고는 빨간 립스틱을 발랐다. 검정 바지와 검정 블레이저, 검정 가죽 키튼 힐을 신었다. 커튼을 열어젖히고, 립스틱이 고루 묻게 입술을 몇 번 다물고는 거울 속의 내 모습을 바라보았다.

나는 이중 첩자를 알아보는 훈련을 받았다. 강압을 받아도 차분하고, 지능은 평균 이상이며, 역마살이 있고 쉽게 싫증 내는 성격이다. 야심이 있지만, 목표는 단기적이다. 지속적인 관계를 맺지 못한다. 사람들은 돈, 권력, 이데올로기, 복수 등 자신의 이익 때문에 변

절하곤 한다. 나는 그런 특질들을 알고 있었고, 그런 것을 찾도록 훈
련받았다. 그런데 내 안에 그것이 있음을 깨닫기까지 왜 그렇게 오
랜 시간이 걸렸을까?

동

1958년 10월 – 12월

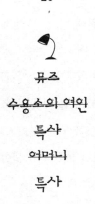

24

뮤즈
수용소의 여인
특사
어머니
특사

'그가 받았어, 그가 받았어, 그가 받았다고.' 보랴가 오기를 기다리며 작은 집을 오락가락하는 동안 내 생각은 걸음에 박자를 맞추었다. 노벨상은 그의 차지였다. 톨스토이의 것도, 고리키의 것도, 도스토옙스키의 것도 아니었다. 보리스 레오니도비치 파스테르나크는 러시아 작가 중 두 번째로 노벨상을 받게 되었다. 그의 이름은 역사에 새겨질 것이다. 그의 유산은 확립되었다.

그렇지만 그가 상을 받아들일까, 나는 다른 결과가 나올까 두려웠다. 정부 입장에서는 노벨상 수상만 해도 이미 당황스러운 일인데, 보리스가 수락한다면 훨씬 더 큰 모욕으로 받아들일 것이다. 그리고 정부는 모욕당하는 걸 좋아하지 않았다. 서구인들로부터라면 말할 것도 없었다. 그러니 일단 세계의 관심이 멀어지면, 헤드라인이 잠잠해지면, 그다음은 어떻게 될까? 누가 우리를 보호해줄까? 누가 나를 보호해줄까?

초조함을 가라앉히기 위해, 나는 보랴와 함께 식물을 심어둔 작은 정원으로 나갔다. 아침에 내리던 비는 그치고, 구름이 흩어져 해가 나면서 모든 것을 다시 비춰주었다. 까치는 서로를 소리쳐 불렀고, 햇살은 줄지어 늘어선 양배추를 따뜻이 쪼여주었으며, 손목과 발목에 닿는 공기는 상쾌했다. 그 모든 것, 그 작은 모든 것들이 내가 알던 세계가 막 바뀌기 직전의 순간처럼 새삼스레 느껴졌다.

보랴가 모자를 손에 들고 다가왔다. 우리는 길 중간에서 만났고, 그가 키스했다. "스톡홀름으로 전보를 보냈어." 그가 말했다.

"뭐라고 썼어요?"

"상을 수락하겠다고. 그리고 그 상과 함께 온갖 것이 따라올 거야."

"그럼, 가는 거예요? 스톡홀름으로?" 나는 잠시 엉뚱한 공상을 해보았다. 피부처럼 내 몸에 딱 맞게 파리에서 맞춘 검정 드레스를 입은 나. 아버지에게서 물려받은 좋아하는 회색 정장을 입은 보리스. 나는 상을 받기 위해 일어서는 그의 모습을 지켜보겠지. 그리고 그가 연단에 서 있는 동안, 나는 파도처럼 덮칠 군중의 환호를 느껴보리라. 스톡홀름 시청의 블루 홀에서 열릴 연회에서 우리는 부르고뉴식 필레 드 솔을 먹고, 그는 자신이 사랑에 빠졌던 것처럼 세계가 사랑에 빠진 여자, 라라에 영감을 준 여자가 여기 있다고 나를 소개하겠지.

"그건 불가능해." 그가 고개를 저으며 말했다. 그는 내 손을 잡았고, 우리는 말없이 집 안으로, 그리고 내 방으로 들어갔고, 익숙해진 우리 방식으로 천천히, 흔들림 없이 사랑을 나누었다.

그는 그날 밤의 대부분을 나와 함께 보내며 내 침대를 떠나지 않았다. 마침내 새벽의 푸른 여명이 커튼 사이로 비쳐왔다. 그 새벽빛에 그의 등에 새로 난 검은 점과 검은 털과 노란 자국이 보이자, 나는 내 피부를 살펴보았다. 마치 차가운 강물에 뛰어든 것처럼, 우리가 나이 들었다는 사실이 충격으로 다가왔다. 앞으로 다가올 모든 일을 감당할 만한 무언가가 우리에게 남아 있을까.

내 침대를 떠나는 그의 모습을 지켜보는 동안 내가 아직 잃지 않은, 그러나 속절없이 이제 곧 잃게 될 무언가에 대한 깊은 갈망이 나를 덮쳤다.

• • •

보리스가 스톡홀름에 전보를 친 뒤 크렘린은 스웨덴 한림원에 대한 공식 반응을 내놓았다. "귀중을 비롯해 이 결정을 내린 분들이 소설의 문학성이나 예술성에 초점을 두지 않았다는 사실은 이 소설에 어떤 장점도 없는 것으로 보아 분명하며, 오히려 정치적 측면에 초점을 두고 결정했음이 명백하다. 파스테르나크의 소설은 소비에트 현실을 왜곡된 방식으로 제시하고, 사회주의 혁명과 사회주의, 소비에트 인민의 명예를 훼손하고 있기 때문이다."

그 메시지의 성격은 명확했다. 보리스의 도전을 용납하지 않겠다는 거였다. 그리고 처벌 없이 그냥 넘어가지는 않겠다는 거였다.

페레델키노에서 모스크바까지, 집집마다 심부름꾼이 다니면서 모든 시인, 극작가, 소설가, 번역가에게 노벨상 문제를 다루기 위한 작가동맹 긴급회의 소집을 알린다는 말이 들렸다. 참석은 의무적이었다.

작가들 가운데는 그 나르시시스트, 언덕 위에 사는 과대평가된 시인이 마침내 응분의 대가를 받는다고 고소해하는 이들도 있었다. 더러는 정의가 오래전에 실현되어야 했다면서, 대숙청 기간에 왜 보리스가 스탈린의 손에서 무사했는지 아직도 의문이라고 말하는 이들도 있다고 했다. 나머지는 자신의 동료이자 친구, 멘토를 맹비난해야 하는 편에 서야 한다는 걸 알고 눈에 띄게 불안해하면서, 소환될 경우 그들의 반발이 진짜인 것처럼 보이기를 바라고 있었다.

보랴는 신문을 읽지 않았지만, 나는 읽었다.

그들은 보랴를 유다, 은화 30닢에 양심을 팔아버린 앞잡이, 우리나라를 싫어하는 사람들의 동맹, 기껏해야 예술성이 평범한 악의적인 속물이라고 불렀다. 그들은 『닥터 지바고』가 국가의 적들이 선전하는 무기이며, 노벨상은 서구가 주는 상이라고 여겼다.

모두가 목소리를 높인 건 아니었다. 대부분은 그저 침묵했다. '작은 집'에서 보랴가 읽어주는 『닥터 지바고』를 넋 놓고 들었던 친구들은 모습을 보이지 않았다. 그들은 응원의 편지를 보내거나 찾아오지 않았으며, 게다가 대부분은 질문을 받으면 보랴와 친분이 있었노라고 인정하지도 않았다. 가장 깊은 상처를 준 것은 바로 이런 침묵, 친구들의 꾹 다문 입이었다.

하루는 이라가 학교에서 돌아오더니 모스크바에서 학생 시위가 벌어졌다는 소식을 전했다. 보랴는 자신의 빨간 의자에 앉아 있었고, 이라는 아직 외투와 다람쥐 모자를 벗지 않은 채로 그 앞을 서성거렸다. "교수님이 학생들한테 의무적으로 참석하래요."

보랴가 일어나더니 난로에 장작을 지폈다. 그는 불을 바라보며 불꽃 위에서 잠시 손을 녹이더니, 이윽고 난로의 금속 문을 닫았다.

"학교 행정실에서 우리가 들고 갈 플래카드를 나눠주었는데, 나는 모두가 떠날 때까지 한 친구랑 같이 화장실에 숨어 있었어요." 이라는 보랴가 인정해주기를 바라며 그를 쳐다보고 있었지만, 그는 눈길을 주지 않았다.

"플래카드에 뭐라고 씌어 있었니?" 보랴가 물었다.

이라는 모자를 벗고 그것을 꺼냈다. "못 봤어요. 가까이 있지 않아서."

이튿날 《리테라투르나야 가제타》에 '자발적 시위' 사진이 실렸다. 한 학생은 보랴가 굽은 손가락으로 미국 돈이 든 주머니에 손을 뻗는 그림이 그려진 플래카드를 들고 있었다. 또 다른 플래카드에는 검은 고딕체 글씨로 이렇게 씌어 있었다. **유다를 소련에서 몰아내자!** 그 기사에는 『닥터 지바고』를 규탄하는 서한에 서명한 학생들의 명단도 실려 있었다.

이라가 신문을 내밀었다. "학생들 중 절반은 서명하지 않았어요. 적어도 나한테는 그렇게 말했어요."

그날 밤 저녁 식사 자리에서, 미챠는 보랴가 가장 탐욕스러운 미국인보다 더 부자인 게 사실이냐고 물었다. "선생님이 학교에서 그렇게 말했어. 그럼 이제 우리도 부자야?"

"아니야." 내가 말했다.

미챠는 엄지손가락으로 접시 위의 강낭콩을 굴렸다. "왜 아니야?"

"우리가 왜 부자겠니?"

"아저씨가 우리 집세를 내주잖아. 우리한테 돈을 주잖아. 그러니까 아저씨 돈이 많아지면 우리한테도 더 많이 주겠지."

"그런 생각은 대체 어디서 배웠어?"

이라가 동생을 노려보자 미챠는 어깨를 으쓱했다.

"그래도 미챠 말이 일리는 있어요, 엄마. 아저씨한테 요구해야 하는 거 아니에요?" 이라가 말했다.

"그런 말은 더 이상 듣고 싶지 않구나." 말은 잘랐지만, 한 번도 그런 생각을 해본 적 없다는 것처럼 할 수는 없었다. "어서 저녁이나 먹자."

. . .

작가동맹의 거대한 화이트홀에서 그들이 모였을 때는 5일째 비가 계속되고 있었다. 모든 좌석이 들어차자 작가들은 벽에 줄지어 섰다. 보랴는 참석을 요구받았지만, 나는 가지 말라고 애원했다. "처형당할 거예요." 그는 자신이 출석해도 아무것도 할 수 없을 거라고 동의하고는 대신 이런 편지를 썼다.

이 모든 소동과 언론에 실린 그 모든 기사에도 불구하고 저는 소비에트의 한 시민으로서 제가 『닥터 지바고』를 쓰는 것은 가능한 일이었다고 여전히 믿고 있습니다. 다만 저는 소비에트 작가로서의 권리와 가능성을 보다 폭넓게 이해하고 있으며, 어떤 식으로든 소비에트 작가들의 품위를 손상시키지 않았다고 생각합니다. 저는 제 자신을 문학 기생충으로 부를 생각이 없습니다. 솔직히 말씀드리면, 저는 제가 문학을 위해 중요한 일을 했다고 믿습니다. 그 상 자체에 관해서는, 어떤 이유로든 이 영예를 허울로 여길 생각이 없으며 무례함으로 응답하지도 않을 것입니다. 미리 여러분을 용서하는 바입니다.

거대한 강당에 군중의 야유가 울려 퍼졌다. 이윽고 작가들은 차례대로 연단으로 나가 『닥터 지바고』를 비난했다. 한 사람도 빠짐없이 나가서 보랴에게 불리한 발언을 하느라 회의는 몇 시간 동안 계속되었다.

투표 결과 만장일치로 즉각 효과적인 처벌을 요구했다. 보리스 레오니도비치 파스테르나크를 소비에트 작가동맹에서 제명한다는 거였다.

이튿날, 나는 모스크바의 아파트에서 모든 책과 기록, 모든 편지, 모든 초기 원고를 치웠다. 미챠와 함께 그것들을 태우기 위해 작은 집으로 가져왔다. "두 번 다시 그들이 엄마 물건을 가져가지 못하게 할 거야." 숲에서 나뭇가지를 모으면서 나는 미챠에게 말했다. "차라리 전부 없애버릴 거야."

"어떻게 그렇게 자신 있어요?" 미챠가 물었다.

"나무가 더 필요하겠다." 나는 작은 통나무를 집어 들며 말했다.

우리가 개울에서 간신히 들고 온 돌들을 둥그렇게 놓고 있을 때 보랴가 왔다. "그 모든 게 다 부질없는 짓이었나?" 그가 인사 대신 말했다.

"물론 그건 아니죠." 나는 그렇게 대답하고 나뭇가지 위에 마른 낙엽 한 양동이를 쏟아부었다. "당신은 수많은 사람의 마음과 정신을 감동시켰어요." 그리고 낙엽 위에 석유를 부었다.

그가 불구덩이 주변을 맴돌았다. "애초에 내가 왜 그것을 썼을까?"

"써야 했으니까요, 기억 안 나세요?" 미챠가 말했다. "아저씨가 우리한테 그렇게 말했어요. 그걸 쓰는 게 아저씨 운명이라고. 기억 안 나세요?"

"헛소리였어. 완전 헛소리."

"하지만 아저씨가—"

"그때 내가 뭐라고 했는지는 중요하지 않아."

"그 이탈리아인들한테 그걸 건네주면서 당신은 그 소설을 사람들에게 읽히고 싶다고 했어요. 그래, 그 목표는 이뤘잖아요."

"우리를 위험으로 몰아넣은 걸 빼면 아무것도 이룬 게 없어."

"당신은 그 상이 우리를 보호해줄 거라고 했어요. 이제 와서 그걸 믿지 않는 거예요? 전 세계가 지켜보고 있다고 하지 않았어요?"

"내가 틀렸어. 전 세계가 지켜보게 될 건 나의 처형이야." 그는 양손으로 머리를 쥐어뜯었다. "내가 정말 그들이 말하는 그런 사람인가? 나르시시스트, 이 과업에 선택받았다고 생각하는, 아니 믿는, 완전히 믿는 그런 사람인가? 인간의 마음속에 있는 걸 표현하는 데 삶을 바치도록 운명 지어졌다고 믿는 사람?" 보랴는 미친 듯 서성거렸다. "하늘이 무너지는 것 같아. 나는 나 자신과 사랑하는 사람들을 보호할 지붕을 올리는 대신 글을 쓰려고 했어. 내 이기심에 바닥은 없는 걸까? 나는 아주 오랫동안 책상 앞에서 지냈지. 내가 세상을 모른다는 게 맞는 얘기일까? 내 동포들의 마음과 정신에 뭐가 있는지 알 수나 있을까? 어떻게 그 모든 걸 그렇게 잘못 이해할 수 있었지? 이렇게 계속 살아야 해?"

"우리가 계속 살아야 하는 건 그게 우리가 해야 할 일이기 때문이에요." 내가 말했다. 그리고 그를 진정시키기 위한 말을 채 꺼내기도 전에, 그가 자기 계획을 말하기 시작했다.

"이 모든 게 너무 힘들어. 그들이 나를 데리러 올 때까지 기다리지 않을 거야. 그들의 검은 차가 도착할 때까지 기다리지 않겠어. 그들이 나를 거리로 끌어낼 때까지 기다리지 않겠어. 그들이 오시프에게 했던 짓을, 티치안에게 했던 짓을 나한테 하는 건—"

"나한테도 했지요." 내가 덧붙였다.

"그래, 맞아. 절대 그렇게 내버려두지 않겠어. 이제 우리가 이런 삶을 떠날 때가 됐나 봐."

나는 그에게서 한 걸음 물러났다.

"사실, 난 그걸 모으고 있었어. 약 말이야. 저번에 입원했을 때 받은 넴부탈을 안 먹고 남겨두었지. 스물두 알. 우리 각각 열한 알씩."

그의 말을 믿어야 할지 말아야 할지 알 수 없었다. 보리스는 전에도 자살하겠다고 소동을 피운 적이 있었다. 몇십 년 전에 그의 아내와 결혼하기 전, 언젠가 아내가 그를 거절했을 때 요오드 한 병을 마시기도 했다. 나중에 나에게 말하기를, 진짜 죽으려고 했던 게 아니라 그녀의 마음을 잡기 위해서였다고 고백했었다. 그러나 이번에는 그의 목소리 속 무언가가, 그 차분함을 유지하는 방식이, 그게 진심일 수 있다는 생각이 들었다.

그가 내 손을 잡았다. "오늘 밤 그걸 먹는 거야. 그러면 그들에게 큰 타격이 될 거야. 그들의 얼굴에 따귀 한 번 날려주는 거야."

미챠가 일어섰다. 이제 아이는 나보다 컸고, 거의 보랴만 했다. 미챠, 온순한 미챠가 그를 바라보았다. "무슨 소리 하는 거예요?" 그러고는 나를 쳐다보았다. "엄마, 아저씨가 무슨 말 하는 거야?"

"자리 좀 비켜줘, 미챠." 내가 말했다.

"싫어!" 미챠는 마치 보리스를 치기라도 할 듯 뒷걸음질 쳤다.

그때 처음으로 나는 미챠의 손이 어린 소년의 것이 아니라 젊은 남자의 것이라는 걸 깨달았다. 죄책감이 가슴에 차올랐다. 그 긴 세월 동안 나는 보리스를 우선으로 생각했다.

"아무 일도 없을 거야." 나는 보랴의 손을 놓고 아들의 손을 잡았다. "약속할게." 나는 주머니에서 동전 한 움큼을 꺼내 미챠에게 불붙일 휘발유를 더 사오라고 했다.

미챠는 돈 받기를 거절했다. "엄마 왜 그래? 두 분 왜 그래요?"

"받아, 미챠. 가서 휘발유 좀 사와. 엄마는 아무 일 없을 거야."

미챠는 돈을 쥐고 나가면서, 보랴에게 경고하듯 이글거리는 눈으로 돌아보았다.

"그게 고통이 없을 거야." 미챠가 자리를 뜨자 보랴가 말했다. "우린 함께 있게 될 거고." 그동안 그는 온갖 비난의 거센 속삭임에도 마음 상하지 않은 척했다. 그의 집과 내 집에 심어놓았다고 의심되는 마이크들이 우리가 웃어넘길 만한 것인 척, 부정적인 평론들이 아무 소용이 없는 척 해왔다. 그러면서도 터널 끝에 보이는 작고 하얀 한 점의 빛에만 집중하고 있었는데, 작가동맹이 가한 마지막 일격에 그 빛이 암흑이 되어버린 것이다.

그리고 그는 내가 자기를 따를 거라고 믿었다. 내가 그 약을 먹을 거라고, 혼자 살아갈 힘이 없다고 믿었다. 한때 나에게는 그럴 힘이 없었을 것이다. 사실, 과거의 나라면 먼저 그 제안을 했을지도 모른다. 그러나 지금은 달라졌다. 이제 나는 계속 살아갈 수 있었다. 살아갈 것이었다. 그들이 그는 쓰러뜨릴 수 있을지 몰라도, 나는 어림없었다.

나는 그건 그들이 원하는 대로 해주는 것밖에 안 된다고, 약한 남자나 할 행동이라고 말했다. 그리고 그들은 스탈린이 제거하지 못했던 구름 위에 사는 남자, 죽은 시인에게 마침내 승리를 거두고 흡족해할 거라고 말했다. 보랴는 고통을 끝낼 수만 있다면 그런 건 전혀 상관없다고 했다. "그들의 어둠이 나를 덮치도록 기다릴 수는 없어. 어둠 속으로 떠밀려 가느니 차라리 어둠 속으로 들어가겠어."

"스탈린이 죽은 이상 상황은 달라졌어요. 그들이 거리에서 당신에게 총을 쏴 처형하지는 않을 거예요."

"당신은 내가 어떤 일을 겪었는지 몰라. 당신은 그들의 총에 친구들이 한 명씩 쓰러지는 걸 보지 못했잖아. 친구들이 모두 살해당하는데 나만 살아남은 기분이 어떤 건지 알아? 남은 사람이 되는 게 어떤 건지 알아? 그들은 나를 데리러 올 거야. 틀림없어. 우리를 데리러 올 거라고."

나는 그에게 하루만 더 기다려달라고, 이라와 엄마에게 작별인사를 하고 싶다고, 해 뜨는 걸 한 번 더 보고 싶다고 부탁했다. 사실 나에겐 마지막 계획이 있었다. 그 계획이 실패로 돌아간다 해도 어쨌든 그를 진정시킬 수는 있을 것이다. 그리고 설사 그것마저 효과 없다고 해도, 어쨌거나 내일의 태양은 떠오를 것이고, 나는 계속 살아갈 것이다. 그것이 러시아 여자들이 하는 일이다. 그것이 우리 핏속을 흐르고 있다.

기차역 근처 선술집에서 미챠를 찾아냈다. 미챠 옆에는 작은 휘발유 깡통이 있었다. 나는 미챠에게 엄마는 절대 너를 버리지 않을 거라고 말했다. 아이 눈을 보니 내 말을 믿지 않는 것 같았다. 나는 울면서 미안하다고, 정말 미안하다고 말했고, 미챠는 나를 용서한다고 했다. 하지만 미챠가 내 울음을 그치게 하려고 그 말을 했다는 걸 나는 알고 있었다.

나는 페딘 아저씨의 다차까지 같이 가자고 했다. 그건 내 계획의 1단계였다. 미챠는 마지못해 그러마고 했다. 우리는 그 선술집을 떠나 질퍽거리는 언덕길을 터벅터벅 올라갔다.

새로 지명된 작가동맹 의장의 거대한 저택 문을 두드렸다. 커다란 통나무를 차곡차곡 쌓아올려 만든 집이었다. 아무도 나오지 않아 다시 문을 두드렸다. 페딘의 어린 딸이 나왔다. 들어오라는 말도 없었지만, 나는 성큼 들어갔다. 미챠는 밖에서 기다렸다. 카챠가 아빠는 집에 없다고 말하는 순간, 페딘이 나타났다.

"차 좀 준비해줄래, 카챠?" 페딘이 딸에게 부탁했다.

"차 마실 생각 없어요." 내가 말했다.

페딘의 어깨가 올라갔다가 내려갔다. "들어와요." 나는 그를 따라 서재로 들어갔고, 그는 가죽 의자에 앉아 좌우로 의자를 돌렸다. 하얀 머리카락, 높은 M자 이마, 둥근 눈썹의 그는 횃대에 앉은 흰올빼미 같았다. 그가 맞은편에 앉으라는 몸짓을 했다.

"서 있을게요." 남자들의 맞은편에 앉는 건 너무 지긋지긋했다. 나는 곧바로 용건으로 들어갔다. "뭔가 조치를 하지 않으면 그이는 오늘 밤 목숨을 끊을 거예요."

"그런 말 하는 거 아닙니다."

"그이가 약을 가지고 있어요. 일단은 시간을 벌어뒀지만, 제가 무얼 더 할 수 있는지 모르겠어요."

"그 친구를 말려야 합니다."

"어떻게요? 일을 이렇게 만든 건 당신과 당 중앙위원회 사람들이 잖아요."

페딘은 눈을 비비더니 허리를 곧게 폈다. "이런 일이 있을 거라고 그 친구한테 경고했었는데."

"경고했다고요?" 내가 소리쳤다. "언제 경고하셨죠?"

"수상 소식이 들려온 날요. 내가 그 친구 다차를 찾아가서 만약 수락하면 어쩔 수 없이 정부가 나설 수밖에 없다고 직접 말했습니다. 상을 거절하든가 그 결과를 마주해야 한다고 친구로서 말해줬지요. 그 친구가 당신한테도 말했을 텐데요."

그는 말하지 않았다. 이번에도 또 숨긴 것이다.

"지금 보리스가 서 있는 심연은 그 친구가 만든 거예요." 페딘이 말을 이었다. "그리고 만약 그 친구가 자살한다면 국가에는 끔찍한 일일 겁니다. 그가 이미 상처 준 것들보다 더 깊은 상처가 될 거예요."

"할 수 있는 게 없을까요?"

그는 보리스와 내가 폴리카르포프를 만나도록 주선해주겠다고 했다. 보랴가 이탈리아인들에게 원고를 들려 보낸 뒤 내가 탄원했던 바로 그 문화부 관리였다. 보랴가 자기 행동을 사과한다는 전제만 있다면, 우리는 그에게 직접 우리 입장을 말할 수 있을 터였다.

나는 동의했다. 그리고 보랴를 설득하기 위해 내가 할 수 있는 모든 것을 할 각오가 되어 있었다. 그에게 이기적이라고 말하리라. 내가 포트마에서 보낸 시절을 이야기하리라. 그들이 다시 나를 미행할 거라고 말하리라. 그는 내가 가장 원하는 것을 주지 못했다고 말하리라. 그의 아내가 되는 것, 그의 아기를 갖는 것을.

그러나 결국 그럴 필요가 없었다.

내가 부탁하기도 전에, 보랴는 벌써 문제를 해결했다고 말했다. 그는 두 통의 전보를 보냈다. 하나는 상을 거절하며 스톡홀름으로, 그리고 하나는 그 사실을 알리며 크렘린으로. 노벨상은 그의 것이 아닐 터였다.

"그들이 나를 데리러 오고 있어, 올가. 그게 느껴져. 서재에서 글을 쓰고 있을 때도, 그들이 지켜보고 있는 게 느껴져. 얼마 남지 않았어. 어느 날, 당신이 나를 기다려도 나는 오지 않을 거야."

서

1958년 12월

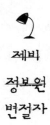

25

제비
정보원
변절자

전 고용주의 말에 따르면, 인간의 동기의 모든 스펙트럼은 마이
스MICE라는 공식으로 요약될 수 있다고 한다. 돈Money. 이데올로기
Ideology, 타협Compromise, 자존심Ego. 나는 저쪽 편이 나를 어떻게 평가
할지 궁금했다. 그들에게도 나름의 공식이 있을까? 그들은 더 미묘
한 기준으로 이런 것을 생각할까?

헨리의 소식을 전해준 여자는 다시 모습을 보이지 않았지만, 머잖
아 나타날 거라는 걸 알 수 있었다. 그사이 나는 아끼던 에르메스 스
카프 두 장과 남아 있던 『닥터 지바고』를 팔았다. 하지만 미스트랄
서점에 반품하지 못한 영문판 한 권이 아직 있었는데, 미국 호텔이
라면 성서가 놓여 있을 자리인 침대 옆 협탁 안에 놓아두었다.

이제 더는 방 안에서 세월을 보내지 않았다. 더는 과거의 나를 한
탄하지 않았다. 튈르리 공원으로 나가 완벽하고 깔끔하게 손질된 나

무들이 늘어선 자갈길을 걸었고, 연못의 오리와 백조에게 먹이를 주었고, 녹색 의자 하나를 햇살 좋은 곳에 옮겨 책을 읽었다. 해가 점점 짧아지고 있었으므로, 오후에는 위셰트가의 모든 카페테라스에 앉아, 카페마다 선보이는 뱅쇼를 시음하곤 했다. 르 카보 재즈바의 바텐더와 친해진 이유는 매일 밤 플러시 천으로 된 빨간 소파에 앉아 사샤 디스텔이 흥얼거리는 노래를 듣기 위해서였다.

내가 어디를 가든 내 머릿속에서 그녀는 결코 멀리 있지 않았다. 아침에 일어났을 때 처음 떠오르는 게 그녀 생각이 아니게 될 날을 나는 계속 기다렸다. 최악은 그녀 꿈을 꿀 때였다. 우리는 잠시 같이 있을 뿐, 깨고 나면 그 상실감이 다시 느껴졌다. 때로 내 몸을 스치는 불꽃이 느껴지면, 틀림없이 이리나가 그 순간에 내 생각을 하고 있다고 확신하기도 했다. 바보처럼.

그녀의 생일에는 목소리라도 듣고 싶어서 전화할까 했지만, 하지 않았다. 대신에 협탁 서랍을 열고 책을 꺼내서 처음으로 읽기 시작했다.

장례 행렬은 〈영원히 잠드소서〉를 부르며 나아갔다. 그들이 노래를 멈출 때마다 그들의 발소리가, 말발굽 소리가, 그리고 갑자기 불어오는 돌풍이 노래를 이어받아 계속하는 것 같았다.

그 글이 내 손목을 움켜잡는 기분이었다. 노래가 끝난 후 남는 여운을 나는 알고 있었다. 나는 책장을 닫고 겨우 의자 하나 놓을 크기의 발코니로 나갔다. 나는 의자에 앉아 다시 책을 읽었다.

유리가 라라와 야전 병원에서 재회하는 부분을 읽을 때, 그리고 그들이 무기로 여겼던 이 소설이 사실은 사랑 이야기라는 걸 깨달았을 때, 나는 다시 한번 그 책을 덮고 싶었다. 그러나 그러지 않았다. 해가 저물고 건물 지붕들 위로 자주색 노을이 드리워질 때까지 읽었다. 가로등에 불이 들어오고 눈을 가늘게 떠야 문장이 보일 때까지 읽었다. 날이 너무 어두워지자 안으로 들어왔다. 실내복을 껴입고서, 침대에 누워 계속 읽었다. 그러다 손을 책갈피 삼아 잠이 들 때까지.

깨어보니 자정이 거의 다 되어 있었고 배가 고팠다. 나는 옷을 갈아입고 책을 가방에 넣었다.

호텔 로비를 지나는데, 구내 서점에서 플로베르의 초상화 아래 긴 의자에 앉아 있는 그 여자가 보였다. 샤넬 트위드 재킷의 흠 잡을 데 없는 차림에, 머리는 여전히 완벽한 파도 모양을 유지하고 있었지만, 헨리 소식을 들려줄 때보다는 두 단계 정도 머리 색이 밝아져 있었다. 그녀가 나를 보더니 눈도 마주치지 않고 일어나서 나갔다.

족히 20분은 계속 따라갔지만, 여자는 뒤돌아보지 않았다. 마침내 우리는 생제르맹 대로의 플로르 카페 앞에서 멈추었다. 카페 차양에는 하얀 크리스마스 전구가 주렁주렁 달려 있었다. 테라스는 비어 있었고, 고리버들 의자는 하얀 모피 코트를 걸친 것처럼 눈에 덮여 있었다. 2층 철제 난간 발코니에는 빨간색과 흰색, 파란색의 찢어진 '드골 만세' 현수막이 늘어져 있었다.

카페 안에 들어가자 여자는 뒤쪽, 한 남자가 기다리고 있는 탁자를 가리키고는 전처럼 내 두 뺨에 키스하고 나갔다.

그들이 찾아오리라는 건 알고 있었지만, 그게 그 남자일 줄은 예상하지 못했다.

그가 나를 맞으며 일어섰다. 펠트리넬리의 파티에서 썼던 지나치게 작은 대모갑 안경은 보이지 않았다. "차오, 벨라(안녕, 아가씨)." 그가 인사했다. 예전의 이탈리아식 억양도 사라지고, 러시아 억양으로 바뀌었다. 그는 내 손을 잡고 손에 입을 맞추었다. "다시 보니 반갑군요. 세탁 맡기러 오셨죠?"

"그런 것 같네요."

자리에 앉자 그가 메뉴판을 건넸다. "원하는 건 뭐든 시키세요." 그가 손가락 하나를 들어 올렸다. "사람이 초콜릿 빵만 먹고 살 수는 없는 법이죠." 그는 이미 화이트 와인 한 병을 딴 상태였고, 앞에 놓인 은쟁반에는 손대지 않은 달팽이 요리가 있었으므로, 나는 빳빳한 목깃의 웨이터에게 크로크무슈 샌드위치 하나를 주문하고 그가 말을 꺼내기를 기다렸다.

그는 남은 와인을 마시고는 웨이터에게 한 병 더 달라고 신호했다. "저는 남자보다는 여자를, 그 둘 다보다는 와인을 더 좋아하죠." 그가 농담했다. 공산주의자든 자본주의자든 남자는 여전히 남자다. "저희는 당신한테 직접 고마움을 표하고 싶었습니다. 당신의 아량에 대해서."

"그게 쓸모가 있었나요?"

"아, 그럼요. 그 말 많은 사람 말이죠. 아주…… 그걸 뭐라고 하더라……."

"사교적요?"

"네! 맞습니다. 사교적인 사람."

나는 헨리 레닛이 어떻게 되었는지 자세하게 묻지 않았다. 알고 싶지도 않았다. 지난 1년 동안 나는 과거에 원했던 그 어떤 것보다 더 복수를 원했다. 그리고 그가 나를 해고당하게 만든 뒤에는, 그를 파멸시키고 싶었을 뿐 아니라 모든 것을 잿더미로 만들고 싶었다. 하지만 헨리의 운명을 확인했어도 별로 위안이 되지 않았다. 분노는 슬픔을 대체하는 보잘것없는 감정에 지나지 않는다. 복수의 달콤함은 솜사탕처럼 금세 사라진다. 그리고 그 달콤함이 사라진 지금, 나를 계속 버티게 해줄 무엇이 남아 있을까?

웨이터가 내 음식을 들고 왔고, 새 친구는 달팽이 요리를 먹으면서 모든 것을 최소한의 말로 압축했다.

"파리에는 얼마나 있을 예정인가요?" 그가 물었다.

"돌아갈 티켓이 없어요."

그는 달팽이를 버터 녹인 접시에 담갔다. "잘됐군요! 여행을 좀 하세요. 세계를 봐야죠. 당신 같은 여성이 할 수 있는 일이 정말 많아요. 세계가 당신 앞에 있잖아요."

"하지만 한정된 자금으로 세계를 가지긴 힘들죠."

"아." 그는 달팽이를 후루룩 삼키고는 두 갈래 포크로 나를 가리켰다. "하지만 내가 보기엔 당신은 재능이 많은 여성입니다. 그리고 무엇이든 요구할 자격이 있어요."

"지금도 그런지는 모르겠네요."

"제가 장담합니다. 당신은 자신을 과소평가하고 있어요. 덜 예리한 사람들은 그걸 보지 못할 수도 있지만, 나한테는 그게 보여요. 에 머슨의 말처럼, 우리는 문을 여는 사람이 되어야죠."

파리에 도착한 이후, 나는 에스트레 호텔*을 에워싼 높은 시멘트 담장을 지나며 그 담장의 크고 검은 문들을 여러 번 보았다. 그때마다 금색 망치와 낫이 그려진 붉은 깃발을 쳐다보며 궁금했었다. 이 문으로 들어가서 다른 사람이 되어 나오는 건 어떤 기분일까? 그런데 지금 이 남자가 그걸 알아보라고 말하고 있었다.

작년 연말, 레스토랑 로비에서 함께 춤을 추다가 내 뒤의 외투 보관실 문을 열던 헨리 레닛을 떠올렸다. 그 사건 이후 한마디 말도 없이 나를 지나쳤던 앤더슨을 떠올렸다. 그는 나중에 커다란 마호가니 책상에 앉아서, 내가 더 이상 '바람직한 자산'이 아니라며, 이렇게 말하기는 싫지만 나를 계속 데리고 있기에는 '너무 위험성이 커졌다'고 했다. 그리고 마지막으로 본부를 떠날 때 악수 한 번 하지 않고 복도에서 나를 지나쳤던 프랭크를 떠올렸다.

그리고 이리나를 떠올렸다. 그녀를 처음 보았을 때, 마지막 보았을 때를. 그녀 어머니의 장례식이 끝난 후 그녀에게 말을 걸고, 위로하고, 안아주고, 모든 것을 말할 계획이었다. 그러나 나는 묘지에 가지 않았고, 대신 조지타운으로 가 『조용한 미국인』의 뒷부분을 끝까지 읽었다.

장례식이 끝난 후 몰래 그녀의 옷에 넣으려던 메모는 지금도 내 주머니에 있었다. 파리의 수많은 거리를 다니면서 끊임없이 만지작거리다 보니 글자들은 완전히 닳아 지워져버렸다. 그러나 내가 썼던

* 1977년까지 러시아 대사관으로 사용되던 건물.

글, 그녀에게 영영 건네지 못한 말, 내가 혼자 간직하던 진실이 무언지는 똑똑히 기억하고 있었다.

그리고 나 자신에게까지 감추었던 비밀이 있었다. 나는 다른 대안이 없다고 확신하며 파리행 비행기에 올랐다. 그러나 그 첫날 밤, '만약에'라는 질문이 각다귀 떼처럼 나를 에워쌌다. 나는 이리나와 내가 들어갈 수 있는 뉴잉글랜드의 하얀 회벽 집을 상상했다. 노란 문, 지붕 현관의 그네, 대서양이 보이는 내민창. 매일 아침 커피와 도넛을 먹으러 같이 나갈 때면 우리를 룸메이트라고 생각할 마을 사람들. 내가 가지 않은 그 모든 길을 생각하니 상실감이 무거운 납 담요처럼 나를 짓눌렀다.

나는 옆에 놓인 가방 안의 책을 생각했다. 이 소설은 어떻게 끝날까? 유리와 라라는 결국 함께하게 될까? 아니면 그들은 각각 혼자서 비참하게 죽음을 맞을까?

웨이터가 접시를 치우고 더 필요한 것이 있는지 물었다.

"샴페인 한 병, 가능해요?" 새 친구가 웨이터가 아닌 나를 보며 물었다.

나는 잔을 들었다. "파리에서는요."

동

1959년 1월

26

뮤즈
수용소에 갇힌 여인
특사
어머니
특사
우체국장

처음에 그 책들은 모스크바 인텔리겐치아들의 응접실에서 이 사람 저 사람에게 건네어졌다. 보랴가 노벨상 수상자로 선정되고, 그 상을 거절한 후에는 복제본의 복제본들이 만들어졌다. 그런 뒤에는 그 두 번 복제된 복제본의 복제본이 다시 만들어졌다. 『닥터 지바고』는 레닌그라드의 가장 깊은 지하철에서 소곤거리며 거래되었고, 강제노동 수용소의 이 사람 저 사람에게 전달되었으며, 암시장에서 팔려나갔다. "그거 읽어봤어?" 조국 전역의 사람들이 숨죽인 목소리로 서로에게 물었다. "왜 그걸 못 읽게 했지?" **그것**은 굳이 이름으로 부를 필요가 없었다. 곧 암시장은 그 책으로 넘쳐났고, 모든 사람이 금지되었던 그 소설을 읽을 수 있었다.

이라가 한 부를 집에 가져왔을 때 나는 그 책을 집 안에 두지 못하게 했다. "아직도 모르겠니?" 나는 소리치며 책장을 북북 찢어 쓰레

기통에 던져버렸다. "그 책은 장전된 권총이나 다름없어."

"그 총알을 산 건 엄마예요. 엄마는 우리 가족보다 아저씨를 먼저 생각했잖아요."

"아저씨는 우리 가족이야."

"엄마가 여기 뭘 숨겨놓고 있는지 알아요. 내가 모른다고 생각하지 말아요!"이라는 내가 대답하기도 전에 홱 나가버렸다.

돈은 내 옷장 깊은 곳 긴 원피스들 뒤쪽의 황동 자물쇠가 달린 적갈색 가죽 여행 가방 안에 있었다. 비닐에 꽁꽁 싼 돈뭉치들이 바지 두 벌 밑에 빼곡히 줄지어 쌓여 있었다.

단첼로가 전달을 주선했다. 처음에는 펠트리넬리에게서 리히텐슈타인의 한 계좌로, 다음엔 모스크바에 사는 한 이탈리아인 부부에게로. 그 이탈리아인 부부가 내 아파트에 전화해서 파스테르나크 앞으로 온 우편물이 우체국에 있다고 말하기로 되어 있었다. 그러면 나는 그 여행 가방을 가져다 페레델키노행 열차를 타고 가서 작은 집에 안전하게 보관하기로 했다.

보랴는 그것을 원하지 않았다. 처음에는 그랬다. 정부가 그 책의 출간을 막고 번역으로 생활비를 마련하는 것도 허용하지 않았으므로, 그는 우리가 먹고살 다른 방법을 찾아야 한다고 했다. 나는 그 이탈리아인이 그에게 신세 진 것에 비하면 그 돈은 아주 일부에 지나지 않는다며 그를 설득했다. 펠트리넬리는 그 책을 많이 팔아, 이탈리아어판은 벌써 12쇄를 찍었다. 책은 미국에서도 베스트셀러였다. 심지어 영화 판권이 할리우드에 팔렸다. 서구였다면 보랴는 아주 큰 부자가 되었을 것이다. 우리가 가진 것으로 생계를 꾸려야 하고 우리 가족에게 서로가 있다는 사실에 감사해야 한다고 보랴가 말했을 때, 나는 그가 떠나면 나와 우리 가족은 어떻게 될지 상상해보라고 말했다.

결국 그는 현실을 인정했다.

내가 그 해외 판권 인세를 받아들이도록 그를 다그쳤다고 한다면 실제보다 줄여 말한 것이 될 것이다. 거꾸로 우리 가족이 생계를 보장하는 것 이상의 무언가를 생각했다면 거짓말일 것이다. 하지만 나를 위해 뭔가 가지면 왜 안 될까? 왜? 내가 그 모든 일을 했는데. 내가 그 모든 역경을 헤쳐왔는데.

그러나 돈과 함께 전보다 더 심한 감시가 따라왔다. 그들은 계속 지켜보고 있었다. 아무도 보이지 않았지만 항상 그들의 시선이 느껴졌다. 나는 창문을 닫고, 커튼을 치고 '작은 집'의 자물쇠를 강박적으로 확인했다. 밤에 나뭇가지가 부러질 때마다, 돌풍이 문을 흔들 때마다, 멀리서 자동차가 끼익거리는 소리가 들릴 때마다 벌떡 일어나곤 했다. 잠이 올 리가 없었다.

안정을 되찾기 위해 나는 작은 집을 떠나 모스크바의 아파트에서 지내기로 했다. 보랴와 떨어져 지내기는 힘들었지만, 살면서 처음으로 5층이나 되는 계단과 양파 껍질만큼 얇은 벽과 서로의 머리 위에 사는 많은 이웃이 기쁘게 다가왔다. 만에 하나 무슨 일이 생긴다 해도, 누군가 소리를 듣고 달려올 사람이 분명 있을 것이다. 그렇지 않겠는가?

나는 또 가족들과 함께 있어서 기뻤다. 내가 아이들 옆에 있어야 한다는 느낌, 아이들이 어릴 때 이후로 처음으로 강하게 느껴지는 그 감정에 사로잡혔다. 그러나 미챠와 이라는 친구며 학교 핑계를 대며 집 밖에서 시간을 보냈다. 아이들은 집에 오면 나에게는 보여 주지 않는 존경심을 할머니에게 보였다. 언제나 고분고분한 아이였던 미챠는 멋대로 행동하기 시작했다. 집에 온다고 말한 시간에 들어오지 않았고 때로는 술 냄새를 풍겼다. 이라는 대부분의 시간을 새로 사귄 남자친구와 보냈다.

보랴의 친구들은 그에게 페레델키노를 떠나 안전한 도시로 가라고 경고했지만, 그는 듣지 않았다. "그들이 나에게 돌을 던지러 온다면, 오라지. 죽어도 시골에서 죽을 거야."

우리가 모스크바로 돌아온 첫날 밤, 한 이웃이 문을 두드리더니 블라디미르 예피모비치 세미차스트니가 텔레비전에 나와 보리스에 관한 연설을 한다고 말해주었다. 이라와 나는 그녀를 따라 그 집에 가서 차가운 라디에이터 위에 놓인 조그만 텔레비전 주변에 그녀의 가족들과 함께 섰다. 흑백 화면이 깜박거렸지만, 청년 공산주의자 동맹 의장의 크고 또렷한 목소리를 들을 수 있었다. "이 남자는 인민의 얼굴에 침을 뱉었습니다." 세미차스트니는 격분했다. "설사 파스테르나크를 돼지에 비유한다고 해도, 돼지도 그자가 한 일을 하지는 않을 것입니다. 왜냐하면 돼지는 자기가 먹는 자리에 똥을 싸지 않기 때문입니다." 카메라가 수천 명의 군중을 비추었다. "우리 사회와 정부가 그의 앞에 어떤 장애물을 놓지는 않겠지만, 반대로 그자가 우리를 떠나면 우리가 숨 쉬는 공기가 더 상쾌해질 거라는 데는 모두 동의할 거라고 확신합니다." 청중이 박수갈채를 터뜨렸다. 연단에 앉아 있던 흐루쇼프가 일어서서 박수쳤다. 이라는 두려움 가득

한 눈으로 나를 쳐다보았다. 나는 이라의 손을 잡고 우리 아파트로
돌아왔다.

그날 밤늦게 미챠가 나를 깨웠다. 건물 앞에서 술잔치가 벌어지고
있었다. 나는 숄을 어깨에 두르고 발코니로 나가 내려다보았다. 틀
림없이 KGB가 보낸 듯한 남자 세 명이 원피스를 입고 춤추며 〈검은
까마귀〉 노래를 부르고 있었다. 취해서 부르는 그 민요는 내가 항상
싫어하던 노래였다.

검은 까마귀야, 왜 내 머리 위에서
낮게 날며 맴도는 거니?
네 먹잇감은 잡히지 않을 거야.
검은 까마귀야, 난 네 먹이가 아니란다!

그 소음에 이웃들까지 잠을 깼는지, 다들 발코니에 나와 그들에
게 조용히 하라고 소리쳤다. 여장을 한 남자들이 위를 쳐다보고 웃
었다. 한 명이 내 쪽을 가리켰다. 그러더니 서로 어깨동무를 하고 더
크게 노래했다.

무엇 때문에 내 머리 위를 맴돌면서
발톱을 활짝 펼친 거니?
아래 있는 먹이의 냄새를 맡았니?
검은 까마귀야, 난 네 먹이가 아니란다!

"이 위에서 말해도 소용없어요." 미챠가 소곤거렸다. "하지만 저 녀석들 가발을 쓰고 있어요. 나쁜 놈들이에요. 한 명은 광대처럼 입에 립스틱을 마구 칠했네요."

지금은 피로 얼룩졌지만, 내 숄을 가져가
내 사랑하는 사람에게 전해다오.
그녀에게 이제 자유라고 말해다오,
난 다른 사람과 결혼한다고.

"미친 주정뱅이들." 이라가 말했다. 이라가 내 어깨에 손을 얹었다. "들어가요, 엄마."

"어떻게 혼을 내도 시원치 않은 녀석들이야." 보랴는 자초지종을 듣고 말했다. "무덤에 들어가기 전에 내게 평화는 없겠어. 당신을 데리고 이민 가게 허락해달라고 벌써 크렘린에 편지 썼어."
"나한테 물어보지도 않고 그들에게 그런 요구를 했다고요? 내가 가기 싫다면 어쩌려고요?"
"가기 싫어?"
"그런 말이 아니잖아요."
"아직 부친 건 아니야."
"난 그걸 물은 게 아니에요."
"난 당신을 두고 떠날 수 없어. 차라리 강제수용소에 가는 편이 낫지."

"내 가족은 어떡하고요? 엄마랑 아이들은 어떻게 해요?"

그는 우리가 방법을 찾을 거라고 했다. 내가 몰랐던 건 그가 벌써 그 문제를 아내와 논의했다는 사실이었다. 그는 자기 아내한테 먼저 똑같은 질문을 했고, 그녀의 대답은 절대 떠나지 않겠다는 것, 그리고 그는 자유롭게 떠나도 되지만, 그가 가고 나면 그녀와 아들은 그를 비난할 수밖에 없다는 거였다. "이해해줘." 그녀는 남편에게 말했다.

다음 날 그는 크렘린 앞으로 쓴 편지를 찢어버렸다고 했다. "어느 외국 도시에서 창밖 풍경을 내다본들 나의 자작나무가 보이지 않는다면 어떻게 살 수 있겠어?" 그가 말했다.

그게 그의 입장이었다. 그들에게 굴복해 제 발로 집을 떠나지는 않겠다는 거였다.

떠나는 것이 그에겐 사실상 선택지가 아니라는 걸 나는 알았어야 했다. 모든 것에도 불구하고 그는 어머니 러시아 없이는 아무것도 못 할 것이다. 그의 숲, 그의 눈길 산책을 그는 절대 떠날 수 없었다. 그의 붉은 다람쥐, 그의 까치를 그는 절대 떠날 수 없었다. 그의 다차, 그의 텃밭, 그 매일의 일과를 그는 절대 떠날 수 없었다. 외국에서 자유인으로 사느니 차라리 러시아 땅에서 배신자로 죽을 사람이었다.

• • •

그들은 보랴의 우편물 수령을 금지함으로써 그가 세상과 통하는 유일한 생명선을 잘라버렸다. 얼마 지나지 않아 내 아파트 문 아래 편지들이 쌓이기 시작했다. 소인이 찍힌 것도 있고 없는 것도 있었다. 반송 주소가 있는 것도 있었고 없는 것도 있었다. 매일 아침 이라와 나는 그 편지들을 챙겨서 고기 조각인 것처럼 고기 포장지에 쌌다. 우리가 기차를 타고 작은 집으로 가면, 보랴가 기다리고 있다가 그 편지들을 읽었다. 나는 그의 우체국장이 되었다.

알베르 카뮈, 존 스타인벡, 네루 총리가 그에게 편지를 보내왔다. 파리의 학생들, 모로코의 화가, 쿠바의 군인, 토론토의 주부도 그 앞으로 편지를 썼다. 봉투를 열 때마다 그의 표정이 밝아졌다.

그가 가장 아끼던 편지 중 하나는 오클라호마의 어느 청년이 보낸 거였다. 그 청년은 최근에 가슴 아픈 일을 겪었다며 『닥터 지바고』가 얼마나 심금을 울렸는지 이야기했다. 그 남자가 편지봉투에 쓴 수신인 주소는 '러시아 모스크바 외곽의 작은 마을, 보리스 파스테르나크 앞'이었다.

보랴는 시간을 내어 모든 편지에 답장을 썼다. 솟구치는 듯한 그의 필체가 종이 한 장 한 장을 자주색 잉크로 덮었다. 그는 손이 아플 때까지, 허리가 아플 때까지 답장을 썼지만, 내가 도와주겠다고 하자 답장은 받아쓰게 하고 싶지 않다며 거절했다. "내 손으로 그들과 접촉하고 싶어."

그와는 다른 편지들도 받았는데, 그런 편지에는 답장하지 않았다. 그를 폄하하는 사람들이 쓴 편지, 정부에서 보낸 편지, 겁주기 위한 편지들. 그가 노벨상을 포기했음에도 그들은 구름 위에 사는 남자가 땅으로 내려오는 걸 보고 싶어 했다. 그들은 그가 무릎 꿇기를 바랐다. 그들은 그가 굽실거리고 절하기를 바랐다. 그는 그럴 생각이 없었지만, 그렇다고 그들과 맞서려 하지도 않았다. 멀리서 사건의 추이를 지켜보는 사람들에게도, 나에게도 그의 무반응은 나약함으로 비쳤다.

그가 무언가를 하지 않는다면 내가 나설 생각이었다. 가만히 앉아서 그들이 내 집 문 앞에 오기를 기다릴 수는 없었다.

나는 작가동맹의 작가 권리부 부장인 그리고리 헤신을 만났다. 《노비 미르》에 다닐 때 친하게 지낸 사람이었다.

보랴의 사정을 이야기하는 동안 그는 듣는 둥 마는 둥 하더니, 내 말이 끝나자 할 수 있는 일이 없다고 했다. "보리스 레오니도비치는 이제 작가동맹 회원이 아니고 따라서 우리가 지켜줄 어떤 '권리'도 없어요." 나는 그리고리의 사무실을 박차고 나왔는데, 곧바로 한 남자가 다가와 해결책을 제시했다.

이시도르 그링골츠라고, 건너 건너 아는 사람이었다. 시 낭송회에서 그를 본 기억이 있지만 잘 알지는 못했다. 젊고 잘생긴 이시도르는 물결치는 금발에 유럽인 같은 옷차림을 하고 있었다. 그가 보리스를 돕기 위해 할 수 있는 일은 뭐든 하겠다고 말하는 동안, 무슨 이유에선지 나도 모르게 고개가 끄덕여졌다.

우리는 내 아파트로 가서 계획에 착수했다. 이라와 미쟈, 그리고 몇몇 친한 친구들과 몇 시간 동안 논쟁을 벌인 후, 이시도르는 보리스가 흐루쇼프에게 공개 서한을 써서 용서를 구하고 조국에서 추방하지 말아달라고 요청하는 것밖에 할 수 있는 게 없다고 설명했다. 보랴가 절대 그런 글에 서명할 리 없었고, 그렇다고 이 낯선 사람이 멋대로 쓰게 두지도 않을 거라고 생각하니 나는 머뭇거려졌다. 그러나 그는 확신에 넘쳤고, 결국 우리는 그게 유일한 방법이라고 결론을 내렸다.

이시도르가 직접 초안을 썼고, 나는 더 보랴의 말투에 가깝게 초안을 다듬었다. 이라가 그 편지를 페레델키노에 가져갔다. 보랴는 그들에게 너무 시달려왔던 터라, 이라가 그 글에 서명하겠냐고 물었을 때 그는 더는 목소리를 높이지 않았다. 그에겐 펜을 들 힘밖에 남아 있지 않았다. "그냥 끝내자꾸나." 그는 이라에게 말했다.

그는 공개 서한을 약간 수정하고는 나에게 이런 메모를 보냈다. "올랴, 지금 이대로 해줘. 내가 소련이 아니라 러시아에서 태어났다고 해." 그 서한에 그가 직접 마지막 글을 추가할 때 그의 손이 떨리더라고 이라가 전했다. '저는 가슴에 손을 얹고, 소비에트 문학을 위해 제가 무언가를 했노라고, 그리고 여전히 소비에트 문학에 도움이 될 수 있을 거라고 말할 수 있습니다.'

이튿날, 이라는 학교 친구와 함께 그 서한을 스타라야가 4번지로 가져갔다. 중앙위원회 건물 정문 밖에 있던 경비원이 아이들을 보았다. 그는 담배를 잇새에 문 채 그들을 위아래로 쳐다보고는 무슨 일로 왔냐고 물었다.

"흐루쇼프 의장님께 편지를 가져왔어요." 이라가 말했다.

그는 웃음을 터뜨리다가 담배를 뱉을 뻔했다. "누가 쓴 편지? 네가?"

"파스테르나크요."

경비원은 웃음을 뚝 그쳤다.

이틀 후 폴리카르포프가 전화해서 흐루쇼프가 보랴의 편지를 받았으며 당장 보랴를 데려와야 한다고 전했다. "코트를 입고 밖으로 나오세요. 구름 위에 사는 남자를 데리러 같이 가주셔야겠습니다."

10분 후 검은 차 한 대가 우리 아파트 바깥에서 시동을 켜놓고 있었다. 안에는 폴리카르포프가 기다리고 있었다. 나는 벌써 코트를 입고 있었지만, 창밖을 내다보고는 시계를 보았다. 그리고 15분을 더 기다린 다음 아파트를 나섰다.

내가 다가가자 폴리카르포프가 차에서 내렸다. 그는 발목까지 내려오는 검은색 두꺼운 재킷을 입고 있었다. 외국식으로 재단된 무겁고 호사스러운 재킷이었다. "우리를 기다리게 하는군요."

나는 사과하지 않았다. 분노는 억제할 수 없는 용기로 표현되었다. 그는 나를 뒷좌석으로 안내했다. 그는 계속 도로만 쳐다보고 있는 운전사 옆 조수석에 앉았다. 차는 정부 차량 전용인 중앙 차로로 접어들었다. 혼잡한 차들 사이로 달리기 시작하자 민간 자동차들이 옆쪽으로 비켜났다.

"그이한테 뭘 더 바라는 거예요?" 내가 물었다.

폴리카르포프가 나에게 고개를 돌렸다. "이 모든 일은 그가 자초한 일이고, 아직 마무리되지 않았습니다."

"그이는 상을 거절했어요. 그 소설을 포기했어요. 용서를 구했고요. 무얼 더 바라세요? 이번 일로 그는 몇 년을 도둑맞았어요. 그이는 이제 늙었어요. 때로는 나도—" 나는 입을 다물었다. 폴리카르포프가 더 많은 것까지 알 필요는 없었다.

그가 몸을 돌렸다. "파스테르나크가 그 서한에 서명하게 도움을

줘서 고맙게 생각하고 있습니다. 그 사실을 잊지 않을 겁니다."

"그 편지는 제가 아니라 보리스가 쓴 거예요."

"내 친구 이시도르 그링골츠, 그 친구 아시죠? 그 친구가 개인적으로 말해주더군요, 그 편지의 대부분을 당신이 썼다고. 이 일에 대한 그 친구의 공 역시 인정합니다."

물론 그링골츠는 그들이 보낸 사람이었다. 어쩌면 나는 그렇게 어리석었을까?

"이 사태를 완전히 매듭짓는 문제는 이제 전적으로 당신한테 달려 있어요." 폴리카르포프가 말했다.

'큰 집'은 보랴의 서재에만 불이 밝혀졌을 뿐 어두웠다. 차가 멈추자 창문으로 그의 그림자가 보였다. 서재 불이 꺼지고 아래층 불이 켜졌다. 나는 그에게 가고 싶었지만, 감히 차에서 내릴 수는 없었다. 그보다 키가 작고 구부정한 또 다른 그림자가 앞뒤로 서성거리는 모습이 모였다. 지나이다는 내가 그 집 현관에 발을 들이는 것도 용납하지 않을 터였다.

보랴가 모자를 쓰고 재킷을 입고 나타났다. 마치 휴가를 떠나려는 사람처럼 얼굴에는 이상한 미소를 띠고 있었다. 운전기사가 내려서 차 문을 열어주었다. 보랴는 뒷좌석에 앉아 있는 나를 보고서도 전혀 놀란 것 같지 않았다. 우리가 사실 흐루쇼프를 만나러 가는 길이라고 폴리카르포프가 알려주었을 때도 전혀 걱정하는 눈치가 아니었다. 보랴의 대답은 자기가 입은 바지가 예의에 어긋난다는 거였다. "들어가서 갈아입고 와야 할까요?" 그가 물었을 때는 차가 벌써 출발해 도로를 향하고 있을 때였다. 폴리카르포프가 껄껄 웃었다. 더욱 이상하게도, 보랴도 함께 신경질적으로 웃었다. 그의 웃음에 화가 치민 나는 그를 쏘아보았다. 그는 못 본 척했고, 그게 더 화를 돋우었다. 정지 신호에 차가 섰을 때는, 차 문을 열고 내려서 그들이 저지른 일을 그들끼리 처리하게 하고 싶은 생각까지 들었다.

차는 중앙위원회 건물의 5번 입구에 도착했고, 우리는 폴리카르포프를 따라 정문을 지나갔다. 경비원이 지나가는 보랴를 멈춰 세웠다. "신분증요." 경비원이 말했다.

"내 신분증은 작가동맹 회원증뿐이었는데, 제명됐습니다." 보리스가 말했다. "그래서 신분증이 아예 없어요. 게다가 적절한 바지도 없고." 입술이 두툼하고 뺨에 주근깨가 가득한 젊은 경비원은 실랑이를 벌이고 싶지 않은지 우리더러 들어가라고 손짓했다.

폴리카르포프는 작은 대기실에 우리를 남겨두었고, 거기서 우리는 한 시간을 앉아 있었다. 보랴는 내 금팔찌를 만지작거렸다. 3년 전에 그가 주었던 팔찌였다. "이걸 차고 있어야 해?" 그가 물었다. 이윽고 그는 내 귀 뒤로 머리카락을 넘겼다. "이 진주 귀고리도? 그 립스틱은? 엉뚱한 인상을 심어줄 수도 있어."

나는 가방을 열었다. 장신구를 빼고 화장을 지우는 대신에 불안감을 가라앉히려 길초근 진정제가 든 작은 병을 꺼내 마셨다.

마침내 보랴의 이름을 부르는 소리가 들렸고 우리는 일어섰다. "그쪽은 오지 않으셔도 됩니다." 경비원이 나에게 말했다. 나는 그 말을 무시하고 보랴의 팔짱을 끼고 긴 복도를 걸어 폴리카르포프가 앉아서 기다리고 있는 사무실로 들어갔다. 애프터셰이브의 강한 냄

새가 우리를 맞았다. 폴리카르포프는 종일 우리를 기다리고 있었다
는 듯 행동했다. 그것은 또 하나의 협박 전술이었다. 우리가 흐루쇼
프를 아예 만나지도 못할 거라고 암시하는 전술. 그는 연설이라도
할 듯 목을 가다듬었다. "당신은 어머니 러시아에 남아 있어도 된다
고 허락받을 겁니다, 보리스 레오니도비치." 그가 말했다.

"몇 시간 전에 그렇게 말할 수 있었으면서 왜 우리를 여기까지 오
게 한 거죠?"

그는 내 말을 무시하고 손가락 하나를 들어 올렸다. "드릴 말씀이
더 있어요." 그는 의자 두 개를 가리켰다. "앉으세요."

보랴가 틀니를 가는 소리가 내 귀에 들렸다. "더 들어볼 것도 없어
요!" 그가 폭발했다. 마침내 분노, 내가 그렇게 듣고 싶어 했던 분노
였다. 그가 드디어 벌떡 일어섰다.

"당신은 인민들의 커다란 분노를 샀습니다, 보리스 레오니도비
치. 그들을 진정시키기 위해 내가 할 수 있는 건 거의 없습니다. 그
들의 입을 틀어막을 권리가 당신에게는 없어요. 인민에게는 자신을
표현할 자유가 있습니다. 내일 《리테라투르나야 가제타》지에 그런
목소리들이 여럿 실릴 겁니다. 조국에 머물도록 허가받기 전에, 먼
저 인민과 화해를 해야 합니다. 물론 공개적으로. 긴급히 또 한 통의
서한을 써야 해요."

"부끄럽지도 않소?" 보랴가 여전히 격앙된 목소리로 물었다.

"진정하시죠." 폴리카르포프가 다시 의자를 가리켰다. "앉아서 신
사들처럼 이야기해봅시다."

"여기서 신사는 한 명뿐이에요." 내가 말했다.

폴리카르포프가 껄껄 웃었다. "이 위대한 시인의 아내도 그 말에 동의할까요?"

"앉지 않겠습니다." 보랴가 말을 이었다. "이 회합은 끝났습니다. 당신은 인민을 들먹이고 있지만, 인민에 대해서 당신이 뭘 알아요?"

"자, 봅시다, 보리스 레오니도비치. 이 모든 일이 거의 끝나가고 있습니다. 당신에게는 나와, 그리고 인민과의 일을 바로잡을 기회가 생겼습니다. 내가 두 분을 여기 모셔 온 건 두 분만 협조해주면 모든 것이 잘 될 거라는 말씀을 드리기 위해서입니다." 그는 책상을 돌아오더니 보랴와 나 사이에 섰다. 그리고 보랴의 어깨에 한 손을 올리고는 착한 개를 다루듯 토닥거렸다. "이보게, 자네 때문에 이게 무슨 고생인가."

보랴는 어깨를 으쓱하며 그의 손을 떨쳐냈다. "난 당신 부하가 아니오, 당신이 목초지로 몰아갈 수 있는 그런 양이 아니란 말이오."

"조국의 등에 칼을 꽂은 사람은 내가 아니야."

"내가 써온 모든 글은 진실이었소. 단어 하나하나까지도. 난 부끄럽지 않습니다."

"자네의 진실이 우리의 진실은 아니지. 난 그저 자네가 일을 바로잡게 도우려는 거야."

보랴는 문으로 걸어가기 시작했다.

"저 사람을 말려요, 올가 프세볼로도브나!" 폴리카르포프의 허세는 온데간데없었다. 그는 비참하고 절박한 표정이었다. 그는 모든 일을 조용히 처리하라는 명령을 받았지만, 그 전에 잘난 척하려다가 이제 일을 그르칠 위기에 처한 게 분명했다.

"그럼 먼저 그런 식으로 말씀하신 걸 사과하셔야죠." 내가 말했다.

"사과하겠소. 정말입니다. 제발." 그가 말했다.

"지금 끝냅시다." 보랴가 여전히 문간에 서서 말했다. "부탁이오."

다음 날, 《리테라투르나야 가제타》에 '**소비에트 인민이 B. 파스테르나크의 행동을 규탄하다**'라는 머리기사 밑으로 '진짜' 러시아 인민이 썼다는 스물두 통의 편지가 실렸다. 저마다 당의 문구를 그대로 따라 쓰고 있었다. **유다! 배신자! 사기꾼!** 레닌그라드의 여성 건설 노동자는 자신은 파스테르나크라는 이 이름을 한 번도 들어본 적 없다며 왜 우리가 그에게 신경 써야 하느냐고 물었다. 톰스크의 의류 노동자는 파스테르나크가 서구로부터 뇌물을 받았고, 그를 엄청난 부자로 만들어준 자본주의 스파이들에게 자금을 받았다고 썼다.

폴리카르포프는 마지막 사과의 편지는 '인민' 앞으로 써야 한다고 결정했다. 나는 초안을 잡고 폴리카르포프가 요구한 세부 사항에 맞게 편집한 다음, 보랴를 설득해 서명을 받았다.

《프라브다》지에 마지막 편지가 실린 날 밤, 보랴는 사랑을 나누고 싶다며 작은 집을 찾아왔다. 그러나 빛나던 용감한 시인은 사라지고 없었다. 그 자리에는 한 노인이 서 있었다. 그는 조리대에 서서 감자 껍질을 벗기던 내 허리를 잡았다. 그리고 평생 처음으로, 나는 몸을 빼버렸다.

서

1959년 여름

27

지원자
배달원
수녀
학생

일의 대부분이 기다리는 거였다. 정보를 기다리고, 발령을 기다리고, 임무가 시작되기를 기다렸다. 호텔 객실에서, 아파트에서, 계단에서, 기차역에서, 버스 정거장에서, 술집에서, 레스토랑에서, 도서관에서, 박물관에서, 빨래방에서 기다렸다. 공원 벤치에서 기다렸고, 영화관에서도 기다렸다. 한번은 암스테르담의 공공 수영장에서 온종일 메시지를 기다리다 햇볕에 너무 탄 나머지 알로에를 적신 거즈로 어깨와 허벅지 앞쪽을 감싸야 했던 적도 있었다.

만국박람회가 끝나고 아홉 달이 지났을 때, 나는 또 기다리고 있었다. 7차 세계청년축제 개막을 앞둔 빈의 어느 호스텔에서였다.

7월 말에 시작될 그 축제는 집회, 행진, 모임, 전시회, 강연, 세미나, 스포츠 행사 등으로 열흘 동안 열릴 예정이었다. 국가별 시가행진과 흰 비둘기 천 마리 날리기, 그리고 마지막에는 대형 무도회도 계획되어 있었다. 그 모든 것이 내일의 지도자들에게 '평화와 우정'을 장려하기 위한 행사였다. 축제 동안 사우디아라비아, 실론부터 케임브리지와 프레즈노까지, 세계 각국에서 온 2만 명의 학생들은 노동조합의 안내로 발전소를 견학하고, 자원봉사자 캠프 운동 지도자들의 발표를 듣고, 원자력 에너지의 평화로운 사용에 관한 강연에도 참석할 수 있었다.

크렘린은 이 축제 참가자들에게 지속적인 영향을 미치기 위해 무려 1억 달러를 투자했다.

그러나 정보국은 다른 계획이 있었다.

『닥터 지바고』가 소련 전역에서 속속 등장하고 파스테르나크의 유명세가 치솟자, 소비에트 당국은 금지된 책을 찾기 위해 외국을 방문하고 돌아오는 시민들의 짐을 뒤지기 시작했다. 정보국 입장에서 이는 선전 활동의 대성공이었고, 따라서 그들은 노력을 배가하기로 결정했다. 더 많은 책을 인쇄하고 배포하자는 거였다. 이번에는 네덜란드에서 인쇄해 파란 천 표지를 씌우는 게 아니라 우리가 직접 소형 판본을 제작하기로 했다. 얇은 성서 용지에 인쇄해 주머니에 들어갈 만큼 부피가 작은 책을 만드는 거였다.

나는 일찍 빈으로 가서 그 작은 책 2천 부가 도착하기를 기다렸다. 그 밖에도 『동물 농장』, 『실패한 신The God That Failed』, 『1984』 등도 배포될 예정이었고, 우리 요원 수십 명이 책이 도착하기를 기다리고 있었다. 책은 빈 전역에 있는 우리 '안내대'마다 가득 비치되어, 구경 온 학생 대표들에게 건네질 예정이었다. 그것이 정보국이 **평화와 우정**을 전파하는 나름의 방식이었다.

브뤼셀 임무 이후 내 머리카락은 제법 자라서 다시 예전의 황동색 금발로 염색한 상태였다. 그리고 나는 시 낭송회에 가는 사람처럼, 검은색 터틀넥에 검은색 7부 바지, 검은색 플랫 슈즈 차림을 했다. 나는 다시 학생이 되었다.

나의 첫 위치는 부르스텔프라터 공원이었다. 축제가 시작되기 전 그 놀이공원을 정찰하면서, 오가는 사람이 가장 많은 지점, 불가피하게 자리를 비켜달라는 요구가 들어오기 전 가장 많이 책을 배포할 만한 지점을 알아보기로 되어 있었다.

나는 유령 열차와 회전 그네, 범퍼카, 사격연습장, 맥주 바들을 지나간 뒤, 대관람차 아래가 가장 유리한 지점이라고 판단했다. 학생 관람객이라면 누구나 세계에서 가장 높은 대관람차를 타고 싶어 할 것 같았다. 게다가 내가 좋아하는 영화인 〈제3의 사나이〉에 나온 기구에 그렇게 가까이 서 있다는 작은 설렘도 있었다.

일단 위치를 정하고 난 뒤, 다음 단계는 투흘라우벤가의 세탁소를 찾아가서 점원에게 베르너 포이크트 씨의 정장을 찾으러 왔다고 말하고 세탁비를 스위스프랑으로 지불해도 되는지 물어보는 거였다. 그러면 『닥터 지바고』 소형 판본 1차 배포분이 보관된 주소가 적힌 영수증과 함께 자루에 담긴 옷을 받기로 되어 있었다.

그러나 먼저 배가 고팠다. 나는 공원을 나가기 전에 잠깐 접시 크기의 감자 팬케이크 두 장을 사기로 했다. 하나는 저녁 식사였고, 하나는 내일 아침 식사였다. 음식 가판대는 관람차 바로 옆, 전략적인 위치에 있었다. 줄을 선 사람이면 누구나 걸려들 덫이었다. 바로 거기서, 몸에 달라붙는 무릎 길이의 가죽바지를 입은 한 미국인 관광객 뒤에 줄을 서 있을 때, 나는 그녀를 보았다.

그녀가 거기에, 관람차 대기 줄에 나를 등지고 서 있었다.

샐리는 긴 녹색 코트에 흰 장갑을 끼고 있었고, 마지막 보았을 때보다는 빨강 머리가 좀 짧아져 있었다. 그녀는 뒷모습까지 아름다웠다. 랠프 카페에서 처음 그녀를 보았던 때가 생각났다. 그때 내가 고개를 돌리고 처음 본 것이 그녀의 빨강 머리였다.

그런 식으로 내가 더는 내가 아닌 장소에서, 그녀가 더는 그녀가 아닌 곳에서 그녀를 보니 이상했다. 그리고 너무 많은 시간이 흘러버렸다. 작년 한 해 동안 나는 그녀를 잊었다고 믿으며 지냈다. 아니, 수도 없이 나 자신에게 이제는 잊을 것조차도 없다고 말했던 것 같다.

그러나 거기 그녀가 있었다. 마침내 그녀가 나를 찾아온 것이다.

샐리가 내 시선을 느낄 수 있다는 듯 고개를 기울였다. 그녀는 내가 자기를 보았는지 확인하려고 고개를 돌리지는 않았지만, 그럴 필요가 없었다. 그녀는 내가 본다는 걸 알고 있었다. 물론 나는 그녀를 보았다. 그녀와 함께 저 줄에 서야 하나? 달려가서 뒤에서 그녀를 껴안을까? 아니면 그녀가 내게 오기를 기다릴까?

나는 음식 줄에서 나와 대관람차 줄을 향해 걸음을 옮기며, 프랑스어를 쓰는 학생들 앞을 가로질렀다. 학생들은 나를 전혀 신경 쓰지 않았다.

나는 조금씩, 샐리의 뒤쪽으로 멈칫멈칫 다가갔다. 그녀는 매표소에 다다르자 가방에서 지갑을 꺼냈다. 그런데 그녀가 매표소 안의 여자에게 막 돈을 내밀 때, 머리가 희끗희끗한 남자가 다가오더니 그녀의 손에서 돈을 잡아 뺐다. 그가 돈을 내고 그녀의 뺨에 키스했다.

그녀가 완전히 몸을 돌리지 않아도 나는 알 수 있었다.

나는 희끗희끗한 머리의 남자가 샐리가 아닌 사람을 위해 밀폐식 빨간 곤돌라 문을 열어주는 모습을 지켜보았다. 어쨌거나 나는 표를 샀고 혼자 관람차에 탔다. 저 위 어디엔가 있을 샐리 닮은 그 여자를 다시 볼 수 있을까 하고 위를 쳐다보았다. 보이지 않았다. 땅을 떠나는 순간 놀이기구가 흔들렸다. 나는 열린 창 밖으로 고개를 내밀고 점점 조용해지고 작아져 가는 세상을 지켜보았다.

. . .

나는 그녀를 여러 번 보았다. 빈에서 마지막 남은 『닥터 지바고』를 나눠준 뒤 다음 임무에 들어가고, 또 그다음 임무에 들어간 한참 후였다. 우리가 함께한 시간은 짧았지만, 그건 중요하지 않았다. 나는 그 후로도 몇 년 동안 그녀를 보게 되었다. 카이로의 먼지 이는 거리에서 빨간 매니큐어를 반짝이며 인력거를 불러 세우는 그녀, 델리에서 마지막 기차를 타고, 옷과 색을 맞춘 가방을 자기보다 두 배는 나이 많은 남자에게 들게 하는 그녀, 뉴욕의 식료품점에 쌓아놓은 시리얼 상자 위에 서 있는 고양이를 쓰다듬는 그녀, 리스본의 호텔 바에서 얼음을 추가한 톰 콜린스를 주문하는 그녀를.

세월이 흘러가도 그녀의 나이는 항상 그대로였고, 그녀의 미모는 호박 속에 밀봉되어 있었다. 잠가버린 줄도 몰랐던 내 안의 문을 열어준 디트로이트의 한 수녀를 만난 후에도 그랬다. 그때도 여전히 나는 작은 식당의 카운터에서 커피를 홀짝거리거나, 다른 사이즈를 달라며 탈의실 밖으로 팔을 내밀거나, 영화관 발코니석에서 혼자서 영화를 보는 샐리를 보곤 했다. 그리고 그때마다 그 똑같은 내면적 직관, 그 날카로운 예감을 느끼곤 했다. 불빛이 꺼지고 영화가 시작되는 순간, 세계 전체가 눈 뜨기 직전에 느끼는 단 몇 초 동안의 그 감정을.

동

1960년-1961년

28

뮤즈
수용소의 여인
특사
어머니
특사
우체국장
과부나 다름없는 여인

　그는 작은 집에 늦게 도착하면서 거듭 사과했다. "당신 생일이니 모든 걸 용서받아야죠." 나는 그가 코트를 벗는 걸 거들며 말했다.

　그는 거실에 있는 우리 친구들과 합석했고, 나는 암시장에서 산 샤토 마고 와인을 또 한 병 내왔다. 보랴의 70번째 생일인 만큼 그 갈색 여행 가방을 열기 위한 좋은 핑계가 될 거라고 생각해서 산 와인이었다. 그리고 목이 높게 올라오는 빨간 실크 원피스, 내가 평생 입어본 가장 좋은 옷도 한 벌 장만했다.

　우리는 먹고 마셨고, 보랴는 옛날처럼 사람들을 즐겁게 해주었다. 그는 기분이 몹시 좋았다. 다시 글을 쓰기 시작했고 자신의 새 프로젝트에 관해 모두에게 이야기했다. 잠정적으로 『눈먼 미녀』라고 이름 붙인 희곡이었다. 그는 세계 각국의 지지자들이 보내온 선물과 전보를 뜯으면서 웃었고, 얼굴에 미소가 가시지 않았다. 나는 방 반대쪽에서 그를 지켜보았다. 우리 두 사람에게 드리워졌던 어둠 속에서 내내 가물거리다가 다시 타오른 불빛, 그가 내뿜는 그 빛으로 방은 따뜻했다. 아주 오래전 나를 처음 그에게로 이끌었던 바로 그 불빛이었다.

손님들은 늦은 밤까지 머물렀다. 마침내 그들이 떠날 때 보랴는 그들에게 더 있어 달라고 애원하는 시늉을 했다. "한 잔만 더 하게." 그는 외투걸이를 막아서면서 말했다.

일단 우리만 남게 되자 보랴는 『닥터 지바고』를 지지하며 목소리를 냈던 인도 총리 네루가 보내온 알람시계를 들고 그의 커다란 빨간색 의자에 앉았다. "모든 것이 너무 늦게 찾아왔어." 그는 시계를 내려놓더니 나에게 손을 뻗었다. "이렇게 영원히 살 수만 있다면."

나는 그날 밤을 마음에 간직했다. 그 생일에 그가 얼마나 건강하고 얼마나 행복해 보였는지. 그러나 그의 빛은 다시금 타올랐던 것만큼이나 빨리 희미해지기 시작했다.

그는 우선 식욕을 잃었다. 저녁을 먹으러 작은 집에 와서도 차나 수프만 겨우 넘기기 시작했다. 그는 밤새 다리 경련 때문에 잠을 못 자고, 허리 마비가 와서 앉아 있기 힘들다고 불평했다.

기력이 달리자 그는 희곡 집필에 집중하는 데 애를 먹었고, 여전히 날아드는 수백 통의 편지에 답장을 쓰지 못했다. 구릿빛 안색은 바래져 푸르뎅뎅한 회색이 되었고, 가슴 통증이 잦아졌다.

어느 날 밤 버섯 수프를 만들고 있는데, 그가 미완성 희곡을 들고 작은 집을 찾아와서는 안전하게 보관해달라고 부탁했다. 그가 너무 아파 보이기에 나는 그에게 당장 병원에 가봐야 한다고 했다. "내일

가세요, 보라. 아침에 일어나는 대로. 당신 아내는 어떻게 그걸 못 보고…….”

“그보다 중요한 문제가 있어.” 그가 희곡 원고를 내밀었다. “만약 무슨 일이 생긴다면…… 이게 당신의 보험이 될 거야. 내가 없을 때 당신 가족을 부양해줄 무언가는 있어야지.”

나는 그에게 무슨 호들갑이냐고 했지만, 그는 그 희곡을 내 손에 쥐여 주었다. 내가 거절했더니 그는 감정을 주체하지 못하고 흐느꼈다. 그를 진정시키려 그의 등을 쓰다듬는 순간, 손에 닿는 척추의 감촉은 충격적이었다. 그것은 혐오스럽기도 했고 아픈 부모에게 느끼는 것처럼 새삼스레 애틋하기도 했다. 나는 원고를 맡겠다고 약속했다. 그는 허리를 펴고 나를 껴안으며 내 뺨과 목에 키스했다. 우리는 내 방으로 들어가 열에 들떠 옷을 떨쳐버린 채, 서로가 맞댄 살갗을 느꼈고, 나는 내 살에 닿는 그의 골격을 느꼈다. 우리가 사랑을 나누기 시작할 때면 나는 항상 불을 켜서 내 몸에 끝없이 놀라는 듯한 그의 반응을 즐기곤 했다. 그러나 수많은 세월이 흐른 지금, 나는 불을 껐다.

그것이 우리의 마지막이 될 줄은 몰랐다. 만약 알았다면 서두르지 않았을 것이다. 수프가 스토브 위로 끓어 넘치는 소리가 들렸고, 그래서 경험상 그를 끝내게 만드는 방식으로 엉덩이를 움직였다.

그가 옷을 입고 집으로 돌아간 후 나는 혼자 저녁을 먹었다. 그것이 살아 있는 그를 본 마지막에서 두 번째 날이었다.

마지막 만날 때는 그를 거의 몰라볼 뻔했다. 우리가 만나기로 한 묘지에 그는 한 시간 늦게 왔는데, 다가오는 그를 보고도 처음에는 낯선 사람인 줄 알았다. 그는 아주 느릿느릿 걸었다. 걸음은 불안정했고, 등은 굽고, 빗지 않은 머리에 피부는 더 창백했다. 저 문으로 들어오는 저 노인은 누구일까? 그가 가까이 왔지만, 그를 껴안기 전에 망설여졌다. 내 손길이 그를 아프게 할까 두려운 것도 있었지만, 부끄럽게도 그 순간에 내 사랑은 영원히 떠나버렸다는 사실을 깨달아버렸기 때문이었다. 이 노인은 그이가 아니었다. 어떻게 그럴 수 있단 말인가?

나의 머뭇거림을 느꼈는지 그가 뒤로 물러섰다. "당신이 나를 사랑하는 거 알아. 난 그걸 믿어." 그가 말했다.

"사랑해요." 나는 말로 확인시켜주었다. 그리고 그걸 증명하려는 것처럼 그의 튼 입술에 키스했다.

"우리 삶에 어떤 변화도 일으키지 말아줘, 애원할게. 난 변화를 견딜 수 없을 것 같아. 부탁인데, 모스크바로 돌아가지 말아줘."

"안 가요." 나는 그의 손을 꼭 쥐며 말했다. "바로 여기 있을게요."

우리는 그날 밤 작은 집에서 보기로 계획한 후 헤어졌다. 그는 영영 오지 않았다.

심장이 문제였다. 유리 지바고처럼, 결국엔 그의 심장이었다. 보랴는 평생, 병을 마주했을 때는 항상 멜로드라마의 주인공처럼 종말이 가까워졌다고 확신했다. 그러나 이번에는 최근의 병이 치명적일 거라고는 끝내 믿지 않았다. 몸져누워 있으면서도 그는 이번 난관은 지나갈 거라고, 일어나서 머잖아 희곡을 완성할 거라고 나에게 편지를 썼다.

다음 날에도 그는 자신을 돌보기 더 편하도록 침대를 아래층으로 옮겼으며, 작업하는 책상과 너무 멀리 떨어져 있어 괴롭다고 다시 편지를 썼다. 그는 걱정하지 말라고, 간호사가 '큰 집'에 와서 지내고 있으며, 친한 친구인 니나가 매일 문안을 온다고 전했다. 그는 또 아내가 경고했다며 나더러 찾아오지 말라고 했다. 'Z는 그 어리석음 때문에 나를 위한 배려 같은 건 없을 거야. 하지만 만약 상태가 악화되면 사람을 보내 당신을 부를게.'

여러 날이 지났고, 그래도 편지가 오지 않자 소식을 알아보기 위하 미챠와 이라를 큰 집에 보냈다. 아이들은 젊은 간호사가 왔다 갔다 하는 걸 보기는 했지만, 커튼이 드리워져 있어서 나에게 전해줄 수 있는 말은 그게 전부였다.

다시 하루가 지났다. 여전히 그에게서 아무 소식이 없었으므로, 나는 지나이다가 내 편지를 그에게 전달하지 않았다고 확신하고 직접 큰 집을 찾아갔다. 이른 저녁이었는데 그의 서재에 불이 켜져 있었다. 위층에 누가 있지? 그의 아내인가? 그의 아들 중 한 명인가? 그들이 벌써 보랴의 책과 서류를 뒤지고 있는 걸까? 그의 책 안에 숨겨둔 내 편지들, 또는 내가 꺾어 책갈피에 눌러둔 꽃들을 발견하게 되는 건 아닐까? 그가 죽으면 우리가 함께했던 시간을 말해줄 뭐라도 남게 될까? 서재의 불이 꺼졌을 때, 나는 울음이 나왔다.

젊은 간호사가 그의 집에서 나왔다. 예쁘장한 아가씨였는데, 그녀가 그의 침대에 몸을 숙이고 그의 입에 죽을 떠주고 그의 손을 잡고 다 괜찮을 거라고 말해주던 사람이라고 생각하니 질투심에 가슴이 쓰렸다. 대문 바깥에 서 있는 나를 보고 그녀가 흠칫 놀랐다. "올

가 프세볼로도브나. 선생님이 당신이 올 거라고 하셨어요." 그녀가
말했다.

"그 여자에겐 그 사람 얼굴을 보게 해줄 예의도 없대요? 아니면
그 사람이 내가 오는 걸 원하지 않나요?" 내가 물었다.

"아니에요." 그녀는 다차 쪽을 바라보았다. "선생님이 당신한테
그런 모습을 보이는 걸 견딜 수 없어서 그런 거예요."

나는 가만히 그 간호사를 보았다.

"선생님이 편찮으세요, 아주 많이. 뼈만 앙상하고, 지금은 틀니도
빼버리셨어요. 당신이 선생님의 그런 모습을 보면 더는 사랑하지 않
을까 봐 두렵다고 하세요."

"바보 같은 소리. 나를 그렇게 천박한 사람으로 생각했대요?" 나
는 그 간호사와 그 집에서 돌아섰다.

"선생님은 당신을 얼마나 사랑하시는지 말씀하곤 하세요. 내내
그 말씀만 하시니 당황스러울 정도예요." 그녀가 목소리를 낮추었
다. "아내분이 옆방에 있는데도요."

간호사는 모스크바로 가는 기차를 타야 한다고 말하더니, 병세가
달라지면 알려주겠다고 약속했다. 나는 그 자리에 남아 있었다. 한
밤중이 되어도 내가 들어오지 않자, 이라와 미챠가 차와 두꺼운 담
요를 가져다주었다.

큰 집 밖에 있는 내 모습을 아무도 못 본 건 아니었다. 지나이다는
커튼 사이로 창밖을 내다보더니 재빨리 커튼을 닫아버렸다.

나는 며칠 동안 대문 밖에서 불침번을 서면서 간호사에게 새로운
소식을 들었다. 그에게 심장 발작이 왔고, 그를 편안하게 해주는 것

밖에 할 수 있는 게 없다고 했다. 나는 간호사에게 내가 밖에 와 있다고, 작별인사를 해야겠다는 말을 보랴에게 전해달라고 애원했다. 그녀는 내 말을 전해주겠다고 대답했다.

기자들과 사진사들을 실은 자동차들이 내가 선 대문 밖에 왔을 때, 나는 나의 불침번이 결국 임종을 지키는 자리가 되었음을 알았다. 나는 자리를 떴다가 검은 원피스와 베일을 입고 갔다. 몇 시간이 지났다. 서성이는 내 발길에 새로 자란 봄풀이 다져져 길이 났다.

그리고 여전히 그는 나를 들여보내지 않았다.

그가 떠난 후에야 큰 집으로 들어가는 것이 허락되었다. 지나이다가 말없이 문을 열었고 나는 황급히 그녀를 지나쳐 아직도 따뜻한 그에게로 달려갔다. 그들이 막 그를 씻기고 시트를 새로 깔았지만, 방에서는 아직 소독약 냄새와 똥 냄새가 났다.

우리는 마지막으로 둘만 있었다. 나는 그의 손을 잡았다. 그의 얼굴은 조각 같았고, 나는 곧 그 얼굴로 만들어질 데스마스크를 상상했다. 지난주에 나는 앞으로 닥칠 일에 대해 마음의 준비를 해봤지만, 막상 닥친 현실은 내가 짐작했던 그 어떤 것과도 달랐다. 공기는 바뀌지 않았고 내 심장은 계속 뛰었으며 지구는 계속 돌고 있었다. 모든 것이 계속될 거라는, 세계는 영원히 지속될 거라는 깨달음이 말발굽처럼 내 가슴을 때렸다.

그의 손을 잡고 있는 동안, 옆방에서 장례 절차를 논의하는 소리가 들렸다. 나는 이것이 우리 둘이 있게 될 마지막 시간이라고 되뇌었다. 나는 그의 뺨에 키스하고 하얀 시트를 덮은 뒤 방을 나왔다.

나에겐 돌볼 사람도, 계획할 장례 절차도, 쫓아버릴 기자도 없었다. 나에게 남은 것이라고는 기억하는 것뿐이었다.

그가 처음 내 손을 잡았을 때, 내 몸이 그렇게 진동할 수 있으리라고 생각도 못 했던 그때를 떠올렸다. 그가 『닥터 지바고』의 첫 페이지들을 읽어주던 때, 한 문단이 끝날 때마다 잠시 멈추고 나의 반응을 초조하게 기다리던 때를 떠올렸다. 모스크바의 넓은 대로들을 걸으며 보낸 오후들, 그가 나에게 고개를 돌릴 때마다 세계가 확장되던 그 느낌을 떠올렸다. 사랑을 나누던 그 많은 오후들, 그가 내 침대에서 나가기 싫다고 했던 그 많은 밤들을 떠올렸다.

그리고 가지 말라는 나의 애원을 뿌리치고 내 침대를 떠나던 그를 떠올렸다. 포트마에서 3년을 보낸 뒤 내가 탄 기차가 역으로 들어서던 때, 그가 나오지 않았다는 걸 안 순간, 차라리 뒤돌아서 돌아가고 싶었던 때를 떠올렸다. 그가 나에게 우리 관계는 끝났다고 말했던 수많은 순간과 그 말을 듣고 그에게 끔찍한 말을 퍼부었던 수많은 순간을 떠올렸다. 한창때 지나치게 컸던 그의 자존심과, 『닥터 지바고』를 남기고 사그라져버린 그 남자를 떠올렸다.

그들은 그가 좋아하던 회색 정장을 그에게 입히고 그를 소나무 상자 안에 눕혔다. 그의 다차 안에서 파니히다* 의식이 진행되는 동안 나는 바깥에서 기다렸다. 위대한 피아니스트인 스뱌토슬라프 테오필로비치 리흐테르가 보리스의 음악실에서 피아노를 연주했고, 그

---

* 정교회에서 행하는 죽은 이를 위한 미사.

의 쪽지들이 열린 창 밖으로 흩날렸다.

음악이 끝나고 운구 행렬이 나오더니 그가 사랑하던 텃밭 근처에서 잠시 멈추었다. 나는 보랴 옆, 지나이다 반대편에 섰다. 과부와 과부나 다름없는 여자. 나는 목 놓아 울었고, 이라와 미챠는 옆에서 나를 부축했다. 그러나 지나이다는 조용히, 품위 있게 서 있었다.

행렬은 줄지어 언덕을 내려가다가 묘지로 올라갔고 보랴가 직접 골랐던 세 그루 키 큰 소나무 아래 못자리에 도착했다. 신문에 실린 그의 부고는 겨우 한두 줄밖에 안 됐지만, 그래도 사람들이 왔다. 수백 명, 아니 수천 명이 관을 따라갔다. 늙은이와 젊은이, 이웃과 낯선 사람들, 노동자와 학생, 동료와 적, 공장 노동자와 공장 노동자 차림을 한 비밀경찰, 외국 기자들과 모스크바 기자들이었다. 그들 모두가 보랴의 마지막 안식처 주변에 모여 있었다. 한 가지 그들의 공통점은 그들 모두 그의 글로 인해 삶이 바뀌었다는 거였다.

그들은 연설을 하고 기도문을 낭송했고, 나는 아직 뚜껑이 열린 채 라일락 화환과 사과나무로 가지로 덮인 관을 바라보았다. 뒤에서 한 청년이 보랴의 시「햄릿」의 마지막 절을 목청 높여 외쳤다.

하지만 연극의 순서는 정해져 있고
마지막 커튼이 내리는 걸 막을 수 없다.
나는 외롭다, 주변 모든 게 거짓에 빠져 있으니
산다는 건 들판을 건너는 것과 같지 않구나.

마지막 행에 이르자 다른 사람들도 함께 외쳤다. 그러자 한 남자가 권위적인 큰 소리로 장례식이 끝났다고 선언했다. "이런 시위는 바람직하지 않습니다." 그러더니 남자 두 명에게 관 뚜껑을 가져오라는 몸짓을 했다. 나는 사람들을 헤치고 앞으로 나가 마지막으로 보랴의 얼굴에 키스했다. 누군가 나를 옆으로 끌어냈고 관 뚜껑이 닫혔다. 사람들은 갑작스레 끝난 장례식에 항의했지만, 나무에 못을 때려 박는 망치 소리에 숙연해졌다. 망치가 내리치며 쩍 소리를 낼 때마다 오한이 느껴져서, 나는 외투를 단단히 여몄다.

땅속에 관을 내릴 때, "파스테르나크에게 영광을!"이라는 구호가 일어나더니 군중 사이로 퍼져나갔다. 아주 오래전 처음 그의 낭송회를 보았던 때가 떠올랐다. 팬들은 그가 시를 다 읽기 전에 열렬하게 함께 시를 외치며 먼저 시 한 편을 끝내버렸었다. 그때 나는 그가 밝은 빛을 뚫고 나를 봐주기를 바라며 발코니에 앉아 있었는데. 그는 나를 보았고, 그 후 나의 세계는 영원히 바뀌어버렸다.

장례식이 끝난 이후 다시는 지나이다를 볼 일이 없었다. 그녀는 남편의 과거에서 나를 지우려고 최선을 다했고, 그녀가 죽자 그 가족도 똑같이 했다. 그 때문에 나는 몇 년을 싸웠다. 하지만 그들을 탓할 수 있을까? 그들이 나를 뭐라고 부르는지, 어떤 소문이 아직도 남아 있는지 나는 알고 있었다. 설사 나에게 상간녀, 꽃뱀, 돈과 권력을 좇은 여자, 가정파괴자, 스파이라는 낙인이 영원히 찍혔다고 해도, 적어도 라라는 나보다 오래 살 거라는 생각으로 나는 만족했다.

· · ·

아침에 그들이 두 번째로 나를 데리러 왔다. 보랴가 죽고 두 달하고도 반, 어두운 부엌에 앉아 차를 마시고 있을 때였다. 사흘 연속으로 우려낸 바람에 쓴맛이 났다.

자갈이 타이어에 눌려 천천히 뒤집히는 소리가 들렸고, 굳이 일어서지 않아도 검은 차가 우리 아파트 진입로로 들어오고 있다는 걸 알 수 있었다.

나는 차를 마저 마시고 찻잔과 받침 접시를 개수대에 넣었다. 아직 방에서 자고 있을 이라를 생각했다. 갈색 자국이 남은 찻잔, 씻어야 할 그 찻잔이 내가 마셨던 것임을 알면, 내가 떠났다는 것을 알게 되겠지.

차 문이 열리고 닫히는 소리에 몸이 움직였다. 먼저 미챠의 방으로 갔지만, 침대는 비어 있었다. "어젯밤에 안 들어왔어요." 뒤에서 들려온 이라의 목소리에 화들짝 놀랐다. 이라는 미챠의 책상 위에 난 창으로 다가갔다. "차 두 대가 왔네."

나는 차에 기대 서 있는 네 명의 남자를 지켜보았다. 마치 여자친구를 기다리는 것처럼 담배를 피우며 태연하게 수다를 떨고 있었다. 한 명이 내 화분에 담배를 비벼 끄고, 또 한 명은 나의 정원 대야에 손을 씻었다. 나는 커튼을 닫고 전화기 앞으로 가며 말했다. "옷 갈아입으렴." 이라가 방을 나갔다.

엄마의 전화번호를 돌리는 내 손이 부들부들 떨렸다. "엄마?"

"그들이 왔니?"

"네. 거기도 갔어요?"

"응."

"그냥 다시 우리를 겁주려는 거예요. 걱정하지 않으셔도 돼요."

이라가 가장 얌전해 보이는 옷차림으로 나타났다. 베이지색 긴 치마와 같은 색의 재킷이었다. "미챠는 할머니 댁에 있어요?" 이라가 물었다.

"미챠 거기 있어요?" 내가 엄마에게 물었다.

"어젯밤에 왔었어. 또 술에 취했더구나. 그렇게 술을 마시기에는 아직 너무 어린데—"

"엄마."

"지금은 일어났다. 가만히 있으라고 말해뒀어."

"잘하셨어요. 미챠를 데리고 계세요."

현관문을 세 번 두드리는 거친 소리에 마룻바닥이 흔들렸다. 이라가 내 팔을 붙잡았다. "나가봐야겠어요, 엄마."

어린아이처럼 내 팔에 매달린 이라와 함께 입구로 걸어갔다. 비싸 보이는 트렌치코트를 입은 한 남자가 싸구려 검은색 정장을 입은 네 명의 남자 사이로 나오더니 할머니가 물려주신 악스타파 러그에 진흙 발자국을 남기며 다가왔다. "결국 이렇게 만났습니다."

"어서 오세요." 나는 집주인으로서 차분하게 말했다.

"우리를 기다리고 있었군요." 남자의 미소가 점점 커졌다. "아닌가요? 그동안 당신이 한 행동들이 눈에 띄지 않고 지나갈 거라 생각하지는 않으셨을 텐데?"

나는 그에 지지 않으려 억지로 미소 지었다. "차 좀 드시겠어요?"

"우리가 알아서 하겠습니다."

나는 그들이 무얼 찾고 있는지 알고 있었다. 그리고 작은 집에서도, 모스크바 아파트에서도 찾아내지 못하리라는 것도 알고 있었다.

보랴가 땅에 묻힌 다음 날 그 돈, 내가 반국가적 범죄에 유죄임을 증명할 해외 인세는 한 이웃에게 맡겨버렸다. 그 사람은 그 갈색 가방 안에 무엇이 들었는지 묻지도 않았다.

몇 시간이 지났다. 마침내 아랫입술 한가운데 작은 흉터가 있는 한 남자가 식탁 의자 하나를 이라와 내가 기다리고 있는 진입로에 가져왔다. 그는 우리더러 앉겠냐고 물었다. 이라가 거절하자 그 남자가 어깨를 으쓱하더니 자기가 앉고는 담배에 불을 붙였다. 우리가 밖에 선 채로 다른 남자들이 우리 집을 헤집는 광경을 지켜보는 동안, 그는 우리에게 거의 눈길을 주지 않았다.

자전거가 다가오는 소리가 들렸다. 진입로 중간쯤에서 미챠가 자전거를 땅에 팽개치다시피 하며 뛰어내렸다. "당신들 그럴 권리 없어." 미챠가 갈라지는 목소리로 소리쳤다.

흉터 있는 남자는 계속 담배를 피웠다. 나는 미챠에게 가서 손을 잡았다. "쉬잇." 그 아이한테서 시큼한 냄새가 났다. 얼핏 보니 셔츠에 토한 자국이 있었다. "할머니는 어디 계셔? 할머니한테 너를 데리고 계시라고 했는데."

우리 셋은 서로 껴안고 서서, 남자들이 작은 집에서 우리 물건을 가득 담은 상자들을 들고 나오는 걸 지켜보았다. 그들이 이라의 일기장들, 학교와 남학생과 깨진 우정에 관한 사색으로 가득한 은밀한 기록을 가득 가지고 나오는 것을 보고, 내 옆에 있던 이라는 몸이 굳었지만, 아무 말도 하지 않았다. 그리고 트렌치코트를 입은 남자가 나오다가 헐겁게 들린 판자에 발이 걸려 비틀거렸을 때, 이라는 차마 웃지는 못하고 내 손을 꽉 쥐었다. 그 이미지는 나중에, 그가 내 신문관이 된 후에도 내 뇌리에 남아 있었다.

나는 기꺼이, 싸우거나 저항하지 않고 갔다. 트렌치코트를 입은 남자는 이래라저래라 할 필요도 없었다. 그저 두 번째 검은 차를 가리키면 됐다. 나는 아이들에게 작별 키스를 하고 차에 올랐다.

아이들은 내가 떠나는 모습을 보지 않았다. 이라는 문간에 서서 그 사람들이 망가뜨린 것들을 살펴보고 있었다. 미챠는 맨 위 층계에서 무릎에 머리를 파묻고 앉아 있었다. 나는 눈을 감았고 크고 노란 건물에 도착하고 나서야 비로소 눈을 떴다.

"모스크바에서 가장 높은 건물이 뭘까요?" 차가 멈추자 운전기사가 나에게 물었다.

"그 질문은 전에도 들었을 거요." 트렌치코트의 남자가 차 문을 열어주며 말했다. "그렇죠?"

나는 대답하지 않고 차에서 내려 치마 매무새를 다듬고는, 순순히 그들에게 끌려갔다.

. . .

아나톨리에게,

내 딸이 쌕쌕거리는 소리에 잠을 깼습니다. 사랑하는 내 딸 이라. 그들은 이라가 나를 도와 외화를 숨겼다고 했고, 지금 그 아이는 건너편 침대에서 자고 있습니다. 그 아이가 아픕니다. 열이 납니다. 그들은 이라가 호전될 때까지 곁에 있어도 좋다고 허락해주더군요. 하지만 걱정 끼치고 싶지는 않습니다, 아나톨리. 그 아이는 괜찮습니다. 저도 괜찮습니다. 그들이 미쳐라도 남겨둔 사실에 신께 감사할 뿐입니다. 적어도 그건 사실이니까요.

비록 마지막으로 당신한테 편지를 쓴 게 아주 오래전의 일이긴 하지만, 글쓰기를 중단한 적은 없습니다. 목욕을 하는 동안에도 머릿속으로는 편지 내용을 생각했지요. 잠이 오지 않을 때도 편지 내용을 생각했습니다. 마음 깊은 곳 어딘가에서 많은 편지를 썼습니다. 그러나 이제 더는 그 말들이 밖으로 나오는 걸 막을 수가 없네요.

이 펜과 종이는 뜨개 양말을 주고 교환한 것입니다. 내 안에 있는 것을 치워버리고 싶어서지요. 그런데, 지금 이곳은 어디일까요?

당신이 어디 있는지 궁금합니다. 루뱐카에서 나를 만나고 야밤의 수다를 나누는 사람이 왜 당신이 아니었는지요? 교체된 건가요? 내가 교체된 건가요? 내 생각을 하기는 하는지요? 내 이름이 당신 입에 오르기는 하나요? 어쩌면 내가 전보다 나이가 들어서, 이번에는 당신이 거리를 두는 건지도 모르겠네요. 나와 함께 있기는 그때가 더 즐거웠을 테니까요.

처음에 나는 임신 중이었습니다. 그 아이를 잃었지요. 이제 나는 나이가 들고 불임이 되었습니다. 태어나지 못한 그 아이의 아버지였던 남자는 땅에 묻혔습니다. 시간이 참 무섭네요.

나는 전에 여기 왔었습니다. 그리고 어찌 보면 여기를 떠난 적이 없습니다.

내 선고문의 잉크는 이미 말랐습니다. 나는 앞으로 8년을 이곳에서 보내게 되는데, 처음 3년은 아무 죄 없는 내 딸과 함께 있을 겁니다. 나는 그들이 돈을 찾아낼 거라고, '아니 적어도 찾아냈다고 말할 거라는 사실을 늘 알고 있었나 봅니다.

지금은 1961년 3월, 선고를 받은 지 3개월이 지났습니다. 사방이 아직도 하얀 담요를 덮고 있고, 지평선은 회색이군요. 밤이지만 가스 램프 등을 아주 낮춰 놓았기 때문에 내 앞의 종이와, 내 것까지 모직 담요 두 장을 덮은 채 모로 자는 딸아이의 야윈 등 그림자만 겨우 보이네요.

얼마 전, 이라와 나는 임시 변소를 새로 파는 작업을 했습니다. 이라는 손에 물집이 잡히고 갈라져서 곡괭이를 제대로 들지도 못해서 내가 더 열심히 더 빨리 땅을 팠습니다. 누구에게도 말하지는 않지만, 마음 한구석에서는 이 일이 그립기도 했지요. 땅에 삽을 박고, 더 깊이 파기 위해 두 발을 삽 위에 올려, 아래쪽의 검은 흙을 하얀 눈 위로 드러내는 그 일 말입니다.

기운은 하나도 없지만, 그래도 이 이야기를 끝내기 전에는 자고 싶지 않네요. 나는 지금 펜을 더 세게 누르고 있습니다. 글씨가 희미해지고 있어서입니다. 내 양말을 신고 있는 여자가 거래할 때 거짓말을 했나 봅니다. 펜의 잉크가 거의 다 떨어졌네요. 쓸 말이 너무도 많은데 말입니다. 어쩌면 이 편지의 나머지 부분은 펜촉으로 종이를 긁어서 써야 할지도 모르겠습니다. 어쩌면 당신은 그 글을 점자처럼 읽어야 할 수도 있겠네요.

지금 와서 보면, 내 이야기는 이제 저만의 것이 아닙니다. 집단의 상상력 속에서 나는 다른 사람, 여주인공, 한 등장인물이 되었으니까요. 나는 라라가 되었습니다. 그렇지만 아무리 봐도 여기엔 그녀가 보이지 않습니다. 내가 죽으면 사람들도 나를 그런 식으로 알게 될까요? 그것이 그들이 기억하게 될 사랑 이야기일까요?

보랴가 썼던 여주인공의 결말이 생각나네요.

어느 날 라리사 표도로브나는 외출했다가 돌아오지 않았다. 그녀는 틀림없이 그날 거리에서 체포되었을 것이다. 그리고 아마 헤아릴 수 없이 많은 북쪽의 혼성 수용소나 여자 수용소 중 한 곳르고 보내져, 나중에는 찾을 수조차 없게 된 명단의 이름 없는 한 번호로 잊힌 채 자취 없이 사라져버렸을 것이다.

하지만 아나톨리, 나는 이름 없는 번호가 아닙니다. 나는 사라지지 않을 겁니다.

타자수들

1965년 겨울, 영화 〈닥터 지바고〉가 대형 스크린에서 처음 상영되었다. 우리는 같이 보러 갔다. 우리 중 몇몇은 아직도 정보국에 다니고 있었지만, 대부분은 그때쯤엔 그만둔 상태였다. 타자수의 유통기한은 그리 길지 않다. 새 타자수들이 왔다가 갔다. 많은 남자가 승진했고, 우리 중 몇몇도 승진했다. 게일은 심지어 앤더슨의 자리에 임명되었는데, 앤더슨이 십대 딸과 함께 콜리시엄의 비틀스 콘서트에 갔다가 심장마비로 죽은 후였다.

우리 중에는 결혼한 사람도 있었고, 아닌 사람도 있었다. 아이를 낳은 사람도 있었고, 아닌 사람도 있었다. 그러나 모두 조금은 나이들어 있었다. 웃거나 눈살을 찌푸릴 때는 가느다란 주름이 나타났고, 이제 우리의 몸은 한때 책상 뒤로 숨곤 했던 유연하고 젊은 몸이 아니었다.

서로 얼굴을 보니 좋았다. 우리가 마지막으로 만났을 때가 1963년의 결혼식에서였다. 지바고 작전이 끝난 후 노마는 아이오와에서 창작 석사 과정을 밟으러 타이핑 부서를 떠났고, 그 무렵 테디는 그녀와 장거리 연애를 시작했다. 노마가 졸업한 후 그들은 부부가 되었고, 테디는 정보국을 나가 랭글리에서 바로 길 아래 있는 또 다른 비밀스러운 회사인 마스 제과회사에 들어갔다. 결혼식은 그레이트 폴스 파크의 야외 댄스홀에서 비공식적으로 치러졌는데, 바비큐 피로연과 테디의 회사 사장이 제공한 초콜릿 퐁뒤 분수대가 준비되었다. 테디의 부모는 경악하는 것 같았지만, 나머지 사람들은 아주 즐겁게 놀았다. 헨리 레닛은 오지 않았고, 그가 없다고 아쉬워하는 사람도 없었다. 노마가 부케를 던지고 주디가 능숙하게 피한 후, 프랭크 위즈너 부국장이 행복한 부부에게 건배를 제안했다. 그것이 우리가 옛 상사를 본 마지막이었다. 그는 2년 뒤인 65년 가을, 〈닥터 지바고〉가 개봉하기 직전에 숨을 거두었다.

조지타운 극장 앞에서 네온사인이 우리를 붉게 비추는 가운데 우리는 서로 포옹하고 뺨에 키스하며 인사를 나누었다. 영화표를 산 뒤 간식거리를 사기 위해 줄을 서 있을 때, 린다가 우디스 매장에서 산타의 무릎에 앉아서 찍은 쌍둥이 아들 사진을 보여주었고, 캐시는 하와이 신혼여행에서 찍은 사진을 꺼냈다. 우리는 주디가 부디 성공했으면 좋겠다고 이야기했다. 주디는 배우가 되기 위해 캘리포니아로 갔는데, 아직 크게 성공하지는 못했지만 시트콤 〈딕 밴 다이크 쇼〉에서 제법 비중이 큰 역할을 맡았다.

우리는 조지타운 극장의 3열과 4열 전체를 차지하고 앉았다. 조명이 흐릿해지고 팝콘과 건포도 초콜릿이 오갈 때 상영된 뉴스 영화에서는 점점 규모가 커져가던 베트남 파병 미군을 보여주었다. 카메라가 피격된 비행기, 불타는 들판, 무너진 지붕을 비추는 동안 우리 중 아직 정보국에 근무하는 타자수들은 차분하게 앉아 있었다. 그들은 정보국을 떠난 우리들보다 많은 것을 알고 있었고, 정보국 밖의 우리는 묻지 않는 게 낫다는 걸 알고 있었다.

극장이 어두워지고 음악이 시작되자 우리 중 몇몇은 표정을 바꾸고 손을 꼭 쥐었다. 그리고 하얀 블라우스에 검은색 타이를 하고 책상 앞에 앉은 라라가 스크린에 나타났을 때, 우리 모두 똑같은 생각을 했다. **이리나.** 사실 그 배우는 줄리 크리스티였다. 그런데도 그건 그녀의 머리 스타일, 그녀의 눈이었다. 그 스크린에 비친 건 우리의 이리나였다.

우리는 유리가 방 저편에서 처음 라라를 보는 장면에서는 소름이 돋았다. 그가 처음으로 라라에게 작별인사를 할 때는 코를 훌쩍이면서 눈물을 삼켰다.

우리는 책과 달리 영화는 유리와 라라가 죽는 날까지 그 시골집에서 사는 걸로 끝나리라는 희망을 품었다. 그리고 종말이 오고 있다는 것을 알고 있었음에도, 그들이 마지막으로 작별인사를 할 때는 눈물을 흘렸다.

크레디트가 올라가는 동안 우리는 손수건으로 눈물을 찍어냈다. 『닥터 지바고』는 전쟁 이야기이자 사랑 이야기였다. 그러나 세월이 흐른 뒤 우리 기억에 가장 많이 남은 건 사랑 이야기였다.

크렘린이 소비에트의 낫과 망치를 내리고 러시아의 삼색기로 바꾸기 3년 전, 『닥터 지바고』는 처음으로 그 조국에 발을 디뎠다. 그러니까 합법적으로 말이다. 게일은 모스크바에 출장 가서 우리에게 엽서를 보냈다. 소더비의 '1988년 글라스노스트 경매' 광고 엽서였는데, 그녀는 가는 곳마다 우리의 소설이 깔려 있다고 전했다. 다음해 파스테르나크는 노벨상을 수상했고, 그의 아들이 대신해서 상을 받았다.

인정하기 부끄럽지만, 우리 중에는 그때까지도 실제 그 책을 읽지 않은 사람이 더러 있었다. 이탈리아어를 아는 몇몇은 처음 그 책이 출간되었을 때 읽었다. 나머지는 작전이 끝나고 몇 년 사이에 읽었고, 몇몇은 영화를 본 후 러시아어판으로 읽으려고 기다리고 있었다. 그러나 모두가 그 책에 관심이 있었던 건 아니었다. 그리고 『닥터 지바고』, 정보국이 무기로 생각했던 그 글을 마침내 읽게 되었을 때 우리가 느낀 것은 세계가 얼마나 변했는지, 그리고 얼마나 변하지 않았는지 하는 것이었다.

그 무렵 노마는 스파이 스릴러 한 편을 써서 테디에게 헌정했다. 그 책은 그녀가 쓴 첫 소설이었고, 평단의 반응은 미지근하기만 했지만, 그래도 우리는 책을 사서 노마의 서명을 받으려고 폴리틱스 앤드 프로즈 서점에 줄을 섰다. 정보국은 이중 첩자를 죽인 여성 정보원 이야기를 다룬 그 소설 내용은 정보국과 무관하다는 성명을 발표했지만, 우리는 그 소설이 꽤 진실을 다루고 생각했다.

우리 중 살아 있는 사람은 이제 컴퓨터를 사용한다. 우리 자녀들이 우리 생일이나 크리스마스에 데스크톱과 노트북, 그리고 스마트폰을 사주면, 우리 손자들이 사용법을 가르쳐준다.

"손가락을 이렇게 움직여야 해요, 할머니."

"**시프트** 버튼을 계속 누르고 계세요."

"그건 **캡스 록**이 걸려 있어서 그래요."

"그 버튼은 신경 쓰지 마세요."

"셀카는 할머니가 할머니 사진을 찍을 때 쓰는 거예요."

자판은 이제 딱딱 소리가 아니라 탁탁 소리를 낸다. 땡 하고 울리는 소리는 없다. 우리의 분당 타자 수는 옛날만큼은 못하지만, 그래도 우리는 이런 기계들로 놀라운 것들을 해낸다. 무엇보다 좋은 건, 우리가 계속 연락할 수 있다는 것이다. 이제 우리는 메모와 보고서 대신 서로에게 농담과 기도문, 손자들 사진, 그리고 몇몇은 증손자들 사진까지 보낸다.

누가 그것을 처음 봤는지는 모르겠다. 모두가 동시에 그것을 보았던 것 같다. 그것은 《워싱턴 포스트》지의 한 기사였는데, 간첩 혐의로 미국 송환을 기다리며 런던에 억류되어 있는 한 미국 여자에 관한 내용이었다. 그것이 큰 파문을 일으킨 이유는 그 여자가 89세였고, 소비에트에 정보를 흘린 그녀의 죄가 수십 년 전의 것이었기 때문이다. 텔레비전 토론에서 사람들은 이런 경우에는 어떻게 해야 하는지를 두고 논쟁을 벌였다.

그러나 그 기사에서 우리의 관심을 붙잡은 건 사진이었다.

비록 그 여자는 수갑 찬 손으로 얼굴을 가리고 있었지만, 우리는 얼핏 보기만 해도 누구인지 알 수 있었다.

"이런 날이 올 줄이야."

"그녀야."

"한 점 의심도 없어."

"생긴 건 어디 안 갔더라."

"덜레스가 줬다던 그 모피 아니야?"

기사에는 그 여자가 지난 50년 동안 영국에 살았다고 씌어 있었다. 30년 동안 희귀본 서점 주인으로 있었고, 2000년대 초에 사망한 이름 모를 한 여인과 함께 서점 위층에 거주했다고 했다.

우리는 다른 기사들까지 뒤지며 두 번째 여자의 이름을 찾아보았지만, 찾을 수 없었다.

비록 지바고 작전의 성공은 그 후로도 오랫동안 정보국의 전설이 되었지만, 이리나의 경력에 관한 기록은 58년 브뤼셀 세계 박람회 이후 점점 띄엄띄엄해졌고, 그녀의 파일은 80년대에 은퇴했다는 짤막한 메모로 끝났고 더는 아무것도 없었다.

우리의 손가락은 자판 위를 분주히 날아다닌다.

"그녀가 맞지?"

"그 두 사람 맞지?"

"정말 그런 일이 가능했을까?"

우리는 비밀스레, 그게 맞기를 바랐다.

감사의 말

많은 책이 있었기에 이 책이 나올 수 있었습니다. 무엇보다도 먼저 보리스 파스테르나크의 『닥터 지바고』를 꼽을 수 있는데, 잔자코모 펠트리넬리가 처음 출간했을 때 그대로 의의가 있고 중요한 소설입니다. 저는 파스테르나크가 세상에 건넨 용기 있는 선물에 영원히 빚을 졌습니다.

저의 조사 작업에서 피터 핀Peter Finn과 페트라 쿠베Petra Couvée의 『지바고 사건The Zhivago Affair』은 없어서는 안 될 자산이었습니다. 2014년 핀과 쿠베의 탄원 덕에 CIA는 지바고 비밀 작전과 관련한 99점의 메모와 보고서를 공개했습니다. 이름과 세부 사항들이 검게 지워지고 삭제된 기밀해제 문서를 보면서, 그 공백을 픽션으로 채워 보고 싶다는 생각을 처음 하게 되었습니다.

이 소설에는 1인칭 서술로 기록된 부분에서 보듯 대화 발췌를 비롯해 직접적인 설명과 인용구가 많이 나옵니다. 올가 이빈스카야 Olga Ivinskaya의 자서전 『시간의 포로A Captive of Time』와 세르조 단젤로 Sergio D'Angelo의 회고록 『파스테르나크 사건The Pasternak Affair』은 제 소설에 묘사된 많은 사건을 살아온 경험에 관해 귀중한 정보를 주었습니다.

또한 저자 자신을 포함한 현실 속 여성 영웅들의 세계를 보여준 엘리자베스 '베티' 피트 매킨토시Elizabeth 'Betty' Peet McIntosh의 책 『스파이들의 자매애Sisterhood of Spies』에도 감사를 드립니다. 이 여성들의 명예를 위한 기념비가 세워져야 할 것입니다.

데이비드 K. 존슨David K. Johnson의 『라벤더 공포Lavender Scare』는 미국 냉전기의 LGBTQ 박해라는 덜 알려진 역사를 소개한 책입니다. 수많은 이들이 직장에서 쫓겨났고, 공개적으로 명성을 짓밟혔으며, 목숨을 잃은 사람도 많았습니다. 그들의 이야기를 잊어서는 안 될 것입니다.

제가 참고한 많은 책 중 일부를 소개하면 다음과 같습니다.

파올로 만코수Paolo Mancosu의 『지바고 폭풍의 내부Inside the Zhivago Storm』와 『지바고의 비밀 여행Zhivago's Secret Journey』

팀 와이너Tim Weiner의 『재의 유산Legacy of Ashes』

존 래닐러John Ranelagh의 『요원The Agency』, 프랜시스 스토너 손더스Frances Stonor Saunders의 『문화 냉전The Cultural Cold War』

그레그 허켄Gregg Herken의 『조지타운 세트The Georgetown Set』

에반 토머스Evan Thomas의 『최고의 남자들The Very Best Men』

앨프리드 A. 라이시Alfred A. Reisch의 『냉전 시대의 뜨거운 책들Hot Books in the Cold War』

캐롤 시니Carol Cini의 『스파이와 그의 CIA 형제The Spy and His CIA Brat』

조얼 휘트니Joel Whitney의 『배신자들Finks』

잭 레잇Jack Lait과 리 모티머Lee Mortimer의 『워싱턴 기밀Washington Confidential』

조너선 코Jonatha Coe의 『엑스포 58Expo 58』

카를로 펠트리넬리Carlo Feltrinelli와 앨러스테어 매큐언Alastair McEwen의 『펠트리넬리Feltrinelli』

안나 파스테르나크Anna Pasternak의 『라라Lara』

보리스 파스테르나크의 『안전 통행증Safe Conduct』

리디아 파스테르나크 슬레이터Lydia Pasternak Slater가 번역한 『보리스 파스테르나크 시집Poems of Boris Pasternak』

예브게니 파스테르나크Evgeny Pasternak의 『보리스 파스테르나크: 1930-60년 비극의 세월Boris Pasternak: The Tragic Years, 1930-60』

라자어 플레이시먼Lazar Fleishman의 『보리스 파스테르나크: 시인과 그의 정책The Poet and His Politics』

크리스토퍼 반스Christopher Barnes의 『보리스 파스테르나크: 문학적 전기Boris Pasternak: A Literary Biography』

니컬러스 파스테르나크 슬레이터Nicolas Pasternak Slater와 마야 슬레이터Maya Slater가 번역한 『보리스 파스테르나크: 가족 편지Boris Pasternak: Family Correspondence』

앤디 맥스미스Andy McSmith의 『두려움과 뮤즈는 계속 지켜보았다Fear and

the Muse Kept Watch』

유리 크롯코프Yuri Krotkov의 『노벨상The Nobel Prize』

캐럴과 존 개러드Carol and John Garrard의 『소비에트 작가동맹 내부Inside the
Soviet Writer's Union』

책뿐만 아니라, 많은 사람과 기관의 도움이 없었다면 제 소설은
나올 수 없었을 것입니다. 킨 문학상, 파니아 크루거 장학금, 크레
이지호스상의 지원에 감사드립니다. 저의 소설을 시작할 시간과 자
원은 물론 마무리를 위한 멘토십을 지원해주신 미처너 작가 센터에
서 감사드립니다. 특히 미처너 센터 임원이신 짐 매그너슨과 브렛
앤서니 존스턴께, 저희 괴짜들이 영원히 집이라 부를 장소를 주셔서
감사드립니다. 그리고 모든 일을 순조롭게 진행되도록 도와신 말라
애킨, 데비 드위스, 빌리 패칭거, 홀리 도일에게 감사드립니다. 저
의 선생님들과 주의 깊은 독자들, 뎁 올린 언퍼스, 벤 파운틴, H.W.
브랜즈, 에드워드 캐리, 오스카 카사레스, 리자 올스타인을 비롯한
멘토들에게 감사를 드려야 할 것입니다. 너무도 소중한 조언을 해
주고 길잡이가 되어준 엘리자베스 맥크래컨에게 특별한 감사를 드
립니다. 물론 저의 친구들과 수업 동료들, 특히 제 글을 읽어주고 더
잘하도록 격려해주고, 웃게 해준 베로니카 마틴, 마리아 레바, 올가
빌코츠카야, 제시카 토파시오 롱, 누리 재러에게 감사드립니다.

이 책을 믿어주고 열매를 맺도록 인도해준 소니 메타, 게이브리
얼 브룩스, 애비 엔들러, 이멜리 드허프, 니컬러스 톰슨, 켈리 블레
어, 니컬러스 래티머, 세라 이들, 폴 보가즈, 캐서린 번스를 비롯한

크너프 출판사의 모든 분께 깊이 감사드리며, 신중한 펜과 격려로 페이지마다 힘을 실어준 놀라운 담당 편집자 조던 패블린에게 한없는 감사를 드립니다. 그리고 헌신과 예리한 눈, 창의력을 가진 허친슨의 모든 분께도 감사드립니다. 조커스타 해밀턴, 나지마 필네이, 수전 샌던, 리베카 아이킨, 세라 리들리, 앰버 베닛포드, 맷 워터슨, 클레어 시먼스, 글렌 오닐, 그리고 저의 탁월한 영국 담당 편집자 셀리나 워커에게 감사드립니다.

이 소설이 완성되기 오래전 처음 25페이지를 보고 믿어주신 놀라운 에이전트인 제프 클레이먼, 제이미 체임블리스에게 감사드립니다. 두 분이 저의 삶을 바꿔놓았습니다. 그리고 이 책이 세상에 나오도록 도와준 멀리사 사버 화이트와 로렐라 벨리에게 감사드립니다.

저의 모든 친구들, 그린스버그(모틀리 크루!)부터 워싱턴까지, 노퍽에서 오스틴까지, 그리고 그 밖의 모든 친구에게 감사드립니다. 너희들이 없었다면 내가 어땠을지 모르겠어.

저의 가족, 새라, 네이선, 벤, 샘, 오언, 할머니, 론 삼촌, 모든 이모와 고모, 삼촌, 사촌들, 재닛, 힐러리, 브루스, 파커, 노아, 스카우트, 클레멘타인, 항상 제 편을 들어줘서 감사합니다.

저에게 라라라는 이름을 지어주시고 사랑이 무엇인지 보여주신 부모님 밥과 패티에게 감사를 드립니다.

그리고 무엇보다 저의 첫 독자이자 마지막 독자인 맷에게 감사드립니다. 당신은 내가 펜을 들게 격려해주었고 이 책의 각 페이지를 더 힘 있게 만들어주었습니다. 당신께 모든 것을 빚졌습니다.

비밀을 간직한 여성들의 이야기

　이 소설은 러시아 작가 보리스 파스테르나크의 노벨문학상 수상 작인 『닥터 지바고』의 출간과 배포를 중심으로 벌어지는 사건을 다루고 있다. 냉전 시기의 동과 서, 소련과 미국을 두 개의 축으로 교차 서술되는 사건들은 『닥터 지바고』가 소련이 아닌 외국에서 먼저 세상의 빛을 보고, 마침내 1958년 노벨상을 받기까지 막후에서 어떤 일이 벌어졌는지 그 과정을 소개한다. 소련을 배경으로 한 '동'의 사건들은 주로 보리스 파스테르나크와 그 연인 올가 이빈스카야를 중심으로 벌어지고, 미국이 주 무대가 되는 '서'의 사건은 미 정보국 CIA의 여성 직원들과 요원들이 펼쳐간다.

　첫 번째 축이 되는 파스테르나크와 올가 이빈스카야의 이야기, 그리고 에이전트 역할을 한 세르조 단젤로 이야기는 저자가 뒤에 밝혔

듯, 자서전과 회고록을 바탕으로 사실에 입각해 재구성한 것이다.

보리스 파스테르나크는 우리에게 소설 『닥터 지바고』의 저자로 가장 잘 알려져 있지만, 원래는 시인이다. 혁명 초기에 창조적 에너지를 뿜어내며 왕성히 활동했던 많은 동료 작가들이 사회주의 체제가 경직되어감에 따라 좌절해서 자살하거나 당국에 의해 숙청되었는데, 살아남은 파스테르나크는 일종의 부채 의식과 트라우마에 짓눌려 오랫동안 작품 활동을 하지 못했다. 번역으로 생계를 잇던 그가, 속된 말로 '영혼을 갈아넣어' 쓴 것이 바로 『닥터 지바고』다. 이 소설의 여주인공 라라가 파스테르나크의 연인인 올가 이빈스카야를 모델로 했다는 건 유명한 사실이다. 지바고가 파스테르나크의 분신이라면, 라라는 이빈스카야의 분신이다.

그러나 이빈스카야 자신 또한 시인이었다. 문예지 『노비 미르』사에서 편집자로 일하던 1946년 10월에, 어릴 때부터 흠모하던 시인 파스테르나크를 만났다. 당시 서른넷이었던 이빈스카야는 두 번의 결혼에서 두 남편을 잃고, 각각의 결혼에서 얻은 두 아이 이리나 에메릴라노바(이라)와 드미트리 비노그라도프(미챠)를 키우고 있었다. 쉰여섯 살이었던 파스테르나크에게는 두 번째 아내가 있었지만, 두 사람은 곧바로 사랑에 빠졌고 1960년 파스테르나크가 세상을 뜰 때까지 14년의 세월을 함께했다.

이빈스카야가 직장을 그만둔 이유는 두 사람의 관계로 인해 연인의 직장 생활이 힘들어질 것을 염려한 파스테르나크의 권유 때문이었다고 한다. 이후 이빈스카야는 파스테르나크의 비서이자 편집자 역할을 하면서, 나름대로 시 번역 작업도 했다. 그러나 파스테르나크를 압박하기 위한 수단으로 당국의 표적이 된 이빈스카야는 체포되어 옥고를 치르고, 파스테르나크와 그가 목숨처럼 소중히 여기는 그의 작품을 보호하기 위해 끝까지 비밀을 지킨 대가로 수용소 5년 형을 선고받는다.

파스테르나크는 "내 목숨이 붙어 있고, 그동안 그들이 나를 건드리지 않았다는 사실은 그녀의 영웅적 행위와 인내심 덕분이다"라며 그녀에게 진 빚을 인정한 바 있다. 스탈린의 사망으로 이빈스카야는 3년 만에 석방되어 파스테르나크와 다시 함께하게 되지만, 수용소의 기억은 훗날 그녀의 행동에 큰 영향을 미치게 된다. 그녀의 고난은 파스테르나크가 사망한 후에도 이어져 1960년에 다시, 이번에는 딸과 함께 체포된다. 『닥터 지바고』 해외 출판과 관련하여 일종의 괘씸죄로 8년 선고를 받고 수용소에 보내진 것이다.

1964년에 조용히 가석방된 후 그녀의 회고록이 1978년 파리에서 출판되었고, 고르바초프의 개혁개방 정책이 펼쳐지던 1988년에 복권되었다. 말년의 이빈스카야는 파스테르나크가 남긴 유고에 대한 소유권 소송을 벌였지만 소유권을 인정받지 못했고, 1995년 9월 모스크바에서 83세의 나이로 사망한다.

우리나라에서 그녀의 자서전 『올가 이빈스카야』가 출간되기도 했으나, 오래된 책이라 구하기 힘들다. 이빈스카야의 삶은 유명한 예술가의 '뮤즈' 역할을 하다 재능이 소진된 채 활짝 펴지 못하고 스러져간 카미유 클로델 부류의 많은 여성의 초상과 겹치는 듯 보인다. 그러나 이 책에서 그녀는 뮤즈를 넘어서서 독자적으로 자신과 파스테르나크의 운명, 나아가 『닥터 지바고』의 운명을 개척하는 지휘자처럼 보인다. 그녀가 일인칭으로 서술하는 장의 제목이 뮤즈를 시작으로 취소선으로 수정되면서 점점 길어지는 과정은 『닥터 지바고』에 대한 그녀의 지분이 점점 확대됨을 보여주는 듯하다. 소련 붕괴 후 공개된 문서 중에는 이빈스카야의 편지들이 있었는데, 이는 그녀가 KGB에 굴복하고 협력했으며, 나아가 그녀가 KGB 요원이었다는 주장의 근거가 되었다. 이 책에서도 이빈스카야가 당국과 접촉했음을 부정하지는 않는다.

어쨌거나 노벨상 선정과 수상 거부로 일대 파문을 일으켰던 『닥터 지바고』가 소련이 출간을 막으려 애쓸 만큼, 또는 미국이 선전 무기로 삼을 만큼 그렇게 정치적이었을까? 지금 와서 보면 1903년부터 1929년까지를 주요하게 다룬 이 소설은 혁명과 전쟁을 겪는 지식인의 실존적 고민과 운명적인 사랑 이야기 정도로 느껴진다. 체제 비판적이거나 냉소적인 느낌보다는 참혹한 파괴와 혼란 속의 비극, 정치의 무상함을 떠올리게 하는 면이 강하다. 물론 이런 감상 역시 지금 시대의 맥락에서 되돌아보는 시각일 것이다. 폭압의 시대에는 '자유'라는 단어 하나, 또는 우울하거나 비극적인 정서만으로도 금서가 되고 금지곡이 되고, 금지 영화가 될 수 있다는 건 우리도 잘 아는 사실 아니던가. 지나고 보면 그 호들갑이 희극적으로 느껴진다. 동시에 그 시대의 두려움마저 축소되어 보인다는 건 다시 역설적으로 서글픈 비극 같기도 하다.

두 번째 축인 '서'는 미국 정보국 소속 타이핑 부서의 여성들을 중심으로 전개된다. 사실 이들은 엄밀히 독립적인 부서라기보다는 분과에 소속된 타자수들을 함께 모아놓은 공간인데, 여기서 일하는 타자수들은 좋은 교육을 받은, 이른바 명문대를 나온 여성들이다. 이들은 능력을 발휘할 기회도 없이 여자라는 이유로 비슷한 학력의 남자들이 중요한 직책을 맡아 일할 때, 그들이 하는 말을 받아 타이핑하는 자리에 만족해야 했다. 이들과 나란히, 제2차 세계대전 당시 전략사무국 소속으로 눈부신 활약을 펼쳤지만 여자라는 이유로 전후의 영광을 누리지 못한 여성들도 구석 책상에서 근무하고 있다. 전설적인 여성 스파이였던 버지니아 홀(1906-1982)과 엘리자베스 '베티' 피트 매킨토시(1915-2015)가 '카메오'로 등장하는 것은 소설 앞부분의 깨알 재미다.

냉전 시대 미 정보국의 활동 가운데 소련 반체제 인사들의 글을 널리 배포하고 그들의 책이 출판되도록 지원하는 것은 오랜 전략이었다. 이 소설의 배경인 1950년대 중반은 소련 체제를 흔들기 위한 정보국의 문화 전쟁이 막 시작되던 때였다. 그러나 공산주의를 상대로 비밀 작전을 펼치던 전선의 후방에서는 또 하나의 전쟁이 벌어지고 있었다. 이 소설에서 매력적인 요원 샐리는 레즈비언이라는 사실이 알려지면서 해고를 당하는데, 그 배경이 되는 것이 이른바 '라벤더 공포'였다.

그보다 이른 1950년, 상원의원 조지프 매카시는 국무부 내 공산주의자 205명의 명단을 가지고 있다고 발표했다. 이를 시발점으로, 공산주의자들이 정부는 물론 학교, 학계, 언론계, 문화계, 심지어 군대까지 침투해 공산주의의 세계 지배를 도울 수 있다는 '적색 공포'가 1950년대 초반을 휩쓸었다. 모든 분야를 발칵 뒤집고 수많은 이를 체포하고 조사하던 매카시즘의 광풍은 타이핑 부서의 이야기가 시작되는 시점에는 비교적 잠잠해졌지만, 그 '적색 공포'와 맞물려 일어났던 '라벤더 공포'(이 말은 한 상원의원이 게이 남성들을 '라벤더 사내들'라고 부르면서 비롯되었다고 한다)는 더 오랜 후유증을 남겼다. 매카시가 말한 공산주의자 205명 가운데 두 명이 동성애자였는데, 매카시는 공산주의와 동성애를 연결 지었다. 동성애가 받아들여지지 않는 현실에서, 그들이 성적 지향에 관한 비밀을 유지하기 위해 공산주의자의 협박에 굴복하기 쉽다고 주장한 것이다.

이후 1953년 아이젠하워 대통령은 '행정명령 10450'에 서명하면서 연방 고용의 표준 지침을 세웠고, 이로써 안보를 위협한다고 여겨지는 성 소수자들은 정부 기관에 취업할 수 없게 되었다. 연방 기관 취업에서 성 정체성을 묻는 질문은 1960년대까지도 흔했는데, 이처럼 성 소수자 적발을 위한 연방 직원들에 대한 신문 및 해고가 '라벤더 공포'였다. 결국 50년대 말까지 약 600명이 연방 공무원직에서 해고를 당했고, 60년대까지 합치면 피해자가 엄청났다. 박해를 못 이겨 자살한 사람도 많았고, 죽음이 은폐되거나 사인이 조작되기도 했다.

이 공포는 1973년 연방 법원에서 성적 지향성만으로 연방 직원해고의 근거가 될 수 없다는 판결이 내려지고, 1975년 공무원 위원회에서 성적 취향에 따라 동성애자 채용을 금지할 수 없다고 발표하면서 수그러들었지만, 행정명령 10450 자체는 1995년 빌 클린턴 대통령 시기에 와서야 철폐되었다. 소설 속 또 하나의 화자인 '우리'가 하는 말처럼, 세계는 얼마나 변했는지, 그리고 얼마나 변하지 않았는지.

라벤더 공포의 직접 피해자인 샐리, 러시아 이민 2세라는 비주류
의 입장이지만 조용히 강단 있게 임무를 수행하며 자기 운명을 개척
하는 이리나, 그리고 그녀가 속한 타이핑 부서의 이야기가 엮이면서
『닥터 지바고』를 소련으로 반입하기 위한 정보국의 '지바고 작전'이
전개된다. 특히나 타이핑 부서의 익명 화자는 정보국 내에서 벌어지
는 공적, 사적인 일들을 관찰자 입장에서 간결하고 유머러스하게 풀
어가면서 무거워질 수 있는 소설의 분위기에 생기를 불어넣는다.

미 정보국의 '지바고 작전' 이후 이 소설은 소련에서 지하출판물 형
태로 유행했다. 1987년 파스테르나크가 복권되었고, 이듬해 마침
내 『닥터 지바고』는 해금되어 《노비 미르》지에 연재 형태로 소련에
서 발표되었다. 그리고 1989년에는 파스테르나크의 아들 예브게니
가 뒤늦게 노벨상을 대리 수상했다. 2003년에는 『닥터 지바고』가 러
시아 학교 커리큘럼에도 포함됐다고 한다. 한편 1965년 개봉된 데이
비드 린 감독의 영화 〈닥터 지바고〉는 1994년에 처음 러시아에서 상
영되었고, 2006년에는 러시아에서 텔레비전 시리즈로 제작되기까지
했다.

그저 뮤즈로 남기를 거부하고 끔찍한 수용소 생활을 견디면서 비
밀을 지켜낸 여성의 용기, 정치적이지 않음에도 탄압받던 작가의 소
설을 거꾸로 정치적 도구로 이용했던 미 정보국의 계획, 위험을 무
릅쓰고 배포 작전을 수행했던 여성 요원, 그리고 존재를 드러내지
않고 일했던 타이핑 부서의 여성들, 그들의 노력이 있었기에 파스

테르나크의 역작은 노벨상 수상작이 되고 불멸의 작품이 되었음을 라라 프레스콧은 우리에게 상기시킨다. 사람들은 비밀을 간직했고, 비밀을 지킴으로써 역사를 만들었다.

오숙은